Fidèle à son clan

*Du même auteur
aux Éditions J'ai lu*

1 - SUR LE FIL DE L'ÉPÉE
N° 9200

Pamela CLARE

LES HIGHLANDERS DU NOUVEAU MONDE - 2
Fidèle à son clan

ROMAN

*Traduit de l'américain
par Dany Osborne*

Titre original
UNTAMED

Éditeur original
A Leisure book, published by Dorchester Publishing Co., Inc.,
New York

© Pamela White, 2008

Pour la traduction française
© Éditions J'ai lu, 2010

*À Amy Vandersall,
qui a toujours cru en moi.*

Prologue

*Fort Carillon (Ticonderoga), Nouvelle-France,
8 juillet 1758*

Amalie Chauvenet redressa la tresse dorée sur l'uniforme gris de son père. Elle s'efforçait de ne pas montrer son inquiétude.

— Tout ira bien pour moi, papa. Ne t'en fais pas.

Elle entendait dans le lointain le sinistre staccato de milliers de pieds foulant le sol et le raclement du métal contre le métal : les soldats anglais encerclaient le fort et s'apprêtaient à attaquer. Certain qu'ils le prendraient en quelques heures, son père l'avait accompagnée jusqu'à la petite chapelle où, pensait-il, elle serait davantage en sécurité.

— Si le fort tombe, reste près du père François. Je reviendrai aussi vite que possible. Et s'il m'arrivait quelque chose, le père François te conduira auprès de Montcalm ou de Bourlamaque. Ils veilleront sur toi, conclut-il, l'expression soucieuse.

— Il ne t'arrivera rien, papa !

Une affirmation bien enfantine, songea Amalie, qui trahissait sa peur. La tactique était désormais éprouvée dans cette maudite guerre : des deux côtés, on essayait d'abattre en premier les officiers, de façon à laisser les armées désorientées. Amalie le savait et pourtant, elle ne parvenait pas à imaginer que son père soit la cible d'un mousquet anglais.

Il releva le menton et regarda Amalie droit dans les yeux.

— Écoute-moi ! Tu es fille d'officier, mais, emportés par l'élan de la victoire, même les hommes les plus disciplinés peuvent violer, piller. Ne reste jamais seule.

Amalie comprit le sous-entendu : elle était fille d'officier, oui, mais aussi métisse, de sang français et abénaqui. Mais si les Français l'avaient acceptée comme l'une des leurs, les Anglais se montreraient certainement moins larges d'esprit. Pour eux, une métisse était à peine un cran au-dessus d'un chien. Si le fort tombait, son statut de fille de major ne la protégerait pas. Elle aurait besoin d'être placée sous l'aile d'un officier de haut rang.

— Oui, papa, dit-elle, soudain glacée. Mais n'y a-t-il aucune chance que nous l'emportions ?

— Le général anglais Abercrombie commande une force d'au moins quinze mille hommes. Le double de notre armée. Et il a les rangers de McKinnon avec lui.

Amalie frissonna. Tout le monde connaissait les rangers de McKinnon. En Nouvelle-France, il n'y avait ni meilleurs ni plus redoutables guerriers que cette bande de barbares celtes. Imbattables au pistage, possédant une connaissance de la forêt inégalée, ils avaient à la fin de l'hiver traversé les lignes françaises et détruit le village de sa grand-mère, à Oganak, tuant presque tous les hommes, brûlant les maisons et abandonnant les femmes et les enfants sans nourriture. Les Français avaient mis à prix les scalps des frères McKinnon. Mais les Abénaquis les voulaient vivants, désireux de se venger cruellement.

Parmi les membres de la tribu de sa mère, nombreux étaient ceux qui pensaient les McKinnon capables de voler. D'autres prétendaient les avoir vus adopter la forme de loups ou d'ours. D'autres encore disaient qu'ils festoyaient sur les cadavres de leurs victimes. Les histoires qui couraient sur les McKinnon étaient toutes tellement extraordinaires que certains croyaient les frères écossais de purs esprits et non des humains.

Mais il y avait aussi d'autres histoires racontant que les McKinnon avaient épargné des femmes et des enfants, protégé au péril de leur vie des religieuses et des prêtres pour empêcher les Anglais de les massacrer. Ils avaient aussi, disait-on, accordé grâce à des soldats français ainsi qu'à des Indiens.

Le problème, c'était de savoir parmi ces histoires lesquelles reflétaient la vérité, se demandait Amalie avec anxiété.

— Pourquoi n'es-tu pas restée au couvent? s'enquit son père. Là-bas, tu aurais été en sécurité.

Elle lissa une boucle de sa perruque grise.

— Je suis venue ici parce que tu avais besoin de moi, papa.

En avril, elle avait fait le voyage depuis Trois-Rivières pour accourir auprès de son père frappé d'une mauvaise fièvre. Il était sa seule vraie famille. Elle avait des cousins et des tantes parmi les Abénaquis, mais elle les connaissait à peine. Sa mère était morte en couches alors qu'Amalie n'avait pas deux ans et son père l'avait séparée des Abénaquis, préférant la placer sous la protection des ursulines plutôt que de la laisser avec les Indiens. Amalie était reconnaissante aux religieuses de s'être occupées d'elle, mais les règles strictes du couvent, la routine rigide lui avaient pesé et elle brûlait de découvrir comment était le monde de l'autre côté des hauts murs.

Au fort Carillon, son père l'avait laissée libre de s'exprimer, encouragée à le faire, sans jamais lui reprocher de poser sans cesse des questions, à la différence de la mère supérieure. Amalie avait appris à connaître le père, admirer l'homme, et respecter l'officier. Et à l'aimer.

L'idée de le perdre lui était insupportable.

Elle posa la paume sur sa joue.

— Si notre armée devait capituler, les Anglais atteindraient Trois-Rivières et Montréal en peu de temps, et les murs du couvent ne les arrêteraient pas. Pour rien au monde, je n'échangerais les mois passés avec toi contre quelque illusoire sécurité.

— Ah, ma petite Amalie ! Tu as apporté le soleil dans mon existence. Si j'avais su cela, je serais allé te retirer du couvent bien plus tôt. Mais si le rempart de pieux ne résiste pas à l'artillerie d'Abercrombie...

Il n'acheva pas, se rembrunit, puis sourit – un pâle sourire – avant d'attirer sa fille contre lui. Elle huma son odeur familière, mélange de fumée de pipe, amidon de sa chemise empesée et eau de Cologne.

— Tout est désormais entre les mains de Dieu, papa.

Elle ajouta dans un murmure alors qu'il s'éloignait, si beau dans son uniforme gris :

— Ne meurs pas, papa.

Amalie se rendit donc dans la chapelle pour attendre l'issue de la bataille, ravalant ses larmes.

Elle s'agenouilla à côté du père François, chapelet à la main. À peine avait-elle commencé à prier que le tumulte de la bataille éclata. Comme la foudre, les détonations ébranlaient le sol. Le fracas des canons, des tirs de mousquet et les cris des hommes l'assourdirent. Jamais auparavant elle ne s'était trouvée si près d'une bataille. Ses mains tremblaient alors qu'elle égrenait le chapelet. Elle pensait à son père et à ce qui leur arriverait à tous si le fort tombait.

Les soldats seraient emprisonnés, son père et les autres officiers interrogés puis échangés contre des prisonniers anglais. Et les femmes…

Elle savait ce qui menaçait les femmes.

Le père François fut appelé à l'hôpital pour réconforter les blessés et donner l'extrême-onction aux mourants. Amalie voulut le seconder. Son père lui avait dit de ne pas rester seule.

— En es-tu sûre, Amalie ? Veux-tu vraiment venir avec moi ? C'est la guerre, mon enfant. Ce qui nous attend est terrible.

Elle hocha la tête tout en tressant ses longs cheveux, une tresse qu'elle enroula avant de la fixer sur sa nuque.

— Oui, mon père, j'en suis sûre. J'ai déjà vu la mort, au couvent.

Mais elle n'avait jamais vu ce qu'elle découvrit peu après.

Les morts étaient si nombreux qu'il n'y avait pas assez de place pour eux à l'intérieur. Les corps gisaient, privés de toute dignité, sous le soleil brûlant. On les déplaçait sans ménagement pour laisser la place aux vivants. Les blessés étaient couchés sur des paillasses à même le sol. Ils marmonnaient des prières, gémissaient ou criaient, attendant que l'on vienne apaiser leurs souffrances. Le Dr Lambert, le chirurgien, et ses aides ne savaient où donner de la tête. Ceux qui avaient besoin d'eux étaient si nombreux… Partout, il y avait du sang, l'air était lourd de poudre en suspension et de l'odeur de la mort.

L'enfer.

Amalie réussit à chasser ses peurs enfantines et ses larmes. Elle mit un tablier et fit ce que lui demandait le Dr Lambert. À l'extérieur, la bataille faisait rage par vagues. Des plages de silence, suivies d'autres de bruit et de fureur, et ainsi de suite.

Un soldat s'accrocha à ses jupes, les doigts ensanglantés. Elle s'assit à côté de lui et comprit en voyant sa blessure à la poitrine qu'il ne survivrait pas. Si seulement elle avait pu lui donner du laudanum pour diminuer la douleur... Mais l'hôpital en manquait. Le Dr Lambert lui avait recommandé de garder la drogue pour ceux qui avaient une chance de s'en sortir.

Le soldat essaya de parler, mais le souffle lui manqua et il mourut.

Il avait à peu près l'âge d'Amalie, et elle n'avait pas eu le temps de lui prodiguer quelques paroles de réconfort. Il avait trépassé sans avoir reçu les derniers sacrements du père François. Elle déglutit avec peine, la gorge nouée par les sanglots, puis ferma les yeux du jeune homme.

Une autre salve de canon secoua les murs en rondins du petit hôpital. Amalie sursauta.

— Ce sont des canons français, mademoiselle, dit d'une voix déformée par la souffrance un soldat dans le lit voisin de celui du mort. N'ayez pas peur. Tant qu'ils tirent, nous savons que les fortifications tiennent.

Honteuse d'avoir montré son effroi, Amalie recouvrit le défunt d'une couverture, un signal pour les assistants du Dr Lambert : ils sauraient qu'il fallait enlever le corps.

— C'est vous que je devrais réconforter, monsieur, dit Amalie en allant s'asseoir auprès du blessé.

Elle examina le bandage imbibé de sang autour de son bras droit. Une balle de mousquet lui avait traversé l'épaule, la brisant au passage. Il allait certainement falloir l'amputer.

— Avez-vous soif, monsieur ?

— Vous êtes la fille du major Chauvenet, n'est-ce pas ?

— Oui.

— Vous êtes aussi jolie que le disent les hommes. Je n'avais jamais vu de cheveux aussi longs. Mais... pardonnez mon audace. Cette bataille m'a, semble-t-il, délié la langue.

Bien qu'au fort Carillon depuis trois mois, Amalie n'était pas habituée à attirer l'attention des hommes. Ne sachant que répondre, elle remit sa natte en place après s'être rendu compte qu'elle s'était détachée, son extrémité touchant le sol. Puis elle approcha un gobelet d'eau des lèvres du blessé.

— Buvez.

Il eut à peine le temps d'avaler une gorgée : la porte s'ouvrit à la volée et des infirmiers entrèrent, charriant un brancard sur lequel était étendu le chevalier de Bourlamaque, commandant en troisième de Montcalm. Manifestement, il était grièvement touché à l'épaule.

— Comment se déroule la bataille ? cria quelqu'un.

Bourlamaque se redressa en faisant la grimace. Sa perruque blanche penchait sur le côté.

— Nous avons le dessus.

Des murmures d'étonnement puis de soulagement s'ensuivirent.

— Pour Dieu sait quelle raison, enchaîna Bourlamaque pendant qu'un soldat l'aidait à retirer sa redingote, Abercrombie n'a pas fait donner l'artillerie. Nous défaisons l'ennemi au fur et à mesure des assauts et ses pertes sont énormes. Nous l'avons repoussé à quatre reprises. Pour l'instant, personne n'a réussi à franchir les fortifications.

— Abercrombie est un idiot ! s'exclama un soldat dans un rire rauque.

Bourlamaque demeura sérieux.

— Peut-être, et si c'est le cas, remercions-en Dieu. Mais ses pisteurs sont en poste dans les bois et nous tirent dessus, des tirs meurtriers. Nous les avons arrosés de boulets de canon, sans résultat.

— McKinnon et ses rangers, hein ?

— Oui. Avec leurs alliés mohicans. Ils se déplacent d'arbre en arbre comme des fantômes et tiennent bon.

— Dire qu'ils se prétendent catholiques ! s'écria un soldat en crachant sur le sol.

Bourlamaque leva la main pour exiger le silence.

— Écoutez ! Ils font de nouveau retraite !

On n'entendait quasiment plus de coups de feu, mais des roulements de tambour. Puis un silence oppressant s'installa. Les combats s'étaient interrompus tellement de fois pour reprendre, décuplés, peu après. Amalie espérait que la bataille allait s'arrêter là.

Le souffle court, elle revint à sa tâche. Que la bataille cesse ou non, ces hommes avaient besoin de soins. Elle refit le pansement du jeune soldat, lui donna un peu de laudanum, pria avec lui, puis se déplaça vers le lit suivant.

Elle se trouvait dans la réserve pour prendre des bandages propres lorsque les roulements de tambour reprirent. Elle eut l'impression de recevoir un coup à l'estomac. Elle vacilla sur ses jambes.

— Qu'ils soient maudits ! gronda quelqu'un. Ne savent-ils pas quand il convient de se retirer définitivement ?

Le canon tonna et la bataille reprit.

Encore des blessés. Encore des morts.

Mais pas son père... Oh, non, pas son père !

S'accrochant à cet espoir, Amalie revint là où l'on avait besoin d'elle. Elle apporta de l'eau aux blessés couchés sur la terre battue de la cour, soigna leurs blessures, relativement bénignes, et leur offrit autant de réconfort qu'elle le put. Elle était moite de transpiration, assoiffée, mais n'y prêtait pas attention.

La cadence des tambours anglais changea de nouveau, et de nouveau le silence lui succéda. Puis on entendit des acclamations. Du moins, Amalie en eut l'impression. Elle craignait que ses oreilles ne l'aient trompée. Mais non. Les cris d'allégresse s'amplifièrent et toutes les têtes des soldats couchés ou assis dans la cour se tournèrent vers les remparts. Les hommes juchés en haut des murailles levaient leurs fusils en signe de victoire, les yeux fixés sur les fortifications de pieux et le champ de bataille au-delà.

— Ils battent en retraite ! cria un soldat en se précipitant vers elle. Les Anglais filent ! La bataille est gagnée !

Le soulagement s'empara d'Amalie. Elle ferma les yeux, prit une profonde inspiration, et sentit la main d'un soldat qui lui serrait gentiment le bras.

— C'est fini, mademoiselle. Fini !

Elle rouvrit les yeux et sourit.

— Oui, c'est fini.

Mais au fond d'elle-même, elle savait que c'était faux. Pour les hommes dans la cour, ceux à l'intérieur de l'hôpital, entre la vie et la mort, rien n'était fini. Elle s'appliqua à les soigner avec une énergie renouvelée, rassérénée par l'idée que plus personne ne mourrait aujourd'hui, et que son père ne se trouvait pas parmi les blessés ou les agonisants.

Mais elle n'avait pas prévu que la fin des combats se solderait par une marée d'arrivants dans un état effroyable. Des brancardiers charrièrent civière après civière. Les soldats qu'ils amenaient étaient atrocement blessés, certains à l'article de la mort. Leurs pauvres corps étaient déchiquetés, brûlés.

— Dieu merci, ils n'ont pas eu l'opportunité de se servir de leur artillerie ni de leurs baïonnettes, dit le soldat blessé à l'épaule auprès duquel Amalie était revenue. Avez-vous déjà vu un homme avec les entrailles qui...

— Cela suffit, sergent.

Amalie reconnut la voix du lieutenant Rillieux. Elle se retourna. Il se tenait derrière elle, le visage couvert de sueur mêlée de sang et de poudre. Il serrait son tricorne dans la main. Rillieux était l'un des officiers de son père. De très haute taille, il s'inclina courtoisement.

Elle se mit debout et essuya ses mains sur son tablier.

— J'espère que vous êtes indemne, monsieur.

Elle remarqua soudain la tristesse et l'apitoiement dans les yeux du lieutenant. Elle sentit son cœur manquer plusieurs battements.

— Mademoiselle... c'est avec une grande tristesse que je dois vous informer de...

— Non !

Deux jeunes officiers entrèrent à cet instant dans l'hôpital, portant un brancard sur lequel Amalie vit son père allongé. Le lieutenant essaya de la retenir, mais elle lui échappa et se précipita.

Trop tard. Il était trop tard.

Les paupières de son père étaient closes, ses lèvres et sa peau affichaient une affreuse teinte bleuâtre. Sa gorge avait été emportée par une balle de mousquet. Au premier regard, Amalie sut qu'il était mort.

Elle posa la main sur sa joue froide, appuya la tête sur sa poitrine inerte. Les larmes lui brouillaient la vue.

— Il a été touché au cours du premier assaut par l'un des rangers de McKinnon, lui apprit le lieutenant. Il a basculé dans la fortification de pieux et nous n'avons pas pu aller le chercher avant la fin de la bataille, à cause des tirs des rangers. Sachez, mademoiselle, qu'il s'est battu comme un brave, et qu'il est mort sur le coup. Nous le regretterons tous.

Dévastée par le chagrin, Amalie prit conscience de l'absolue solitude à laquelle la mort de son père tant chéri la condamnait.

1

Ticonderoga, frontière de la province de New York, 19 avril 1759

Le major Morgan McKinnon était couché à plat ventre et observait du sommet de la Rattlesnake Mountain le fort français de Ticonderoga en dessous de lui. Il ajusta la lorgnette de son frère Iain – enfin, *sa* lorgnette désormais – et regarda les Français qui déchargeaient des tonneaux de poudre de la cale d'un petit navire. Manifestement, Bourlamaque réorganisait la défense du fort. Mais si, avec ses rangers, il menait à bien la mission de ce soir, jamais le canon d'un mousquet français ne recevrait cette poudre.

— Je n'arrive pas à voir cet endroit sans penser à ce salaud d'Abercrombie et à tous les bons gars que nous avons perdus, lui souffla son frère Connor.

— Moi non plus. Mais nous ne sommes pas venus ici pour nous lamenter.

— Exact. Nous sommes venus pour nous venger.

Amalie pignochait dans son assiette. Parler de la guerre lui coupait l'appétit. Elle faisait de son mieux pour écouter poliment, même si la perspective d'une nouvelle attaque des Anglais lui donnait la nausée. Bourlamaque était commandant de la garnison et il était normal que ses officiers et lui-même évoquent la guerre en dînant. Elle ne voulait pas les distraire de leurs préoccupations en leur faisant part de ses sentiments puérils. Néanmoins, de temps à autre, elle aurait apprécié que son protecteur lui demande quelles pensées l'agitaient. Son père était la seule personne qui l'ait jamais fait, et il n'était plus là.

Elle garda donc le silence durant tout le repas, comme autrefois au couvent.

— Nous ne devons pas céder à une trop grande confiance à cause des victoires de l'été dernier, déclara Bourlamaque après s'être essuyé les lèvres avec sa serviette blanche.

Son uniforme bleu, chargé de décorations et ceinturé de rouge, le différenciait des autres officiers, tous en gris.

— Amherst est loin d'être aussi stupide qu'Abercrombie, poursuivit-il. Il n'aurait jamais attaqué sans l'artillerie.

Souriant largement, le lieutenant Rillieux s'adossa à son siège. Si les autres officiers étaient tête nue, il portait une perruque blanche poudrée dont la teinte soulignait son teint olivâtre et ses sourcils charbonneux.

— Laissons-le se fourvoyer.

Amalie retint une exclamation. Comment Rillieux osait-il tenter le sort alors que cela pouvait impliquer la mort de ses hommes? Il aurait été plus avisé de prier pour que la paix soit signée! Apparemment, il ne prenait pas la mesure de l'énormité qu'il avait proférée.

— Nous obligerons Amherst à revenir dans la forêt comme nous l'avons fait avec ses prédécesseurs. Mes hommes sont prêts.

— L'étaient-ils lorsque McKinnon et ses rangers ont attaqué le dernier convoi d'approvisionnement?

demanda Bourlamaque d'un ton de reproche. Nous avons perdu une fortune en mousquets, et en sus une cargaison de mon vin favori. Quelle que soit la façon dont vous préparez les opérations, Rillieux, les rangers semblent avoir de l'avance sur nous.

Amalie se crispa. Ces rangers… Ils étaient partout. Et ils avaient tué son père. Même si celui-ci avait affirmé qu'ils n'étaient pas des esprits malfaisants, elle commençait à croire que ses cousins indiens avaient raison. Peut-être les rangers n'étaient-ils pas humains, en fin de compte.

Le lieutenant Rillieux inclina la tête en guise d'excuse.

— Je regrette infiniment ces pertes, monsieur, je vous l'ai déjà dit. Mais les frères McKinnon sont de redoutables adversaires. Toutefois, nous les vaincrons.

— Espérons-le. Maintenant que l'aîné a été démobilisé, les rangers se trouveront peut-être sous les ordres d'un commandant moins efficace.

— J'en doute, monsieur. Morgan McKinnon est un chef d'aussi grande valeur que son frère. Ce serait pure folie de le sous-estimer. Mais nous nous sommes bien organisés. Mes hommes sont prêts.

Amalie, elle, ne l'était pas. Elle n'avait rien oublié de la bataille de l'été dernier et appréhendait de nouvelles effusions de sang. Elle pleurait toujours son père, faisait des cauchemars qui résonnaient de coups de feu, de tirs de canon et de gémissements de mourants.

Si seulement cette maudite guerre pouvait finir! La vie serait de nouveau belle en Nouvelle-France. Des voiliers s'amarreraient dans les ports, non pour débarquer des soldats, mais des hommes et des femmes aspirant à se bâtir une nouvelle existence et fonder des familles.

Mais elle, que ferait-elle alors ? Où irait-elle ?

Bourlamaque, qui était maintenant son tuteur, pensait qu'il était temps qu'elle entre au couvent et prononce ses vœux pour servir le Christ. Ou bien se marie et serve son époux. Il considérait comme son devoir de l'amener à s'établir, à connaître la sécurité. Il l'avait promis à son père.

Le problème, c'est qu'elle n'avait pas la moindre envie de réintégrer le couvent. Le quitter avait été une bouffée d'oxygène. Le regagner consisterait à s'emmurer vivante. Au fort Carillon, auprès de son père, elle avait connu le bonheur.

Elle devait se marier, supposait-elle. Mais elle était encore trop triste pour songer à cela. Bourlamaque lui répétait que la réponse à opposer au chagrin était de prendre époux et d'avoir des enfants. Des épousailles arrangées et rapidement conclues étaient selon lui la solution idéale. Rien, donc, qui ressemblât à l'union de ses parents, qui s'étaient mariés par amour. Or elle espérait un mariage d'amour. Elle voulait un mari qui l'aime et qu'elle aimerait. Un homme qui, à l'instar de son père, lui parlerait, l'écouterait, tiendrait compte de ses opinions, non un homme qui exigerait d'elle une obéissance aveugle. Un homme qui la *verrait* vraiment.

Le lieutenant Rillieux, en dépit de ses atouts et qualités, n'était pas ce genre d'homme. Après la mort du père d'Amalie, il avait montré de l'intérêt envers la jeune fille et fait savoir à Bourlamaque qu'il était désireux de faire d'elle sa femme. Mais elle ne voulait pas de lui. Il ne semblait pas s'être aperçu que son indifférence à ce qu'elle avait dans la tête était aux yeux d'Amalie la preuve de leur incompatibilité. Au lieu de lui opposer une fin de non-recevoir, elle atermoyait, prétextait être encore trop affligée par la mort de son père, indécise quant au choix d'un mariage ou du couvent. Bourlamaque avait donc cessé de la presser à prendre une décision.

Elle était consciente que ce n'était là qu'un sursis. Ni Bourlamaque ni le marquis de Montcalm ne souhaitaient qu'elle reste au fort plus longtemps que nécessaire. Cet endroit, si près de la frontière, ne convenait pas selon eux à une femme seule. Sans la présence des rangers de McKinnon qui rendaient tout déplacement dans la forêt périlleux, Bourlamaque l'aurait envoyée à Trois-Rivières au moment où Montcalm était parti pour Montréal. Mais la destruction de plusieurs convois et la mort d'une trentaine de soldats, dues aux redoutables Écossais, avaient convaincu Bourlamaque que, pour le moment, Amalie était plus en sécurité au fort.

Que ferait-elle si les Anglais gagnaient la guerre? se demandait-elle souvent avec angoisse.

Impossible d'aller en France : elle n'y connaissait personne. Ni de se rapprocher de la famille indienne de sa mère : les coutumes, le langage de la tribu lui étaient par trop étrangers. Elle n'avait comme options que deux mondes extrêmement différents et n'appartenait à aucun.

Cette pensée acheva de lui couper l'appétit. Elle posait ses couverts d'argent à côté de son assiette quand elle entendit des tirs de mousquet. Puis la porte s'ouvrit à la volée sur un jeune sergent, qui salua Bourlamaque avant d'annoncer :

— Ce sont les rangers de McKinnon, monsieur! Nous les tenons!

L'explosion du premier tonneau de poudre n'eut pas lieu. Morgan sut à la seconde qu'ils étaient tombés dans un piège.

Il avait attendu qu'il fît nuit, puis avec Connor et les Mohicans chargés de protéger sa retraite, il avait rampé le long de la rive avec une poignée de rangers et placé des mèches sur les tonneaux. Mais après qu'ils les eurent allumées, rien ne s'était passé. Et maintenant, les Français avaient donné l'alerte. Sans explosions pour distraire leur attention, ils n'allaient pas être longs à fondre en masse sur eux.

— Reculez ! cria-t-il.

Devant eux, les Français ouvrirent le feu du haut des remparts, et derrière eux, au moins vingt fantassins sur le pont d'un navire amarré les prirent dans leur ligne de mire. Ils étaient aussi vulnérables que des canards sur une petite mare. En pleins tirs croisés.

Ils étaient coincés.

— Vers la rivière ! ordonna-t-il en sortant son pistolet.

Une balle siffla à côté de sa joue. Il fouilla l'obscurité et chercha ses hommes du regard.

Killy, McHugh, Brendan, Forbes. Le compte y était. Et tous couraient vers la rivière.

Non, pas Dougie.

Où se trouvait-il ?

Soudain, des centaines de détonations retentirent dans la forêt : les rangers et les Mohicans, environ deux cents guerriers, ripostaient. Furieusement. Sans laisser à l'ennemi la possibilité de reprendre son souffle, semant la panique parmi les troupes françaises, surtout celles qui étaient sur le bateau et se rendaient compte que le fort protecteur était bien loin.

Morgan savoura cet instant. Il se réfugia sous une barrique à moitié brisée, visa l'un des soldats sur le pont du navire et tira, tout en surveillant du coin de l'œil ses hommes. Ils regagnaient la rive un par un puis disparaissaient, pendant que Killy jurait :

— Bande de fils de pute !

Mais où était Dougie ?

Tout à coup, il le vit.

Allongé sur le dos près des tonneaux de poudre, il rechargeait son fusil, une bande d'étoffe blanche nouée autour de la cuisse. Il était blessé !

— Vas-y, ne m'attends pas ! cria-t-il à Morgan, qui ne l'entendit pas de cette oreille.

Hors de question de le laisser là. Il les avait amenés droit dans le piège, et il ferait tout ce qui était en son pouvoir pour les en sortir.

McHugh était sur la rive avec Killy, Brendan et Forbes, prêts à tirer pour le couvrir. Il se prépara à courir à toutes jambes.

Ce fut alors que s'éleva le cri de guerre des Mohicans. Il monta de la forêt, un hurlement sauvage qui terrifia les Français, détourna leur attention, donnant à Morgan la chance dont il avait besoin. Il se précipita vers Dougie, échappant de peu aux balles qui sifflaient autour de lui, insensible à la brûlure de celles qui lui éraflèrent la cuisse ou l'avant-bras.

Dougie l'attendait, accroupi en appui sur un genou, sa jambe blessée tendue.

— Tu es cinglé, McKinnon !

Sans répondre, Morgan s'inclina, chargea en un éclair le jeune homme sur son dos et se remit avec peine sur ses pieds.

— Ouh ! Tu es aussi lourd qu'un bœuf ! Et tu pues !

Le regard fixé sur la rive à une trentaine de mètres, Morgan s'élança aussi vite que le lui permettait le poids de Dougie. Son cœur battait à tout rompre.

— Tu cours comme une fille, railla Dougie. Ne peux-tu aller plus vite ?

Manquant de souffle, Morgan ne lâcha qu'un juron en guise de réponse. Plus que quelques mètres et...

Le grondement d'un canon éclata derrière lui. Les Français tiraient leurs boulets de six kilos sur la forêt, exactement comme ils l'avaient fait l'été dernier, afin de transformer le couvert des arbres en enfer. Des exclamations de triomphe fusèrent, émanant des rangers. Les boulets avaient manqué leur cible. Ce coup-ci.

Morgan continua à avancer. Il atteignit enfin la berge sablonneuse, se pencha. McHugh et Forbes le délestèrent de Dougie, puis tous foncèrent vers la forêt.

— Fichu Écossais ! lança Killy, avec son accent irlandais à couper au couteau.

Le canon retentit de nouveau.

Morgan arrima sur son dos paquetage et épée, puis commença à recharger son fusil.

— Va aider McHugh et Forbes, Killy. Je couvre vos arrières au cas où ces fumiers sur le bateau essaieraient de nous suivre.

— D'accord.

Killy s'en alla. Morgan se mit en position, examina la rive, puis mit en joue un soldat sur le pont du bateau. Il appuya sur la détente, rechargea en un éclair et ainsi de suite, sans cesser de surveiller la progression de ses hommes dans la forêt. Quand ils eurent disparu, soulagé, il jeta un dernier regard aux remparts du fort.

Brusquement, quelque chose le toucha à l'épaule. Et dans la seconde, son bras droit fut paralysé, tombant le long de son flanc. Un liquide chaud lui mouilla la poitrine.

Du sang.

La douleur le terrassa par sa soudaineté et son ampleur. Il s'affaissa sur les genoux, la vision brouillée, mais distingua néanmoins un soldat français juché sur le gréement du bateau, fusil haut levé au-dessus de la tête, hurlant de triomphe.

Ainsi, tout allait finir comme cela... songea-t-il confusément.

Il ne ressentait aucune crainte. Seulement une rage qui l'incita à tenter de recharger d'une seule main. Sans succès. Alors il lâcha le fusil dans le sable, sortit son pistolet, visa, et le soldat tomba du gréement. Mais ses compagnons accoururent et se perchèrent eux aussi en hauteur pour voir ce qu'il avait visé. Morgan eut le temps d'en abattre quelques autres, avant qu'une balle lui transperce la cuisse.

Voilà. Tout était vraiment consommé cette fois, se dit-il en tombant sur le côté.

Mais, les dents serrées pour s'empêcher de gémir, il s'efforça de ramper vers les arbres.

— Morgan !

Connor. Qui jaillit des ténèbres, suivi de Killy, Forbes et McHugh.

— Non, Connor, arrête !

Morgan entendait vibrer la terre. Des centaines de bottes la frappaient en cadence. Les portes du fort avaient été ouvertes. Les Français semblaient vouloir contre-attaquer.

— Je suis fichu, Connor ! Emmène les hommes !

Il voyait sur le visage de son frère une indicible horreur. Connor s'était figé, comprenant qu'il n'arriverait jamais assez vite auprès de son aîné pour l'arracher aux Français. La distance qui les séparait était trop grande, et à découvert.

À bout de forces, Morgan riva ses yeux dans ceux de Connor, des yeux qui exprimaient le regret, le chagrin, l'amour. Puis, en dépit de la douleur térébrante, il prit une profonde inspiration et souffla, juste assez fort pour que Connor l'entende :

— *Beannachd leat !*

« Dieu soit avec toi, mon frère. »

— Et ne me pleure pas longtemps. Dis à Iain...
Il ne put achever. Avant de basculer dans l'inconscience, il perçut le long cri de détresse de Connor.

2

Le lendemain matin, Amalie se leva de bonne heure après quelques heures de mauvais sommeil. Elle regarda par la fenêtre. L'aube éclaircissait le ciel. Elle prit le broc et remplit d'eau la cuvette de porcelaine, puis s'aspergea le visage. Les souvenirs de la nuit s'accrochaient encore à son esprit. Le froid chasserait peut-être la sensation de tristesse qui plombait son moral et son énergie. La bataille n'avait pas duré longtemps, l'ennemi avait été repoussé, mais la guerre l'avait suivie dans ses rêves. Tonnerre du canon, claquements des coups de feu, plaintes d'agonie, et par-dessus tout ce long cri qui la faisait encore frissonner.

Il était monté de la forêt, tel un hurlement de démon, et lui avait glacé le sang.

— Le cri de guerre des Mohicans, lui avait expliqué Bourlamaque. Les Abénaquis en ont un très proche. Ne l'avez-vous jamais entendu?

— N... non, monsieur, avait-elle répondu.

Il l'avait regardée d'un air songeur avant de déclarer:

— J'oublie toujours que vous n'avez pas vraiment vécu avec le peuple de votre mère.

Puis il l'avait congédiée et était allé rejoindre ses officiers pour faire le point sur l'affrontement.

Maintenant, Amalie s'efforçait de surmonter son malaise. Elle se sécha le visage puis s'assit sur le lit, défit ses nattes et entreprit de démêler ses cheveux. La mère supérieure avait maintes fois tenté de la décider à les couper, mais Amalie avait fermement refusé.

— Une femme doit faire montre d'humilité dans tous ses actes, mon enfant, avait dit la religieuse. Tant d'obstination met votre âme en danger.

Amalie avait essayé d'expliquer que cette longue chevelure lui donnait l'impression d'être proche de sa mère, dont elle ne gardait aucun souvenir. Son père lui avait souvent répété que ses tresses sombres lui tombaient jusqu'aux genoux. Il les comparait à une cascade de soie noire.

Mais la mère supérieure avait balayé ces justifications d'un geste de la main et expliqué qu'il valait mieux pour Amalie qu'elle connaisse Dieu que celle qui lui avait donné le jour. Il avait fallu que son père écrive à la religieuse une lettre pour clore le sujet. Toutefois, Amalie était obligée de porter ses cheveux ramassés en chignon sur le dessus de la tête, afin que leur beauté ne fasse pas des envieuses parmi les autres filles.

Pourtant, ces filles ne la jalousaient pas, loin s'en fallait. Elles se gaussaient de sa carnation mate, de l'étrange couleur de ses yeux, ni verts, ni noisette, mais un peu des deux à la fois. Les rares fois où elle avait vu ses cousines indiennes, elle avait eu droit aux mêmes moqueries, mais en sens inverse : elles avaient ri de ses cheveux bruns et non noirs, bouclés alors qu'ils auraient dû être lisses, et de ses yeux trop clairs.

Autant de réflexions qu'Amalie ne leur reprochait pas : elle savait qu'il ne s'agissait là que de l'expression de la vérité. Elle était bel et bien différente des autres. Ses traits n'étaient ni français ni indiens. Sa mère l'appelait «l'Enfant du Crépuscule».

— Pour elle, avait raconté son père, tu n'étais ni le jour ni la nuit, ni le soleil ni les étoiles, mais un amalgame des deux.

Mon Dieu, comme son père lui manquait…

Luttant contre une subite montée de larmes, elle s'obligea à penser à la journée qui commençait. Si elle se dépêchait, elle pourrait aller ensemencer le jardin de Bourlamaque avant que le soleil ne soit trop haut.

Elle refit sa tresse, l'attacha avec un ruban bleu, cadeau de son père, puis enfila ses bas et ses jupons. Elle aurait préféré une toilette plus décontractée, mais Bourlamaque ne tolérait pas le laisser-aller à sa table de petit déjeuner.

Elle endossa une robe grise et ouvrit la porte de sa chambre. À cet instant précis, des vociférations montèrent du rez-de-chaussée.

— Cela va à l'encontre de ma conscience de chirurgien et de catholique ! Si vous vouliez qu'il meure, pourquoi me l'avoir amené ? Mieux valait le laisser mourir là où il est tombé !

Amalie reconnut la voix du Dr Lambert.

— Je ne veux pas qu'il meure ! rétorqua Bourlamaque en détachant les syllabes. Je veux qu'il vive afin d'être en mesure de lui extorquer tout ce qu'il sait ! Je ne pourrais pas interroger un mort !

— Vous ne souhaitez pas seulement l'interroger, ce que je comprendrais. Vous souhaitez le remettre aux Abénaquis, qui le brûleront vivant !

Quelle horreur, songea Amalie en frissonnant. Personne ne méritait un tel sort ! Pas même un ennemi !

— Auriez-vous oublié combien de Français et d'Abénaquis ces hommes ont tués ? Les villages abénaquis détruits cet hiver et l'hiver précédent ? Les convois de fournitures et de provisions qu'ils ont pillés ? Les médicaments dont vous aviez besoin pour vos malades et blessés qu'ils ont volés ?

Le pouls d'Amalie s'accéléra : avaient-ils capturé l'un des rangers de McKinnon ?

Oui, apparemment. Un ranger grièvement blessé.

— Je n'ai rien oublié, tonna le Dr Lambert. Mais j'ai fait le serment de soigner les hommes, pas de les martyriser !

— Alors soignez-le. Ce qui lui arrivera quand il sortira de votre hôpital ne regarde que les militaires. Pas vous.

Un long silence s'ensuivit.

Amalie savait que Bourlamaque ne faisait que son devoir, mais cela ne l'empêchait pas d'être désolée pour le Dr Lambert. Remettre le ranger sur pied et ensuite le renvoyer à Bourlamaque, sauverait des vies françaises et calmerait les alliés indiens. Peut-être même cela permettrait-il de gagner la guerre. Mais sauver cet homme pour qu'il puisse être torturé allait à l'encontre de tous les principes éthiques du médecin.

— Très bien, monsieur, lança Lambert, je ferai ce qui est en mon pouvoir pour qu'il vive. Il aura du laudanum, n'en déplaise au lieutenant Rillieux, et je ne tolérerai pas que vos soldats le maltraitent.

— Je n'en attendais pas moins de vous, mon ami. Je ferai la leçon à Rillieux. Mais comment être sûrs que cet homme est bien Morgan McKinnon ?

— L'un de nos partisans l'affirme, pour l'avoir déjà vu. Et lorsque nous avons prononcé son nom, il a ouvert les yeux.

Ainsi, ce n'était pas seulement un ranger qui avait été capturé, mais leur chef ! Amalie comprenait maintenant pourquoi il était si important qu'il survive.

— Si vous avez besoin de quoi que ce soit, docteur…

— J'aimerais que Mlle Chauvenet s'occupe de lui, une fois que j'aurai extrait les balles de son épaule et de sa cuisse. Il ne présente aucun danger pour elle. Elle parle anglais et est une excellente infirmière. Ce serait parfait qu'elle se charge de lui : mes assistants haïssent trop cet homme pour le prendre en charge comme il convient.

— Considérez votre souhait comme exaucé.

Ce qui fut dit ensuite échappa à Amalie : son pouls battait trop fort dans ses tympans pour qu'elle entendît. La main plaquée sur la bouche, elle referma la porte et s'appuya au battant, bouleversée.

Bourlamaque venait de lui confier un homme qu'il avait déjà condamné à mort !

Et pas n'importe quel homme.

Le chef des rangers en personne !

Morgan oscillait entre la souffrance et l'inconscience. Il se rappelait que les soldats français l'avaient amené au fort, qu'ils l'avaient reconnu et avaient crié son nom, triomphants, comme s'ils avaient fait une inestimable prise. Il se souvenait de leurs gestes rapides et sans douceur lorsqu'ils l'avaient déshabillé puis avaient appelé leur chirurgien pour qu'il examine ses blessures.

— Il a perdu beaucoup de sang, il pourrait bien mourir…

Morgan avait compris ce qu'ils disaient en français. La mort serait la bienvenue. Il n'imaginait que trop bien ce qui lui arriverait s'il en réchappait. Mieux valait qu'il meure tout de suite que subir ce qu'ils lui infligeraient s'il se rétablissait. Les Abénaquis le tortureraient des jours durant. Son agonie durerait une éternité. L'enfer sur cette terre.

Il craignait cette mort-là, atroce. Quel homme ne l'aurait crainte ? Être brûlé à petit feu était le pire des supplices. Il avait peur que les flammes soient plus fortes que son courage, lui délient la langue et brisent sa volonté au point qu'il finisse par trahir ses frères et les rangers.

Non, il ne voulait pas prendre le risque de parler sous la torture.

S'il avait eu la moindre chance de réussir à s'évader, il l'aurait saisie, en homme brave. Au risque de se faire tuer. Mais pieds et poings liés comme il l'était, et quasiment mourant, il ne réussirait jamais à sortir de son lit tout seul, et encore moins du fort.

Mais n'avait-il pas toujours su que ce jour pourrait arriver ? Et si un McKinnon devait mourir, mieux valait que ce soit lui plutôt que Connor ou Iain.

Un prêtre… Il aurait voulu voir un prêtre…

À défaut, il aurait voulu sombrer dans une totale inconscience et confier son âme à Dieu.

Mais les Français n'allaient pas le laisser leur échapper aussi facilement. Ils lui glissèrent de force du laudanum dans la bouche et lui coincèrent un épais morceau de cuir entre les dents. Ils n'agissaient pas de façon barbare. Ils essayaient simplement de guérir son corps afin, ensuite, de piller son esprit.

— Mordez, lui intima le médecin.

Trop faible pour lutter à cause du sang perdu, enchaîné au petit lit, il réussit néanmoins à recracher le morceau de cuir. En un éclair, sa souffrance se mua en rage.

— Gardez vos foutus bistouris pour quelqu'un d'autre ! Je ne veux pas de votre aide !

Il s'était exprimé en anglais : cacher qu'il parlait français pourrait se révéler utile. Le chirurgien le regarda. Il avait déjà les mains rouges de sang.

— Il ne vous appartient pas d'en décider, major McKinnon.

On lui remit le morceau de cuir dans la bouche, le cloua au matelas, et le chirurgien leva son bistouri.

La douleur se révéla térébrante, atroce, pire que tout ce qu'avait imaginé Morgan. Le choc vida ses poumons, fit violemment tressauter son corps. Il sentit les chaînes s'incruster dans ses poignets, ses chevilles.

Dieu du ciel !

Il serra les dents et dut faire appel à toute sa volonté pour ne pas hurler pendant que le chirurgien fouillait les chairs de son épaule. Une sueur froide coulait sur son front. Il était privé de pensées, il n'y avait plus que la douleur. À l'instant où, enfin, le chirurgien extrayait la balle, il perdit connaissance. Pour se réveiller lorsqu'un nouveau supplice succéda au précédent : le chirurgien versa de l'alcool dans la plaie et Morgan eut l'impression qu'il s'agissait d'acide. Puis il fit des points de suture, appliqua un baume malodorant. Ensuite, il banda l'épaule martyrisée.

Quand il eut terminé, Morgan se sentait étrangement euphorique. Un excès de laudanum, sans doute. Euphorie de courte durée : maintenant, le chirurgien s'occupait de la cuisse.

— Il faudra peut-être l'amputer.

Même dans l'état second qui était désormais le sien, Morgan entendit ces mots en français. Ils hésitaient, se demandaient s'ils allaient couper ou non sa jambe.

La terreur s'ajouta à la douleur.

Il commença à prier.

Mais les gestes qu'accomplissait sur lui le chirurgien déclenchèrent de telles souffrances que, miséricordieusement, il s'évanouit de nouveau.

Amalie baissa le regard sur le prisonnier sans connaissance et fit de son mieux pour le haïr.

Ses hommes et lui avaient tué son père, et des centaines d'autres hommes. Neuf encore la nuit dernière. Une douzaine de blessés. Et des dizaines d'Abénaquis qui laissaient derrière eux des femmes, des enfants qui allaient mourir de faim. Ces rangers avaient fait de la forêt autour du lac du Saint-Sacrement un champ de mort.

Mais peut-être, désormais, n'y aurait-il plus de drames. Les secrets que révélerait McKinnon changeraient peut-être la face de la guerre, permettraient de la gagner. C'est ce qu'avait dit Bourlamaque, insistant sur le fait qu'Amalie pouvait désormais venger la mort de son père, et servir la France comme il l'avait servie.

Était-ce là le but qu'elle visait ? La vengeance ?

Si seulement elle n'avait pas su ce qui attendait le major McKinnon… Sauver sa vie pour qu'il soit ensuite emprisonné et interrogé était une chose. La sauver pour qu'il soit brûlé vif, en était une autre. Cette idée la révulsait. Elle ne voulait pas d'un tel sort pour cet homme.

Mais le choix ne lui appartenait pas.

Elle se posa sur un tabouret au chevet du ranger, et examina ce guerrier qui avait terrifié tant de gens.

Il n'avait pas l'air d'un démon mais d'un homme, songea-t-elle d'abord. Un homme tout de même peu ordinaire. Très grand, très large de carrure, et doté d'un beau visage aux traits rudes et néanmoins harmonieux. Ses cheveux d'un noir de jais étaient longs, avec une tresse sur chaque tempe. Sa peau, bronzée par le soleil, était lisse et sans défaut, il avait de longs cils noirs et des pommettes hautes. Ses lèvres étaient bien ourlées, sa mâchoire carrée assombrie par une barbe de plusieurs jours.

On lui avait encerclé les chevilles et les poignets dans des bracelets de métal reliés par des chaînes au petit lit, sage précaution dans la mesure où, en dépit de ses blessures, il semblait extrêmement fort. La circonférence de ses bras stupéfia Amalie. Au minimum trois fois celle des siens. Et ses mains… Il aurait pu étrangler quelqu'un d'une seule. Il pouvait tuer avec ces mains. Il *avait* tué.

Elle avait entendu dire qu'il avait été adopté par les Mohicans, lesquels avaient apposé leur marque sur lui. Des dessins indigo de l'épaule au poignet. D'étranges figures géométriques, des spirales et une griffe d'ours. Des bracelets de cuir étaient noués autour de ses biceps, chacun portant une amulette. Autour du cou, il arborait un collier de cuir orné de perles de bois, que le drap masquait à moitié. Curieuse de voir ce qui se cachait dessous, Amalie le souleva, persuadée qu'elle allait découvrir quelque symbole païen, et retint une exclamation en découvrant une croix, elle aussi de bois.

Elle avait oublié que les Écossais étaient catholiques.

L'estomac serré, elle posa la main sur son front. Chaud. Un début de fièvre. Lorsqu'elle le toucha, le ranger bougea, émit un grognement. Ses sourcils étaient froncés à cause de la douleur. Il geignit de nouveau.

Elle prit le flacon de laudanum et remplit une cuillère, soigneusement afin de ne pas perdre une goutte du précieux liquide. Puis elle le versa entre les lèvres de l'homme, qui déglutit par réflexe. Il ouvrit les yeux.

Amalie se redressa et se figea. Elle ne s'était pas attendue à ce qu'il se réveille aussi soudainement.

Puis elle se raisonna : il était trop mal en point pour lui faire le moindre mal !

Il riva ses yeux aux siens. Il était confus, c'était évident. Pendant un moment, il se borna à la fixer.

Ses prunelles étaient bleues, pas le bleu d'un ciel d'été mais celui de minuit à la pleine lune. Il parla, d'une voix sourde et rauque.

— Si je ne te voyais pas, petite, je me croirais en enfer.

Quelques mots qui suffirent à émouvoir Amalie.

Il essaya de lever une main, avant de la laisser retomber sous le poids des chaînes. Amalie recula son tabouret, se mettant hors de portée. Dans sa précipitation, elle faillit choir par terre.

Il laissa échapper un long soupir et referma les yeux.

— Res... tez tranquille, bredouilla Amalie, sinon vous allez avoir encore plus mal.

À deux mains, elle saisit un gobelet.

Pourquoi tremblait-elle ? Quelle femmelette elle faisait ! Il n'était qu'un homme comme tous les autres. Et elle réagissait comme une gamine impressionnable.

Non, il n'était pas un homme banal. Il était un ranger, peut-être le meilleur d'entre tous, celui qui avait envoyé son père dans la tombe. Il était normal qu'elle eût peur de lui.

— Ma... jambe, souffla-t-il. A-t-elle été coupée ?

Une nouvelle vague de pitié déferla sur Amalie.

— Non. Elle est toujours là.

En colère contre elle-même à cause de sa faiblesse, elle se détourna pour remplir le gobelet d'eau. Lorsqu'elle pivota pour le faire boire, elle tressaillit : il avait rouvert les yeux et la fixait d'un regard étrange.

— Buvez.

Elle glissa une main sous sa nuque, lui souleva la tête, et porta le gobelet à ses lèvres. Il tourna brusquement la tête sur le côté, s'aspergeant le menton et le cou de gouttelettes d'eau.

— Non, petite, je ne peux pas.

Tout d'abord, Amalie pensa que la fièvre ou ses blessures étaient en cause. Puis elle comprit. Il ne voulait pas d'eau. Il voulait mourir. Alors elle lui dit sans réfléchir :

— C'est un péché mortel que de choisir la mort.

Mais n'en était-ce pas un aussi de lui sauver la vie afin qu'il pût être brûlé vif par les Abénaquis ?

— Je préfère aller tout de suite en enfer que de faire attendre le diable.

Sur ces terribles paroles, il ferma les yeux et sombra dans un sommeil agité, laissant Amalie se battre avec sa conscience.

3

Morgan s'abandonna aux ravages de la fièvre, dans l'espoir qu'elle le détruirait, le consumerait. Et lui permettrait de passer de vie à trépas sans avoir livré ses secrets. C'était l'ultime cadeau qu'il pouvait offrir à ses hommes, à ses frères. Mais mourir n'était pas aussi aisé qu'il l'avait imaginé.

Le laudanum l'avait plongé dans un état second, entre délire et lucidité, éveil et sommeil. À plusieurs reprises, il avait détourné la tête quand la belle Française avait essayé de lui donner à boire, mais il avait peur qu'elle n'ait réussi à faire couler de l'eau dans sa gorge pendant qu'il dormait, lorsque sa volonté était anesthésiée. Les fantômes du passé se confondaient avec le présent, les souvenirs avec les cauchemars, la voix douce de la femme avec celles, rudes, graves, des hommes. Et la soif le ravageait.

— *Je vous en prie, il faut que vous buviez!*

— *Non. Soyez une brave petite, allez chercher un prêtre.*

— *Vous viendrez me faire votre rapport à Fort Elizabeth le 21 août et me servirez jusqu'à la mort ou la fin de la guerre. Si vous vous dérobez, si vous abandonnez votre poste, vous serez fusillé pour désertion et vos frères pendus pour meurtre.*

— *Ne fais pas cela, Iain ! Maudis-le !*

— *Je n'ai pas peur de mourir. Qu'il nous pende ! Nous ne serons pas les premiers Highlanders assassinés à cause des mensonges des Anglais, et pas les derniers !*

— *Il ne boira pas. J'ai tout essayé. Il m'a demandé d'aller chercher un prêtre.*

— *Un prêtre ? S'il doit mourir, ce sera sans absolution. Il mérite de brûler en enfer.*

— *Vous ne le priveriez tout de même pas des derniers sacrements, lieutenant !*

— *C'est un péché mortel que de choisir la mort.*

— *Je préfère aller tout de suite en enfer que de faire attendre le diable.*

— Peut-être devrions-nous l'interroger, monsieur, voir ce que nous pouvons tirer de lui…

Morgan s'arracha soudain aux divagations engendrées par la fièvre et le laudanum. Il souleva les paupières et distingua des yeux sombres rivés sur son visage, sous une perruque poudrée. Un officier français.

— Quel est votre nom ? Parlez !

— Le Joli Prince Charlie.

Il reçut un coup de poing en pleine figure, mais la douleur lui sembla ténue.

— Vous êtes Morgan McKinnon, le chef des rangers McKinnon !

— Si vous connaissez mon nom, pourquoi me le demander ?

— Où est votre frère aîné ? Pourquoi n'est-il plus le chef ?

Iain. L'officier l'interrogeait sur Iain. Il espérait bien le capturer et l'enchaîner, le condamner au même sort que lui.

L'image de son frère, la dernière fois qu'il l'avait vu, surgit dans l'esprit de Morgan. Grand et beau, il se tenait fièrement à côté d'Annie, sa femme, qui portait leur enfant dans ses bras, pendant que les rangers rendaient les honneurs à leur chef, criant son nom et celui du clan.

Personne n'attenterait à la vie de Iain ! Ne détruirait sa nouvelle existence ! Qu'ils aillent tous au diable !

Un autre coup de poing fit jaillir le sang dans sa bouche.

— Lieutenant Rillieux, maîtrisez-vous ! Il n'y aura pas d'interrogatoire dans mon hôpital, est-ce clair ? De toute façon, mon patient est rongé par la fièvre. Vous n'obtiendrez rien de lui.

L'officier français toisa le chirurgien.

— Donnez-lui à boire de force. Il faut qu'il vive.
— Sa volonté est plus puissante que la mienne.
— Alors faites-lui avaler davantage de laudanum, affaiblissez cette volonté !

Morgan comprit que la bataille qui déterminerait de quelle façon il allait mourir avait commencé.

Amalie plongea le linge dans la cuvette, l'essora et le posa sur le front du prisonnier. Il semblait en proie à un feu intérieur. Sa peau était brûlante, couleur de cendre, ses lèvres blafardes. Il frissonnait, murmurait dans une langue inconnue. Il était tellement drogué qu'il ne pouvait avoir mal, mais il se battait avec fureur, avec les quelques forces qui lui restaient, contre ceux qui cherchaient à le maintenir en vie.

Pendant quatre jours et quatre nuits, elle s'était occupée de lui, l'avait vu lutter pour s'opposer aux efforts du Dr Lambert qui s'acharnait à le sauver. Sans le laudanum, sans doute aurait-il réussi. Il avait fallu quatre hommes pour lui faire avaler la drogue, signe qu'il jouissait encore d'une énergie confondante.

De l'aube au crépuscule, Amalie avait humecté sa peau, lui avait donné de l'eau et de l'infusion d'écorce de saule, avait changé ses bandages, profondément émue. Une émotion qui s'était amplifiée chaque fois qu'il avait ouvert les yeux pour poser sur elle un regard plein de détresse en prononçant des mots dans cette mystérieuse langue. Elle voulait le haïr, et n'y parvenait pas. Elle s'interdisait de le plaindre et échouait.

Elle avait demandé conseil au père François, confié combien elle était perturbée par le fait de sauver la vie d'un homme destiné à mourir sous la torture.

— Ce n'est jamais une faute de sauver une vie, Amalie. Moi aussi, j'aimerais qu'un tel sort ne lui soit pas réservé, surtout à un catholique. Je l'ai dit à Bourlamaque mais il est resté sourd à mes arguments. En dehors de cette guerre, tout le laisse de glace.

— Je déteste cette guerre ! avait crié Amalie, un éclat spontané qui l'avait étonnée autant que le père François.

— Vous avez raison, avait-il dit en lui tapotant gentiment la main. Retournez à vos devoirs, mon petit, et ne vous laissez pas troubler par le rôle qui vous a été imparti. Vous n'avez aucun reproche à vous faire. Bourlamaque m'a accordé la permission d'entendre cet homme en confession avant de le remettre aux Abénaquis.

Après cet entretien, Amalie avait regagné l'hôpital, ses scrupules un peu apaisés.

Elle repoussa le drap pour changer le bandage de sa cuisse, veillant à ne pas dénuder davantage que sa hanche. Elle avait soigné des dizaines de soldats au cours de l'année, mais ne se rappelait pas avoir vu en un seul d'entre eux un *homme*, alors que ce prisonnier en était un à ses yeux. Sans doute parce qu'il s'agissait du redoutable ranger. Il était différent des autres, occupait une place à part dans son esprit. Une part dont l'importance allait croissant.

Il était l'homme le plus intimidant qu'elle eût connu. Ce n'était pas seulement dû à son apparence physique. Il y avait aussi en lui une sorte de sauvagerie animale. Ses tresses sur les tempes, ses tatouages mohicans sur les bras, sa peau tannée par le soleil le stigmatisaient comme guerrier. Tous les rangers étaient-ils aussi impressionnants que celui-ci ? Si c'était le cas, il était facile de comprendre d'où leur venait leur réputation, pourquoi ils avaient fait naître la terreur et inspiré des légendes tout le long de la frontière.

Elle souleva la cuisse et glissa le bandage dessous. Sa blessure sous l'épaule guérissait, mais celle de la cuisse était beaucoup plus profonde et cicatrisait mal. Le Dr Lambert lui avait fait deux saignées pour faire tomber la fièvre et appliqué son onguent d'huile de rose, de jaune d'œuf et de térébenthine, mais il était trop tôt pour savoir si ces soins étaient efficaces.

Elle regarda la plaie. Pas d'aggravation depuis la veille. Les sutures tenaient et la rougeur ne s'était pas étendue, les chairs sur le pourtour n'étaient pas enflées. Le ranger aurait peut-être une boiterie, mais il semblait que la décision du Dr Lambert de ne pas procéder à une amputation ait été…

Dieu du ciel, il ne vivrait pas avec une boiterie ! Il allait être brûlé !

De la bile lui monta à la gorge. Comment avait-elle pu oublier, ne fût-ce qu'un seul instant ?

Elle avait oublié parce que soigner des blessés était ce qu'elle faisait quotidiennement depuis des mois. Mais cette fois, guérir vaudrait la mort à ce soldat.

Pourtant, ce sentiment de joie en constatant l'amélioration de l'état du ranger, elle continuait à l'éprouver. Qu'il aille mieux signifiait qu'elle accomplissait bien son devoir, que, à son humble niveau, elle contribuait à conduire cette maudite guerre à son épilogue, à ramener la paix en Nouvelle-France. Le ranger allait mourir, mais les renseignements que Bourlamaque lui arracherait permettraient d'épargner de nombreuses vies.

Un peu réconfortée par cette pensée, elle commençait à passer l'onguent quand la porte s'ouvrit sur le lieutenant Rillieux, qui la salua en esquissant une courbette.

— Mademoiselle, Bourlamaque m'a chargé de lui rapporter des nouvelles du prisonnier. Comment va-t-il?

Encore en colère contre le lieutenant, Amalie ne leva pas les yeux.

— État stationnaire.

— Oh. Vous avez quelque chose à me reprocher, mademoiselle, dit Rillieux après un temps.

— Ce n'est pas digne d'un gentilhomme de refuser les derniers sacrements à un mourant.

Rillieux s'approcha et posa une main sur l'épaule d'Amalie, geste qu'elle n'apprécia pas. Elle se crispa en sentant qu'il lui caressait la nuque du bout du pouce.

— Vous êtes une femme, et vous êtes jeune. Je n'attends donc pas que vous compreniez. Et puis, il ne me paraît pas mourant.

Pourquoi la touchait-il? Elle recula, se dérobant, et alla chercher un autre pot d'onguent.

— Il a beaucoup de fièvre, dit-elle en s'efforçant de cacher sa colère. Il est encore trop tôt pour savoir s'il vivra.

Un silence, puis le lieutenant déclara:

— Bourlamaque est très satisfait de ma gestion de cette affaire. Il a écrit à Montcalm et m'a crédité de la capture de cet homme. J'ai des raisons de croire que je serai nommé capitaine avant la fin de l'été.

Amalie se calma. Voir Rillieux aussi heureux lui faisait plaisir. Elle savait combien cette promotion comptait pour le jeune lieutenant.

— Vous devez être tellement fier !

— J'étais sûr que vous partageriez mon bonheur, acquiesça-t-il en souriant. C'est un honneur que j'espérais depuis longtemps, et que je méritais, si je puis m'autoriser quelque orgueil. J'ai réussi ce que tant d'autres croyaient impossible. J'ai capturé l'un des frères McKinnon. Ce fait d'armes sera connu jusqu'à Paris ! Ma situation étant sur le point de changer, il me semble qu'est venu le temps que vous reconsidériez mon offre, mademoiselle Chauvenet. Ce n'est pas un mince privilège que d'être la femme d'un capitaine.

Amalie acheva de fixer les linges autour de la jambe du prisonnier puis se redressa, cherchant les mots qui ne blesseraient pas le lieutenant. Elle n'en trouva aucun.

— Votre insistance me flatte, monsieur, mais je ne puis vous épouser, dit-elle enfin. Même si je renonçais à l'idée de réintégrer le couvent et d'y prononcer mes vœux, vous et moi ne pourrions...

Rillieux la regarda comme si elle énonçait des absurdités. Il paraissait offensé, et en même temps amusé.

— Comment pouvez-vous en être sûre ? coupa-t-il. Vous êtes une jeune fille innocente élevée par les religieuses. Vous ne savez rien du mariage ni des hommes.

— Je sais ce qu'il y a dans ma tête, monsieur, rétorqua sèchement Amalie.

Il recula d'un pas, une lueur ironique dans les yeux.

— J'admirais votre père, mais il vous a rendu un très mauvais service en encourageant votre entêtement. S'il n'avait pas insisté pour que Bourlamaque vous octroie la liberté de choisir votre avenir, vous seriez déjà ma femme. Vous n'êtes pas faite pour le couvent, Amalie.

Là-dessus, il tourna les talons et se retira.

Fort Elizabeth, sur la rivière Hudson, colonie de New York de Sa Majesté

Lord William Wentworth réagissait très mal à la nouvelle. La tristesse le submergeait. Il fixait son échiquier sans le voir. Il essayait de garder une expression impassible, sans succès.

— Je suis profondément touché, capitaine, dit le lieutenant Cooke. Le major McKinnon était un pisteur hors pair et un chef d'exception. Je… je l'admirais.

Étant donné l'animosité qui existait entre les soldats anglais et les rangers, la déclaration de Cooke était déroutante. Pour les troupes de Sa Majesté, les rangers n'étaient que de frustes coloniaux, des barbares rebelles à l'art militaire. Mais ils avaient sauvé la vie du lieutenant Cooke à Ticonderoga l'été précédent et désormais, il les respectait profondément.

— Recommencez par le commencement, capitaine, et cette fois lentement, dit Wentworth.

Le capitaine Connor McKinnon, le cadet des trois frères McKinnon et le plus imprévisible, ferma les yeux et prit une profonde inspiration :

— Je tirais sur les soldats perchés en haut des remparts et je n'ai pas vu que Morgan était touché. Mais je l'ai vu tomber. J'ai couru le chercher, mais les Français avaient ouvert les portes du fort et… Mon frère m'a dit qu'il était perdu et m'a ordonné de battre en retraite avec les hommes. Maudissez-moi pour cela, car je l'ai fait !

— Vous avez bien agi, capitaine. Vous…

— C'est mon frère ! Et je l'ai laissé *mourir* !

Les yeux de Connor étaient noirs de fureur. Il avait le menton couvert d'une épaisse barbe, les vêtements souillés de sueur et de crasse.

— Les Français l'ont soulevé au-dessus de leurs têtes et emporté à l'intérieur du fort comme un trophée !

Comme si cet éclat avait usé ses dernières forces, il se laissa tomber sur le siège qu'il avait refusé quelques minutes plus tôt, et enfouit son visage dans ses mains.

— Lieutenant Cooke, servez un cognac au capitaine McKinnon.

Les sourcils de Cooke se haussèrent jusqu'à disparaître sous sa perruque. Un cognac ? Jamais Wentworth n'avait offert aux rangers un cognac de sa réserve personnelle. Et que le capitaine McKinnon accepte, montrait à quel point il était affecté. En des circonstances normales, aucun des frères McKinnon n'aurait consenti à prendre ne fût-ce qu'un sou donné par Wentworth. Le colonel les avait contraints à se battre sous la bannière du roi anglais en usant de moyens douteux. Il leur avait offert le choix : ou s'enrôler dans l'armée de Sa Majesté, ou être pendus. Ils le haïssaient.

— Le major McKinnon est effectivement un trophée, commenta-t-il. S'il était encore vivant quand ils l'ont capturé, je suppose que Bourlamaque a chargé ses meilleurs chirurgiens de le remettre sur pied dans l'espoir de l'interroger.

Pendant quatre ans, les McKinnon avaient harcelé les Français, infléchissant l'issue de la guerre en faveur des Anglais. Les Français avaient fait tout leur possible pour abattre ou capturer ces trois redoutables Écossais, allant jusqu'à mettre leur tête à prix : deux cents livres anglaises. Mais les McKinnon avaient échappé à tous leurs pièges, mis en échec toutes leurs tentatives. Jusqu'à aujourd'hui.

— L'interroger ? répéta Connor, lâchant le verre qui se brisa sur le parquet. Vous voulez dire le torturer ! Ils feront tout pour le briser, et quand ils auront fini, ils le donneront aux Abénaquis, qui le brûleront vif !

Wentworth se tourna vers le capitaine, qui s'était remis debout, les pieds cernés de fragments de cristal.

— C'est le prix à payer lorsque l'on est capturé, capitaine McKinnon. Votre frère le savait quand il vous a ordonné de le laisser. Mais j'ai peur que vous ne deviez envisager pire que la perte de votre frère. Toutes vos caches de fournitures, vos refuges, vos points de ralliement, vos pistes secrètes, vos mots de passe, considérez d'ores et déjà que les Français les connaissent.

— Morgan ne nous trahirait jamais ! Ne lui manquez pas de respect. Vous n'êtes même pas digne de cirer ses bottes !

— Je n'entendais pas lui manquer de respect, capitaine.

Wentworth prit une plume et un feuillet. D'une certaine façon, l'hostilité du capitaine le rassurait.

— Je ne fais qu'énoncer un fait, poursuivit-il. À savoir qu'une longue souffrance peut délier la plus rétive des langues. Mais ne perdons pas encore espoir. Si votre frère est vivant, il mettra des semaines à se remettre. Je vais ce soir même envoyer un message à Bourlamaque et lui offrir un échange de prisonniers. Les officiers français que vous avez capturés la semaine dernière contre le major McKinnon.

— Vous feriez cela pour mon frère ? demanda Connor, incrédule.

— Le major McKinnon est un officier extrêmement précieux. Sa vie et les secrets qu'il détient sont de la plus haute importance pour la Couronne.

Et bien plus que cela, mais Wentworth se refusait à l'avouer. Il ne se l'avouait déjà pas à lui-même.

— Mes hommes et moi partirons au matin pour aller présenter nos respects à Iain. Le capitaine Joseph et ses guerriers nous accompagneront.

— Me demandez-vous d'autoriser ce départ ? s'enquit Wentworth en ouvrant une bouteille d'encre.

Il trempa sa plume, puis la tapota sur un buvard.

— Non, Votre Sainteté, railla Connor. Je me fiche comme d'une guigne que vous soyez d'accord ou non.

— Quoi qu'il en soit, je vous donne mon autorisation.

La dernière chose que voulait Wentworth à côté du fort, était une centaine de Highlanders ivres beuglant en continu des chants funèbres ou tirant sans relâche d'abominables sons de leurs maudites cornemuses.

— Soyez au rapport dans dix jours, capitaine McKinnon. Vous avez désormais le commandement et je vous tiendrai pour responsable de la compagnie, sauf si vous souhaitez que je rappelle votre frère aîné.

— Pour cela, il faudrait que vous me passiez sur le corps, rétorqua Connor, la mine féroce.

— Parfait, dit Wentworth en commençant à écrire. Mais je voudrais que vous sachiez que de vous trois, c'est Morgan, selon moi, le plus sensible.

— Il serait sacrément fumasse s'il entendait ça.

— Vous pouvez disposer, capitaine.

Wentworth écrivit jusqu'à ce que la porte se ferme. Puis, à la seconde où le capitaine fut parti, il posa sa plume, se leva et alla se servir à boire.

— Nous avons subi une terrible perte, lieutenant, dit-il à Cooke.

— Oui, monsieur. C'est affreux.

Wentworth reposa la bouteille de cognac sans s'être servi, une chose qu'en temps ordinaire il n'aurait jamais faite, et se demanda pourquoi il se sentait aussi triste.

4

Amalie baigna le visage du ranger avec une décoction de sauge et de genièvre. Un traitement du peuple de sa grand-mère. La sauge sauvage le purifierait et le genièvre chasserait les reliquats de fièvre, laquelle était tombée au matin. Il n'y avait désormais plus de doute : il vivrait.

Sa peau n'était plus livide. De la sueur engluait ses cheveux, poissait les draps, mais il dormait paisiblement. Sa poitrine se soulevait à un rythme régulier et rassurant.

Son paisible repos ne durerait pas longtemps.

Les effets du laudanum cesseraient bientôt et il aurait de nouveau mal. Le Dr Lambert, qui économisait ses maigres réserves de drogue, lui en avait donné sa dernière cuillerée quelques heures plus tôt, en même temps que de l'eau, de peur qu'une fois réveillé il refuse de boire.

Mais la perspective du manque de laudanum n'était pas le pire.

Lorsque Amalie était descendue prendre le petit déjeuner, elle avait entendu Bourlamaque et Rillieux discuter de ce qu'ils feraient bientôt du ranger. Dès qu'il serait sur pied, ils le conduiraient en cellule et là, il endurerait d'indicibles souffrances.

Amalie se refusait à y songer.

Elle imbiba derechef le linge, recouvrit les hanches de McKinnon du drap et s'occupa de ses bras, tendus en croix, chaque poignet enfermé dans un bracelet de fer fixé au montant du lit. Ensuite, elle lui passa le linge sur la poitrine et le ventre.

C'était un péché que de détailler un homme nu, mais elle ne parvenait pas à s'en empêcher. Le corps d'un homme était si différent du sien ! Troublant, et énigmatique. La peau était veloutée, mais les muscles étaient durs comme du marbre. Les pointes de ses seins, sous l'effet du froid, se dardaient comme les siennes, mais elles étaient brunes, plates, cernées d'une fine toison bouclée qui semblait descendre très bas, au-delà du nombril, jusqu'à... Mieux valait ne pas y songer.

Comme mue par une volonté propre, sa main abandonna le linge, se posa directement sur la peau et la caressa, d'abord timidement, puis plus audacieusement, s'attardant sur le ventre plat, puis remontant vers les pectoraux, s'arrêtant enfin à l'emplacement du cœur. Sous sa paume, il battait régulièrement, avec vigueur, et un étrange émoi s'empara d'Amalie.

— Tes caresses ressusciteraient un mort, petite !

Amalie sursauta, retira vivement sa main et découvrit avec horreur que le ranger la regardait. Elle sentit ses joues s'empourprer.

— Mon Dieu... pardonnez-moi, monsieur.
— Calme-toi, petite. Je ne voulais pas te faire peur.

Les yeux bleu outremer dans lesquels dansait une lueur d'amusement étaient fixés sur elle.

— Pardonnez-moi si je vous ai offensé, monsieur.

Morgan passa la langue sur ses lèvres desséchées. Il avait l'impression d'avoir du sable dans la bouche, son épaule et sa jambe droite l'élançaient, mais en cet instant, il n'en avait cure. Il observait la succession d'émotions qui défilait sur le visage de la Française. Peur, honte, méfiance.

— C'est normal qu'une femme soit curieuse. Et je serais indigne d'être un Écossais si je me recroquevillais quand une femme me touche... Une belle femme.

Les joues de la jeune fille virèrent à l'écarlate.

Oui, elle était belle, cette petite. Ses yeux recelaient toutes les teintes de la forêt. Bruns et verts mêlés. Ils étaient légèrement bridés, à moins que ce ne soit une impression due à ses hautes pommettes. Son nez était petit et fin, ses lèvres pleines et bien dessinées, sa peau parfaite, lumineuse. Elle avait une chevelure sombre et luisante qui, lorsqu'elle s'asseyait, atteignait le sol. Elle l'avait tressée, et l'envie de serrer cette masse soyeuse lui donnait des picotements dans les doigts.

Elle était française, mais il aurait parié sa ration de rhum qu'elle était à moitié indienne. À cause de ses yeux bridés, de ses pommettes, de son teint bistre, comme du lait auquel on aurait rajouté une goutte de café. Les herbes dont elle avait fait une décoction achevaient de le convaincre qu'elle était une sang-mêlé : les Français ne connaissaient pas les simples qu'elle utilisait.

Était-elle huron ? abénaqui ? mohican ?

Mais quelle importance ? Elle était simplement la dernière femme sur laquelle il poserait les yeux. Et cette idée paraissait vraiment incongrue à l'amateur de femmes qu'il était.

Le linge humide sur sa peau, le parfum frais de la sauge et du genièvre l'avaient lentement ramené à la conscience et pendant un moment, il s'était cru adolescent, malade, dans la hutte de la mère de Joseph à Stockbridge. Car, à cette époque, il avait passé beaucoup de temps chez son frère de sang : les Mohicans avaient accueilli sa famille, qui avait émigré des Highlands écossaises, à bras ouverts. Puis il avait ouvert les yeux et vu l'ange qui lui était déjà apparu à plusieurs reprises dans ses rêves, alors qu'il était en proie à la fièvre. Il avait été heureux que la jeune fille fût réelle.

Il l'avait observée entre ses cils pendant qu'elle baignait son corps meurtri avec le linge, et avait remarqué qu'elle le regardait avec une innocente curiosité. Elle avait délicatement posé la main sur lui, et ce contact l'avait tellement stimulé qu'il avait carrément ouvert les yeux.

— La mère supérieure dit que je suis bien trop curieuse.

Elle avait une voix de miel.

— Qui ?

— La mère supérieure. Celle du couvent où j'ai été élevée.

Voilà qui expliquait sa timidité.

— Si tu as été élevée parmi des femmes, il est normal que les hommes t'intriguent. Tu n'as rien fait de mal, petite. Ne sois pas inquiète. Quel est ton nom ?

Elle se ferma, comme si elle ne voulait pas répondre. Puis elle se décida.

— Amalie Chauvenet.

— C'est un joli nom. Je suppose que tu sais qui je suis ?

— Oui. Morgan McKinnon, le chef des rangers McKinnon.

Il perçut de la rancœur dans son intonation.

— Depuis quand suis-je là ?

Elle regarda la fenêtre, puis le plafond, enfin ses mains croisées sur son giron. Mais pas lui.

— Vous avez été blessé il y a quinze jours.

Quinze jours !

Connor, Joseph et les hommes avaient dû rentrer depuis longtemps à Fort Elizabeth. Même Iain était au courant, maintenant. Ses frères le croyaient-ils mort ? Se sentaient-ils coupables ?

— Pourrais-je avoir un peu d'eau, mademoiselle Chauvenet ?

Elle attrapa le pichet, étonnée.

— Vous ne voulez donc plus vous laisser mourir ?

Il secoua la tête.

— J'ai perdu cette bataille.

Sa réponse parut aggraver le trouble de la jeune fille. Elle remplit un gobelet, lui souleva la tête et le porta à ses lèvres. Lorsqu'elle se pencha, des mèches échappées de sa tresse tombèrent sur la poitrine de Morgan. Il huma un parfum de lavande et de linge propre. Un parfum de femme. Il but et redemanda de l'eau à quatre reprises. Alors qu'il étanchait sa soif, il s'interrogeait : pourquoi semblait-elle si mal à l'aise ? Les religieuses l'avaient-elles convaincue que toucher un homme était une impardonnable faute ? À moins qu'elle n'ait eu peur de lui. Être contrainte de le soigner la contrarierait peut-être.

— Je te remercie de t'occuper de moi, mademoiselle Chauvenet.

Elle afficha brusquement une expression de grande tristesse.

Il comprit.

— Tu sais ce qui m'attend, et cela te perturbe de discuter avec un homme promis à la mort.

Elle se mit si brusquement debout que son tabouret se renversa.

— Je me moque de ce qu'il adviendra de vous, monsieur ! s'exclama-t-elle, les yeux brillants de larmes. Pourquoi devrais-je m'en soucier ? Vos rangers et vous avez tué mon père !

Là-dessus, elle tourna les talons et partit dans un friselis d'étoffe. En la suivant des yeux, Morgan sut que ses péchés avaient fini par le rattraper.

Retenant ses larmes, Amalie sortit en courant de l'hôpital, sourde aux appels du Dr Lambert.

Pourquoi le ranger se comportait-il de la sorte? Pourquoi feignait-il de la comprendre? Il n'était pas un gentilhomme! Alors pourquoi agissait-il comme s'il en était un?

Elle traversa la pelouse sans s'en rendre compte. Elle ne sut où ses pas la menaient que lorsqu'elle fut dans le cimetière militaire. Elle longea les rangées de tombes et s'arrêta devant celle de son père. Elle s'agenouilla et laissa libre cours à ses larmes.

Elle se sentait désorientée. Elle ne savait plus que penser, qu'éprouver. Elle ne savait même pas vraiment pour quelle raison elle pleurait. Peut-être était-elle à bout de nerfs, après deux semaines de soins et de veille auprès du ranger? À moins que s'occuper de lui n'ait mis à vif les souvenirs de la bataille qui avait coûté la vie à son père.

— *S'il m'arrivait quelque chose, le père François te conduira auprès de Montcalm ou de Bourlamaque. Ils veilleront sur toi.*

— *Il ne t'arrivera rien, papa!*

Le cœur serré, elle fit courir ses doigts sur les lettres gravées du nom de son père.

— J'ai fait ce qu'avait demandé M. de Bourlamaque, papa. J'ai aidé le ranger à rester en vie. Bientôt, ils vont l'interroger.

— *Tu sais ce qui m'attend, et cela te perturbe de discuter avec un homme promis à la mort.*

Comment avait-il pu lire aussi clairement en elle?

Il ne lui avait dit que quelques mots, qui avaient suffi à lui apprendre qu'il n'était ni un être grossier ni une brute. Elle s'était imaginé qu'à son réveil, il maudirait la France ou supplierait qu'on le relâche. Il l'avait prise sur le fait alors qu'elle le touchait d'une façon indigne, et avait fait montre de bienveillance, d'empathie. Il avait essayé de la rassurer, ne lui demandant que son nom et de l'eau. Des manières élégantes, courtoises, alors que les siennes avaient été honteuses.

— *Je te remercie de t'occuper de moi, mademoiselle Chauvenet.*

La politesse et la compréhension n'étaient pas des qualités que l'on s'attendait à trouver chez un barbare !

Là résidait le cœur du problème.

Elle l'avait veillé, aidé à survivre pour qu'il puisse affronter une mort atroce. Qu'elle eût fait cela, il le comprenait. Et ce, sans pour autant se comporter en ennemi, mais en gentilhomme. Il avait perçu la culpabilité qui la tourmentait, et lui avait pardonné. Avec pour résultat qu'elle se sentait encore plus mal à présent.

— Bonjour, cousine ! Comment vas-tu ?

Amalie essuya en hâte ses larmes avec un coin de son tablier, puis se releva et se retourna.

Ses cousins, les fils de la sœur de sa mère, approchaient. Tomas, suivi de Simon. Tous deux portaient des jambières de cuir par-dessus leur culotte. Leurs longs cheveux noirs étaient en liberté, leur torse, nu. Autour du cou, Tomas arborait un jabot anglais comme un trophée et une ceinture incrustée de coquilles polies autour de la taille. Quant à Simon, sa seule coquetterie était son sourire.

Du bout de l'index, Tomas souleva le menton d'Amalie et examina attentivement son visage. Puis il regarda la tombe.

— Tu as pleuré, cousine.

Sachant qu'il ne comprendrait pas les véritables raisons de sa tristesse, elle acquiesça.

— Papa me manque tellement…

Les yeux des deux jeunes gens exprimaient la sympathie.

— Vous êtes venus faire du commerce ? leur demanda Amalie.

D'un mouvement de la tête, Tomas montra l'hôpital.

— Nous sommes venus réclamer ce que Montcalm nous a promis : l'Anglais. Le McKinnon. Vit-il toujours ?

Amalie tressaillit.

— Oui.

Le ranger n'était pas un Anglais. Il était un Écossais catholique. Mais ses cousins ne verraient pas la différence.

— Parfait ! Nous le jetterons dans les flammes et ainsi vengerons notre village et ton père. Tu devrais venir avec nous, Amalie. Revenir auprès du peuple de ta mère. Tu pourrais être celle qui allumera le bûcher, et ainsi, apaiser ton chagrin.

L'image du ranger ligoté à un poteau de torture surgit dans l'esprit d'Amalie. Une vague de bile lui envahit la gorge.

La porte s'ouvrit. Morgan espérait voir Mlle Chauvenet. Il voulait s'excuser, lui dire combien il était désolé que son père ait été tué par un fusil de ranger, et lui demander son pardon. Non qu'il crût que ses mots auraient la moindre importance pour elle. Mais c'était tout ce qu'il pouvait lui offrir.

Mais ce ne fut pas elle qui entra. Ce furent ses geôliers. Il reconnut l'un d'eux. Il avait entrevu son visage entre deux délires dus à la fièvre. Un lieutenant qui lui avait refusé le droit aux derniers sacrements. L'autre lui était inconnu. Mais la somptuosité de son uniforme ne laissait pas planer le doute : il s'agissait du chevalier François Charles de Bourlamaque, l'homme de Montcalm.

Il était plus jeune que ne l'aurait cru Morgan. La petite quarantaine. Comme son lieutenant, il portait une perruque poudrée à la dernière mode. Les sourcils froncés, il étudia son prisonnier un long moment, puis inclina brièvement la tête.

— Major McKinnon.

— Monsieur de Bourlamaque. Ne m'en veuillez pas si je ne me lève pas pour vous saluer : on dirait bien que je suis attaché.

— Vous n'imaginez pas à quel point je suis soulagé que vous ayez survécu, major.

— Oh, je vois ce que vous voulez dire. Après tout, mes frères et moi avons nos têtes mises à prix, un prix très élevé, depuis quelques années.

Bourlamaque ne sourit pas.

— Pendant un moment, il semblait certain que vous alliez trépasser, me privant ainsi du plaisir de faire votre connaissance.

— Eh bien, voilà qui est fait, et ce doit être un grand jour pour vous.

Le lieutenant donna un coup dans la jambe blessée de Morgan, qui en perdit le souffle.

— Ne soyez pas insolent !

Bourlamaque décocha un regard noir à son lieutenant, puis revint à Morgan.

— Effectivement, c'est un jour à marquer d'une pierre blanche. Aujourd'hui, je rencontre une légende.

Il se tourna vers son lieutenant et le congédia.

— Bien. Major, j'ai déjà averti le commandant de Fort Elizabeth de votre navrante disparition. Je ne voulais pas que les Anglais risquent inutilement des vies pour venir vous sauver.

— Fils de pute ! s'écria Morgan, qui avait nourri l'espoir que ses frères viendraient le chercher.

— Comme vous le savez, major, vous ne quitterez pas le fort Carillon vivant. Vos frères et vous avez coûté cher à la France, au cours de cette guerre. Vos hommes sont la terreur de cette frontière. Ce n'est donc pas seulement mon pays qui exige votre mort, mais les Abénaquis. Vous avez détruit leur village d'Oganak, laissant leurs femmes et leurs enfants sans défense.

— Oui, mais nous, au moins, nous ne violons pas les femmes, ne tuons pas celles qui portent un enfant, comme vos alliés et vous l'avez fait ! Savez-vous ce que nous avons trouvé à Oganak ? Plus de six cents scalps accrochés à leurs totems ! Des scalps d'hommes, de femmes et d'enfants, des scalps que vous...

— Un groupe d'Abénaquis est arrivé pour vous réclamer, coupa Bourlamaque. Ils vont vous ramener à leur village et vous brûler à petit feu pendant des jours et des jours, jusqu'à ce que vous ayez perdu toute pensée cohérente. Il ne vous restera que la souffrance. Vous aurez oublié de quelle couleur est le ciel, le goût qu'a le vin, et même le nom de votre mère. Vous supplierez que l'on vous achève, mais la mort sera lente à venir. Très lente.

Un effroi qu'il avait jusqu'à maintenant réussi à juguler s'empara de Morgan.

— À vous entendre, tout cela sera fort plaisant.

Bourlamaque le regarda. Il affichait une expression de colère, mais aussi, curieusement, de regret.

— Ce ne le sera pas, major, je puis vous le garantir. L'absence de scrupules qui est le fait des deux bords dans cette guerre ne m'a pas échappé. Et je vous respecte pour avoir épargné les femmes et les enfants, ainsi que les serviteurs de l'Église. Je vous propose donc un arrangement.

Morgan garda le silence. Il se doutait de la nature de cet arrangement.

— Dites-moi tout ce que vous savez des rangers, major, de Fort Elizabeth, de votre commandant. En signe de reconnaissance, je ferai en sorte que vous mouriez en douceur et sans souffrances, et en sus, vous aurez droit aux derniers sacrements et à un enterrement selon le rite catholique.

Morgan ferma les yeux. L'horreur de la situation le bouleversait. Ses frères et Wentworth le croyaient mort. Sauf à s'évader, il finirait sous la torture, brûlé vif. Ce qui resterait de son corps serait jeté à tous les vents, ses os dispersés dans la forêt, son scalp accroché à un totem. Et pourtant, il n'était pas question d'accepter l'offre de Bourlamaque. Il était prêt à souffrir le martyre plutôt que de trahir ses frères et ses hommes.

Il rouvrit les yeux.

— Merci pour votre généreuse proposition, dit-il. Je regrette, mais je ne puis l'accepter. Les recoins les plus sombres de l'enfer sont réservés aux traîtres. Je préfère mourir dans les pires souffrances et garder mon honneur intact que me présenter devant Dieu en tant que traître.

Bourlamaque le considéra en silence, pensif, puis déclara :

— Vous avez le temps de réfléchir. Mon chirurgien m'a dit que vous n'étiez pas assez remis pour que je vous place en geôle. Il vous faut encore une bonne semaine de convalescence. Si vous changez d'avis d'ici là…

— À votre place, je ne parierais pas là-dessus.

— Ne vous précipitez pas, major. Faites-moi appeler si vous désirez discuter de mon offre.

Sur ces mots, Bourlamaque salua et s'en alla, laissant Morgan à ses regrets et ses peurs.

5

Amalie marchait vers l'hôpital, contournant les flaques de boue sur le chemin. Elle était tellement préoccupée qu'elle ne remarquait pas la brise rafraîchie par la bruine nocturne ou les soldats au rassemblement du matin. Elle avait espéré être libérée de ses tâches, libérée du souvenir du ranger, qui la hantait. Maintenant qu'il était hors de danger, elle avait aussi espéré ne plus le revoir. Elle avait donc demandé à Bourlamaque de la renvoyer à ses travaux habituels, mais il avait refusé.

— Le Dr Lambert m'a dit que McKinnon vous avait demandée hier soir. Il pense que le major a de la sympathie pour vous. Vous pourriez donc nous être utile en restant à l'infirmerie.

— Mais il guérit et n'a plus besoin de…

— Continuez à vous occuper de lui, coupa Bourlamaque. Soyez attentive et rapportez-moi tout ce qu'il dira.

— Vous attendez de moi que je… que j'espionne, monsieur?

— Mais non, ma douce Amalie. J'attends simplement que vous soyez ce que vous êtes, une jeune fille belle et innocente. Lui est un homme, qui n'a que trop vu la guerre et sait sa fin proche. Au désespoir, il trouvera quelque réconfort dans votre gentillesse. Il vous fera confiance et vous livrera des informations qu'il me taira toujours. Tout ce que je désire, c'est que vous me rapportiez chaque jour ce qu'il vous aura dit. Pouvez-vous faire cela ?

Honteuse de répugner à aider celui qui l'avait protégée, Amalie hocha la tête.

Mais elle ne supportait pas l'idée d'espionner le ranger. Car c'était bel et bien de cela qu'il s'agissait, même si Bourlamaque avait présenté la chose sous un jour différent. Elle devait apaiser le désespoir du prisonnier en se montrant gentille, ce qui annihilerait sa méfiance. Il lui parlerait, et elle rapporterait à Bourlamaque la teneur de ses propos.

Mais pourquoi le ranger lui parlerait-il ? D'après son expérience, les hommes ne se confiaient pas aux femmes, n'entretenaient pas avec elles de conversations sérieuses.

Elle ouvrit la porte de l'hôpital et entra dans le baraquement. Sa vision mit quelques instants à s'accommoder à la pénombre. Un petit feu brûlait dans la cheminée, chassant l'humidité matinale. Deux jeunes assistants du Dr Lambert vaquaient à leurs occupations. L'un récupérait les draps souillés pour les apporter à la buanderie, l'autre vidait les pots de chambre. Six soldats étaient couchés sur les petits lits. Certains dormaient, d'autres se remettaient des blessures occasionnées par les rangers.

C'était de cela qu'elle devait se souvenir. Le major McKinnon avait commandé ceux qui avaient fait du mal à ces soldats. Il avait attaqué le fort, et ce n'était pas la première fois. Il avait du sang français sur les mains, peut-être même celui de son père !

— Bonjour, mademoiselle, lança l'un des assistants.

Amalie le salua en retour puis se dirigea vers l'arrière-salle, se refusant à prendre en compte les crispations de son estomac. Allons, elle n'avait aucune raison de craindre le ranger… Tout ce qu'elle devait faire, c'était pourvoir à ses besoins. Et l'écouter pendant qu'il parlerait. Une tâche fort simple. Alors, pourquoi se sentait-elle aussi troublée ? Pourquoi l'envie de prendre ses jambes à son cou la tenaillait-elle ?

Elle trouva la porte de l'arrière-salle entrouverte, et entendit une voix d'homme.

— Si vous trouvez cela douloureux, major, attendez que les Abénaquis…

Amalie poussa la porte et découvrit le lieutenant Rillieux penché sur le ranger, le talon de sa botte cruellement appuyé sur sa blessure à la cuisse. Les mâchoires serrées, luttant manifestement contre une terrible souffrance, l'Écossais le fixait avec haine mais n'émettait pas un son.

Effarée, Amalie s'exclama :

— Monsieur, que faites-vous ?

Surpris, le lieutenant retira son pied et recula. Un sourire se dessina sur ses lèvres.

— Je lui donne simplement un avant-goût de ce qui l'attend, mademoiselle.

Amalie vit qu'un hématome s'étendait sur la joue droite du major, qui gronda :

— Vous êtes doué pour cela, salaud !

Outrée, Amalie répliqua au lieutenant :

— Vous allez trop loin ! N'avez-vous pas compris les ordres du Dr Lambert ? Le prisonnier doit être bien traité !

Le sourire de Rillieux s'effaça.

— Vous oubliez quelle est votre place, mademoiselle. Quant à moi, je n'ai ni à obéir au Dr Lambert, ni à vous répondre.

Amalie refusa de se laisser impressionner, et pourtant, l'expression du lieutenant la terrifiait.

— À l'hôpital, monsieur, les ordres du Dr Lambert font loi. Et il est cruel et lâche de s'en prendre à un blessé qui…

— Vous êtes dans un fort, en pleine guerre, mademoiselle, pas dans votre couvent ! Ici, les règles militaires prévalent sur les sentiments délicats d'une femme.

Et il tendit la main, attrapa les cheveux d'Amalie et plaqua les lèvres sur les siennes. Brutalement. Un contact douloureux et effrayant, qui ne dura que quelques secondes.

Amalie était tellement sous le choc qu'elle n'eut pas immédiatement le réflexe de le repousser. Il pivota sur ses talons et sortit de la pièce. La jeune fille, d'une main tremblante, frotta ses lèvres pour en chasser le goût de la bouche de Rillieux.

Morgan regardait la pauvre petite s'essuyer violemment les lèvres, et maudissait le Ciel de n'avoir pas la force de briser ses chaînes. S'il l'avait eue, la Terre aurait compté un Français de moins.

— T'a-t-il fait mal, petite ? interrogea-t-il en anglais.

Elle se tourna vers lui, ses grands yeux d'ambre écarquillés d'effroi et de dégoût. Pendant quelques instants, elle le fixa en silence et Morgan se demanda si elle avait compris sa question. Jusqu'à maintenant, il avait été persuadé qu'elle possédait parfaitement l'anglais, aussi bien que lui le français – ce qu'il se gardait bien de montrer : de la sorte, il pouvait écouter ce qui se disait autour de lui.

Il n'avait donc pas perdu un mot de l'échange entre la jeune fille et le lieutenant, et il bouillait de rage. Cette petite était une innocente créature élevée au couvent. Elle avait essayé de le protéger, et n'avait récolté que mépris et méchanceté.

Que n'aurait-il donné pour faire avaler ses dents d'un bon coup de poing à ce Rillieux ! Ensuite, il lui aurait botté les fesses pour lui apprendre que l'on n'insulte pas une femme.

Des femmes, Morgan en connaissait beaucoup, et très peu d'entre elles étaient des femmelettes. Si la conduite de cette guerre avait été entre les mains des grands-mères mohicans, elle aurait été gagnée depuis belle lurette.

— Il m'a un peu secouée, répondit finalement Amalie en anglais.

— Aucun homme n'a le droit de te traiter ainsi! Tu devrais rapporter ce qui s'est passé à Bourlamaque.

La voyant rougir, il regretta sa remarque: elle avait honte qu'il ait été témoin de son humiliation.

— Le lieutenant Rillieux est… un bon officier. Je l'ai offensé. Il m'a demandé de l'épouser mais je… Le mariage ne m'intéresse pas.

— Oh. As-tu choisi la vie religieuse?

— Sans cette guerre, je serais certainement déjà revenue au couvent de Trois-Rivières.

Quel gâchis qu'une si belle femme devienne religieuse… Et quel soulagement de savoir qu'aucun homme ne la posséderait jamais!

— Laissez-moi soigner votre visage, major.

— Est-ce donc si vilain que cela?

Sans répondre, elle s'approcha de la table de chevet, prit le pichet et versa de l'eau dans un gobelet, puis imbiba un linge. Ceci fait, elle regarda Morgan d'un air soucieux.

— Il vous a frappé. Vous êtes entravé, blessé, et il vous a frappé!

— Ne t'en fais pas, petite. Je souffrirai bien davantage quand je quitterai cet endroit.

Elle se figea, le linge mouillé dans les mains. Puis elle parut se ressaisir. Elle essora le linge, mais ses mouvements étaient gauches. Ainsi, songea Morgan, qu'il ait été battu l'émouvait. Il ne la laissait donc pas indifférente.

Elle appliqua le linge sur sa joue tuméfiée. Il en profita pour détailler son visage. Ses cils recourbés, ses pommettes altières, ses lèvres pleines et délicatement ourlées, son cou gracile, et plus bas, la naissance de ses seins ronds. Ses cheveux incroyablement longs et soyeux. Il huma avec délice son parfum de lavande et de linge propre.

Elle s'était promise à Jésus...

Et lui, à Satan.

Il se rappela tout à coup ce qu'il s'était juré de lui dire. Toute la nuit, il avait préparé ses mots. Il était temps de les prononcer.

— Je suis désolé pour ton père. Si je pouvais reprendre la balle qui l'a tué, je le ferais.

Elle posa sur lui un regard exprimant l'étonnement et la colère.

— Comment osez-vous me parler de lui ? demanda-t-elle d'une voix chevrotante.

— Il n'y a rien que je puisse dire pour alléger ta peine, je le sais bien. Mais je suis profondément malheureux que tu souffres, et je te supplie de me pardonner.

Le souffle coupé, Amalie scruta les yeux bleus du ranger et n'y lut que de la sincérité. La même gravité qu'elle avait vue chez des soldats blessés qui lui demandaient de prier pour eux. L'honnêteté à l'état pur d'hommes qui se savaient au seuil de la mort et aspiraient à se mettre en paix avec le monde.

Déjà émue par le comportement de Rillieux, elle se découvrait encore plus décontenancée par les excuses du ranger, aussi se détourna-t-elle et plongea-t-elle le linge dans le bol, à peine consciente de ce qu'elle faisait.

Comment osaient-ils, ces hommes ? Comment le lieutenant osait-il l'embrasser alors qu'il savait qu'elle ne voulait pas l'épouser, et le major, lui demander son pardon ? Ses rangers avaient tué son père, la plongeant dans la détresse, la condamnant à des nuits de chagrin et de solitude !

— Quelle espèce d'être êtes-vous donc, major McKinnon ?

— Juste un homme.

L'humilité de la réponse fit honte à Amalie. Mais si pour Dieu, le major n'était qu'un homme parmi d'autres, il était aussi un officier anglais.

Qui lui avait demandé pardon.

— *Sans le pardon, Amalie, il ne peut y avoir de paix.*

La voix de la mère supérieure résonnait encore dans l'esprit de la jeune fille.

Le major fixait sur elle un regard empreint de douceur qui contrastait avec son apparence féroce, son visage marqué d'hématomes, noir de barbe, ses tatouages rituels de guerrier indien.

— Je l'aimais beaucoup. Il était ma seule famille. Il a été tué l'été dernier lors de la première attaque. Je travaillais à l'hôpital auprès des blessés. J'ai cru qu'il en avait réchappé, mais…

La gorge nouée, elle se tut. Se remémorer ce jour terrible la bouleversait.

— Vierge Marie, mais que faisais-tu ici pendant la bataille ? Je suis navré que tu aies assisté à ce carnage. La guerre est affreuse. Elle change les hommes en monstres. Ce n'est pas un endroit pour les femmes.

— Oui, c'est quelque chose d'horrible.

— Horrible, répéta le ranger d'un ton qui fit lever les yeux à Amalie.

Elle vit sur ses traits qu'il conservait également d'atroces souvenirs.

— Vous aussi, vous avez perdu quelqu'un.

— Beaucoup d'êtres chers. Des hommes bien. Ils sont morts pour rien, pris dans un conflit qui ne les concernait pas, dit-il, de l'amertume dans la voix.

— Je hais les rangers depuis ce jour, major.

Il eut un sourire triste.

— Et moi, me hais-tu ?

— J'ai essayé de vous haïr, monsieur. Mais j'ai bien peur d'avoir échoué.

— Ne t'en fais pas reproche, petite. Il n'y a pas place en toi pour la haine, et il t'est difficile de détester un ennemi que tu as aidé à guérir.

Qu'il la comprenne si bien stupéfia Amalie.

— Je vous pardonne, major McKinnon. Que Dieu permette à l'âme de mon père de reposer en paix.

Un poids que jusque-là elle ignorait porter quitta ses épaules.

Lord Wentworth passa le doigt sur le morceau de plaid maculé de sang, puis regarda derechef le feuillet, incapable de croire ce qu'il venait de lire. Il avait vu les frères McKinnon défier la mort tellement de fois qu'il avait fini par considérer qu'ils survivraient à tout.

Les trois frères étaient les meilleurs soldats qu'il eût croisés. Des Highlanders têtus, robustes, vaillants, qui avaient quitté l'Écosse étant enfants et vivaient parmi les Mohicans sur la frontière. Ils connaissaient le territoire comme personne, et il n'y avait pas meilleurs pisteurs qu'eux. Ni meilleurs tireurs. Capables de viser dans le mille comme personne, et ce plus vite que leur ombre.

Quelle tristesse qu'une banale mission de reconnaissance se soit soldée par la mort de Morgan McKinnon...

Il entendit des clameurs à l'extérieur. Des cris, des injures en gaélique. À peine avait-il glissé le morceau de plaid dans sa poche que la porte de son bureau s'ouvrit à la volée sur Iain McKinnon, accompagné de Connor McKinnon, du capitaine

Joseph, et d'un lieutenant Cooke écarlate qui s'efforçait de s'immiscer dans le petit groupe.

— Monsieur, les frères McKinnon sont là, annonça-t-il, le souffle saccadé.

— Je m'en rends compte. Disposez, lieutenant, et fermez la porte derrière vous.

— Bien, monsieur, dit Cooke en se retirant.

— Votre Immensité, commença Iain McKinnon sans s'embarrasser de formules de courtoisie autres qu'ironiques, qu'avez-vous entendu dire à propos de Morgan? Je veux le savoir tout de suite.

Si les frères McKinnon n'avaient pas été des guerriers, des pisteurs et des tireurs exceptionnels, leur insolence, leurs insultes, leur absolu manque de respect à l'égard de Wentworth et son grand-père le roi, leur auraient valu la prison depuis belle lurette. Mais Wentworth jugeait leur irrévérence rafraîchissante. Hormis eux, tous se courbaient devant lui, flattaient outrageusement le fils de princesse royale qu'il était. Nul n'osait, comme les McKinnon, l'appeler « principicule allemand ».

Il tendit le document à Iain, qui le lut. La missive était arrivée en fin d'après-midi, apportée par un messager français brandissant un drapeau blanc. Il y était écrit qu'en dépit des soins du chirurgien personnel de Bourlamaque, le Dr Lambert, le major Morgan McKinnon était mort des suites de ses blessures et que les Abénaquis avaient réclamé son corps.

Iain blêmit.

— Ô mon Dieu, non!

Connor arracha la lettre à son frère, la parcourut, puis la laissa tomber par terre avant de s'effondrer dans un fauteuil et se prendre la tête entre les mains.

— Marie, sainte Mère de Dieu! Morgan!

Le capitaine Joseph se pencha vers Iain et lui murmura quelques mots dans une langue incompréhensible.

— Ainsi... mon frère est... mort ? demanda Iain, décomposé, à Wentworth.

— La lettre porte la signature de Bourlamaque. Et elle est arrivée avec ceci.

Le colonel sortit le morceau de plaid de sa poche et le donna à son ancien major, qui le serra dans son poing.

— Mes condoléances, major, conclut Wentworth d'un ton lugubre.

— Je n'aurais pas dû quitter les rangers, marmonna Iain comme pour lui-même. J'aurais dû rester avec eux.

Bien que très touché, Wentworth observait les manifestations de détresse de ses hommes avec un certain détachement. Il se considérait comme un analyste pointu de la nature humaine. Il prenait plaisir à étudier les gens, leurs réactions, leurs luttes intérieures contre leurs passions et la manière dont ils s'opposaient à celles des autres. Il se divertissait en manipulant les faibles.

Il avait prévu que le chagrin des McKinnon serait grand en apprenant la mort de Morgan, mais ne le comprenait pas. Lui-même n'avait jamais été proche de ses frères. Troisième fils, donc superflu, il avait dû mener une constante compétition avec ses aînés pour intéresser ses parents. Si d'aventure il périssait lors d'une bataille, cela ne leur ferait ni chaud ni froid. Lors de son départ pour New York, aucun des deux ne lui avait dit au revoir, et jamais il n'avait reçu de lettre.

— Au moins, sa mort l'aura sauvé du pire. Il aurait pu être livré aux Abénaquis vivant et brûlé vif... Mais tout cela est votre faute ! tonna Connor en se levant brusquement. Oui, c'est votre faute, hérétique bâtard! C'est sur vos ordres que Morgan s'est approché de ce maudit fort! Vous l'avez obligé à combattre! C'est exactement comme si vous l'aviez tué de vos propres mains, foutu salaud!

De la colère, enfin! songea Wentworth avec soulagement.

— Pourquoi dites-vous cela, capitaine? s'enquit-il d'un ton calme. Je vous rappelle que le major Morgan McKinnon s'est porté volontaire pour servir Sa Majesté.

Si le capitaine Joseph ne l'avait pas retenu, Iain McKinnon se serait jeté sur lui, constata Wentworth.

— Oui, il s'est porté volontaire! répéta Connor. Parce que vous l'avez menacé de la pendaison s'il refusait!

Effectivement, Wentworth, des années auparavant, avait joué de chance. Il avait vu les trois frères se battre dans la rue et avait ensuite manigancé de façon qu'ils soient accusés d'un crime dont ils étaient innocents. Ensuite, il leur avait offert le choix entre s'engager dans l'armée de Sa Majesté ou la corde. Ils le haïssaient, mais il s'en moquait. Leurs succès au cours de cette guerre avaient considérablement accru le sien, leur gloire avait rejailli sur lui, et il avait gagné l'estime de son grand-père. De surcroît, grâce aux rangers, l'issue du conflit penchait en faveur de l'Angleterre.

— Maîtrisez-vous, capitaine, sinon je considérerai que votre attitude emportée trahit votre incapacité à commander, et je me verrai dans l'obligation de rappeler votre frère Iain.

Connor se calma instantanément.

— Vous n'oseriez pas! lança une voix féminine dans le couloir.

Lady Anne!

Le pouls de Wentworth s'emballa. Pourquoi Cooke ne l'avait-il pas prévenu qu'elle était là ?

Le menton haut, elle entra, traversa la pièce et alla se placer à côté de son mari, Iain McKinnon. Elle paraissait folle de rage, mais ses yeux brillaient de larmes. Elle portait un bambin endormi dans ses bras.

— Mon mari n'a plus d'ordres à recevoir de vous !

Wentworth s'inclina devant la jeune femme.

— Lady Anne.

Bien sûr, le mariage contracté avec un homme de basse extraction l'avait dépossédée de son titre, mais Wentworth persistait à l'employer, sa façon personnelle de refuser cette mésalliance.

— Lord William, dit-elle en esquissant une révérence, nous venons de subir une terrible perte. Je vous prierai donc de pardonner à Connor ses paroles outrancières et de nous laisser à notre chagrin.

— Très bien, madame. Capitaine McKinnon, venez au rapport demain après le rassemblement. Et, à moins que vous ne souhaitiez passer une semaine en cellule, reprenez-vous. Vous pouvez disposer.

Wentworth se tourna vers la fenêtre et plongea la main dans sa poche pour y toucher le roi noir de son jeu d'échecs que lady Anne avait brisé lors de l'une de ses colères l'été dernier. Belle et imprévisible lady Anne. Fille du comte de Rothesay et maintenant épouse d'un Écossais catholique, un barbare des Highlands, un simple ranger. Elle qui aurait pu devenir la maîtresse de lord Wentworth et vivre dans le luxe !

Exiger que son mari reprenne du service le tentait. Il avait envie de le faire pour le seul plaisir de voir lady Anne tous les matins. Morgan McKinnon mort, les rangers auraient certainement besoin d'être menés par leur ancien chef, celui qui les avait commandés pendant trois ans. Dans l'intérêt de la Couronne, il fallait rappeler Iain McKinnon.

Et si Iain McKinnon mourait au combat? Il laisserait lady Anne seule, avec un enfant. Chercherait-elle alors la protection de lord Wentworth et prendrait-elle le chemin de son lit?

Voilà une fort séduisante éventualité.

6

Morgan regarda par la fenêtre. Il faisait encore nuit et il avait mal dormi à cause des cauchemars. Batailles sanglantes, corps déchiquetés, fracas de canons, cris des mourants... Il s'était réveillé enchaîné à son petit lit, poignets et chevilles mis à vif par les bracelets de métal, muscles et articulations douloureux à force d'être dans la même position depuis trop longtemps.

Mais il fallait savourer le fait d'avoir mal, tant qu'il le pouvait...

Car en sortant d'ici, il n'allait pas voir sa situation s'améliorer, loin s'en fallait. Dès qu'il serait assez fort pour se tenir debout, Bourlamaque le ferait conduire en prison. Là, il serait enfermé dans une cage et les interrogatoires débuteraient. Ensuite, l'épave qu'il serait devenu serait remise aux Abénaquis qui le brûleraient vif.

Ce qui lui ferait bien plus mal qu'une balle...

L'estomac serré d'angoisse, il ferma les yeux, inspira profondément et relâcha lentement son souffle. Le laisser se morfondre ici, impuissant, enchaîné, avec la menace qui planait au-dessus de sa tête, faisait partie de la stratégie de Bourlamaque pour amenuiser sa volonté. Il n'avait rien d'autre à faire que réfléchir aux jours à venir avec leur cortège d'horreurs. Oui, Bourlamaque espérait l'inciter à céder, mais il ne connaissait pas les McKinnon ! Ils n'avaient jamais été des lâches ni des faibles.

La chance sourit aux audacieux.

La devise du clan.

Il rouvrit les yeux et scruta les ténèbres. Il devait trouver le moyen de s'évader.

Impossible, tant qu'il aurait les fers. Mais, même dégagé de ses entraves, il n'aurait pas la force de courir ou de se battre. Prévoyant qu'il tenterait de s'échapper lors de son transfert vers la prison, Bourlamaque le ferait de nouveau enchaîner, et escorter de gardes armés. Non, décidément, il ne pourrait pas s'enfuir tant qu'il se trouverait à l'intérieur du fort.

Mais lors du voyage vers le village abénaqui ? Il allait durer une quinzaine de jours à travers une forêt très dense. Il faudrait franchir des torrents, des marécages. N'importe quoi pouvait arriver, au cours d'un si difficile voyage. Il lui suffirait alors de saisir sa chance.

Il essaya d'étirer ses membres gourds et endoloris, avec pour seul résultat d'entamer davantage ses chairs que mordit cruellement l'acier.

La lettre mensongère de Bourlamaque avait-elle été remise à Wentworth ? Ses frères, ses hommes le croyaient-ils mort désormais ? S'imaginaient-ils responsables ?

Oui. Iain se maudirait pour avoir abandonné le commandement des rangers au profit d'une vie de famille avec Annie. Connor se détesterait, persuadé qu'il n'avait pas fait ce qu'il fallait pour le sauver. Même les hommes s'en voudraient. Dougie plus que tout autre, parce que Morgan l'avait protégé.

Il ramena son regard sur la fenêtre. L'aube ne tarderait plus à se lever. Les assistants du chirurgien viendraient le nettoyer puisque, privé de sa dignité, il était obligé de se soulager sur lui car attaché. Le lieutenant Rillieux recommencerait à le harceler comme les autres matins. Et ensuite, si Dieu le voulait bien, Mlle Chauvenet serait là.

Elle était son espérance, sa lumière dans les ténèbres. Il la savait émue par le sort qui l'attendait, sentait qu'elle le plaignait. N'avait-elle pas essayé de le défendre contre Rillieux, la veille ? Peut-être devrait-il songer à utiliser la sympathie qu'elle éprouvait à son endroit, la persuader de détacher ses chaînes et l'aider à s'évader...

Mais cela l'aurait trop gravement impliquée. Et profiter de son innocence aurait été ignoble.

Oui, mais s'il ne s'évadait pas, il était condamné à mourir dans les flammes. S'il existait la moindre chance que Mlle Chauvenet l'aide, il fallait la saisir. Sans hésiter ni se culpabiliser. Seul un fou se serait abstenu.

Et si Bourlamaque accusait ensuite la jeune fille de trahison ?

Cette idée lui donna mauvaise conscience.

Il ne voulait pas l'entraîner dans son malheur. Mais il n'irait pas à l'abattoir comme un agneau, sans lutter, sans résister !

Amalie Chauvenet était si belle que son souffle s'accélérait lorsqu'il pensait à elle. Elle lui faisait le même effet que le premier rayon de soleil un matin de printemps, quand les arbres sont en bourgeons et que les rossignols lancent leurs trilles. Évidemment, il était possible que les émotions qu'elle suscitait en lui soient dues à sa situation du moment. Il était face à la mort, donc vulnérable. Mais peut-être réagissait-il ainsi parce qu'elle était vraiment la plus jolie fille qu'il eût jamais vue.

Sa beauté extérieure s'accompagnait d'une gentillesse et d'une grâce intérieure rares. Cela n'avait pas dû être facile de lui pardonner, et pourtant elle l'avait fait. Puis elle s'était occupée de lui, lui avait donné à boire, l'avait nourri, lavé, avait refait ses pansements. Il avait essayé de rester éveillé pour discuter avec elle, mais la fièvre des jours passés l'avait vidé de ses forces et il avait succombé au sommeil. À son réveil, elle était partie.

L'aube nimbait le ciel de bleu pastel. Une autre journée commençait.

Il perçut un bruit de pas. Quelqu'un venait. Certainement pas un messager porteur de bonnes nouvelles.

Amalie retira le pansement sous l'épaule du ranger, qui la fixait pendant qu'elle roulait le bandage.

— La guérison est en bonne voie, major.

— Je serai donc en parfaite forme pour mon exécution, dit-il d'un ton léger.

— N'avez-vous pas peur, major ?

Il eut un petit rire triste.

— Oh, si. Mais il est hors de question que la peur me commande. Bourlamaque peut choisir de quelle manière et quand je mourrai, mais c'est à moi de décider comment j'affronterai la mort.

Le courage du ranger serra l'estomac d'Amalie. Elle avait déjà vu des hommes braves. De tout jeunes hommes qui montaient au combat sur des jambes flageolantes, et qui pourtant ne faisaient pas demi-tour. Des blessés auxquels elle avait tenu la main lorsque le chirurgien plongeait son bistouri dans leurs chairs. Des soldats qui enterraient leurs compagnons morts et ensuite repartaient faire leur devoir. Mais le major McKinnon faisait montre d'une force de caractère qui dépassait tout ce qu'elle avait vu au cours de cette terrible guerre.

Elle leva les yeux et le regarda.

— Ce qui va arriver me désole.

— Ne t'en occupe pas, petite. Ce n'est pas ton problème. Tu n'as rien à te reprocher.

Il sourit et elle cilla, troublée par la lumière qui irradiait de tout son visage, pourtant en bien piteux état.

— Ne parlons pas de choses tristes, continua-t-il. C'est une matinée trop belle pour cela.

Elle hocha la tête et se remit à la tâche. Depuis la veille, ce qu'elle pensait du major McKinnon avait évolué. Il avait quêté son pardon, montré de l'humilité. Et de la décence lorsque Rillieux l'avait embrassée. Mais comment l'homme qui avait détruit le village de sa grand-mère, y avait semé la désolation en plein cœur de l'hiver, pouvait-il être le même que celui qui se trouvait devant elle ?

— Les histoires que l'on raconte sur vous sont-elles vraies ? demanda-t-elle sans réfléchir.

— Quelles histoires ?

Il paraissait amusé. Elle sentit qu'elle rougissait. Elle s'empressa de baisser les yeux sur le pansement qu'elle n'avait pas terminé.

— Mes cousins pensent que vos frères et vous n'êtes pas vraiment des hommes mais des esprits, des *chi bai*.

— J'ai entendu dire cela. À ton avis, qu'en est-il ?

Amalie n'en croyait pas ses oreilles. Il lui demandait son avis ? Le seul homme qui se soit jamais intéressé à ses opinions était son père.

— Si vous étiez un esprit, vous ne seriez pas là. Vous vous dissoudriez en fumée et disparaîtriez.

— Exactement, fit-il en gloussant.

— On prétend aussi vous avoir vu, avec vos frères, voler dans les airs.

— Ce qu'ils ont vu, c'étaient des empreintes de pas dans la neige jusqu'au bord d'une falaise, et les McKinnon à son pied. Ce qu'ils ignoraient, c'est que nous avons reculé en marchant dans nos traces et trouvé une voie qui nous a conduits en bas.

Une astuce si simple qu'Amalie ne put se retenir de rire.

— Vous les avez bien dupés.
— Oui, et nous avons pu nous battre un jour de plus.
Un temps, puis :
— C'est la première fois que je te vois rire, petite.
Troublée, Amalie se pencha de nouveau sur la blessure, un long pan d'étoffe à la main.
— Ne sois pas mal à l'aise, petite. Je ne voulais pas t'embarrasser.
Il avait une voix si douce qu'elle en était presque hypnotique, songea Amalie en étirant la bande d'étoffe autour de son épaule. Il était tellement large d'épaules qu'elle dut se pencher sur lui pour glisser le pansement en dessous, et de ce fait, appuya légèrement les seins sur sa poitrine. Pendant un bref et déroutant instant, elle sentit son cœur battre contre le sien. Elle eut l'impression que la chaleur du corps du ranger traversait les épaisseurs de tissu de son corsage, et elle eut tout à coup la tête légère. Elle fixa le pansement avec des doigts tremblants, tout en cherchant des mots susceptibles de combler le silence.
— Je... euh... j'ai aussi entendu dire que vos frères et vous aviez protégé des Françaises que les soldats anglais voulaient violer, et sauvé la vie d'un prêtre. Est-ce vrai ?
— Oui, petite. Les rangers de McKinnon n'ont jamais scalpé quiconque, ni fait la guerre aux femmes et aux enfants.
Repartie qui irrita Amalie.
— Alors pourquoi avez-vous abandonné à la faim et au froid les femmes et les enfants d'Oganak ?
Les yeux de Morgan s'emplirent de tristesse.
— Sais-tu ce que nous avons trouvé à Oganak, petite ? Plus de six cents scalps, certains de femmes et d'enfants.
Amalie secoua la tête, persuadée qu'il mentait.

— Je ne vous crois pas, monsieur. Ce sont les Anglais qui paient les Indiens pour collecter d'aussi ignobles trophées. Pas nous!

— En es-tu si certaine que cela? Mon scalp n'a-t-il pas été mis à prix par les tiens?

— Oui, mais c'est diff...

— Demande à Bourlamaque s'il a déjà fait du troc de marchandises contre des scalps anglais. Et demande-lui aussi de te parler des abominations commises par ses soldats contre des familles anglaises établies au bord de la frontière. J'ai vu des violences qui te glaceraient jusqu'au sang, petite. Des femmes enceintes violées à même le sol, des bébés tués dans les bras de leurs mères, des enfants... Non, je n'en parlerai pas, parce que je me rends compte que cela te bouleverse. Mais sache ceci: les hommes d'Oganak abusaient des femmes et des enfants depuis trop longtemps, et les rangers ont mis un terme à cela. Tout en n'étant jamais aussi cruels que l'adversaire. Nous n'avons tué que les hommes adultes et les adolescents.

— Vous avez laissé les survivants sans toit ni nourriture! Les abandonner ainsi n'était pas mieux que les tuer de vos propres mains.

— Nous ignorions que l'hiver serait aussi rude. Nous avons payé au centuple cette expédition en nous retrouvant dans la neige jusqu'aux genoux, condamnés à manger nos ceintures et nos mocassins de cuir. Lors du voyage de retour, j'ai vu des hommes qui étaient mes amis mourir de faim. Non, ne me parle pas d'Oganak, si tu es incapable de m'expliquer comment un homme peut prendre un petit enfant sans défense dans ses bras et sortir son couteau!

Morgan observait Amalie pendant qu'elle cousait et se reprochait de s'être montré si dur. Il était évident qu'elle avait été protégée des cruautés de cette guerre. Quel besoin avait-il eu de lui lancer ces horreurs en pleine figure ? Il tenait à ce qu'elle cesse de le considérer comme le diable, qu'elle sache la vérité. Mais il ne se sentait pas mieux à présent. Il se rendait compte qu'elle lui en voulait. Elle n'avait dit mot depuis qu'il lui avait livré sa version des faits. Penchée sur son ouvrage, elle ne le regardait pas. Assise le dos bien droit, éclairée par le soleil qui passait à travers les carreaux en parchemin, les cheveux en liberté coulant de ses épaules jusqu'au sol, elle tirait l'aiguille sans discontinuer.

Il chercha une idée pour briser le silence.

— Où as-tu appris à si bien parler anglais, petite ?

— Quatre religieuses étaient anglaises, répondit-elle sans lever les yeux. Des catholiques exilées. La mère supérieure estimait que les élèves devaient apprendre leur langue, comme elles devaient apprendre la nôtre.

— Cette mère supérieure était très avisée. Mais comment se fait-il que tu aies été élevée au couvent ?

— Ma mère est morte en couches quand j'avais deux ans. Mon père m'a alors envoyée à Trois-Rivières.

— C'est triste de perdre sa mère à un si jeune âge. Je suis navré pour toi, petite.

— Je ne me souviens pas d'elle, dit Amalie, la main soudain figée.

— Ta mère était une Abénaqui ?

— Oui, fit-elle, étonnée.

— N'aie pas l'air aussi surprise, petite. À la première seconde où je t'ai vue, j'ai su que tu étais une sang-mêlé. Et tu m'as parlé de tes cousins qui me prenaient pour un *chi bai*. Il ne m'a pas été difficile de conclure que du sang abénaqui coulait dans tes veines.

— On dit que les Anglais considèrent les Indiens comme des sauvages et qu'ils méprisent tous ceux qui ont comme moi du sang indien.

— Certains, oui, et ce sont des idiots. Mais je pense que tu sais que je ne suis pas anglais.

— Non, vous ne l'êtes pas, admit Amalie après une hésitation. Et je ne comprends pas pourquoi un Écossais catholique se bat contre des Français catholiques au nom d'un roi allemand protestant qui dirige l'Angleterre. Les Français n'ont-ils pas longtemps été les alliés des Écossais? Encore maintenant, la France héberge le véritable héritier du trône écossais. Alors pourquoi tuez-vous pour le roi anglais?

Morgan soupira.

— C'est une longue histoire, que tu ne croirais pas si…

Dans la pièce voisine s'élevèrent soudain des cris et des plaintes, puis la porte s'ouvrit et l'un des assistants du Dr Lambert apparut.

— Venez vite, mademoiselle! Un soldat s'est tiré dans le pied! Nous avons besoin de votre aide!

— C'est donc vrai? s'exclama Amalie en s'efforçant de ne pas montrer son dégoût.

Assis à son bureau, Bourlamaque lui sourit avec indulgence.

— Oui, mon petit, c'est là l'une des terribles réalités de la guerre. Les Anglais paient les scalps. Aussi, en certaines occasions, devons-nous les imiter. Nous préférons faire des prisonniers et les échanger contre nos officiers et nos partisans détenus, mais nos alliés ont leurs propres coutumes.

— Ne pouvons-nous les obliger à abandonner ces coutumes, dans la mesure où ils adoptent notre religion?

— Nous avons besoin d'eux, Amalie. Il est impossible maintenant, en pleine guerre, de modérer leur hostilité. Des innocents périssent des deux côtés. C'est une des conséquences de la guerre.

— Pardonnez-moi, monsieur, mais les rangers de McKinnon ne prélèvent pas les scalps. Ils ne tuent ni les femmes ni les enfants. Alors, nos soldats comme nos alliés pourraient…

— Nous ferons ce qu'il faut pour remporter la victoire, Amalie, coupa Bourlamaque, dont la patience était visiblement épuisée. Rappelez-vous, ce n'est pas nous qui avons déclenché les hostilités.

Un temps, puis :

— Le prisonnier a-t-il dit autre chose ?

— Oui, monsieur. Il a deviné que ma mère était une Abénaqui. Et il m'a rappelé qu'il n'était pas anglais. Lorsque je lui ai demandé pourquoi il combattait à leur côté, il m'a répondu que c'était une longue histoire.

— Très bien. S'il n'y a rien d'autre, vous pouvez disposer.

Elle ennuyait Bourlamaque, elle en était consciente, mais décida que, tant pis, elle irait au bout de ce qu'elle avait à dire.

— Il me semble que je dois vous parler du lieutenant Rillieux, monsieur. Il m'a volé un baiser, hier, et…

— Il me l'a rapporté ce matin, et paraissait fort marri.

Il se leva, contourna son bureau et offrit sa main à Amalie, élégante façon de la congédier.

— Votre fin de non-recevoir à sa demande en mariage l'a contrarié, il faut que vous le compreniez. Il n'est qu'un homme, Amalie. Et un homme a des… besoins. Si seulement vous vouliez bien… Ah, je vois à votre expression que vous n'éprouvez rien pour lui. C'est dommage. Mais voler un baiser n'est pas un acte bien grave. Je connais beaucoup de jeunes femmes qui apprécieraient qu'il leur en vole un de temps à autre. Maintenant, allez, et habillez-vous pour le dîner.

Des femmes qui apprécieraient ? Mais comment une femme pouvait-elle apprécier *cela* ?

— Bien monsieur, dit néanmoins Amalie, qui se rendait compte que Bourlamaque venait de lui faire la leçon.

Elle fit la révérence puis rejoignit sa chambre, où elle s'assit à sa coiffeuse. Puis elle se regarda dans le miroir.

Comment pouvait-elle être toujours la même, alors que tout son univers s'était effondré ?

7

Morgan observait Mlle Chauvenet qui installait sur la table de chevet savon, eau chaude, linges propres et baume.

— Ne te donne pas tant de mal, jeune fille. À quoi bon essayer de me soulager alors que nous savons tous les deux que je vais mourir bientôt ?

Sans le regarder, Amalie plongea de la sauge et de l'écorce de cèdre dans l'eau. Ses cheveux sombres étaient retenus par un ruban rose et coulaient en vagues jusqu'à la ceinture de sa jupe grise.

— Il est de mon devoir de soigner vos blessures, monsieur.

Morgan la sentait mue par davantage que le sens du devoir. Depuis son entrée dans la pièce une heure plus tôt, elle était bizarre. Elle semblait bien plus troublée que précédemment, et des cernes noirs marquaient ses yeux, comme si elle n'avait pas dormi. Pourtant, elle se montrait plus douce avec lui. La colère s'était peinte sur ses traits lorsqu'elle avait vu de nouvelles marques sur sa figure. Elle avait appelé les assistants du chirurgien et les avait copieusement tancés pour avoir mal veillé sur lui.

— Vous vous êtes déshonorés en laissant un homme sans défense se faire battre ! avait-elle crié en français. N'est-il pas de votre devoir devant Dieu de le protéger ? Que penseriez-vous si les officiers anglais traitaient les captifs français de la même manière ? La prochaine fois que quelqu'un tentera de faire du mal à M. McKinnon, prévenez-moi, ou prévenez immédiatement le Dr Lambert !

Morgan avait moins souffert du coup de poing de Rillieux que de s'entendre traiter d'« homme sans défense » par une jolie fille, mais il avait été content qu'elle se préoccupe autant de son sort.

Amalie avait lavé la joue meurtrie avec un linge frais et remarqué alors que les poignets et les chevilles du soldat avaient saigné, blessés par les fers trop serrés. Elle s'occupait donc maintenant de les soigner.

— Oublie ça, lui dit Morgan. Je vais de toute façon porter des fers jusqu'à ma dernière heure.

S'il ne parvenait pas à s'évader...

Amalie s'assit sur le tabouret à côté de lui et le regarda avec une profonde tristesse.

— Je ne puis changer ce qui va arriver, monsieur, mais je puis vous apporter du soulagement aujourd'hui.

Tant de sincère compassion bouleversa Morgan. Il cherchait, en vain, les mots pour remercier la jeune fille quand elle sortit quelque chose de ses jupes.

Une clé.

La clé des fers.

Un regain d'énergie afflua dans tout son corps : s'il pouvait avoir ne fût-ce qu'un poignet libre, il lui agripperait la main et s'emparerait de la clé pour s'échapper. Le chirurgien et ses aides seraient des obstacles négligeables. Il les neutraliserait sans peine, puis volerait un uniforme français. Ensuite, il courrait jusqu'à l'une des grilles avant que l'alarme soit donnée. De là, il gagnerait la forêt et...

S'il réussissait à gagner la forêt, il entamerait un périlleux voyage de trois jours et trois nuits sans vivres, eau et armes. En marchant avec une jambe en tellement piteux état qu'il n'était pas sûr qu'elle le porte.

Allons, il avait survécu à pire. Il pouvait le faire!

Oui, mais s'il échouait? Eh bien, ils ne pourraient pas lui faire subir pire que ce qu'ils projetaient déjà.

Mais ils pourraient punir Mlle Chauvenet.

— Pour nettoyer vos blessures, il faut que je retire les fers, un à la fois, annonça-t-elle.

Elle tenait la clé entre ses doigts tremblants. Avait-elle toujours peur de lui? se demanda Morgan.

— Je sais que rien ne vous retiendrait de me faire du mal pour que je vous libère. Je suis certaine que vous me tueriez sans hésiter. Alors je vous demande de me donner votre parole de catholique que vous n'essaierez pas de vous enfuir.

Elle détachait les chaînes pour mieux l'attacher avec des mots.

Il prit une profonde inspiration afin de chasser sa frustration avant d'acquiescer:

— Même si ces fers tombaient d'eux-mêmes, jeune fille, tu n'aurais rien à craindre de moi. Je t'ai dit que tu n'avais aucune raison d'avoir peur.

— J'ai donc votre parole?

Il hésita. Serait-ce un terrible péché que de rompre une promesse pour sauver sa vie?

— Oui, tu as ma parole. De catholique et de McKinnon.

Elle s'apprêtait à attraper son poignet droit quand elle suspendit son geste.

— Le Dr Lambert ne sait pas que j'ai cette clé. Si je suis confondue...

Morgan comprit. Elle avait autant peur d'être découverte qu'elle avait peur de lui.

— Alors ne fais pas ça, jeune fille. Va rapporter la clé. Je ne veux pas que tu prennes de risques pour moi.

Elle se pencha et glissa la clé dans la serrure, la fit tourner, et libéra le poignet de Morgan, qui tenta aussitôt de soulever son bras. Il s'aperçut alors qu'il pouvait à peine le bouger. Une douleur térébrante jaillit dans son épaule, lui coupant la respiration.

— Ô, Seigneur… laissa-t-il échapper.

Dire qu'il songeait à s'évader…

— Restez allongé sans bouger, monsieur. Vous avez été enchaîné tellement longtemps que votre épaule est paralysée.

Elle prit le bras inerte et le posa en travers de ses genoux.

Morgan n'osa pas rouvrir la bouche pour lui répondre, de crainte de lâcher une bordée de jurons : il souffrait comme un damné, et était fou de rage d'être aussi faible. Il ne lui restait plus qu'à prier pour que ses muscles et ses articulations se détendent. Une autre occasion de s'enfuir se présenterait lorsqu'il aurait retrouvé des forces.

— Je ne voudrais pas vous faire mal, dit Amalie en passant sur son poignet un linge humecté.

— Ne t'en fais pas, jeune fille, répliqua-t-il entre ses dents.

Son épaule endormie commençait à se réveiller. Il humait l'odeur du savon, de la sauge et du cèdre. Il sentait la douce caresse des doigts d'Amalie qui étalait du baume sur son poignet, puis le bandait.

— Essayez de bouger votre bras maintenant, monsieur.

Morgan serra le poing, fléchit le coude, puis fit rouler son épaule. Le mouvement agressa la blessure de sa poitrine en cours de guérison.

— C'est bien mieux. Merci, jeune fille.

Elle lui sourit. Un sourire si doux qu'il crut son cœur sur le point de fondre. Sans réfléchir, il porta la main au visage d'Amalie, suivit du bout de l'index le dessin de la pommette, descendit jusqu'à la mâchoire avant de capturer une mèche de cheveux noirs et de l'enrouler autour de son doigt. Amalie ne protestant pas, il enfouit la main dans la masse soyeuse, la lissa, puis l'amena à son nez pour s'enivrer de son parfum de lavande. Il ferma les yeux, soudain animé d'un désir qu'il jugea incongru.

Il n'avait pas le droit de la toucher! Elle n'était pas à lui.

Et pourtant, il avait envie d'elle.

Amalie avait le souffle court, l'impression que sa joue brûlait. Elle le regardait respirer ses cheveux. Les yeux clos, il semblait intensément concentré, en proie à de la souffrance. Puis il souleva les paupières et elle s'abîma dans l'eau de ses prunelles. Leur chaleur déclencha un frisson qui lui courut dans tout le corps. Son ventre se mit à palpiter, son cœur à battre la chamade.

— Pardonne-moi, dit-il, l'air coupable, en abandonnant ses cheveux. Je n'ai pas le droit de te toucher.

Le pouls en déroute, Amalie reprit la chaîne.

— Je suis désolée, mais je dois…

Un bruit derrière la porte la fit s'interrompre. La voix du Dr Lambert s'éleva. Il demandait de l'eau à quelqu'un.

— Vite, referme l'anneau! intima Morgan à Amalie en tendant le bras.

Il aurait pu si facilement lui serrer la gorge, songea-t-elle. Mais non. Il tenait parole. Et elle se rendit compte qu'elle n'en avait pas attendu moins de lui.

En hâte, elle verrouilla l'anneau, qui émit un cliquetis. Ensuite, de longues secondes s'écoulèrent, sans que le Dr Lambert se montre. Sa voix mourut avant de s'éteindre totalement: il s'était éloigné. Amalie relâcha sa respiration.

— Est-ce mieux ainsi, monsieur ? s'enquit-elle en montrant le poignet pansé.

— Oui, merci. Tu as une main de guérisseuse.

Elle se mit debout, la clé à la main. Puis elle se déplaça vers le pied du lit pour s'occuper des chevilles de Morgan, déterminée à faire tout ce qui était en son pouvoir pour adoucir ses derniers jours sur terre.

Elle avait passé une nuit blanche à ressasser les paroles de Bourlamaque et celles du ranger. Elle avait toujours cru la France bastion de la civilisation, et l'Angleterre peuplée d'hérétiques barbares et cruels. Que Bourlamaque ait admis que les officiers français payaient des scalps, que leurs soldats et alliés tuaient des femmes et des enfants… Mon Dieu. C'était comme si le sol s'était dérobé sous ses pieds.

Avant l'aube, elle était allée à la chapelle pour s'entretenir avec le père François, dans l'espoir qu'il la guiderait. Mais il s'était borné à lui rappeler que la France était fidèle à Rome et au pape, alors que l'Angleterre s'était détournée de l'Église. Comme si dans la religion seule, et non dans les actes, résidait l'honneur.

Lorsque le soleil s'était levé, il lui avait semblé briller sur un monde différent aux couleurs ternies.

Elle voulait s'excuser auprès du ranger pour les mots qu'elle avait prononcés la veille. Elle l'avait accusé de mentir alors qu'il ne lui disait que la vérité. Elle espérait réussir à lui exprimer combien elle avait été consternée d'entendre Bourlamaque confirmer ses accusations.

Elle s'assit au pied du lit, repoussa la couverture et détacha l'anneau de la cheville du prisonnier. Il agita la jambe, puis la plia. La couverture glissa, dénudant la jambe jusqu'au bassin. Il laissa échapper une plainte en forme de sifflement. Elle comprit qu'il souffrait.

— Par Satan ! gronda-t-il.

Elle ne put s'empêcher de détailler ce corps soudain révélé et de constater qu'il était fort joliment fait. Et incroyablement musclé : sa cuisse était aussi épaisse que ses deux jambes réunies !

— Vous êtes ankylosé, monsieur.

— Oui, et... Aïe !

Les yeux clos, il fit ployer sa jambe une autre fois, puis une troisième. Lorsqu'il l'étendit enfin sur la couchette, il était blême, le front mouillé de transpiration.

— N'espère pas me voir danser la gigue bientôt, jeune fille.

Amalie ne savait pas ce qu'était une gigue, mais « danser », oui, elle le savait.

Non, le soldat ne danserait plus. Cet après-midi, elle avait vu ses cousins bâtir un traîneau avec des branchages et avait tout de suite compris dans quel but. Dès que Bourlamaque en aurait fini avec le prisonnier, ses cousins le ligoteraient sur le traîneau puis le traîneraient jusqu'à Oganak pour le jeter au bûcher.

— S'il est capable de marcher, ça l'empêchera de s'échapper, avait expliqué Tomas.

Puis il avait souri à Simon et ajouté :

— Et s'il est incapable de marcher, ça nous permettra de le conduire rapidement au village.

Une immense tristesse enserra la poitrine d'Amalie. Elle continua à soigner la cheville droite du major McKinnon. Sa tâche achevée, elle remit l'anneau en place avant de s'occuper de la cheville gauche, sans cesser de guetter des pas à l'extérieur.

Le ranger avait raison, bien sûr : ses efforts pour améliorer son état se révéleraient bientôt inutiles. Mais, même s'il avait devant lui un futur bien sombre, elle espérait lui rendre le présent plus supportable.

— Quelque chose te tracasse, jeune fille. Je le vois sur ta figure.

Pouvait-elle lui avouer la vérité ?

— Je… j'ai parlé avec Bourlamaque. Le lieutenant Rillieux s'était déjà confessé. Bourlamaque m'a dit que beaucoup de femmes apprécient qu'on leur vole des baisers.

Cela la dépassait toujours. Au point qu'une interrogation la taraudait : n'était-elle pas davantage faite pour être nonne qu'épouse ?

— Mais ce n'était pas qu'un baiser volé ! Ce salaud t'a fait mal !

Étonnée, Amalie se rendit compte que l'indignation de Morgan la réconfortait. Mais ce n'étaient pas les déclarations de Bourlamaque à propos du lieutenant Rillieux qui l'avaient empêchée de dormir.

— J'ai également parlé de ce que vous m'aviez raconté au sujet d'Oganak.

— Alors, tu sais que je n'ai pas menti.

— Oui. Bourlamaque a prétendu préférer ne pas réclamer de scalps, mais être obligé de le faire dans la mesure où les Anglais pratiquent cette horreur. Ce n'est pas nous qui avons commencé cette guerre, monsieur McKinnon. Ce sont les Anglais. Nos soldats ne sont là que pour y mettre un terme.

— Je ne vois pas pour quel motif six cents scalps se balançaient dans le vent à Oganak, répliqua Morgan.

Il s'était exprimé calmement, et pourtant Amalie fut aussi touchée par cette vérité que s'il avait hurlé.

— J'ai toujours cru que la France était la lumière du monde, et maintenant… vous m'avez fait douter, obligée à remettre mes idées en question, monsieur.

— Les pays sont composés d'humains, jeune fille. Et la guerre les transforme en bêtes féroces.

Quelques hommes pouvaient devenir des animaux, oui, mais pas tous !

— Cette guerre n'a pas fait de vous une bête, remarqua Amalie.

— Oh ? En es-tu certaine ?

Elle referma le dernier anneau, puis glissa la clé volée dans ses jupes.

— Oui, major McKinnon, je le suis.

Morgan écoutait Amalie qui lui faisait la lecture d'un ouvrage d'un philosophe dénommé Rousseau. Elle baissait les paupières et ses longs cils dessinaient sur ses joues des ombres en forme d'ailes de papillon. Ses cheveux, rejetés derrière une épaule, ruisselaient sur le sol. La voir, entendre sa voix mélodieuse l'enchantait à un point tel qu'il en oubliait presque le fatal compte à rebours qui le menaçait.

Elle lui lisait un texte dans lequel le philosophe développait la thèse selon laquelle la partie morale de l'amour était un sentiment artificiel, issu des habitudes sociales et valorisé par les femmes.

Elle s'interrompit, les joues soudain empourprées.

— L'homme, d'après Rousseau, n'obéit qu'à ses instincts.

Morgan ne put se retenir de rire, amusé par la pusillanimité d'Amalie et le ridicule, selon lui, des réflexions du philosophe.

— Il est clair que ce Rousseau passe trop de temps plongé dans ses livres et pas assez avec les femmes. Le pauvre n'est certainement jamais tombé amoureux.

— Oh… Vous ne partagez donc pas cette opinion ?

— Non, jeune fille, assura Morgan en la regardant droit dans les yeux. Je pense que même le plus primitif des hommes sait reconnaître une belle femme quand il en voit une.

Amalie se détourna, prit une brève inspiration, puis le regarda de nouveau, encore plus rouge d'embarras que quelques instants auparavant.

— Vous dites que la guerre change les hommes en bêtes, mais la mère supérieure disait que la passion fait la même chose.

Morgan se pencha un moment sur cette idée, puis songea à Iain et à ce que son amour pour Annie lui avait fait endurer.

— La luxure sans frein peut changer un homme en bête, mais le désir tempéré par l'amour peut faire de lui un saint.

Il raconta comment Iain avait trouvé Annie seule dans la forêt, sur le point d'être violée et tuée par une escouade d'Abénaquis. Il expliqua que son frère n'avait pas hésité à désobéir aux ordres de son commandant pour sauver la jeune femme, ce qui lui avait valu cent coups de fouet. Iain s'était organisé pour garder Annie auprès de lui, osant enlever un prêtre pour qu'il les marie alors qu'elle était protestante, affrontant l'oncle dépravé de la jeune femme en un combat singulier à l'issue duquel il avait failli perdre la vie pour le salut de celle de son aimée.

Au fil de son histoire, il suivait sur le visage d'Amalie les émotions qu'engendrait le récit : horreur, étonnement, détresse, et même envie.

— Il devait vraiment l'aimer très fort, dit-elle quand il eut fini.

— Assez pour mourir pour elle.

Elle le fixait de ses immenses yeux d'ambre, fenêtres de son cœur. Il sut quelle question elle allait lui poser avant qu'elle l'ait formulée.

— Avez-vous déjà été amoureux, monsieur ?

Il s'interrogea. Il avait fait l'amour avec passion, oui. Avec des Muhheconneoks aux prunelles de jais. Des Hollandaises blondes à Albany, quelques Anglaises girondes. Il avait chéri des femmes, avait apprécié le plaisir partagé, mais sans jamais éprouver le sentiment qui avait amené son frère à prendre tous les risques pour l'une d'elles.

Jamais il n'avait songé à cela et, tout à coup, il se sentait vide.

Mais c'était mieux qu'il ne se soit pas investi. Quelle torture c'eût été de laisser derrière lui une femme condamnée à élever seule leurs enfants... Cette guerre avait déjà fait trop de veuves et d'orphelins.

— Non, petite, je n'ai pas été amoureux.
— Alors aucune femme ne vous pleure ?
Il sourit.
— Maintenant que tu me le dis, il y aura bien une larme ou deux à Stockbridge et peut-être aussi à Albany.
— Je prierai pour vous.
Cette simple déclaration lui serra le cœur.
— Tu ferais ça, petite ? Tu prierais pour un ennemi, un homme qui a peut-être tué ton père ?
— C'est la guerre qui a tué mon père, monsieur.
Elle sourit enfin – un sourire affligé – et ajouta :
— De toute façon, je vous ai pardonné, n'est-ce pas ? Donc, oui, je prierai pour vous.

Il baissa les yeux sur la croix de bois qui reposait sur sa poitrine.

— Alors prends ceci, petite. Prie en la serrant entre tes doigts. Ensuite, la porter me donnera de la force parce que je saurai que tu l'as touchée.

Elle posa son livre, se leva, s'approcha de lui, tendit les mains et fit passer le crucifix par-dessus sa tête. Elle ferma la main sur la chaîne en forme de chapelet et la petite croix de bois.

— Je prierai avec elle ce soir, monsieur. Je vous la rendrai demain matin.

8

Amalie procéda à une toilette matinale rapide. Elle se lava le visage, démêla ses cheveux avant de les attacher avec un ruban rouge, cadeau de son père. Puis elle enfila ses jupons, ajusta son corset et se glissa dans sa robe. Elle avait choisi la bleue plutôt que la grise. Elle fixa la guêpière blanche sur son buste, lissa de la main le jabot de dentelle, étira les poignets en guipure et enfin s'examina dans la psyché pour s'assurer qu'elle était présentable. Dommage qu'elle n'ait pas quelque fard pour atténuer les cernes sous ses yeux...

Elle avait peu dormi. Elle avait passé la nuit agenouillée en prière, le chapelet et la croix du ranger dans les mains. Elle avait humé le parfum d'homme qui imprégnait les billes de bois enfilées sur un lien de cuir taché par la transpiration. Incapable de se retenir de pleurer, elle avait supplié la Vierge d'accorder un miracle qui épargnerait les pires tourments au condamné. Lorsque enfin elle s'était endormie, elle avait fait des cauchemars habités de visions de feu.

Pourquoi le major McKinnon se battait-il aux côtés des Anglais ?

Elle devait être honnête : non seulement elle ne le haïssait pas, mais elle l'admirait et... éprouvait de l'affection pour lui. Il était un ranger, redoutable au combat. Et il était aussi un homme qui tenait parole. Un homme loyal, de haute moralité, et intelligent. Il avait discuté avec elle de la philosophie de Rousseau comme si ses opinions de femme avaient de l'importance, ils avaient échangé des idées, il avait tenu compte de ce qu'elle pensait. Il aurait pu sans difficulté s'emparer de la clé, et pourtant s'en était abstenu.

Elle se rendait bien compte qu'elle l'intéressait en tant que femme. Et pourtant, son regard affamé ne lui avait pas fait peur, alors que d'ordinaire elle frissonnait sous le regard des hommes. Face à Morgan McKinnon, elle s'était surprise à être profondément émue, physiquement comme mentalement.

— *Le plus primitif des hommes sait reconnaître une belle femme quand il en voit une*, avait-il dit.

Elle prit le rosaire, récita un *Je vous salue Marie* rapide, puis le glissa dans son corset et descendit prendre le petit déjeuner.

Elle fut soulagée d'apercevoir Bourlamaque en grande conversation avec le lieutenant Rillieux et d'autres officiers dans son bureau. Du pain, des fromages et des viandes froides avaient été laissés à son intention. Elle appréciait la compagnie de Bourlamaque, mais plus du tout celle de Rillieux, auquel elle ne pardonnait pas les coups infligés au major McKinnon alors qu'il était enchaîné. Elle préférait donc être seule que de supporter sa présence.

Elle mangea rapidement, puis quitta la maison. Elle traversa à pas pressés le terrain de parade jusqu'à l'hôpital. Le soleil était déjà haut. Les jours s'allongeaient. Le printemps ne tarderait pas à se muer en été. Une petite brise montait du fleuve, apportant les odeurs de fumée des feux allumés par les soldats pour cuisiner, ainsi que le chant d'un coq, des aboiements de chiens, et des rires d'hommes.

Elle entra dans l'hôpital. Les assistants du Dr Lambert jouaient aux cartes. Ils n'avaient qu'un seul patient, le soldat qui s'était tiré dans le pied. Trois autres, guéris, avaient été renvoyés à leur poste hier. Un autre était mort.

Les jeunes hommes levèrent la tête à son entrée, échangèrent des regards entendus, puis revinrent à leur jeu. Nul doute qu'ils étaient encore sous le choc de son éclat de la veille, mais elle n'avait pu supporter leur négligence sans réagir.

Elle leur dit bonjour au passage, puis louvoya entre les lits en direction de l'arrière du bâtiment. Ils répondirent timidement à son salut.

Elle vit alors… la porte de la salle du fond.

Grande ouverte.

Et la couchette de Morgan, vide.

Appuyé contre des planches rugueuses, Morgan essayait d'alléger sa jambe blessée. Les chaînes pesaient dessus, ainsi que sur ses épaules. Se tenir debout était plus difficile qu'il ne l'avait imaginé, mais il y était contraint.

Dès que le chirurgien avait découvert les pansements sur ses poignets et ses chevilles, Morgan avait su qu'il allait avoir des ennuis. L'homme avait froncé les sourcils, puis passé le doigt entre les anneaux et les bandages, se demandant manifestement comment quelqu'un avait réussi ce prodige : soigner ses plaies en dépit de ses entraves.

— Qui a fait cela ?

Hors de question de trahir Amalie. Morgan avait regardé le médecin d'un air étonné.

— Ce n'est pas vous ?

— Bien sûr que non, ce n'est pas moi !

— Je dormais, dit Morgan, et quand je me suis réveillé, c'était terminé. J'ai cru que vous m'aviez soigné pendant mon sommeil.

Lambert l'avait scruté avec des yeux soupçonneux et était parti.

Peu après, il était revenu avec le lieutenant Rillieux qui, avec l'aide de deux soldats, l'avait détaché du lit. On lui avait retiré ses pansements, l'avait obligé à se mettre en caleçon et à marcher de l'hôpital jusqu'à la prison sous les insultes et les crachats des autres soldats qui semblaient le prendre pour Satan en personne.

Il avait gardé la tête haute, feignant l'indifférence, malgré sa jambe qui le portait à peine. Pourtant, les fers lui entamaient les chairs, leur poids le mettait au supplice. Ils approchaient de la prison lorsqu'il avait découvert une douzaine d'Abénaquis, souriant de toutes leurs dents.

— On est contents de te voir, frère!

Morgan les avait regardés sans rien dire.

Et maintenant, il était emprisonné dans une minuscule cellule, enchaîné au mur par un carcan de fer. La chaîne était trop petite pour qu'il pût se coucher ou s'asseoir. Ses poignets et ses chevilles étaient entravés. Rillieux l'avait laissé ainsi toute la nuit, afin d'aggraver sa misère par une privation de sommeil.

C'eût été mensonge de prétendre n'être pas affecté par la situation. Aux heures les plus sombres précédant l'aube, entouré d'ombres et de silence, épuisé, le corps martyrisé, il s'était découvert incapable de fuir ses pensées les plus noires.

Jamais auparavant il n'avait douté de son courage. Il avait affronté des animaux sauvages, sauvé une fois une petite Mohican des mâchoires d'un puma à Stockbridge, était sorti intact de plusieurs rixes dans des bars d'Albany et d'un nombre incalculable de batailles livrées par l'ennemi.

Mais il n'avait encore jamais affronté l'ennemi qui avait nom douleur.

Allait-il flancher ? supplier ? Dans son désespoir, afin de mettre un terme à ses souffrances, trahirait-il ses frères, ses hommes, lui-même ?

Non. Il ne ferait pas cela. Il ne pouvait le faire. Aussi atroce fût-elle, la douleur était le prix à payer pour la vie de Iain, Connor, Dougie, Killy et les autres. Son silence serait l'ultime cadeau qu'il leur offrirait.

Des images lui traversèrent l'esprit.

Connor qui extrayait une balle de son épaule au printemps dernier. Iain qui recevait cent coups de fouet, le dos en sang, sans émettre une seule plainte. L'adorable Annie qui faisait face à un groupe de guerriers déterminés à la tuer, avec pour seule défense un caillou dans la main. Et Amalie, la douce Amalie, qui pardonnait à l'homme peut-être responsable de la mort de son père, et défiait bravement les siens pour exiger qu'ils le traitent avec humanité.

Leur courage serait son courage.

Le soleil montait à l'horizon. Il n'avait désormais plus longtemps à attendre. Il ferma les yeux, prit une profonde inspiration et commença à prier.

Seigneur, ne m'abandonnez pas. Marie, Sainte Mère de Dieu, priez pour moi…

Des voix d'hommes s'élevèrent à l'extérieur.

Il reprit une inspiration, s'obligea à se tenir bien droit sur ses deux jambes, méprisant la douleur et la peur. Il était Morgan McKinnon, frère de Iain et Connor McKinnon, frère de sang des Indiens muhheconneoks, petit-fils de Iain Og McKinnon. Il ne capitulerait pas.

— Le lieutenant Rillieux a dit que personne n'approcherait le prisonnier avant son retour.

Le garde, un soldat à peine plus âgé qu'Amalie, était manifestement très effrayé par Rillieux.

— Il l'a dit, et vous avez fait votre devoir... répondit Amalie, un sourire plaqué sur les lèvres.

Puis elle se pencha vers l'homme comme si elle voulait lui faire partager un grand secret.

— ... mais mon tuteur, M. le chevalier de Bourlamaque, m'a donné l'ordre d'aller chaque jour rendre visite au prisonnier, afin que je gagne sa confiance et l'amène à me révéler des renseignements vitaux.

Elle flirtait avec le mensonge, mais quel choix avait-elle ? Elle ne connaîtrait pas le repos tant qu'elle n'aurait pas rendu le rosaire à M. McKinnon. Elle avait essayé d'améliorer sa situation, avec pour seul résultat de la faire empirer.

C'était Lambert qui lui avait finalement appris ce qui était arrivé. Il avait vu les pansements et s'était rendu compte que les anneaux avaient été ouverts. Comprenant qu'elle seule avait pu le faire, il avait décidé en accord avec Rillieux que le ranger était trop dangereux pour rester à l'hôpital. Rillieux l'avait donc transféré à la prison, avec l'approbation de Bourlamaque.

— La compassion dont vous avez fait montre est tout à votre honneur, mademoiselle, mais c'était une folie de prendre un tel risque, même si le prisonnier était à moitié endormi, lui avait reproché gentiment le chirurgien. Remercions le Ciel de cette léthargie, sinon Dieu seul sait ce que McKinnon aurait pu vous faire !

Elle avait failli rétorquer que Morgan ne dormait pas le moins du monde, mais s'était abstenue.

— Je... je suis désolée, monsieur, avait-elle assuré, tête basse, vivante image du repentir alors qu'elle ne songeait qu'au moyen de rendre le chapelet et la croix à Morgan. Je ne voulais qu'aider.

— Évidemment, mon petit. Mais il n'est plus besoin de votre aide si généreuse. Retournez à vos travaux d'aiguille. Oubliez cette triste affaire.

Amalie avait été furieuse, sans le montrer. Qu'elle retourne à ses travaux d'aiguille ? Ces hommes avaient donc une si piètre opinion d'elle pour imaginer qu'elle pouvait chasser le major McKinnon de son esprit en brodant ?

— Bien, monsieur, avait-elle néanmoins acquiescé.

Mais elle savait que si elle regagnait la maison, elle devrait faire face à Bourlamaque, qui lui interdirait de revoir le ranger. Alors elle était venue droit à la prison.

Le soldat de garde la considéra d'un air dubitatif.

— M. de Bourlamaque vous a demandé d'interroger le prisonnier ?

Elle agrandit son sourire, se rapprocha encore de lui.

— M. de Bourlamaque pense que le prisonnier résistera difficilement à la subtilité d'une femme, laquelle sera plus efficace que les menaces d'un homme.

Les yeux du soldat dérivèrent vers l'échancrure de son corset. Il hocha la tête. Manifestement, il comprenait le raisonnement.

— Très bien. Mais si le lieutenant Rillieux me reproche de…

— Il ne vous reprochera rien, monsieur. J'y veillerai.

Comment pouvait-elle s'exprimer aussi calmement alors que son cœur battait à tout rompre ?

Elle suivit le soldat dans le bâtiment. Sa vision mit quelques instants à s'accommoder à la pénombre. Et lorsqu'elle y vit clairement, elle crut défaillir.

Le ranger se trouvait dans une étroite cellule, enchaîné par le cou, les poignets et les chevilles, simplement vêtu d'un caleçon déchiré. De nouvelles traces de coups marquaient son visage, et une cicatrice fraîche barrait sa poitrine. Les cernes sous ses yeux étaient aussi noirs que sa barbe naissante.

Mon Dieu... L'avaient-ils laissé debout toute la nuit ?

Il la regarda, incrédule.

— Mademoiselle Chauvenet ?

Amalie se tourna vers le soldat.

— Merci, monsieur. Vous pouvez nous laisser.

Le jeune homme esquissa une courbette, puis s'en alla.

Morgan fit un pas vers la jeune fille, traînant ses chaînes dans la paille. Il était encore plus grand et plus inquiétant qu'allongé sur la couchette. Son corps tout en muscles évoquait celui d'un animal sauvage. Redoutable et indompté.

— Tu ne devrais pas être ici, petite.

— Je suis tellement désolée, monsieur, dit Amalie en agrippant à deux mains les barreaux d'acier. En voulant vous soulager, j'ai aggravé votre état.

— Ne t'en fais pas, tu n'y es pour rien. Je prie pour qu'ils ne te punissent pas.

— Ils ne m'ont pas punie. Enfin, pas encore.

— Alors laisse-moi ! Va-t'en avant qu'ils te trouvent ici ! Je ne veux pas que tu prennes davantage de risques pour moi !

— Je suis venue vous rapporter ceci.

Elle glissa la main sous son corset et en sortit le rosaire et la croix.

— Je n'aurais pas trouvé le repos tant que vous n'auriez pas pu le porter de nouveau, monsieur.

Il la fixa en silence un long moment. Un regard étrange.

— Tu as dit les prières, n'est-ce pas ? demanda-t-il enfin.

— Oui, monsieur. Comme promis.

Il tendit sa main entravée. Sur son visage, elle lut tant de gratitude qu'elle se sentit au bord des larmes.

— Je te suis infiniment reconnaissant, petite. Merci.

Mais, au lieu de prendre le rosaire, il ferma les doigts autour de la petite main d'Amalie, la leva vers sa bouche et l'embrassa, les yeux rivés aux siens.

Il n'avait fait qu'effleurer sa main du bout des lèvres, mais Amalie s'enflamma aussitôt. Le bleu de ses prunelles, leur intensité, l'émurent au point qu'elle en eut les pensées en déroute.

— M... monsieur?

Morgan se rendit compte qu'il l'avait désorientée. Non. Bouleversée. Il existait entre eux une puissante attirance qu'il ressentait aussi violemment qu'elle.

Mais c'était certainement la dernière fois qu'il voyait Mlle Chauvenet. Il n'avait pas le droit de susciter en elle un désir qui ne pourrait que la troubler. Elle s'était vouée à l'Église, après tout. Elle n'était qu'une créature innocente qui l'avait pris en pitié quand elle avait toutes les raisons de le haïr. Il ne devait pas la remercier de ses bontés de cette façon.

Il lutta contre lui-même pour retrouver son sang-froid. Il fit passer par-dessus sa tête le rosaire, dont les perles de bois étaient encore chaudes d'avoir été nichées entre les seins de la jeune fille.

— Je n'ai aucun moyen de te témoigner ma gratitude, petite. Pas de mots pour l'exprimer. Et pourtant, tu en as tant fait pour moi... Et tu m'as pardonné.

— Mais le résultat est épouvantable, monsieur!

Il crut avoir une hallucination. Des larmes? Pour lui?

— Pourquoi devez-vous vous battre avec les Anglais, monsieur? Pourquoi ne pas avoir choisi la France?

Il avait voulu lui raconter son histoire à l'hôpital, mais on les avait interrompus. Et maintenant, il était trop tard.

— Je n'ai rien choisi, petite. J'ai été forcé.
Confuse, elle fronça les sourcils.
— Que voulez-vous dire ?
— Il n'est plus temps de parler de cela. Pars, avant que Rillieux te trouve ici. Et ne reviens pas. Je ne veux plus que tu me revoies.

En vérité, il aurait préféré qu'elle ne l'ait pas vu du tout ainsi : malodorant, couvert de sang séché, faible, avec trois semaines de barbe, ses tresses de guerrier défaites, ses cheveux en broussaille...

Mais elle ne semblait pas l'avoir entendu.
— Les Anglais vous ont obligé à vous battre pour eux ?
— Oui. Mes frères et moi avons été enrôlés de force par ce fils de pute de William Wentworth. Il nous a accusés d'un meurtre que nous n'avions pas commis et nous a laissé le choix : être pendus ou endosser l'uniforme du roi. J'aurais préféré me balancer au bout d'une corde, mais je ne voulais pas que mes frères subissent ce sort.
— Comment une chose pareille a-t-elle pu se produire ?

Morgan comprit qu'elle ne partirait pas tant qu'il ne lui aurait pas tout raconté. Il lui expliqua donc succinctement comment Wentworth avait vu les trois frères McKinnon se battre dans la rue pour protéger une prostituée des violences d'un client. Il les avait fait suivre par un officier et arrêter le lendemain matin. Il leur avait ensuite proposé l'épouvantable alternative : être pendus ou servir Sa Majesté.

Il avait dû rejoindre Fort Elizabeth le 21 août pour intégrer l'armée et y rester jusqu'à ce que la mort le libère ou que la guerre finisse. Ne pas obéir à la convocation ou abandonner son poste ultérieurement lui vaudrait d'être fusillé pour désertion, lui avait-on expliqué.

Morgan se rappelait ces déclarations, qui avaient damné les McKinnon. Il lui semblait les avoir entendues la veille. Ces maudites paroles l'avaient conduit là où il était aujourd'hui.

— Aucune cour de justice des colonies ou en Angleterre n'accorderait de crédit à la parole d'un Écossais contre celle du petit-fils du roi. Maintenant, pars, petite.

— Il faut que je rapporte cela à Bourlamaque !

— Cela le laissera indifférent. J'ai tué trop de ses soldats. Désormais, ma vie est...

La porte s'ouvrit à la volée sur un Rillieux aux traits déformés par la fureur. Il cria à Amalie, tout en regardant Morgan avec des yeux luisants de haine :

— Que faites-vous là, mademoiselle ? Comment osez-vous contrevenir à mes ordres ?

Effrayée, Amalie releva le menton et riposta :

— Je ne suis pas l'un de vos soldats, lieutenant Rillieux ! Je suis venue prier avec...

Rillieux l'agrippa par le bras et l'attira brutalement vers lui.

— N'avez-vous donc jamais appris à obéir, ainsi que toute femme doit le faire ?

Amalie tenta de libérer son bras.

— Laissez-moi tranquille ! Vous n'avez pas le droit de me traiter...

La main de Rillieux se déplaça vers son cou, l'enserra rudement. Il se pencha sur Amalie et lui déroba un baiser, pendant que son autre main se fermait sur le haut de son corsage.

Sans réfléchir, Morgan se jeta en avant. La distance dont ses chaînes lui permettaient de disposer fut suffisante. Il tendit les bras à travers les barreaux et attrapa Rillieux par la gorge.

— Lâche-la ! hurla-t-il.

9

Amalie se déroba prestement à l'étreinte du lieutenant.

En une fraction de seconde, le temps parut se suspendre. Morgan tenait le lieutenant par le cou. Les yeux noirs de rage, il l'étouffait d'une seule main. La face de l'officier était écarlate. Ses doigts s'agitaient désespérément, essayant de détacher la poigne mortelle du ranger.

Effarée par la soudaineté et la violence du baiser ainsi que par le spectacle qu'elle avait sous les yeux, Amalie demeura quelques instants sans voix.

— Arrêtez ! cria-t-elle enfin à Morgan.

Qui répliqua :

— Va-t'en !

Les muscles du ranger tressautaient. Amalie comprit qu'il fournissait un effort surhumain. Sa jambe n'allait pas tenir longtemps... Mais il ne cherchait pas à tuer le lieutenant. Seulement à la protéger.

L'affreuse vérité s'imprima alors dans son esprit : si personne n'intervenait, Rillieux, une fois relâché, ferait battre le ranger à mort.

Bourlamaque. Il fallait prévenir Bourlamaque.

Elle souleva ses jupes et partit en courant. Elle traversa la cour à toutes jambes, indifférente aux regards des soldats, jusqu'au bureau du chevalier. Elle ouvrit la porte sans frapper.

— Monsieur, s'il vous plaît, venez vite ! Le major et le lieutenant sont en train de s'entretuer !

Bourlamaque était penché sur une carte avec deux de ses jeunes lieutenants. Les trois hommes levèrent la tête de concert, consternés.

— Reprenez votre souffle, Amalie, et expliquez-moi, dit Bourlamaque.

Elle s'exécuta en tremblant de tous ses membres.

— J'ai peur que le lieutenant Rillieux ne le tue, monsieur. Je vous en prie, venez !

Bourlamaque se tourna vers ses adjoints.

— Fouchet, Durand, allez tout de suite à la prison et amenez-moi le lieutenant Rillieux. Ne touchez pas à McKinnon.

Les deux hommes s'inclinèrent puis filèrent.

Amalie vit à l'expression de Bourlamaque qu'il était mécontent d'elle. Elle lui fit une courbette.

— Pardonnez-moi, monsieur. Je n'avais pas l'intention de…

— Relevez-vous, Amalie.

Elle se redressa, sûre qu'il allait la punir. Mais non. Il lui prit le menton, lui inclina la tête sur le côté et examina son cou.

— Est-ce le lieutenant Rillieux qui a fait cela, Amalie ?

Elle prit alors conscience d'avoir la peau qui brûlait. Elle passa les doigts sur son cou.

— Oui.

Bourlamaque alla s'asseoir à son bureau, puis lui offrit un siège.

— Racontez-moi ce qui s'est passé. Lentement.

Elle répéta son histoire. En détail. En reprenant depuis le début, lors des visites matinales du lieutenant à l'hôpital, pour finir par ce baiser sauvagement volé aujourd'hui à la prison.

— Je souhaiterais qu'il ne m'approche plus, monsieur. Il me… il me fait peur.

Bourlamaque frotta son menton rasé de près, l'air embarrassé.

— Amalie, que vais-je faire de vous ? Vous avez obéi à tous mes ordres et pourtant maintenant, à cause de vous, je dois châtier l'un de mes meilleurs et plus prometteurs officiers.

À cause d'elle ?

Bourlamaque continua :

— Non, Amalie, je ne vous blâme pas. Un baiser dérobé, c'est une chose, mais ceci…

Son regard s'attarda sur son cou.

— … Mon Dieu, Rillieux sait pourtant qu'il ne doit pas vous toucher. Toutefois, il avait raison quand il m'a dit que vous laisser vous occuper du major était une erreur. Hier, vous avez détaché ses chaînes pendant son sommeil. Une vraie folie. Vous avez le cœur trop tendre, vous manquez d'expérience pour approcher un homme de sa trempe. Vous ne l'approcherez donc plus jamais, est-ce clair ?

Amalie s'était doutée de ce qu'allait dire Bourlamaque, mais l'entendre lui fit l'effet d'une gifle. Elle ne reverrait plus le ranger. Et il serait bientôt mort.

— Bien, monsieur, balbutia-t-elle, la gorge nouée.

Bourlamaque se remit debout. Il paraissait troublé.

— J'aimerais savoir comment vous réconforter, mon petit, mais hélas, je ne suis qu'un soldat. Allez dans votre chambre et reposez-vous. Je vous ferai monter du thé et vous enverrai le Dr Lambert.

— Bien, monsieur. Merci, monsieur.

Elle s'apprêtait à ouvrir la porte quand elle se rappela. Comment avait-elle pu l'oublier ?

— Pardonnez-moi, monsieur, mais le ranger m'a dit quelque chose d'important que vous aimerez sans doute savoir.

— Oui ? Qu'est-ce ? s'enquit impatiemment Bourlamaque.

— Le major McKinnon et ses frères ne se battent pas pour l'Angleterre de leur plein gré. Ils ont été enrôlés de force par un officier anglais qui les a menacés de les faire pendre s'ils refusaient.

— Des hommes sont enrôlés de force tous les jours, Amalie. Cela n'a aucune importance. Allez dans votre...

— Mais si, monsieur, cela a de l'importance ! Ne pourrions-nous nous servir de ce fait pour le gagner à notre cause ?

Bourlamaque secoua la tête.

— Il ne trahira pas les siens, Amalie. J'ai déjà essayé de lui proposer un marché. Une mort sans souffrance et des funérailles dans le rite catholique, en échange de réponses à mes questions. Il a refusé. Allez dans votre...

— Vous ne lui avez offert que la mort ! Et si vous lui offriez la vie ? Si vous lui proposiez de le gracier et l'invitiez à se battre à vos côtés ?

— Le gracier ?

Bourlamaque la regardait comme si elle avait perdu la raison. Puis, lentement, son expression se modifia.

— C'est impossible, Amalie, objecta-t-il. Des ordres ont été donnés, des promesses faites... Mais avoir un McKinnon qui se battrait pour la France...

Des voix s'élevèrent à l'extérieur. Celles de Fouchet, Durand et Rillieux.

— Allez maintenant, Amalie. Restez dans votre chambre et reposez-vous, répéta Bourlamaque. Cessez de vous inquiéter à propos de tout cela. Je vais voir le lieutenant Rillieux.

Peu encline à le voir elle-même, Amalie sortit en hâte du bureau et monta chez elle, où elle s'enferma.

Bourlamaque allait-il réfléchir à sa suggestion, ou tout était-il perdu ?

Affamé au point de dévorer un élan entier, Morgan bougea sur la paille, en quête d'une position susceptible de soulager ses côtes douloureuses et de s'endormir. Au matin, il aurait besoin de toutes ses forces. Petite consolation, ils avaient enlevé le collier de fer. Il pouvait donc s'asseoir et s'allonger. Le Dr Lambert, qui était venu l'examiner après que Rillieux l'eut frappé, avait été horrifié de le voir entravé debout et avait averti les hommes de Bourlamaque : un tel traitement était dangereux.

— S'il perd connaissance pendant la nuit, il mourra pendu. Quelle utilité aura-t-il alors pour vous ? avait-il crié.

Peu après, on avait retiré le collier à Morgan, lavé le sang sur son cou et sa figure. Puis on avait posé à côté de lui du thé froid et du pain rassis, avant de le laisser de nouveau seul. Il avait pensé qu'on reviendrait l'interroger, mais apparemment, Bourlamaque était trop occupé à régler le problème du baiser brutalement volé à Amalie par son second.

Cette fois, Rillieux avait fait mal à la jeune fille. Ses ongles avaient laissé des traces rouges sur son cou. Il lui avait saisi la poitrine comme si elle n'était qu'une prostituée de bas étage. Morgan était sûr que ce fumier était capable de la violer, si l'occasion se présentait. Toutefois, Bourlamaque semblait prendre les choses au sérieux. Les adjoints envoyés pour mander Rillieux avaient dit que Bourlamaque était très en colère. Eux-mêmes avaient paru contrariés.

— Tu en as assez fait comme ça, Rillieux ! Tu auras de la veine si Bourlamaque ne te castre pas.

— Mlle Chauvenet est la fille du major Chauvenet, pas ta petite catin !

Morgan s'était dit que la castration était une excellente idée. Il aurait volontiers émasculé ce salopard de ses propres mains s'il en avait eu la force et la possibilité.

Il s'assit, ferma les doigts sur la petite croix de bois, ému qu'Amalie ait fait tant d'efforts pour la lui restituer. Lorsque Rillieux l'avait fait sortir de l'hôpital, il avait cru ne plus jamais revoir la jeune fille, persuadé que le garde lui interdirait l'accès à la prison. Mais elle était venue, bravant la colère de Bourlamaque, pour tenir sa promesse, le rosaire dissimulé entre ses seins.

L'avait-il remerciée ? Il ne se le rappelait pas. Son esprit était tellement plein d'elle qu'il avait du mal à coordonner ses pensées. Quand elle avait été devant lui, au lieu de garder ses distances, il lui avait embrassé la main. Il n'avait pas voulu lui manquer de respect, mais le baiser n'avait pas été chaste. Il se sentait trop enflammé pour un simple baisemain.

Elle ne l'oublierait pas, il en était sûr. Et alors, quelle importance ? Il gisait sur de la paille, attendant le début de ses tourments. Mais précisément, dans ces circonstances, qu'elle ne l'oublie pas recelait une immense importance.

Se refusant à tenir compte de sa faim et de la douleur qui taraudait ses côtes, il ferma les yeux et s'efforça de trouver le sommeil, le rosaire toujours entre ses doigts. Il s'assoupissait lorsqu'il entendit des voix. Il se mit debout. Rillieux venait-il finir ce qu'il avait commencé ce matin ? La porte s'ouvrit et trois jeunes soldats entrèrent. Ils portaient des plateaux d'argent chargés de nourriture dont s'échappait un fumet qui fit monter l'eau à la bouche de Morgan.

Derrière eux se tenait Bourlamaque.

Morgan avala une gorgée de vin rouge, puis la dernière bouchée de son repas. Un vrai festin. Soupe de tortue, canard et venaison rôtis, petits pois, betteraves, oignons confits… Fruits, fromages avec pain et beurre. Ce repas lui avait été servi dans de la vaisselle d'argent sur une petite table apportée par les hommes de Bourlamaque. On avait également charrié une chaise jusque dans la cellule. Bourlamaque n'avait pas mangé mais servi le vin, et en avait lui-même bu un ou deux verres.

Au début, Morgan avait cru qu'on le remerciait pour avoir défendu Amalie. Bourlamaque l'avait effectivement remercié. Mais ensuite, il avait fait dévier la conversation sur d'autres sujets, posant des questions sur le rôle du clan McKinnon lors de la rébellion jacobite et leur grand-père Iain Og McKinnon qui avait aidé le prince Charles à s'échapper, ce qui lui avait valu des années de détention dans une prison anglaise. Puis ils avaient parlé des hérétiques allemands assis sur le trône anglais. Bourlamaque avait voulu également savoir si l'histoire rapportée par Amalie était exacte, c'est-à-dire si Wentworth avait bien menacé Morgan et ses frères de les pendre s'ils refusaient de se battre pour l'Angleterre. Morgan avait donc répété l'histoire, tout en se demandant quand Bourlamaque aborderait les raisons de sa visite.

Il y était enfin venu.

— Je ne me sens pas en terrain familier lorsqu'il est question de vous, major McKinnon. Vous êtes un ennemi de la France, et pourtant, ainsi que nous l'avons évoqué il y a quelques instants, votre clan a longtemps été l'allié de mon pays. Votre noble aïeul a servi le prince avec honneur, vous et vos hommes vous battez avec honneur… Ce ne sont que les circonstances de cette guerre, ainsi que les ignobles actions de votre commandant, qui nous séparent.

Quelque chose dans le ton de Bourlamaque avait accéléré les battements de cœur de Morgan. Le commandant reconsidérait-il sa décision de le faire torturer avant de le donner aux Abénaquis pour qu'ils le mettent à mort ? Peut-être envisageait-il de l'échanger contre des prisonniers français. Ou de l'envoyer à Hudson Bay, à l'écart de la guerre, pour qu'il soit jeté dans une prison française infestée de rats. À moins qu'il n'ait décidé de le faire pendre sans autre forme de procès, estimant que ce serait là une marque de pitié.

Bourlamaque avait froncé les sourcils et pincé les lèvres comme s'il s'apprêtait à prendre une difficile décision.

— Je ne puis vous libérer, avait-il déclaré enfin. Vous êtes un adversaire trop dangereux pour être rendu aux Anglais en échange de soldats français. Si je faisais cela, Montcalm exigerait ma tête. Pourtant, tout en moi regimbe à l'idée de vous remettre aux Abénaquis pour qu'ils vous massacrent… Je vais vous faire une proposition, major. Qui sera très différente de la précédente.

Morgan avait avalé une nouvelle gorgée de vin, persuadé de savoir ce qui allait suivre. Il ne trahirait pas ses rangers. Pas même pour sauver sa propre vie.

Bourlamaque s'était penché vers lui.

— Je ne veux pas vous offrir seulement ma clémence, mais un sanctuaire. Tournez le dos aux hérétiques ! Battez-vous pour la France ! Vous ne serez plus un esclave, mais un officier à l'honneur intact qui servira un roi catholique.

Morgan en était resté bouche bée. Il n'aurait pas été plus étonné si des ailes avaient soudain poussé sur le dos de Bourlamaque. Il lui avait fallu un moment pour saisir le sens exact de ce qu'il venait d'entendre.

Se battre pour la France. Servir un roi catholique.

— Vous… vous voulez que je déserte… et me batte pour vous ?

Incroyable !

— Comment pourrait-il être question de désertion, avait répliqué Bourlamaque en souriant, quand vous avez été contraint de vous engager de manière aussi déshonorante ? De même que les autres membres de sa maudite famille, Wentworth n'a aucun sens de l'honneur. Ce sont ses chaînes qui vous lient maintenant, pas les miennes.

Morgan s'était penché sur la proposition, tout en regrettant qu'elle ne lui ait pas été faite quatre ans plus tôt, quand Wentworth les avait piégés, ses frères et lui. Ils seraient allés rejoindre les Français sans hésitation. Servir un roi allemand les avait toujours révulsés. Mais déserter maintenant ? Non, impossible.

— Votre généreuse offre m'honore mais, et j'en suis désolé, je ne puis l'accepter. Je ne pourrais jamais tirer sur mes frères ou mes hommes.

Le sourire de Bourlamaque s'était élargi.

— Mais bien sûr que non ! Personne ne vous demande de faire pareille chose. Tant que vos frères resteront nos ennemis, nous les combattrons. Toutefois, je vais faire circuler un document spécifiant que j'accorde la clémence à tout catholique, y compris vos rangers et vos frères, qui se rendra à nous. Tout ce que j'attends de vous, c'est que vous enseigniez à mes soldats votre art de la guerre, et me disiez ce que je veux savoir sur le corps des rangers et Fort Elizabeth.

Et voilà, avait songé Morgan avec amertume. Bourlamaque était revenu au point de départ. Sa nouvelle offre n'était qu'une autre mouture de la première. À cette différence près, toutefois, qu'il lui faisait miroiter une vie d'officier français au lieu de brandir la menace d'une mort atroce. Morgan lui livrerait ses secrets non en tant que déserteur, mais parce qu'il ne serait plus un ennemi.

C'était une offre audacieuse et habile. Il se doutait de l'identité de son instigateur. Son instigatrice, plus précisément.

Amalie.

C'était elle qui avait appris à Bourlamaque pourquoi les McKinnon se battaient avec les Anglais. Elle qui était profondément bouleversée par le sort qui attendait Morgan et qui avait prié pour lui.

Mais il était hors de question qu'il accepte. Même s'il était concevable de persuader Connor de se rallier à lui, jamais Iain ni Joseph ne seraient d'accord. Iain était marié à une protestante. Quant aux Indiens de la tribu de Stockbridge, ils s'étaient voués corps et âme à l'Angleterre. Ensuite, il y avait ses rangers. Ils étaient catholiques, mais nombre d'entre eux avaient perdu les leurs dans cette guerre, ce qui les avait conduits à haïr les Français autant qu'ils haïssaient les Anglais. D'autres avaient encore de la famille qui vivait sur des terres anglaises, près de voisins anglais. S'ils désertaient, leurs fermes seraient confisquées, leurs familles mises au ban et réduites à la famine.

Il avait sur le bout de la langue cette explication qui motivait son refus, quand une idée lui était venue. Une très risquée troisième voie.

Que se passerait-il s'il acceptait l'offre de Bourlamaque et se servait ensuite de sa liberté recouvrée pour espionner les Français jusqu'à ce qu'il ait trouvé le moyen de s'échapper? Il pourrait répondre aux questions de Bourlamaque par des demi-vérités, lui donner des informations obsolètes ou inutiles, apprendre à ses soldats à améliorer leurs techniques au combat, le tout sans trahir les secrets des rangers. Une fois gagnée la confiance de Bourlamaque, il disparaîtrait pendant un exercice de pistage ou de tir à l'extérieur du fort.

Oui, mais ensuite ? Les soldats français qu'il aurait formés pointeraient leur mousquet sur les rangers ou les guerriers de Joseph, sur les troupes anglaises auprès desquelles il s'était battu au cours des quatre années précédentes. Amherst projetait de prendre Ticonderoga cet été. Les soldats et les rangers de Fort Elizabeth partiraient vers le nord, assiégeraient le fort une nouvelle fois, et tenteraient de réussir là où Abercrombie avait échoué l'an dernier. Certains pourraient être tués par des Français auxquels Morgan aurait appris à tirer avec précision, et leur sang tacherait ses mains de manière indélébile.

Il ne devait pas non plus oublier la menace de Wentworth, faite quatre ans auparavant : qu'un seul McKinnon déserte et les deux autres seraient pendus. Peut-être ne mettrait-il pas sa menace à exécution, mais il obligerait Iain à reprendre du service, à laisser seuls Annie et le petit Iain Cameron.

Morgan secoua la tête. La liberté lui faisait signe, en même temps qu'il imaginait des flammes lui léchant la peau. S'il désertait, l'épée de Damoclès s'abattrait. Wentworth punirait ses frères.

Il l'expliqua à Bourlamaque, qui se mit à rire.

— Wentworth vous croit mort.

Morgan l'avait oublié.

— Votre lettre ! s'exclama-t-il.

— Eh oui. Il vous suffit de prononcer un seul mot pour que ces chaînes vous soient retirées. Vous prendrez un bain, vous vous raserez, et vous redeviendrez un homme digne et un officier. Vous ne serez plus un misérable prisonnier.

Morgan avait l'impression de se trouver au bord d'un précipice, prêt à sauter.

— D'accord. Je serai des vôtres. J'apprendrai à vos soldats à se battre comme je me bats, je vous dirai tout ce que je sais sur Wentworth. Mais je ne tirerai ni sur mes frères ni sur les rangers.

— Entendu.

Bourlamaque s'adossa à son siège, renversa la tête en arrière et se mit à rire à gorge déployée. Et dans ce rire, Morgan entendit un mot se répéter à l'infini.

Traître, traître, traître...

10

Incapable de se concentrer sur son ouvrage, Amalie se piqua avec l'aiguille. Consignée dans sa chambre, elle n'avait pas vu Bourlamaque depuis hier matin et ignorait donc la tournure prise par les événements. À deux reprises la veille, elle avait entendu des cris, des voix d'hommes en colère, mais n'avait pas ouvert sa porte pour découvrir ce qui se passait.

Ce matin, il y avait apparemment du remue-ménage. Des bruits de pas montaient du couloir au rez-de-chaussée. Avec pour seules compagnies son ouvrage et son imagination, elle craignait le pire.

Le major avait été cruellement battu et de nouveau enchaîné, il allait passer une nouvelle nuit en cellule... Ou bien le lieutenant Rillieux, niant avec véhémence l'avoir touchée, avait incité Bourlamaque à douter d'elle. Ou encore Bourlamaque avait renoncé à l'idée d'offrir la grâce au ranger et exigé que son interrogatoire commence tout de suite...

Pourtant, lorsqu'elle avait argumenté, il avait paru intéressé. Qu'un McKinnon se batte pour la France l'avait séduit. Le problème, c'est qu'il devait obéissance à Montcalm, ce qui empêchait toute initiative de sa part. Mais combien de temps comptait-il laisser le major confiné dans cette horrible geôle ? Cherchait-il à la punir à travers lui ?

Elle mit son ouvrage de côté et quitta sa chaise pour aller regarder par la fenêtre. Le ciel était nuageux. Il allait pleuvoir. Le vent agitait les draps étendus sur une corde. Des soldats vaquaient à leurs occupations. Des Abénaquis réunis autour d'un feu cuisinaient. Tomas et Simon étaient avec eux.

Son cœur se serra. Bourlamaque ne serait pas en mesure d'offrir un sanctuaire au major. Morgan McKinnon et ses frères avaient été promis depuis trop longtemps aux Abénaquis. Ne pas respecter cette promesse engendrerait une crise parmi les alliés de la France. Bourlamaque était un officier loyal, un aristocrate au service de son pays. Il ferait son devoir, remettrait le ranger aux Abénaquis.

Le chagrin accablait Amalie. Dans son esprit défilaient des visions de Morgan enchaîné sur la couchette, délirant de fièvre et de douleur. Portant une boucle de ses cheveux à ses narines et la humant. Riant des écrits de M. Rousseau.

— *Le plus primitif des hommes sait reconnaître une belle femme quand il en voit une…* avait-il dit.

Hier, elle avait constaté à quel point il pouvait se comporter en être primitif. Même enchaîné, affaibli, il avait réussi à la protéger. Libre de ses mouvements et en pleine forme, il devait être un terrifiant adversaire. Mais il n'était en rien un barbare sans cervelle, et elle se sentait plus en confiance avec lui qu'avec le lieutenant Rillieux, qui pourtant avait été le bras droit de son père.

Un coup frappé à la porte vint la distraire de ses réflexions. Thérèse, la fille de la cuisinière, venait récupérer le plateau du petit déjeuner, supposa Amalie. Sans se retourner, elle lui signifia d'entrer.

— Vous pouvez reprendre le plateau, je n'ai pas faim, Thérèse.

— Mais peut-être aurez-vous de l'appétit pour le dîner, mon petit.

Bourlamaque !

Amalie pivota précipitamment et lui fit une courbette. Elle s'empourpra quand elle se rappela ne porter que sa chemise.

— Pardonnez-moi, monsieur. Je me suis méprise. Je croyais que...

Il fit taire ses excuses en levant la main.

— Je vous en prie, Amalie. Je vois que vous êtes toujours perturbée. En fait, c'est pour cela que je suis venu. Je voulais vous dire que le lieutenant Rillieux a été consigné dans ses quartiers. S'il vous touche encore, se conduit mal avec vous, il recevra des coups de cravache.

— Oh... je... je vous remercie de veiller sur moi, monsieur.

Il lui prit le menton entre deux doigts et examina les meurtrissures sur son cou.

— Il faut que vous soyez amenée à Port-Rivière à la première opportunité. Je sais que vous n'avez pas envie de rentrer à l'abbaye, mais le fort Carillon n'est pas un endroit pour une belle jeune fille. Je ferai de mon mieux pour vous trouver un mari convenable, une fois la guerre finie. Sauf, évidemment, si vous souhaitez prononcer vos vœux.

— Bien, monsieur, murmura Amalie.

Elle n'osa répliquer qu'elle ne supportait pas l'idée de vivre de nouveau à l'abbaye, d'être à chaque minute sous la coupe des nonnes. Mais Bourlamaque avait raison, il n'était pas raisonnable qu'elle reste au fort.

— Mettez une nouvelle robe pour le déjeuner, Amalie. Nous avons un invité.

— Un invité ?

— Oui, et je pense que vous serez ravie, dit Bourlamaque en souriant.

Elle n'avait pas la moindre envie de rencontrer qui que ce soit, mais s'abstint de l'avouer.

— Le ranger, monsieur. Puis-je demander ce qui...

Bourlamaque était déjà sorti. Amalie fixa un moment la porte close en réfléchissant. Un invité ? Elle n'avait pas noté l'arrivée d'un visiteur. Mais elle était cloîtrée dans sa chambre depuis hier matin.

Tout en se demandant de qui il s'agissait, elle entreprit de se coiffer. Elle attacha ses cheveux avec un ruban blanc, puis revêtit une robe que son père lui avait fait confectionner au printemps précédent. De couleur lavande, ornée de guipure crème, cette robe était le dernier cadeau qu'il lui eût fait.

Après un ultime examen devant la psyché, elle quitta sa chambre. Elle espérait disposer de quelques minutes avant ou après le déjeuner pour discuter en privé avec son tuteur de M. McKinnon. Peut-être réussirait-elle à le convaincre de se pencher sur ses suggestions, et trouverait-elle une idée susceptible d'apaiser le peuple de sa mère. Ou bien elle demanderait son aide au père François.

Elle longea le couloir qui conduisait à la salle à manger, puis entra dans la pièce. Son regard s'arrêta immédiatement sur le dos d'un gentilhomme élégant qui discutait avec Bourlamaque, un verre de vin à la main. Bien plus grand et large de carrure que ce dernier, il était si imposant que la salle semblait avoir rapetissé. Il portait ses longs cheveux noirs attachés en catogan avec un ruban assorti à sa redingote marron foncé.

Il se retourna, et Amalie n'en crut pas ses yeux.
M. McKinnon !

Rasé de près, lavé, vêtu de velours et de dentelle, il était le plus bel homme qu'elle eût jamais vu. Ses traits étaient magnifiques, ses yeux d'un bleu perçant. Il la dominait de toute sa taille.

Tout à coup très émue, elle fit un pas vers lui.
— Mon... monsieur McKinnon ?

— Mademoiselle Chauvenet, fit Morgan en s'inclinant.

Il aurait aimé en dire davantage, mais se découvrait à court de mots et comme hypnotisé par la jeune fille. Elle était aussi fraîche que le printemps. Sa chevelure coulait jusqu'à sa taille. Elle dardait sur lui des yeux écarquillés d'incrédulité. Un moment pétrifiée, elle se ressaisit et entreprit de le détailler. Il se sentit alors mortifié. Avec ses manchettes de dentelle, ses bas de soie, sa culotte de dandy et ses souliers à boucles de cuivre, il avait l'air d'un coq! Ou, pire, de ce fumier de Wentworth lorsqu'il recevait à dîner. Les fichus souliers n'avaient pas la souplesse de ses mocassins habituels et lui coinçaient les orteils, la dentelle s'accrochait perversement à tout, la soie glissait sur sa peau et le troublait. Il avait l'impression de porter des sous-vêtements de femme.

Bourlamaque avait tenu parole. Dès que Morgan avait accepté de changer de camp, il l'avait libéré de ses chaînes et ramené à l'hôpital, où il avait retrouvé sa couchette mais pas ses entraves. La couchette lui avait paru bien confortable après les heures passées sur la paille du cachot. Il avait dormi comme un loir et, à son réveil, avait trouvé un petit déjeuner et un tub chaud qui l'attendaient. Prendre un bain lui avait fait l'effet d'être au paradis. Il avait enfin pu se débarrasser de cette barbe de trois semaines et se laver les cheveux. Mais tout ce confort, il le devait au jeu dangereux qu'il avait commencé à jouer.

Il était devenu un espion.

Le tailleur de Bourlamaque était venu prendre ses mesures, puis l'avait informé qu'aucun uniforme du magasin ne serait à sa taille. Bourlamaque avait réfléchi et dit que de toute façon, donner un uniforme français à McKinnon offenserait les soldats. Tant que le major n'aurait pas prouvé sa loyauté, il serait vêtu comme un aristocrate, pas un militaire.

— Il est le petit-fils de l'un des plus loyaux chefs de clan écossais, avait-il expliqué au tailleur perplexe.

Et maintenant, Morgan ruminait son humiliation : aucun Highlander ne pouvait supporter de se montrer dans une aussi ridicule parure ! De plus, il avait grandi sur la frontière, pas chez son grand-père à Skye. Que n'aurait-il donné pour une culotte de peau, une chemise de laine et des mocassins fourrés... Dieu merci, ses frères ne pouvaient le voir. Ils auraient ri jusqu'à en tomber par terre.

Mais il n'y avait pas la moindre lueur moqueuse dans les prunelles d'Amalie. Son expression n'était que soulagement et joie. On lisait en elle comme dans un livre ouvert, et Morgan dut solliciter toute sa volonté pour ne pas la prendre dans ses bras et l'embrasser.

— Je... je suis heureuse que vous ayez aussi belle allure, monsieur, déclara-t-elle, les joues rosies.

Il fit une courbette, lui prit la main et l'effleura d'un baiser.

— Si j'ai si belle allure, petite, c'est grâce à toi et à la générosité de ton tuteur.

Bourlamaque hocha la tête, puis demanda :

— Ne vous avais-je pas dit que vous seriez contente, Amalie ?

Elle le regarda, les yeux emplis de gratitude.

— Si, monsieur. Je vous suis très reconnaissante.

Elle s'était exprimée en français. Morgan resta impavide. Il était vital que nul ne sût qu'il comprenait cette langue. Son secret lui permettrait de mener à bien son petit jeu et d'organiser son évasion.

— Bourlamaque m'a expliqué que tu étais à l'origine de tout, petite. Je suis donc ton débiteur, puisque je te dois la vie. Si je peux faire quoi que ce soit pour toi, n'hésite pas à me le demander.

Le rose des joues d'Amalie s'accentua. Une porte s'ouvrit à point derrière elle, celle du vestibule, détournant l'attention des deux hommes. Un brouhaha de voix s'éleva.

— Je ne peux pas croire qu'il nous faille subir ça ! Que le barbare partage notre repas après tout ce que lui et ses hommes ont fait subir à la France ? Quelle honte !

— Bourlamaque a perdu l'esprit ! Les Abénaquis sont outrés. Il paraît qu'ils vont prendre le ranger de force.

Des officiers, qui parlaient en français. Morgan, sans en rien laisser paraître, comprit tout. Il vit le sourire d'Amalie s'éteindre, sa mine se faire navrée. Son regard se posa sur Bourlamaque, lequel semblait nerveux et observait Morgan, se demandant sans doute ce qu'il avait saisi de l'échange.

— Amalie, voulez-vous bien conduire notre hôte à table ? proposa Bourlamaque à la jeune fille après un coup d'œil embarrassé en direction du vestibule. Pendant ce temps, j'irai saluer mes officiers.

Morgan ne fut pas dupe. Ce n'était pas à un salut qu'auraient droit les officiers, mais à une sévère mise au point.

Effectivement, quelques instants plus tard, Bourlamaque s'adressait à eux avec colère, mais sans hausser le ton.

— Oui, il est un barbare, messieurs ! Mais il est aussi le petit-fils d'un lord écossais allié de notre roi, un catholique et un fantastique guerrier! Nous pouvons en apprendre beaucoup de lui. Alors vous le traiterez avec respect!

— Oui, monsieur, répondirent les officiers en chœur.

Ils s'attendaient à voir un barbare? se dit Morgan. Eh bien, ils n'allaient pas être déçus, foi de Highlander.

— Je suis sûr que Cumberland et ses hommes se seraient débarrassés de mon frère Iain si mon grand-père ne s'était pas offert en échange. Il ne lui a pas été accordé la moindre chance de se battre. On lui a arraché son épée et on l'a conduit sur une péniche anglaise transformée en prison pour qu'il y pourrisse. Étant son héritier, mon père a été exilé d'Écosse, envoyé sur l'île de Skye et tous les biens du clan ont été confisqués.

— C'est donc pour cela que vous êtes venu aux Amériques? s'enquit Amalie tout en observant les difficultés qu'avait Morgan à garder ses petits pois sur sa fourchette.

— Oui, répondit-il en fronçant les sourcils lorsque les fichus légumes roulèrent de nouveau dans l'assiette.

Elle ne trouvait pas risible sa maladresse, mais charmante.

— Je n'étais qu'un gamin de quinze ans, et Connor de douze.

À la droite de Morgan, les lieutenants Fouchet et Durand n'échangeaient plus de coups d'œil entendus ni de grimaces comme ils l'avaient fait quand il avait bu directement sa soupe au bol. Ils étaient fascinés par son récit.

— Ainsi, votre père est l'héritier légitime des terres et titres des McKinnon? questionna Fouchet.

Morgan entreprit d'écraser ses petits pois du bout de la fourchette, comme inconscient de la vulgarité de ses manières.

— Mon père est mort il y a quatre hivers, ma mère plusieurs années avant lui. Elle ne s'est jamais accoutumée à ce pays. La frontière est dure, pour les femmes.

Il avait posé les yeux sur Amalie en prononçant ces derniers mots.

— Quelle triste histoire, commenta-t-elle, imaginant avec tristesse l'adolescence qu'il avait vécue, sans parents. Cela a dû être pénible d'avoir tout perdu si jeune. Votre maison, vos possessions, votre famille...

Il riva son regard au sien, et quelque chose palpita aussitôt dans le ventre de la jeune fille.

— Oui, cela a été pénible, mais pas pire que ce qu'ont subi les autres clans.

— C'est donc ainsi que vous êtes devenu un si redoutable homme de la frontière. Vous avez été obligé de survivre par vos propres moyens.

Morgan secoua la tête, abandonna sa fourchette et prit sa cuillère, dans laquelle il poussa les petits pois avec son pouce.

— Mes frères et moi avons été adoptés par les Indiens muhheconneoks. Ainsi que le dit Iain, les vieilles grand-mères en avaient tellement marre que nous dévorions leurs provisions qu'elles ont préféré nous adopter. De ce fait, elles n'étaient plus obligées de nous traiter en invités mais comme des membres de la tribu. Elles nous ont alors envoyés pêcher et chasser. Notre père nous a appris à nous servir d'une épée, mais ce sont les Muhheconneoks qui nous ont appris à survivre.

Là-dessus, il enfourna une pleine cuillerée de petits pois dans sa bouche et parut s'en délecter.

— Le duc de Cumberland, dit Bourlamaque, l'air pensif, n'est-il pas le fils du roi George?

Morgan hocha la tête, l'expression soudain dure.

— Oui, et c'est un sacré salaud. Veuillez excuser mon langage, mademoiselle.

— Et lord Wentworth est le petit-fils du roi George, si je ne me trompe, continua Bourlamaque.

— Oui. Nous l'appelons le principicule allemand.

— Sûrement pas face à face! s'exclama Fouchet.

— Oh que si, répliqua Morgan en souriant comme si cette marque d'insubordination n'était qu'une petite plaisanterie.

Fouchet et Durand éclatèrent de rire et levèrent leur verre en hommage à tant d'insolence.

— Donc, Cumberland, enchaîna Bourlamaque, qui a fait beaucoup de mal à votre famille, est…

— … l'oncle de Wentworth, acheva Morgan en rompant un morceau de pain avec ses doigts. C'est une seule et même famille qui a tout fait perdre aux McKinnon.

— Ne vous punit-il pas lorsque vous lui manquez de respect? demanda Amalie.

— Il s'en fiche, répondit Morgan en souriant. Il ne sait que trop bien que nos hommes sont loyaux envers les McKinnon, pas envers lui. Quant aux Muhheconneoks qui se battent à nos côtés, ils quitteraient immédiatement Fort Elizabeth s'il s'avisait de s'en prendre à nous. Il peut nous forcer à combattre, mais il ne détient pas tous les pouvoirs.

— Et maintenant, il se trouve privé de vos services, fit Bourlamaque en levant son verre à son tour. Vive la liberté!

Tout sourire, Morgan l'imita.

Bourlamaque remplit deux verres de cognac et en tendit un à Morgan avant de l'inviter à s'asseoir. Morgan prit le verre et alla se poser dans le fauteuil richement orné placé devant le bureau de son hôte. Il savait arrivé le moment de respecter sa part du pacte.

Il fit tourner l'alcool dans le verre, le huma, puis en avala une gorgée. Ce n'était pas aussi bon que du whisky écossais, mais il s'en contenterait.

Tout en buvant, il examina la pièce. Une douzaine de gros livres reliés de cuir au dos gravé de lettres d'or étaient rangés sur un rayonnage. Sur un autre, des cartes et des graphiques. Accrochée à un mur, une élégante rapière. À un autre, un tableau, un portrait de femme. Celle de Bourlamaque, peut-être ? Jeune, portant perruque, en robe rose très ouvragée, elle souriait, un petit chien sur les genoux, ses doigts fins posés sur sa fourrure.

— Avant de convoquer mes officiers, je dois d'abord me montrer très clair, major McKinnon. Si vous me trahissez, je vous livrerai aux Abénaquis et allumerai moi-même le bûcher.

Morgan lut dans les yeux de Bourlamaque que ce n'étaient pas des menaces vaines.

— Je n'imaginais pas autre chose, répondit-il. Je ne dois rien à Wentworth. Tant que vous respecterez votre parole, je respecterai la mienne.

Ce qui était à moitié vrai : ses frères et lui ne devaient rien à Wentworth, effectivement, et entre tous les officiers, Bourlamaque était certainement l'homme le plus honorable, catholique de surcroît. Mais sa loyauté, Morgan la réservait à ses frères et ses rangers.

Bourlamaque acquiesça, mais son expression demeura grave.

— Il faut que vous compreniez que, compte tenu de votre extraordinaire talent de guerrier et de la haine, conjointe à la peur, que vous vouent mes soldats, je ne puis vous permettre de sortir librement du fort. En vous laissant la vie, je prends un grand risque. Tant que je ne serai pas certain que j'ai bien placé ma confiance, vous resterez dans ma maison. À titre d'invité, bien sûr.

Ainsi, il serait son prisonnier, songea Morgan en répétant :

— Bien sûr.

Bourlamaque appela ses officiers, qui entrèrent en file indienne dans le bureau. Le lieutenant Rillieux n'était pas parmi eux, constata Morgan avec satisfaction. Ce fumier méritait bien la punition, quelle qu'elle fût, que lui avait infligée Bourlamaque.

Il regarda les hommes qui se tenaient devant lui. Fouchet, Durand et d'autres dont il ignorait le nom. Ils le fixaient, à la fois curieux, respectueux et circonspects.

— Maintenant, major, fit McKinnon, dites-nous tout ce que vous savez des plans d'Amherst pour la campagne du printemps.

11

Morgan faisait les cent pas dans sa chambre en jurant contre sa solitude, son oisiveté et la blessure qui avait affaibli sa jambe droite. En dépit de ses efforts, il ne parvenait pas à faire un pas sans boiter. Le chirurgien avait proposé de lui fabriquer des béquilles, mais il avait refusé. S'il voulait réussir à marcher jusqu'à Fort Elizabeth, il avait besoin de renforcer sa hanche, pas de la dorloter. Mais comment y parvenir en étant enfermé dans une cage ?

Une prison dorée, d'accord. Le lit était plus douillet que tous ceux dans lesquels il avait dormi depuis son enfance à Skye, la table de nuit était de bois poli, la garde-robe remplie de vêtements de soie, lainages doux, velours et dentelle – de quoi habiller toutes les pensionnaires d'un bordel ! Indiscutablement, Bourlamaque lui avait donné le confort promis. Mais pas la liberté. Depuis maintenant une semaine, il était son *invité* confiné dans une chambre dont il ne sortait que pour les repas et les longues séances d'interrogatoire.

Bourlamaque s'était montré implacable. Sous l'œil attentif de ses officiers, il lui avait arraché tous les renseignements susceptibles de lui servir. Il avait commencé par lui poser des questions sur la façon dont Amherst comptait prendre le fort

Carillon, demandé de lui livrer les plans de Fort Elizabeth, le nombre de soldats dont disposaient Amherst et Wentworth, et quelles tribus indiennes étaient de leur côté. Puis il était passé aux rangers.

Qui choisissait les hommes ? Comment étaient-ils entraînés ? Où se trouvaient leurs caches de matériel ? Qui décidait de les faire participer à une bataille ? Quelles pistes forestières empruntaient-ils le plus souvent ? Comment parvenaient-ils à se déplacer en silence, quasiment invisibles ? Quels étaient leurs principaux signaux de reconnaissance ? Quel matériel transportaient-ils ? Comment apprenaient-ils à tirer avec une telle précision ? Étaient-ils tous équipés d'un fusil ? Combien de rangers avait-il sous ses ordres ?

Morgan n'avait pas eu le temps de réfléchir, de bâtir des mensonges crédibles. Mais il s'était attendu à cette avalanche de questions, et avait répliqué sincèrement à certaines parce que les réponses ne prêtaient pas à conséquence. À d'autres, il avait fourni des demi-vérités, par exemple en révélant l'endroit de caches ou de camps abandonnés, de pistes négligées depuis belle lurette par les rangers. Il avait également énoncé des histoires montées de toutes pièces.

Les rangers avaient été triés sur le volet par Iain, avec l'aide de Morgan et Connor, entraînés au tir, au maniement de la baïonnette ou de l'épée au fort. Ils avaient appris des Indiens comment se déplacer sans bruit. Wentworth décidait de leurs missions et Morgan, comme avant lui Iain, exerçait le commandement. Les signaux changeaient chaque jour à l'aube. Les hommes avaient tous été des tireurs émérites dès leur plus jeune âge, car de leur adresse dépendait leur nourriture. Seuls les officiers étaient dotés de carabines. Sous les ordres de Morgan, les rangers étaient cent vingt-quatre.

Les officiers avaient cru ses mensonges. Ils n'avaient ri qu'à propos de cette dernière affirmation, persuadés que Morgan mentait. Pourtant, il avait dit la vérité.

— Ne me racontez pas de sornettes, major, avait lancé Bourlamaque, irrité.

— Je trouve votre doute flatteur, monsieur. Pensiez-vous que nous étions mille ? Pour dire la vérité, les rangers sont peu nombreux mais extrêmement précieux. Nous mangeons et dormons ensemble, soldats et officiers confondus, et nous appelons par notre nom de baptême. Nous nous connaissons tous très bien et nous battons unis comme les doigts de la main. Nous sommes davantage des frères que des soldats, et c'est cette spécificité qui fait de nous des rangers.

Ce que Morgan n'avait pas dit et ne dirait jamais à Bourlamaque, c'était que chaque ranger était entraîné à mémoriser et suivre une liste de vingt-huit règles destinées à cacher leur nombre lors des batailles, leur donner tous les avantages tactiques possibles, faire d'eux des combattants silencieux qui restaient groupés et totalement discrets sous le feu, chacun sachant ce que serait le prochain mouvement des autres. Wentworth était au courant de l'existence de ces règles, mais ignorait en quoi elles consistaient.

Les rangers ne marchaient qu'à pas de loup, non en rangs comme les troupes anglaises mais en file, assez éloignés l'un de l'autre pour qu'une unique balle n'en atteigne pas deux. Lorsqu'ils étaient poursuivis, ils revenaient sur leurs pas en passant au large de l'ennemi, puis l'encerclaient et le prenaient à revers. Durant les batailles, l'un rechargeait sans relâche pendant que l'autre tirait, ce qui soumettait l'adversaire à un feu constant. S'ils étaient face à un ennemi trop supérieur en nombre, ils se dispersaient et se rendaient au prochain point de ralliement. Jamais ils ne traversaient les rivières aux gués connus ni ne suivaient des pistes forestières cartographiées. Ils n'arrêtaient le combat que longtemps après le crépuscule, de façon que l'ennemi ne sache pas où ils avaient établi leur camp, et seule la moitié du groupe dormait, l'autre moitié restant sur le pied de guerre. Ils se levaient avant l'aube et vérifiaient que la forêt ne recelait pas de piège avant de se mettre en route. Ils ne prenaient jamais au retour le même chemin qu'à l'aller. Et par-dessus tout, jamais ils ne laissaient leurs flancs sans protection.

L'application de ces règles leur permettait d'apparaître et disparaître prestement et de dominer des forces supérieures aux leurs sans grosses pertes humaines. Les règles les gardaient en vie.

Morgan était prêt à mourir pour préserver le secret de ces règles.

Mon Dieu, comme il détestait le jeu qu'il était en train de jouer... Il aurait mille fois préféré affronter les Français en un combat loyal, fusil et claymore à la main, que de se battre à coups de mensonges. Quoique, c'était tout de même mieux que de périr dans les flammes.

Il marcha jusqu'à la petite fenêtre, souleva la crémone et ouvrit tout grand. Il avait besoin d'air frais. Le soleil se levait sous une brise tiède chargée d'une odeur de feu de bois, de viande rôtie et de printemps. Quelque part dans le lointain, des cornemuses françaises jouaient un air joyeux.

La gaieté de l'instrument lui rappela un camp de rangers, lorsque les hommes étaient en sécurité et profitaient de leur ration de rhum. McHugh jouerait du violon et le vieux Killy raconterait des histoires. Joseph et ses guerriers assis autour du feu narreraient leurs propres récits. Connor, en charge du commandement, marcherait parmi eux, disant un mot à chacun, lui prodiguant des encouragements, ainsi que l'avaient fait Iain puis Morgan avant lui.

La gorge de Morgan se serra. Vierge Marie, comme ils lui manquaient! Mais il les reverrait.

Si Dieu le voulait.

Il prit une profonde inspiration, sans se préoccuper de la sentinelle dans l'ombre soudain en alerte, qui l'observait. Bourlamaque le croyait-il vraiment assez fou pour tenter de s'évader par cette fenêtre?

Un bruit de pas légers au-dessus de sa tête vint le distraire de ses réflexions.

Amalie?

Il ne l'avait vue que lors des repas, sous l'œil vigilant de Bourlamaque. Leurs conversations étaient encore plus surveillées qu'à l'hôpital. Ce qui n'empêchait pas Morgan de garder les yeux sur la jeune fille, conscient de sa présence comme il ne l'avait été de celle d'aucune femme, attentif à ses moindres mouvements, au plus fugace de ses regards. Chaque jour, elle lui semblait plus belle. Les plis de tristesse qui avaient marqué son visage avaient disparu. Un sourire d'elle, et il se muait en benêt. Sa féminité le mettait dans un émoi indescriptible. Embrasé de désir, il pensait à elle de manière fort inconvenante.

Il entendit jouer la crémone de la fenêtre de l'étage, puis le grincement de vantaux que l'on ouvrait.

— Un bain serait merveilleux. Merci, Thérèse.

Amalie!

Morgan eut l'impression d'avoir reçu une décharge de foudre. Toutes les pensées qu'il avait à l'esprit se volatilisèrent. Il se figea et écouta. On déplaçait quelque chose de lourd. Sans doute le tub de cuivre dont il s'était servi ce matin. Puis il y eut le bruit de l'eau qu'on versait dedans, seau par seau. Ensuite, le doux murmure de voix féminines et… mais peut-être l'imaginait-il… le friselis de jupons que l'on ôtait. Quelques instants plus tard, il perçut un clapotement d'eau. Amalie s'était glissée dans le tub.

Il s'appuya au rebord de la fenêtre, les yeux clos, des images d'Amalie défilant sur ses rétines.

Amalie qui plongeait son corps nu dans l'eau. La clarté dorée de bougies qui illuminait sa peau. Le savon qu'elle passait sur ses seins aux pointes dardées.

Amalie qui se mettait debout, l'eau ruisselant le long de ses hanches, de ses jambes, formant des perles translucides.

Amalie qui sortait du tub, se séchait, se penchait pour essuyer ses pieds et, ce faisant, révélait son sexe niché dans sa toison sombre.

Il faillit gémir, tant son pénis s'était durci. Le contact désormais trop étroit des sous-vêtements de soie le blessait. Il savait qu'il devait chasser ces visions, mais s'en découvrait incapable. Ses efforts pour les effacer en engendraient d'autres, tout aussi torrides. Les pointes des seins d'Amalie étaient-elles rose pâle ? rouge sombre comme le bon vin ? ou d'un brun discret ? Mon Dieu… Elle était promise à l'Église, épouserait bientôt le Christ.

Et lui, il était une répugnante créature libidineuse.

Que des coups frappés à la porte ramenèrent brutalement à la réalité.

Bourlamaque entra. Il regarda la fenêtre ouverte, puis Morgan, et lui sourit.

— Mes éclaireurs sont rentrés, major. Ils sont allés voir les endroits que vous aviez décrits. Ils ont trouvé des caches de fournitures, exactement là où vous l'aviez dit. Ce soir, nous fêterons cela. J'ai commandé un festin et ai invité tous mes officiers à y participer. Ceux qui ne vous ont pas encore rencontré sont enchantés par la perspective de le faire.

Ainsi, Bourlamaque avait suivi les indications de Morgan à la lettre et était satisfait. Ses demi-vérités avaient marché. Il avait gagné la confiance de l'officier français. Jusqu'à un certain point, du moins.

— Je vous prie, habillez-vous en conséquence, major. Voulez-vous que je vous envoie mon valet pour vous assister ?

— C'est très généreux à vous de le proposer, mais je puis me débrouiller seul.

Amalie fixait la femme dans la psyché, incapable de croire qu'il s'agissait bien de son reflet.

— Thérèse, êtes-vous sûre que...

— Mademoiselle, si vous voulez taper dans l'œil du ranger, vous ne devez pas avoir peur de montrer la beauté dont vous a gratifiée le Seigneur.

Amalie réprima son envie de rire : qu'aurait dit de cela la mère supérieure ?

Les musiciens jouaient déjà. Le son plaintif du violon se mêlait aux trilles de la flûte, dominant le brouhaha de voix masculines.

Elle n'avait pas pensé mettre si longtemps à se préparer, mais s'était découverte indécise face à ses toilettes et au choix de sa coiffure. Finalement, elle avait appelé Thérèse, dont les doigts agiles avaient réalisé ce que ceux d'Amalie, inexpérimentés, n'avaient su faire : elle avait ramené ses tresses en un seyant chignon sur le dessus de la tête, laissant deux longues mèches couler sur le cou puis remonter se nicher dans la masse. C'était également Thérèse qui avait peint ses lèvres en rouge et insisté pour qu'elle porte la robe ivoire en soie. La fameuse robe offerte par son père pour ses dix-sept ans et oubliée depuis au fond de l'armoire. Rebrodée de minuscules boutons de roses, au décolleté plus échancré que tous ceux portés par Amalie dans le passé : il dénudait la partie supérieure de ses seins.

Maintenant, le cœur battant, elle s'examinait dans le miroir et ne voyait qu'une inconnue. Elle ne ressemblait plus à celle qui avait vécu entre les murs gris d'un couvent. Ses joues étaient roses, ses lèvres rubis, sa poitrine haute et arrogante. Mais le plus différent, c'étaient ses yeux qui brillaient d'anticipation, d'excitation, d'espoir.

Son univers était si terne depuis la mort de son père. Vide, sombre, triste et solitaire. Comme c'était étrange que ce soit Morgan McKinnon, l'homme qui avait peut-être tué son père, qui lui apporte cette impression de renaissance. Était-ce mal de se sentir aussi légère ?

Elle ne pouvait nier que le ranger la fascinait. Ses récits l'avaient enchantée, son accent la charmait, la chaleur qu'il y avait dans ses prunelles lorsqu'il la regardait la grisait.

Jamais elle n'avait rencontré un homme comme lui.

Depuis qu'elle le connaissait, elle avait passé tellement de nuits blanches à penser à lui... Elle se rappelait la façon dont il l'avait touchée. Son pouce qui suivait les contours de son visage. Ses doigts dans ses cheveux. Son parfum, son corps dur aux endroits où le sien était doux. Elle se souvenait de la manière dont il avait repoussé Rillieux qui l'embrassait avec brutalité. Elle se demandait comment elle aurait réagi si cela avait été lui, et non le lieutenant, qui lui avait volé un baiser. Une interrogation qui faisait bouillir son sang dans ses veines et accélérer ses battements de cœur.

Elle écarta en hâte ces pensées impures et fit tournoyer ses jupes devant la glace. L'étoffe produisit un délicieux friselis.

— Merci pour votre aide, Thérèse. Je ne m'en serais pas sortie sans vous.

— C'était avec plaisir, mademoiselle.

La servante lui pressa gentiment le bras et ajouta :

— Il sera incapable de détacher les yeux de vous ! Bon, je dois regagner les cuisines. Bonne chance.

Après un dernier coup d'œil au miroir, Amalie sortit à son tour de la chambre. Sur le palier, elle s'arrêta, le temps de regarder par-dessus la rambarde. Au rez-de-chaussée, la salle à manger était brillamment illuminée par des douzaines de chandeliers, la porte d'entrée ouverte, et l'air de la nuit charriait de délicieuses odeurs de viande rôtie. Des officiers attendaient en file indienne du perron jusqu'au salon. Tous étaient en uniforme d'apparat, certains portant perruque. Ils avaient été conviés à rencontrer le major McKinnon.

Amalie posa une main sur la rampe, souleva ses jupes de l'autre et entreprit de descendre les marches, indifférente aux regards que lui lançait la fine fleur de l'armée française : elle n'avait d'yeux que pour un seul, qu'elle vit debout à côté de Bourlamaque et du capitaine des grenadiers. Plus grand que tous les hommes présents, McKinnon portait une redingote et une culotte assorties, en velours bleu nuit, dentelle crème aux poignets et au jabot, et un gilet de soie crème brodé d'or, fermé par de petits boutons de nacre. Ses cheveux étaient attachés en catogan par un ruban noir. Ses bas de soie blanc cassé étaient tendus comme une seconde peau sur ses mollets d'athlète.

Comme il était différent de l'homme nu et rongé par la fièvre qui gisait sur une paillasse. Il ressemblait maintenant davantage à un gentilhomme qu'à un redoutable guerrier. Et pourtant, il demeurait un guerrier. Elle savait ce qui se cachait sous le velours et la soie, se rappelait son allure farouche, ses cicatrices, les cordelettes indiennes nouées autour de ses poignets.

Le souffle presque coupé par l'excitation, elle s'approcha de lui. Il ne remarqua pas immédiatement sa présence. Il écoutait parler le capitaine, une expression d'intérêt respectueux sur ses beaux traits, un verre de cognac dans la main gauche.

— La cousine de ma femme est mariée à un McDonald, disait le capitaine. Sa famille s'est exilée en France.

— Il y a beaucoup de McDonald. Savez-vous de quelle branche il s'agit ? Ranald, Glengarry, Keppoch, Glencoe ?

Le capitaine secoua la tête.

— Non, je ne le sais pas, hélas, major. Mais ma femme m'a dit que c'était une alliance réussie. Sept enfants en neuf ans. Les Français et les Écossais sont des peuples passionnés, n'est-ce pas ?

Morgan s'aperçut tout à coup qu'Amalie était là. Son regard glissa sur elle comme une caresse.

— Exactement, capitaine… Passionnés.

— Ah, Amalie, vous voilà ! s'exclama Bourlamaque. Vous êtes enchanteresse, ce soir. Je n'avais encore jamais vu cette robe. Est-ce votre père qui vous l'avait achetée ?

— Oui, répondit Amalie qui n'avait saisi que quelques mots : elle était trop fascinée par le major, par les yeux affamés qu'il dardait sur elle.

Le cœur battant la chamade, elle lui tendit la main. Il s'inclina et lui fit le baisemain.

— Mademoiselle Chauvenet, vous êtes une fleur somptueuse au milieu d'un bouquet d'orties.

Amalie s'empourpra et songea qu'elle pouvait remercier Thérèse.

— Vous êtes trop gentil, monsieur.

Morgan s'étonna d'être encore capable de parler. Dès qu'il avait découvert Amalie, sa gorge s'était nouée, ses pensées étaient parties en déroute, sa langue s'était paralysée.

Doux Jésus, comme elle était belle! Joliment coiffée, sophistiquée dans sa ravissante robe... Et ses lèvres pleines dessinées pour les baisers, ses seins rebondis et crémeux, à l'arrondi fait pour la main de l'homme, pour *sa* main... Il allait en devenir fou!

Elle prononça une phrase. Il y répondit dans un état second. Elle éclata de rire, et il crut entendre une musique céleste.

Les images qui avaient défilé dans son esprit lorsqu'elle prenait son bain firent un retour en force. Pointes des seins dardées que l'eau léchait, peau mouillée à la lumière d'une chandelle, toison constellée de perles translucides...

Elle est innocence, fichu bâtard! se morigénat-il. Vouée à l'Église!

Mais jamais il n'avait vu de nonne comme elle. Il aurait voulu retirer sa redingote et la draper sur ses épaules offertes aux yeux de tous, ou envoyer la jeune fille se changer. Qu'elle aille donc mettre une robe de nonne! Mais il n'était pas son tuteur, ni son mari, et encore moins son amant. Il n'avait pas le droit d'objecter quoi que ce soit.

Bourlamaque lui présentait un autre officier. Grenadiers, fusiliers, fantassins, éclaireurs, artilleurs... Son cerveau criait grâce sous l'avalanche de noms et de fonctions. Il ne parvenait pas à détacher son regard d'Amalie, qui se tenait à côté de son tuteur, souriant et disant quelques mots aimables à chacun des hommes.

On sonna enfin le dîner.

Gibier rôti, perdrix farcies, cochon de lait... La table ployait presque sous l'abondance de mets et de verres de vin bien remplis. Attentif à ne pas trop boire, de crainte de laisser échapper une phrase en français, Morgan mangea jusqu'à satiété, ivre non d'alcool mais de la présence de la jeune fille en face de lui, à la gauche de Bourlamaque, en bout de table.

Elle le pria de raconter d'autres souvenirs, d'autres passionnantes histoires, et il s'exécuta. Il narra comment, avec Connor, ils avaient saboté le pont de bateaux afin que le lieutenant Cooke tombe dans le fleuve. Comment les rangers s'étaient déguisés en Indiens et avaient feint d'assaillir Fort Elizabeth pour détourner Wentworth de son idée, qui était de poursuivre Annie pendant que Iain était loin de la garnison. Comment ils avaient tiré des boulets de canon du haut des murs du fort pour briser le pain dur comme de la pierre que leur avaient donné à manger les Anglais.

Lorsque le dîner toucha à sa fin, les officiers vinrent s'agglutiner à la tête de la table pour mieux l'entendre. Ils semblaient amusés par ses anecdotes, mais ce n'était pas leur réaction qui intéressait Morgan. C'était celle d'Amalie. Il adorait son rire cristallin, son sourire radieux, son regard mélancolique quand il mentionnait Annie et Iain.

Ainsi, la demoiselle était une romantique...

Que n'eût-il donné pour le plaisir d'enlever une à une les épingles de son chignon et laisser se dérouler sa lourde tresse jusqu'à ses reins. Pour embrasser sa bouche en forme de cœur. Pour arracher toute cette soie, cette dentelle et se repaître de la somptuosité de son corps nu. Pour mouler ses seins dans ses paumes et l'entendre gémir de bonheur...

Il s'obligea à détourner les yeux et déclara :

— Wentworth n'a pas pu nier que du pain qu'un boulet de canon n'arrive pas à briser n'est bon ni pour les souris ni pour les hommes. Il a ordonné que l'on prenne de quoi nous nourrir dans ses réserves personnelles.

Amalie rit franchement, les hommes avec un peu moins d'enthousiasme.

— Votre maître, Wentworth, tolère bien des insolences, me semble-t-il, lança l'un d'eux.

Amalie tourna les yeux vers celui qui venait de faire cette réflexion. Le lieutenant Rillieux, qui avait fendu le groupe d'officiers pour se placer à côté d'elle. En grand uniforme, et la gorge portant toujours la marque des doigts de Morgan.

Celui-ci se mit debout.

— Wentworth n'est pas mon maître! s'insurgea-t-il.

Le silence plomba soudain l'atmosphère. Toute couleur se retira des joues d'Amalie.

Bourlamaque se leva à son tour.

— Joignez-vous à nous, Rillieux. Mais ne vous avisez pas de manifester votre mauvaise humeur.

Puis il pivota vers Morgan.

— Veuillez vous réconcilier et vous donner une accolade fraternelle. Vous vous battez désormais pour le même roi et vous devez donc un respect mutuel. Me suis-je bien fait comprendre? Major? Lieutenant?

Morgan se dit qu'il préférait être damné que de donner l'accolade à ce salaud. Pourtant, il hocha la tête et tendit la main à Rillieux en affectant une expression contrite.

— Oui, monsieur. Vous avez raison. Je suis sûr que le lieutenant Rillieux et moi allons faire table rase du passé.

Rillieux serra la main tendue, très fort.

— Oui, monsieur, dit-il à son tour. À l'avenir, rien ne ternira mes relations avec le major McKinnon.

Amalie lâcha un soupir de soulagement. Quant à Bourlamaque, il leva son verre.

— À la victoire!

— À la victoire! répétèrent tous les hommes à l'unisson.

Morgan ne put faire moins que les imiter.
Puis il vida son verre, les yeux rivés à ceux de Rillieux, une même haine habitant les deux protagonistes.
Le fumier n'avait pas pensé un seul mot de ce qu'il avait dit… et lui non plus.

12

Amalie se trouvait à l'extérieur du fort. Elle observait M. McKinnon qui se préparait à faire la démonstration de ses talents de tireur.

Elle finissait de prendre son petit déjeuner quand Thérèse avait déboulé, hors d'haleine.

— Venez vite, mademoiselle Chauvenet ! M. McKinnon va tirer à la cible ! Tout le monde va y assister !

La petite bonne semblait folle d'excitation.

Amalie avait quitté la table et couru dehors. Mis à part ceux qui étaient de garde aux postes de sentinelles, tous les hommes du fort étaient sortis. Les soldats étaient curieux, et en même temps maussades. Amalie les comprenait. Un homme qui avait été leur ennemi mortel était maintenant des leurs, choisi par Bourlamaque pour leur apprendre à devenir de meilleurs tireurs. Leur orgueil en souffrait profondément.

Mais elle était sûre qu'une fois qu'ils connaîtraient bien le major McKinnon, leurs réticences s'envoleraient, ils le jugeraient digne de respect et estimeraient plus utile pour la France qu'il se range à son côté.

Ce qui s'était passé la veille au soir lui avait prouvé que les sentiments pouvaient être changés. Le lieutenant Rillieux avait su effacer sa rancune.

S'il en était capable, alors les soldats le seraient aussi.

— La cible est placée à trois cents pas, major McKinnon, expliqua Bourlamaque. Vous disposez d'une minute pour tirer trois fois.

Une tâche difficile. Tout le monde savait que seuls les tireurs d'élite étaient à même de faire feu aussi rapidement. Amalie se demanda si son tuteur n'essayait pas d'amener le major à l'échec.

Mais McKinnon se comportait comme s'il n'avait aucun souci au monde. Souriant, il dit quelque chose à Bourlamaque, les yeux posés sur la cible. Il avait ôté sa redingote et son gilet, attaché ses longs cheveux noirs avec un lien de cuir et était campé fièrement sur ses jambes, en chemise et culotte – une tenue que d'ordinaire Bourlamaque ne tolérait pas, sauf chez les Indiens.

— Coup d'envoi, annonça celui-ci en levant son pistolet.

Et il tira.

Morgan amorça et chargea son arme avec dextérité. Son premier tir vrilla l'air. Amalie était trop loin pour voir s'il avait touché la cible. Déjà, il rechargeait. Elle eut l'impression que les battements de son cœur marquaient les secondes. Il leva le fusil, tira un deuxième coup, ses grandes mains maintenant l'arme avec facilité, les yeux rivés sur la cible. Le troisième coup éclata un instant avant que Fouchet n'annonce l'expiration du délai imparti.

— Excellent, commenta Bourlamaque en souriant alors que deux soldats apportaient la cible.

Elle était percée de trois trous, tous à quelques centimètres du cœur. Un murmure admiratif mêlé de jurons courut dans la foule.

— Le fils de pute n'est pas mauvais avec un fusil à silex, remarqua un soldat.

— Pas mauvais ? lui rétorqua un autre. Même dans un très bon jour, tu n'aurais pas été fichu de faire ça !

Amalie relâcha le souffle qu'elle avait retenu sans s'en rendre compte. Elle ressentait de l'orgueil. Comme s'il avait su qu'elle le fixait, M. McKinnon se tourna vers elle et, lentement, un sourire se dessina sur ses lèvres. Elle le lui rendit, le rouge aux joues.

— Essayons-nous trois cent cinquante pas ? s'enquit Bourlamaque.

— Si vous voulez, accorda Morgan.

Il nettoya le canon pendant que l'on mesurait la distance. Lorsque la cible fut replacée, Bourlamaque tira de nouveau un coup en l'air.

Trois autres tirs, trois autres trous au centre de la cible.

D'autres murmures, de plus en plus admiratifs.

— Joli, major, dit Bourlamaque, ravi. Il est rare de voir un tel score à cette distance.

— Eh bien, montons donc les enjeux de ce petit jeu, proposa Morgan.

— Que proposez-vous ?

— Quatre tirs.

— Quatre ? Personne ne peut tirer quatre fois en une minute !

— On parie ? Si je réussis à tirer quatre fois et qu'en plus je touche la cible, m'accorderez-vous une faveur ?

Les soldats faisaient des commentaires à voix basse. Ce McKinnon était fou ! Quatre tirs ? Impossible.

Les yeux de Bourlamaque s'étaient étrécis.

— Qu'attendriez-vous de moi, major ?

— Que Mlle Chauvenet m'apprenne le français. Je ne puis vivre parmi vous si je ne comprends pas ce que vous dites.

Le pouls d'Amalie s'emballa. Des leçons particulières ? L'expression de Bourlamaque était éloquente : il était sur le point de rejeter la requête du ranger. Ou de suggérer que quelqu'un d'autre qu'Amalie se charge de cet enseignement.

— J'accepte ! cria-t-elle avant qu'il ait eu le temps de refuser.

Il y eut un long silence. Le regard de Bourlamaque allait et venait de Morgan à sa pupille. Enfin, il capitula.

— Très bien. Accordé.

L'air très concentré, McKinnon nettoya derechef son fusil, vérifia la pierre de mise à feu, vida la corne de poudre puis les balles de plomb, et fit savoir d'un hochement de tête qu'il était prêt.

Bourlamaque donna le signal.

Au lieu de lever son fusil, McKinnon fourra une poignée de balles dans sa bouche. L'assistance éclata d'un rire moqueur.

— C'est comme ça que ceux de sa race deviennent si grands ? En bouffant du plomb ? se moqua quelqu'un.

— S'il échoue, on le jettera à la rivière pour lui donner une bonne leçon d'humilité !

Le major ne parut pas le moins du monde distrait par ces réflexions. Peut-être parce qu'il ne comprenait pas le français, se dit Amalie. Ses mains reprenaient leur rapide et précis manège sur l'arme. Il la chargea, puis fit quelque chose que voyait pour la première fois de sa vie la jeune fille : il cracha une balle dans le canon.

Il mit en joue, tira, et avant que l'écho de la détonation se soit éteint, il parvint à recharger et tirer son deuxième coup. En expulsant les balles directement de sa bouche au canon, il gagnait de précieuses secondes.

Troisième tir.

Puis il y eut comme un ralentissement dans le processus. Amalie observait les mains qui s'activaient et n'en crut pas ses yeux : McKinnon tira encore.

Une fraction de seconde plus tard, Fouchet hurlait la fin de la minute.

Autour d'elle, les acclamations fusaient, de plus en plus fortes, de plus en plus enthousiastes alors que l'on rapportait la cible.

Mouche à quatre reprises!

McKinnon avait mis son arme au pied et regardait Bourlamaque d'un air non pas triomphant mais amusé. Amalie prit soudain conscience qu'il avait relevé le gant parce qu'il n'avait pas douté un instant de son succès. Il n'avait fait que renouveler un exploit déjà réalisé par le passé.

Guerrier ou gentilhomme? M. McKinnon était indéniablement les deux à la fois.

Elle s'avançait vers lui pour le féliciter quand une main lui agrippa le bras et la ramena en arrière. Outrée, elle se retourna, mais se calma dans la seconde.

Tomas? Avec Simon? Pourquoi affichaient-ils cette expression rageuse?

— Je me suis longtemps demandé si la fille de la sœur de ma mère se sentait française ou abénaqui... Maintenant, je sais, énonça Tomas entre ses dents serrées. Elle n'est ni française ni indienne! Elle est devenue la catin de l'Anglais, ce... McKinnon!

Il cracha par terre.

Trop effarée pour répliquer, Amalie resta bouche bée.

— Il était à nous, Amalie! Il nous avait été promis par Montcalm, et voilà qu'il dîne avec Bourlamaque pendant que nous, qui avons tenu les promesses faites à nos frères français, nous campons à l'extérieur du fort et n'avons droit qu'aux vieilles couvertures, bouilloires et verroterie mises au rebut! Tu as demandé à Bourlamaque de l'épargner! Pourquoi?

Amalie n'était plus déconcertée, mais en colère. Tellement en colère qu'elle fut incapable de modérer ses paroles.

— Je ne suis la catin de personne! Je suis française *et* abénaqui! Et je suis catholique! Tu as une langue venimeuse, Tomas! N'entends-tu donc jamais ce que dit le prêtre? Qu'il est barbare de brûler vif un homme? Les gens d'Oganak doivent lui pardonner comme moi, je lui ai pardonné!

Tomas et Simon la fixaient comme si elle avait perdu l'esprit. Lentement, la rage sur la figure de Tomas céda la place au dégoût.

— Tu as passé toute ta vie parmi les curés et les religieuses, alors tu ne peux pas comprendre que le sang ne peut être vengé que par le sang. Nous l'aurons, Amalie. Et il n'y a rien que Bourlamaque ou toi pourrez faire pour nous arrêter.

Sur ces mots, les deux frères tournèrent les talons et s'en furent.

Morgan chercha Amalie du regard parmi la foule, mais ne la vit pas. Bien que déçu, il ne s'attarda pas sur cette absence. Il se sentait trop bien. Quelle bénédiction que d'avoir le visage baigné de soleil, le vent dans les cheveux, de sentir le poids de son fusil dans sa main... C'était tellement exquis qu'il en avait oublié le danger qu'il courait et le marché conclu avec le diable.

Il revint sur terre lorsque Bourlamaque lui reprit le fusil.

L'homme ne lui faisait pas encore confiance. Il était indubitablement très malin.

Il ne revit Amalie qu'au déjeuner, et sut à la seconde que quelque chose n'allait pas. Elle mangeait en silence, et quand il croisait son regard, il lisait de l'angoisse dans ses prunelles d'ambre. Il n'apprit ce dont il s'agissait qu'après le repas, lorsque Bourlamaque le convoqua dans son bureau.

— Amalie se fait du souci, major. Il semblerait que les Abénaquis soient fort mécontents de ma décision de clémence à votre endroit.

— Ils ont été privés de leur vengeance, c'est cela ? demanda calmement Morgan. Je savais qu'ils ne l'accepteraient pas.

— Ses cousins ont dit à Amalie que rien ni personne ne les empêcherait de vous amener à Oganak. Pas même moi, expliqua Bourlamaque d'un air perplexe.

— Ils ne vont pas risquer votre colère. Ils dépendent de vous pour leurs armes, couvertures et une foule d'autres fournitures.

— Vous ne devez en aucun cas douter de ma parole, continua Bourlamaque, mais je ne puis vous garantir que mes hommes respecteront mon engagement. J'ai regardé leurs expressions, aujourd'hui. La plupart vous craignent, c'est évident, mais quelques-uns vous haïssent. Il suffirait qu'une poignée se mette d'accord avec les Abénaquis pour réussir à vous enlever d'entre ces murs.

— Je ferai ce qu'il faut pour me défendre.

— Je n'en attendais pas moins, dit Bourlamaque en posant le regard sur une lettre ouverte sur son écritoire, qui portait l'écriture fleurie de Montcalm ainsi que son sceau. J'ai ordonné à mes officiers de faire savoir que vous êtes un homme honorable et un bon catholique. J'espère que cette information arrivera aux oreilles de vos ennemis.

Bourlamaque ne fit aucun effort pour cacher la lettre, sans doute persuadé que Morgan ne pouvait la lire. Mais, même à l'envers, il parvint à en déchiffrer des bribes : son nom, ainsi que les mots « prisonnier », « notre avantage » et « le tuer ».

— Je vous suis très reconnaissant pour tout ce que vous avez fait, déclara-t-il à Bourlamaque, mais si quelqu'un doit gagner leur confiance, c'est moi et moi seul.

— Il y a autre chose, major. Les Abénaquis blâment Amalie. Ses cousins l'ont traitée de «catin de l'Anglais» et cela m'inquiète. Je ne suis pas très au fait de leurs coutumes. Devrais-je avoir peur pour la sécurité de ma pupille?

Morgan avait une question sur le bout de la langue: comment s'appelaient les cousins de la jeune fille? Sachant leur nom, il aurait pu aller leur faire ravaler leurs insultes à la pointe de l'épée ou à coups de poing. Mais il savait que Bourlamaque ne lui permettrait pas de laver lui-même l'affront. Il déglutit, s'obligea à garder une mine impassible.

— Je suis frère de sang des Muhheconneoks. Des Mohicans. Pas des Abénaquis. Mais d'après ce que je sais de leurs façons d'agir, ils ne feront pas de mal à une femme qui leur est apparentée, sauf si elle les a trahis.

Bourlamaque lâcha un soupir de soulagement.

— Je serai rassuré lorsqu'elle sera de nouveau en sécurité à l'abbaye. Son père, Dieu ait son âme, ne lui aurait jamais permis de rester ici. Je ne me le pardonnerais pas s'il lui arrivait quelque chose. J'avais espéré qu'elle accepterait d'épouser le lieutenant Rillieux, mais…

Il haussa les épaules sans achever sa phrase.

Morgan s'était retenu de sursauter. Bourlamaque aurait aimé que sa pupille se marie avec ce bâtard prétentieux? Était-il fou?

— Elle est promise à l'Église, n'est-ce pas?

— Non, major. Elle n'a pas encore décidé si elle prononcerait ses vœux. Son père m'a dit qu'elle trouvait la vie à l'abbaye suffocante, néanmoins je n'ai pas d'autre choix que de la renvoyer à Trois-Rivières et l'y laisser jusqu'à la fin de la guerre. Elle ne peut rester ici.

— Non, elle ne le peut pas, admit Morgan distraitement, tout en s'efforçant de bien intégrer ce qu'il venait d'entendre.

Ainsi, la jeune fille n'était pas aussi étroitement liée à l'Église qu'elle le lui avait fait croire. Cela expliquait la robe qu'elle portait l'autre soir. Mais pourquoi s'était-elle sentie obligée de l'induire en erreur ? Elle s'était défiée de lui, manifestement. Désormais, il connaissait la vérité : Amalie était libre de se marier si elle le souhaitait, libre de choisir l'amour d'un homme.

Mais cet homme, ce ne serait pas lui. Ce ne pouvait être lui. La vie de Morgan McKinnon était ailleurs, auprès de ses frères et de ses rangers. Dès qu'il serait en état de le faire, il s'évaderait et reviendrait vers eux. Amalie se rendrait alors compte qu'elle avait été bien avisée de ne pas lui faire confiance.

Et elle le haïrait.

Amalie se glissa dans sa chemise de nuit, puis s'assit à sa coiffeuse et entreprit de brosser ses cheveux.

Elle était sotte de se désoler. Bourlamaque ne laisserait pas ses cousins abénaquis enlever M. McKinnon. D'autant que le ranger n'était pas un petit enfant sans défense que l'on pouvait emporter sous le bras comme un fagot de bois. Si Tomas était assez inconscient pour tenter de faire sortir de force McKinnon du fort Carillon, il paierait cher son audace.

Mais elle ne voulait pas non plus de cela. Elle ne connaissait pas très bien ses cousins. Ils étaient toutefois son seul lien avec le peuple de sa mère et elle les aimait beaucoup, surtout Simon dont le sourire rayonnant l'avait toujours enchantée. Elle tenait à garder intacte l'affection qu'ils avaient pour elle, sans cependant tolérer les insultes que Tomas lui avait jetées à la figure. Pas plus qu'elle ne détournerait le regard pendant qu'il comploterait pour tuer McKinnon.

Bourlamaque lui avait assuré qu'il ne permettrait à aucun homme, Français ou Abénaqui, de conspirer contre le major. Son tuteur lui avait promis qu'il avertirait M. McKinnon de tout complot latent. Puis il lui avait demandé de ne pas s'inquiéter.

— Allez, profitez de la journée, Amalie. Cela m'attriste de vous voir soucieuse.

Et la journée avait été belle. Elle s'était activée la majeure partie de l'après-midi dans le jardin de Bourlamaque, sous le ciel bleu, charmée par le chant des oiseaux. L'air chaud était lourd du parfum de la terre fraîchement remuée, et le soleil faisait renaître la vie tout autour d'elle.

Pourtant, elle n'était pas parvenue à oublier les menaces de Tomas.

M. McKinnon avait passé la soirée dans le bureau de Bourlamaque. Elle était restée dans le salon, penchée sur son ouvrage de broderie, espérant que McKinnon finirait par sortir et qu'elle pourrait le féliciter pour sa performance au tir. Et l'avertir du danger que représentaient les Abénaquis. Mais les heures s'étaient écoulées, et elle n'y voyait plus assez à la lumière des chandelles pour faire de minuscules points. Elle s'était donc résignée à se retirer dans sa chambre.

Par la fenêtre, la brise humide lui apportait une promesse de pluie. Dans le lointain, on jouait de la cornemuse et du violon. Tomas et Simon se trouvaient quelque part dehors. Préparaient-ils quelque funeste plan ?

Une porte s'ouvrit, puis se ferma au rez-de-chaussée. Des pas résonnèrent dans le vestibule. Elle posa en hâte sa brosse sur la tablette, s'enveloppa dans son grand châle de soie bleue, sortit dans le couloir et gagna le palier sur la pointe des pieds. Là, elle se pencha par-dessus la rampe et regarda en bas.

M. McKinnon se tenait dans le salon, bras croisés sur la poitrine. Il scrutait la nuit par la fenêtre. La clarté était chiche, et néanmoins elle distinguait la mélancolie qui marquait ses traits.

Consciente de ne porter que sa chemise de nuit, elle resserra les pans du châle autour d'elle et descendit sans bruit les marches.

13

Morgan regardait les ténèbres par la fenêtre. C'était la nuit qu'ils lui manquaient le plus. Iain, Annie, Connor, Joseph et les rangers. L'obscurité l'oppressait, faisait surgir doutes et inquiétudes. C'était si loin, chez lui... Vivrait-il assez longtemps pour revoir ceux qu'il aimait?

S'évader du fort Carillon relevait de l'impossible. Tous les Français connaissaient désormais son visage. Voler un uniforme et franchir tranquillement les grilles n'était plus envisageable. Pas plus que de sortir par la fenêtre de nuit et se glisser hors des murs : une sentinelle était en faction. Bourlamaque ne se fiait pas suffisamment à lui pour l'envoyer dans la forêt faire du pistage avec ses hommes. Tant qu'il ne le chargerait pas d'une mission de ce genre, Morgan n'aurait aucune chance de s'échapper.

En attendant, il allait étudier tous les dossiers de Bourlamaque. Les rapports sur les troupes dont disposait Montcalm, les plans de la campagne d'été. Il ferait cela cette nuit. Dès qu'il estimerait Bourlamaque endormi, il se faufilerait dans son bureau et...

Un bruit de pas léger l'alerta. Il se retourna et vit Amalie au pied de l'escalier.

Il en oublia tout.

Elle avança vers lui sur la pointe de ses pieds nus, en chemise de nuit blanche, un châle bleu drapé sur les épaules, ses longs cheveux défaits coulant en cascade sombre jusqu'à ses reins. Ses épaules étaient chastement couvertes, mais son décolleté ne l'était pas. Ses seins pleins et ronds gonflaient la fine étoffe. Leurs pointes saillaient à chacune de ses inspirations. Elle leva son angélique visage vers lui.

Elle ne pouvait lire dans ses pensées. Heureusement.

— Il est bien tard pour que tu sois encore debout, petite, réussit-il à articuler en dépit de sa gorge sèche.

Ne comprenait-elle pas l'effet qu'elle produisait sur lui ? Non, manifestement pas. Elle avait mené une existence trop protégée pour se savoir capable de mettre un homme sens dessus dessous et l'enflammer de désir.

— Je... je souhaitais vous parler, dit-elle, à l'évidence troublée.

— Quelque chose ne va pas ?

— Je... tenais à vous féliciter, monsieur. Vous êtes vraiment un tireur exceptionnel.

— Tu as quitté ton lit pour me dire ça ?

Il n'en croyait rien.

Elle releva le menton, le rouge aux joues.

— J'avais aussi besoin de savoir quand vous comptez commencer à prendre vos leçons de français.

— Il faut que je le demande à Bourlamaque : je ne dispose pas de mon temps à mon gré.

— Oui, je sais, admit-elle en se détournant, incapable de le fixer dans les yeux.

Un silence s'installa. Au supplice, Morgan n'y tint plus : il fallait qu'il la touche. Il lui prit le menton entre deux doigts et l'obligea à le regarder en face. Ses prunelles étaient écarquillées, pleines de crainte.

— Petite, tu n'es pas restée éveillée pour venir me dire quelque chose dont nous aurions pu discuter au petit déjeuner. Que fais-tu là, en chemise de nuit ?

M. McKinnon se tenait si près d'elle qu'Amalie pouvait humer son odeur d'homme. De sa peau émanait un parfum d'épices et de sel, de sa bouche un soupçon de cognac, de ses cheveux s'échappaient des bouffées de savon au pin. Sa présence était si imposante qu'elle occultait tout. En cet instant, il n'y avait que lui, rien que lui au monde.

— J'ai peur pour vous, monsieur, souffla-t-elle.
— Belle, douce Amalie... cela fait deux fois que tu me protèges. Tu m'as sauvé la vie et je t'en serai éternellement reconnaissant. Mais tu ne devrais pas perdre le sommeil à t'inquiéter de menaces en l'air. Je ne suis plus sans défense. Je peux me protéger moi-même, d'accord ?

Il avait raison, et pourtant elle ne parvenait pas à faire taire les mauvais pressentiments qui la tenaillaient.

— Si mes cousins tentent de vous capturer, fatalement, une personne qui m'est chère souffrira. L'un d'eux, ou vous.
— Ah...

Il avait posé sa main en coupe sur sa joue.

— Écoute-moi, Amalie. Je ferai tout ce qui est en mon pouvoir pour me protéger, mais je ne tuerai aucun d'eux sauf s'ils ne me laissent pas le choix. Mais toi... si seulement tu pouvais être en sécurité à l'abbaye, oublier cet endroit et ses troubles !

Amalie recula.

— Comment pourrais-je oublier le fort Carillon ? Mon père est mort ici et y est enterré. Si nous ne parvenons pas à garder ce morceau de terre, les Anglais ne seront pas longs avant d'atteindre Trois-Rivières. Et alors, où irai-je ? De plus, je ne suis pas du tout certaine d'avoir envie de revenir à l'abbaye.

— Alors, tu songes à te marier ?

Subjuguée par la voix grave et veloutée de Morgan, Amalie vacilla légèrement.

— Je... j'y songeais jusqu'à ce que...
— Que quoi ?

Elle s'était piégée toute seule ! songea-t-elle, éperdue. Il ne lui restait plus qu'à s'expliquer.

— Jusqu'à ce que Rillieux m'embrasse. Maintenant, je ne suis plus du tout sûre de vouloir un mari. Je ne pense pas trouver le bonheur en devenant une épouse.

— Mmm. Il y a un petit défaut dans ton raisonnement : ce que Rillieux a fait, ce n'est pas t'embrasser.

— N... non ? demanda-t-elle, un peu haletante.
— Non.

Il tendit le bras, le ferma autour de sa taille et... Mon Dieu... Il l'attirait contre lui !

— Voilà ce qu'est un baiser.

Il se pencha, effleura ses lèvres des siennes, un contact à la douceur de plume qui suffit pourtant à la mettre en émoi.

— Petite, tu as tout pour rendre fou un homme, chuchota Morgan.

Il releva la tête et, un instant, elle crut la démonstration achevée. Mais il resserra son étreinte, plongea les doigts dans ses cheveux et, doucement mais fermement, l'incita à rapprocher sa tête.

La démonstration venait juste de commencer, comprit-elle. Un baiser, c'était cela... Une caresse intime qui la faisait frémir de plaisir, qui éveillait des sensations dans tout son corps, chauffait son sang, la faisait transpirer et lui coupait la respiration...

La langue de Morgan suivait les contours de sa bouche, lentement, s'aventurant entre ses lèvres par intermittence, cherchant à se frayer un chemin, brûlante, gorgée de saveurs ensorcelantes.

Le bout de ses doigts courait sur l'étoffe fine de la chemise, le long de sa colonne vertébrale, et elle arquait instinctivement le dos pour se presser plus étroitement contre le buste puissant. Elle s'entendit gémir, sentit ses genoux flageoler, s'accrocha aux épaules carrées. N'osant poser sa main ailleurs que sur sa tête, elle se mit à fourrager dans la soie épaisse des cheveux, et ce fut Morgan qui geignit.

Il savait qu'il devait s'arrêter, mettre immédiatement un terme à ces égarements. Quel inconscient il avait été de vouloir lui montrer ce qu'était un baiser! Il avait désiré lui faire comprendre qu'elle avait tort de se défier des hommes, l'aider à effacer le souvenir de l'ignoble Rillieux.

Il s'était persuadé qu'il ne s'agissait que de cela. Qu'il se bornerait à jouer les généreux mentors. Balivernes. La vérité, c'était qu'il rêvait de ce baiser depuis l'instant où il avait su qu'elle n'entrerait peut-être pas au couvent. Et il réalisait ce rêve.

Elle se montrait tellement réceptive que la repousser maintenant eût exigé de lui une volonté dont il était démuni. Elle faisait montre d'une passion qu'il n'avait pas prévue, passion qui lui donnait envie d'aller bien au-delà d'un simple baiser. Mais il n'avait pas le droit de prendre ce qu'il voulait. Pas ce soir, pas demain. Jamais.

Lentement, il la lâcha puis recula d'un pas, le corps tendu comme un arc, le sang frappant dans ses tympans.

— Amalie…

La bouche entrouverte sur un souffle saccadé, elle leva les yeux vers les siens. Ses lèvres étaient humides et enflées. Elle avait accroché les mains à sa redingote et les y maintenait comme si sa vie en dépendait.

Il eut besoin de toute son énergie pour ne pas l'enlacer encore plus fougueusement que quelques instants plus tôt.

— Alors, petite, dis-moi : un baiser tel que celui-ci, qu'en penses-tu ?

Elle détacha une main du revers de la veste, manifestement à regret, et fit courir son index sur ses lèvres.

— Oh, monsieur McKinnon, c'était... merveilleux.

Le bruit d'une porte retentit. Puis des voix d'hommes.

— Tu dois partir, Amalie, chuchota-t-il. Mais avant, promets-moi une chose.

— Quoi donc, monsieur ?

— Ne te mets plus en danger pour moi. Dénonce-moi à tes cousins, trahis-moi, maudis-moi s'il le faut mais ne prends plus de risques, compris ?

— Mais je... je ne pourrais jamais faire cela, monsieur !

Les voix se précisèrent. Parmi elles, il y avait celle de Bourlamaque. Plus qu'une poignée de secondes, et Amalie serait découverte. Bourlamaque serait vraiment ravi de la trouver en chemise, pieds nus, les lèvres rougies et gonflées, en compagnie d'un homme en lequel il n'avait pas confiance...

— Si, petite, tu le peux et tu le dois. Va-t'en.

Elle pivota sans bruit sur ses talons et disparut dans l'escalier en un clin d'œil. Morgan la rappela à voix basse alors qu'elle se trouvait à mi-chemin.

— Amalie ?

Elle s'immobilisa et le regarda par-dessus son épaule.

— Amalie, s'il te plaît, quand nous serons seuls, appelle-moi Morgan. Et tutoie-moi.

— Oui, monsieur, acquiesça-t-elle en souriant.

Il eut l'impression d'avoir entendu une musique enchanteresse.

Incapable de trouver le sommeil, Amalie fixait les ténèbres, les doigts sur ses lèvres, revivant inlassablement l'épisode du baiser. Comme il avait été excitant, troublant, étonnant et exquis, ce baiser ! Les bras puissants de M. McKinnon autour d'elle, la douce caresse de sa bouche, le choc produit par sa langue lorsqu'elle était entrée en contact avec la sienne... Et cette partie de son corps plaquée contre son ventre... si délicieusement dure... Ses doigts dans ses cheveux...

Jamais elle n'avait éprouvé de si ardentes émotions. M. McKinnon avait su la rendre fébrile, faire battre son cœur. Avait-il ressenti la même chose ?

— *Petite, tu as tout pour rendre fou un homme...*

Oui, il avait ressenti la même chose.

L'idée la fit frissonner de plaisir. Elle murmura le prénom de Morgan à plusieurs reprises, savourant les deux syllabes, les répétant en roulant légèrement le « r », à l'écossaise.

— Morgan... Morgan McKinnon...

Elle ne retournerait pas à l'abbaye. Elle n'en avait pas la moindre envie.

Même s'il avait projeté de dormir, ce qui n'était pas le cas, Morgan n'y serait pas arrivé. Pas avec le goût de la bouche d'Amalie sur la langue, son parfum sur ses mains. Les yeux grands ouverts, il se tournait et se retournait dans son lit, fébrile, possédé par le souvenir du corps de la jeune fille, sa chaleur.

Il avait vraiment perdu la tête.

Mais au moins, maintenant, Amalie savait ce qu'était un baiser. Elle ne commettrait pas la bêtise de regagner l'abbaye pour y prononcer ses vœux à cause de ce que lui avait fait ce goujat de Rillieux.

Et lui, qu'était-il ? Un saint ? Bon sang !

Il aurait mille fois mieux valu qu'il s'abstienne de toucher Mlle Chauvenet. Il ne lui avait fait aucun bien : cette lueur qu'il avait vue dans ses yeux... Elle commençait à éprouver des sentiments pour lui, et ce baiser n'avait fait que les amplifier. Elle ne comprenait sans doute pas qu'elle prenait de terribles risques en se rapprochant de lui : s'ils apprenaient qu'elle était intime avec le ranger, ses cousins tourneraient leur colère sur elle. C'était une chose qu'elle se soit impliquée pour lui sauver la vie, c'en serait une autre si les hommes du fort Carillon se mettaient à penser qu'elle était sa compagne.

Tout cela, il le savait, et pourtant il avait cédé à ses élans. Le corps sensuel d'Amalie, son innocence, avaient anéanti son sang-froid, sa lucidité. Il n'avait pas pu résister. Et maintenant, le désir continuait à le tourmenter. Il s'agitait sur le matelas depuis des heures.

S'il voulait trouver un peu de repos, il fallait qu'il se soulage tout seul. Sans cesser de penser à Amalie, de voir ses lèvres purpurines, ses seins blancs pressés sur son buste, sa chevelure de fée...

Un moment plus tard, il avait retrouvé un peu de paix. Il quitta son lit et s'approcha silencieusement de la porte. Il savait qu'un garde se trouvait sous sa fenêtre, et un autre devant la porte d'entrée. Y en avait-il également un à la porte de sa chambre ?

Il appuya l'oreille au battant et écouta. Rien. Pas de plancher qui craquait, pas de bruit de respiration ni de froissement d'étoffe. Il attrapa la poignée, entrouvrit le battant et scruta le couloir. Vide. Il ouvrit plus grand et attendit : si on le surprenait, il ne s'en tirerait pas sans dommage. Il serait remis en prison... et bientôt jeté au bûcher.

Il se glissa dans le couloir, descendit à pas de loup au rez-de-chaussée. La chambre de Bourlamaque était située en face de celle d'Amalie, au premier. Comme tout soldat, il ne dormait probablement que d'un œil et le moindre craquement le réveillerait.

Morgan traversa le salon, veillant à ne pas heurter la grande console sur laquelle une chandelle brûlait. De là, il passa dans la salle à manger et arriva devant la porte du bureau de Bourlamaque. Fermée à clé. Mais il s'était douté qu'elle le serait.

La grande épreuve, maintenant. Allait-il être capable de forcer la serrure sans alerter quiconque, ni laisser sur le cuivre de marques susceptibles de le trahir ? Il sortit de la poche de sa culotte un petit poinçon discrètement prélevé le matin même dans l'équipement de nettoyage de son fusil. *Son* équipement, dans lequel Bourlamaque l'avait laissé fouiller. D'ordinaire, il se servait de ce poinçon pour réparer ses mocassins ou ses bottes de neige.

Il souleva la poignée, inséra le poinçon dans le trou de la serrure... et sentit la poignée jouer.

Il s'était trompé : la porte n'avait pas été verrouillée. Soit Bourlamaque avait oublié de le faire, soit il avait cru que, ne comprenant pas le français, son prisonnier n'aurait pas saisi l'intérêt de pénétrer dans son bureau.

Morgan remit le poinçon dans sa poche et poussa le battant.

Vaudreuil s'est encore plaint qu'après avoir pris Fort William-Henry, il lui fût interdit de continuer vers le sud et de prendre également Fort Elizabeth.

L'écriture de Montcalm était petite et serrée, et peu lisible dans la faible clarté d'une seule bougie.

J'ai fini par lui dire calmement qu'en allant faire cette guerre, j'ai agi au mieux de mes moyens, et que celui qui est mécontent de ses hommes n'a qu'à aller lui-même sur le champ de bataille.

Il ressortait clairement des lettres de Montcalm que Bourlamaque et lui s'appréciaient. Ils échangeaient des nouvelles personnelles, discutaient de sujets relevant du domaine privé davantage que militaire. Tous deux avaient la nostalgie de la France. Leurs familles leur manquaient. Morgan apprit que Montcalm se moquait comme d'une guigne du gouverneur français, le vicomte Rigaud de Vaudreuil. Il découvrit aussi que Montcalm et Bourlamaque partageaient les mêmes frustrations : pas assez d'argent, pas assez de soldats bien entraînés, et amertume à cause de l'apparente indifférence du roi Louis quant aux guerres livrées en Amérique.

Maintenant qu'il avait lu ces lettres, il avait la sensation de connaître les deux hommes. Tous deux étaient honorables, fidèles à leur devoir et leurs principes, très intelligents. Ils aimaient leur roi et leur pays, et avaient voué leur vie à son service. Ils étaient infiniment meilleurs que Wentworth. Des hommes que Morgan eût été honoré de servir.

Au lieu de cela, il allait les décevoir et les trahir.

Il apprit aussi des secrets militaires. Le gros des forces françaises, environ quatorze mille hommes, était déployé pour la défense de Québec, ce qui ne laissait que trois mille soldats français et mille partisans canadiens pour Bourlamaque, qui devait protéger la frontière au lac Champlain. Des redoutes, remparts et autres ouvrages défensifs étaient en cours d'édification le long du fleuve Saint-Laurent en prévision d'une attaque.

Je regrette de n'être pas en mesure d'envoyer davantage d'hommes, mais nous sommes maintenant certains qu'Amherst va lancer une flotte contre nous par le Saint-Laurent, à partir de Louisbourg. Et je ne puis laisser la ville de Québec tomber, avait écrit Montcalm dans sa plus récente missive. *Ou nous sauverons cette malheureuse colonie, ou nous périrons.*

Il avait aussi conseillé à Bourlamaque de ne pas faire confiance à Morgan McKinnon.

Moi aussi, je trouve les manières des autochtones affligeantes. Mais n'oubliez pas, mon cher B., que même si maintenant vous l'appelez « mon hôte », il est en vérité votre prisonnier. Toutefois, votre impulsive décision peut tourner à notre avantage. Il est un adversaire rusé qui ne doit pas être sous-estimé. S'il fait montre de duplicité, n'hésitez pas à le tuer.

Soigneusement, il remit les lettres en place, la plus récente sur l'écritoire, verso tourné, ainsi que Bourlamaque l'avait laissée. Il vérifia que tout était en ordre, puis sortit en silence, referma la porte et regagna sa chambre.

Lorsque enfin il s'allongea sur son lit, il s'interrogea : quel serait le plus grand péché ? Trahir l'ignoble salaud auquel il avait juré obéissance sous la menace, ou trahir les honnêtes et honorables hommes qui, cruauté du destin, étaient ses ennemis ?

14

Le père François disait la messe en latin. Amalie était agenouillée, tête baissée, chapelet serré entre ses mains jointes... et l'esprit loin de la prière. Morgan était assis derrière elle. Comme si ses perceptions sensorielles étaient décuplées, elle sentait la chaleur de son corps, son odeur, entendait sa voix profonde par-dessus celles des autres hommes réunis dans la chapelle.

— *Dominus vobiscum*, le Seigneur soit avec vous, entonna le prêtre.

— *Et cum spiritu tuo*, répondit Amalie à l'unisson avec l'assemblée de fidèles, non parce qu'elle avait écouté mais par la force de l'habitude.

Était-ce un effet de son imagination, ou Morgan l'évitait-il ?

Évidemment, il était très pris par ses devoirs auprès de Bourlamaque et de l'armée. Elle comprenait cela, et n'était ni assez sotte ni assez égoïste pour lui reprocher de consacrer tout son temps à ses activités. En vérité, elle admirait son dévouement. Mais pourquoi, à la fin de la journée, une fois ses tâches finies, ne trouvait-il pas un moment pour elle, ne venait-il pas lui dire quelques mots gentils ?

Ces quatre derniers jours, il s'était montré morose, fermé, et parfois brusque avec elle. Au cours des repas, il l'avait ignorée, se bornant à lui adresser quelques banales formules de politesse. Chaque soir, il s'était retiré dans sa chambre après avoir pris un cognac avec Bourlamaque et les officiers, sans lui jeter un coup d'œil quand elle leur avait souhaité bonne nuit. Lorsqu'elle lui avait demandé s'il comptait parler à Bourlamaque des leçons de français, il avait coupé court.

— Je suis sûr que le chevalier a d'autres choses en tête, mademoiselle Chauvenet, avait-il expliqué sans une once de tendresse dans le regard.

Consternée, elle avait hoché la tête.

— Bien, monsieur.

Puis elle avait regagné en hâte sa chambre. N'était-ce pas Morgan lui-même qui avait souhaité prendre ces leçons ? Et le baiser ? Quand il le lui avait donné, il n'avait pas semblé morose ou dur ! Il avait paru aussi ému qu'elle.

Il lui avait même demandé de l'appeler par son prénom lorsqu'ils seraient seuls. Et de le tutoyer.

Elle en avait déduit qu'il s'arrangerait afin de se retrouver en tête à tête avec elle, peut-être pour l'embrasser de nouveau. Au lieu de cela, il la fuyait.

Mais que savait-elle des hommes et des baisers ? La mère supérieure n'avait jamais discuté de ce genre de choses avec elle, bien entendu. Ni son père. Les baisers ne signifiaient peut-être rien pour les hommes. Ou bien, qu'elle fût aussi inexpérimentée avait gâché son intérêt pour elle.

À moins qu'il n'ait voulu lui donner cette seule et unique leçon pour qu'elle sût une fois pour toutes ce qu'était un vrai baiser, et effacer de sa mémoire la désastreuse impression laissée par Rillieux.

Elle le regarda à la dérobée. Habillé de sa plus belle tenue, il s'était agenouillé et serrait le rosaire en perles de bois entre ses mains puissantes. Les paupières closes, il était abîmé dans sa prière.

Même dans cette chapelle, où elle n'aurait dû s'occuper que du salut de son âme, voir Morgan l'émouvait. Sa bouche généreuse qui l'avait ensorcelée, ses yeux couleur d'océan frangés de longs cils noirs, ses sourcils à l'arc parfait...

Le souvenir de ses doigts le long de son dos lui arracha un frisson.

Toute l'assistance se leva soudain. Mortifiée, Amalie s'aperçut qu'elle avait perdu le fil de la messe.

Elle se signa, puis prit sa place dans la file pour la communion, tout en se demandant ce qui n'allait pas chez elle.

Question superflue. Ce qui n'allait pas, elle le savait pertinemment. La raison de son égarement avait un nom. Morgan McKinnon. Dont le baiser avait éveillé quelque chose en elle, quelque chose de très exigeant, de nouveau, d'extraordinairement vivant. Et maintenant, elle se faisait l'effet d'être une chandelle qu'on aurait allumée puis abandonnée dans les ténèbres.

Il fallait qu'elle trouve le moyen de lui parler.

Morgan traversait avec Bourlamaque et Rillieux l'esplanade de parade ensoleillée devant la chapelle. Bourlamaque avait Amalie à son bras. La présence de la jeune fille le déstabilisait totalement. Qu'aurait dit le prêtre s'il avait su que parmi ses ouailles, Morgan McKinnon avait suivi la messe dans un paroxystique état d'excitation ? Nul doute que la pénitence infligée eût été lourde.

Il n'écoutait que d'une oreille Bourlamaque lui parler de la nouvelle stratégie planifiée pour l'artillerie, le long des remparts nord.

Dans la chapelle, il s'était à dessein assis loin de la jeune fille, mais manifestement il n'avait pas mis assez de distance entre eux. Il n'avait pu s'empêcher de la regarder pendant qu'elle priait, les cheveux pudiquement cachés sous une mantille de dentelle, la tête penchée révélant sa nuque gracieuse, son chapelet d'argent entre ses mains délicates. Même lorsqu'il avait fermé les paupières et prié le Seigneur de le libérer de son désir dévorant, il avait entendu sa voix lors des répons au prêtre, aussi claire et douce qu'un chant d'oiseau.

La Sainte Trinité, à l'évidence, laissait Morgan McKinnon se débrouiller avec son dévorant désir.

Il avait pourtant essayé de prendre ses distances. Ces derniers jours, il avait fait son possible pour la détacher de lui, la traitant avec froideur, sans lui adresser davantage que quelques mots secs, faisant en sorte de n'être jamais seul avec elle. Le spectacle de la peine et du désarroi qui marquaient ses merveilleux traits l'avait mis à la torture. Elle était malheureuse à cause de lui. Mais mieux valait ne lui offrir qu'indifférence plutôt que la voir vouée aux gémonies, écrasée de honte, ainsi que cela était arrivé dans son village de Skye à une jeune fille qui avait eu une affaire de cœur avec un soldat anglais et s'était retrouvée enceinte juste après la défaite de Culloden.

Qu'Amalie dorme sous le toit de Bourlamaque ne l'aidait pas, qu'elle partage sa table, pas davantage. Chaque repas était devenu une épreuve : serait-il capable de fuir le regard de la jeune fille ? se demandait-il en s'asseyant. Il aurait dû prier Bourlamaque de le cantonner dans les bâtiments des officiers, mais cela eût posé un problème pour espionner durant la nuit.

Il était revenu à deux reprises dans le bureau de Bourlamaque pour lire d'autres courriers de Montcalm. Il avait appris que davantage d'artillerie serait déployée le long de la route de Québec, des redoutes bâties sur les rives du Saint-Laurent, et qu'une épidémie de variole avait été jugulée.

Communiquerait-il ces informations à ses frères et à Wentworth ? Il n'avait encore rien décidé.

— Si Amherst commet la même erreur qu'Abercrombie, c'est-à-dire attaque sans le soutien de l'artillerie, dit Bourlamaque, j'aimerais que...

— Amherst ne fera pas ça, coupa Morgan. Il est un militaire d'une tout autre envergure que Nanny Crombie.

— Comment l'appelez-vous ?

— Nanny Crombie, à cause de son incapacité à prendre une décision, comme les très vieilles personnes. Il balance sans cesse entre deux idées, hésite, n'arrive jamais à y voir clair.

— Vous, les Écossais, faites montre par tous les moyens d'insubordination envers vos supérieurs, n'est-ce pas ? demanda Rillieux d'un ton pincé qui disait clairement que lui, il n'aurait jamais fait cela.

— Seulement lorsqu'ils le méritent, rétorqua Morgan.

Du coin de l'œil, il vit Amalie dissimuler un sourire derrière sa main.

— Lieutenant, lança Bourlamaque, utilisons donc ce que nous avons appris des tactiques des rangers. Ajoutons du bois aux abattis. Cela nous a sauvés une fois, et pourrait nous sauver encore.

Ces mots firent surgir dans l'esprit de Morgan le souvenir des coups de canon, des cris d'hommes qui mouraient. C'était ici que les rangers s'étaient battus l'été dernier. Beaucoup d'hommes loyaux et courageux y avaient laissé la vie. Cameron, un ami très proche, était tombé, la poitrine déchiquetée par du plomb français. Lemuel avait été touché au ventre et Charlie Gordon avait eu la tête arrachée par un boulet de canon. On ne l'avait jamais retrouvée.

— Nous commencerons demain, monsieur, acquiesça Rillieux.

Il salua son supérieur d'une courbette puis s'éloigna.

— Un instant, lieutenant! le rappela Bourlamaque avant de se tourner vers Morgan. Major, voulez-vous bien escorter Amalie le reste du chemin? Je dois parler au lieutenant Rillieux.

Bourlamaque et Rillieux partirent en direction des baraquements des officiers en discutant. Quelques instants durant, Morgan essaya de capter leur échange. Puis il sentit la présence d'Amalie à son côté. Il dirigea son regard sur elle et sut dans la seconde qu'il avait un problème.

— Qu'ai-je fait pour te déplaire, Morgan? attaqua-t-elle, visiblement malheureuse.

— Il… fait… beau… Le temps… est… agréable.

Morgan répétait lentement les mots français, espérant duper Amalie quant à sa prétendue méconnaissance de la langue.

C'était une parfaite journée de printemps, le ciel était d'un bleu limpide, les oiseaux faisaient leur cour avec force chants, tous les arbres étaient en bourgeons. Autour d'eux, le monde était gorgé de vie nouvelle. Et Morgan en avait une conscience aiguë. Tels les Muhheconneoks, il ressentait la montée du printemps dans tout son être. La sève affluait dans les plantes comme dans les hommes. Et les femmes.

Aussi innocente qu'une fleur, Amalie, en robe rose, marchait près de lui, les joues couleur pêche, aussi veloutées qu'un pétale. Un sourire illumina son visage.

— Très bien, monsieur.

Il se pencha vers elle et lui souffla:

— Morgan, petite. Aurais-tu oublié?

Elle lui décocha un coup d'œil, sans cesser de sourire, et le pria de répéter en français, ce qu'il fit.

Ô mon Dieu ! Il avait vraiment essayé d'éviter cela. Il avait vraiment fait tout son possible. Incapable de supporter la tristesse de la jeune fille, il lui avait expliqué que non, elle n'avait rien fait qui lui eût déplu, mais qu'il était très pris par ses devoirs et obligations vis-à-vis de Bourlamaque. Lequel avait besoin de preuves pour lui accorder sa confiance. Que le respect de la parole donnée au chevalier était sa priorité.

Mais Bourlamaque, lors du déjeuner, avait déclaré :

— Je pense que vous avez gagné le droit de disposer d'un peu de temps pour vous, major. Prenez donc votre après-midi pour une leçon de français.

Morgan s'était donc retrouvé piégé.

Bourlamaque avait suggéré qu'Amalie et lui se promènent dans le fort et qu'au fur et à mesure, elle lui apprenne le nom des choses qui les environnaient. Il avait ajouté qu'ils pouvaient aller où ils le voulaient, à condition de ne pas sortir de l'enceinte. Morgan ayant fait remarquer que ce serait peut-être dangereux pour Amalie d'être vue en sa compagnie, Bourlamaque avait balayé l'objection.

— Je connais mes hommes, monsieur. Aucun d'eux ne lui ferait du mal.

Depuis une heure, ils flânaient dans le fort. Amalie lui désignait en français tout ce qu'ils voyaient. S'il n'avait pas déjà parlé cette langue, la tête lui aurait tourné.

Chaque fois qu'il répétait correctement, elle le récompensait d'un sourire rayonnant. Elle l'encourageait comme une mère son petit enfant. Sa résolution de garder ses distances faiblissait de plus en plus. Elle le haïrait très bientôt, alors pourquoi ne pas savourer ces instants ?

Elle emprunta un sentier qui longeait une clôture derrière la résidence de Bourlamaque, jusqu'à un portillon qu'elle poussa. Morgan la suivit et entra dans un petit jardin d'Éden.

Rangs de fraisiers, potager d'une immense variété de légumes, roseraie, verger aux arbres couverts de fleurs dont se délectaient les abeilles. Au centre, un banc de bois.

— Où sommes-nous, Amalie ?
— Dans le jardin privé de M. de Bourlamaque. Tout ce qui pousse ici est réservé à sa table. Après la mort de mon père, je me suis mise à venir ici toute seule.

Et aujourd'hui, elle était seule... avec lui ! Une palissade entourait le jardin. Même du haut des remparts, les soldats ne pouvaient les voir.

Oui, c'était le jardin d'Éden, et Morgan McKinnon en était le serpent.

Il ne fallait pas qu'il reste là. C'était de la folie. Mais lorsqu'elle lui fit signe du doigt de se rapprocher d'elle, il obéit, comme dans un rêve.

Elle le guida à travers les rangées d'arbres, nommant au passage en français leurs noms. Docilement, il répétait après elle, les yeux rivés sur sa chevelure qui luisait dans le soleil, le balancement de ses jupes, l'oscillation de ses hanches.

Tout au fond du jardin, elle s'arrêta devant un pommier et huma à plein nez une grappe de boutons éclos. Elle ferma les yeux et poussa un long soupir de plaisir.

— Comment dis-tu « belle femme » en français, Amalie ?

Elle rougit sans se détourner des fleurs, manifestement troublée, et énonça les mots en français. Morgan ne put s'empêcher de tendre la main pour repousser les cheveux que le vent faisait voleter devant son visage. Elle eut l'impression que ses doigts laissaient une traînée brûlante sur sa joue. Quand il articula « belle femme » de sa voix grave, elle sentit son pouls s'accélérer.

Elle s'écarta vivement de lui. Quelle folle elle était de l'avoir amené ici ! Maintenant, elle était presque effrayée par cette intimité qu'elle avait pourtant ménagée. Ce n'était pas de Morgan qu'elle avait peur, mais d'elle-même : l'excitation qui grondait en elle l'effrayait.

Elle se déplaça jusqu'à l'arbre suivant, inhala le parfum des fleurs. Morgan l'imita, puis déclara en anglais :

— Prunier.

Elle le regarda, étonnée.

— Comment le sais-tu ?

— Je n'ai pas toujours été un soldat. On m'a appris à me battre, d'accord, mais aussi à être un fermier. En tant que deuxième fils, il était de mon devoir de servir Iain, qui aurait hérité des terres si nous ne les avions pas perdues après Culloden. Mon père nous a alors amenés ici et a bâti une ferme à partir de rien. Nous avions un verger, bien plus vaste que celui-ci, et parmi les arbres, quelques pruniers que mon père avait plantés pour ma mère.

— Qu'est-il advenu de la ferme ?

— Pendant un moment, elle a été à l'abandon et la forêt a commencé à reprendre ses droits. Mais lorsque Iain a été démobilisé, nous, les rangers, n'avons pas voulu qu'il remette tout en état sans aide, alors qu'il était avec sa femme et son bébé. Alors nous avons organisé une fausse mission pour pouvoir nous absenter, et nous avons reconstruit les bâtiments et nettoyé les champs en guise de cadeau de mariage.

Morgan s'interrompit, puis reprit, un sourire triste sur les lèvres :

— La dernière fois que j'ai vu Iain, il se tenait sur le perron de sa nouvelle maison et nous disait au revoir de la main, son fils dans les bras, Annie à côté de lui.

Amalie cherchait quels mots réconfortants lui prodiguer, mais il enchaîna :

— J'avais espéré qu'un jour, la guerre finie, je pourrais le rejoindre, peut-être prendre femme, élever mes enfants. Mais à présent...

Développer était superflu, Amalie avait compris.

Si la guerre s'achevait maintenant, ses frères vivraient sur une terre anglaise alors que lui se trouverait ici, dans l'impossibilité de revenir car les Anglais le feraient arrêter pour traîtrise. Il risquerait d'être pendu ou fusillé.

Pour la première fois, Amalie prit conscience du terrible choix qu'il avait dû faire : affronter une mort affreuse ou une vie loin de ceux qu'il aimait.

Mais au moins, il était vivant !

Oui, vivant. Et très seul.

Amalie comprenait sa détresse. Elle s'était sentie si seule à l'abbaye. Sa mère était morte, son père loin. Puis mort, lui aussi. Elle n'avait plus de foyer.

Elle posa la main sur son avant-bras, sentit les liens de cuir sous sa manche.

— Je suis désolée, Morgan.

— Allons, la journée est trop belle pour parler de choses tristes.

Du bout de l'index, il suivit le contour de sa pommette et sourit, toute mélancolie envolée.

— Dis-moi, Amalie, pourquoi m'as-tu conduit ici ? J'ai du mal à croire que tu voulais simplement que je sente les fleurs.

La question était tellement inattendue qu'Amalie sursauta.

— Eh bien, c'est... c'est l'un de mes endroits préférés.

Le sourire de Morgan s'épanouit.

— Non, petite. Tu m'as amené ici parce que tu voulais que je t'embrasse de nouveau.

Les joues soudain brûlantes, elle baissa les yeux. Comment réussissait-il à lire en elle aussi facilement?

— Je... je...

Il passa le bras autour de sa taille et l'attira contre lui, très étroitement. Il la serra jusqu'à ce que son corps souple se moule aux formes dures du sien. Il perçut les frissons qui couraient en elle. Il cueillit son menton dans sa paume et plongea son regard dans le sien.

— Dis-le, Amalie. Dis-le en français.

Tremblante, elle réussit à articuler:

— Embrasse-moi, Morgan.

15

Il lui effleura les lèvres et aussitôt, elle s'entendit gémir. Depuis quatre jours, elle ne rêvait que de cela, et maintenant son rêve se réalisait : il l'embrassait. Elle fondait dans ses bras. Les mains nouées sur sa nuque, elle respirait à petits coups pendant qu'il raffermissait son étreinte, s'enhardissait, la bouche pressante.

Cette fois, lorsque la langue de Morgan entra en contact avec la sienne, elle était prête. Elle avait entrouvert les lèvres. Mais il ne fit qu'esquisser le baiser. Il redressa la tête, riva les yeux aux siens, et le temps sembla se suspendre tandis qu'il déchiffrait sur ses prunelles les émotions qui l'agitaient. Il murmura :

— Amalie, *mo leannan* !

Elle ignorait le sens de ces mots, mais qu'importait du moment qu'il l'embrassait encore ?

Il reprit sa bouche et la fouilla ardemment, déclenchant des fourmillements dans son ventre et emballant ses battements de cœur. Il se montrait exigeant, approfondissant le baiser avec une passion qu'elle partageait et qui l'effrayait presque. Accrochée à lui, elle lui rendit ce qu'il donnait, bougeant la langue avec ferveur. Elle y mettait une telle énergie que ses dents heurtaient celles de Morgan, mais elle n'y prêtait pas attention. Elle avait l'impression d'être en feu. Il était à la fois la source de cet incendie des sens, et ce qui pourrait l'éteindre. Elle avait tellement envie de lui, de ses caresses pour perdre la tête, de ses parfums pour s'enivrer.

C'était magique. Ce baiser était encore plus ensorcelant que le précédent, davantage chargé d'émotions, plus exaltant. Jamais elle n'avait ressenti cela, cette capitulation de son corps, ce grondement de son sang dans ses tympans.

Il abandonna sa bouche et fit glisser les lèvres de sa joue jusqu'au lobe de son oreille, qu'il entreprit de lécher, mordiller, lui arrachant un gémissement de plaisir. Plongeant les doigts dans ses cheveux, il l'obligea à incliner la tête en arrière. Elle exposa la peau vulnérable de son cou, qu'il constella de baisers. Des papillons apparurent sous ses paupières closes, elle crut ses jambes sur le point de la trahir.

— Morgan... souffla-t-elle, éperdue.

Il entendit le désir dans sa voix. Il plaquait son bas-ventre contre celui d'Amalie et, en dépit des épaisseurs d'étoffes qui les séparaient, sentait frissonner la chair tendre de la jeune fille. Il oublia alors toutes ses bonnes résolutions, tous ses beaux et sages raisonnements. Les mains autour de sa taille, il la souleva et la porta jusqu'au banc de bois, s'assit puis la posa sur ses genoux, sans pour autant cesser de l'embrasser. Il lui mordit le cou, un peu vivement, puis apaisa la petite douleur déclenchée du bout de la langue. Elle émit un bruit de gorge, à mi-chemin entre le rire et la plainte. Il baissa la tête et lécha le décolleté, puis remonta vers la sublime colonne blanche sur laquelle palpitait une veine. Il plaqua les lèvres dessus et se grisa du bonheur de percevoir la vie qui bouillonnait en elle.

Amalie répondait à ses sollicitations avec une frénésie qu'il n'eût jamais imaginée possible. Elle l'étonnait par sa sensualité. Une femme torride se cachait sous l'innocence, ne demandant qu'à s'épanouir. Et il en était transporté. Il arrondit la main sur un sein, puis passa le pouce sur la pointe qui se durcit, se darda sous l'étoffe du corsage. Un spasme l'agita.

— Mon Dieu… murmura-t-elle dans un long soupir.

Il tressaillit comme si elle l'avait souffleté. Et sa lucidité reprit brutalement place dans son esprit en déroute. Il était près de lui faire l'amour ici, en plein jour, sur un banc! Dans un fort français où il était emprisonné!

Il écarta ses lèvres de la peau satinée et jura.

— Amalie, pardonne-moi. Je ne voulais pas aller si loin.

Son gémissement de frustration lui apprit qu'en fait il n'était peut-être pas allé assez loin. Pourquoi ne pas continuer? Ce serait si facile. Elle tremblait de désir dans ses bras, les lèvres humides, la respiration haletante. Un appel au péché.

Auquel il ne devait pas répondre. Pour son salut et le sien.

Doutant de son sang-froid, il préféra la mettre debout. Puis il se leva à son tour. Mais il ne pouvait la laisser partir. Pas encore. Alors il la tint contre lui, chastement, sans que leurs corps soient en contact, et attendit que son cœur batte moins vite, que dans ses tympans ne résonne plus son pouls. Il patienta jusqu'à ce que de nouveau il entende chanter les oiseaux, sente la chaleur du soleil sur son visage.

Enfin de retour dans la réalité, il recula d'un pas, tendit la main et dégagea la joue d'Amalie qu'une mèche échappée de son ruban barrait.

— Il faut partir, Amalie. Quelqu'un va finir par s'apercevoir de notre disparition.

Elle dirigea sur lui des yeux emplis de confusion.

— Je n'ai pas envie de partir.

La simplicité de cette phrase, qui équivalait à une confession, l'excita davantage que la plus audacieuse des propositions.

— Moi non plus, *mo ribhinn*, mais je ne voudrais pas te déshonorer.

Il enfouit les mains dans ses poches et les y garda prudemment lorsqu'ils se mirent à marcher vers la grille, en silence, sa faim d'elle toujours aussi dévorante.

Il s'était presque attendu à trouver Bourlamaque de l'autre côté de la grille, accompagné d'une demi-douzaine de soldats, fusils pointés sur sa poitrine. Mais il n'y avait personne. Peu pressé d'aller retrouver le chevalier, Morgan partit vers la partie sud du fort. Amalie lui emboîta le pas.

— Comment m'as-tu appelée, tout à l'heure ?

Il dut réfléchir. Quel petit nom lui avait-il donné ?

— *Mo ribhinn*. Cela signifie « belle dame », ou « nymphe ».

— Et avant cela ? demanda-t-elle dans un sourire timide.

— *Mo leannan…*

Il hésita, cherchant une traduction, tout en se disant que peut-être valait-il mieux ne pas en donner.

— Cela signifie…

Deux jeunes Abénaquis surgirent devant eux, leur barrant le chemin. Ils saluèrent Amalie, mais ils avaient l'air très en colère.

— Tu avais dit que tu n'étais pas sa catin. Et voilà qu'on te trouve en train de te promener seule avec ce… ce McKinnon !

Ainsi, il s'agissait des cousins d'Amalie.

Le plus grand toisa Morgan, puis sortit un couteau de sa poche.

Amalie vit le couteau jaillir dans la main de Tomas. Simon aussi, qui écarquilla les yeux de surprise. En une fraction de seconde, elle se retrouva derrière Morgan, lequel faisait rempart de son corps. Mais ce n'était pas elle qui était en danger! Elle voulut avancer, mais Morgan la bloqua en lui attrapant le bras.

— Reste derrière moi, petite, ordonna-t-il d'une voix calme mais tendue.

Les yeux rivés sur Tomas, il évoquait un fauve prêt à bondir. Amalie se haussa sur la pointe des pieds pour regarder par-dessus son épaule. Tomas passait le pouce sur sa lame comme pour en vérifier le tranchant.

— Tu crois qu'on ferait du mal à notre cousine, McKinnon?

— Vous lui en feriez?

— Non.

Tomas était furieux, mais aussi malheureux.

— Ma cousine a passé trop de temps avec des religieux, et pas assez avec le peuple de sa mère. Toi, McKinnon, je serais ravi de te tuer.

Simon fixait son frère, manifestement terrifié.

— Pose ce couteau, mon garçon, dit Morgan.

— Range ton couteau! renchérit Amalie. Il est des nôtres, maintenant!

— Des nôtres? répéta Tomas. Comment peux-tu dire ça, alors que ses mains sont tachées du sang de notre peuple? Les Français l'absoudront peut-être, mais pas les Abénaquis!

— Moi, je suis prêt à enterrer la hache de guerre, assura Morgan.

— Je l'enterrerai quand elle sera rouge de ton sang! rétorqua Tomas.

Et il fondit sur lui, lame en avant. Amalie n'eut pas le temps de crier. Tout se passa en un éclair.

Comme par magie, Morgan avait plaqué Tomas, dos tourné, contre lui, et le maintenait d'un bras sur la gorge. Tomas suffoquait. Le jeune homme battait vainement l'air de son couteau, mais sa cible demeurait hors de portée. Tout en le bloquant solidement par le cou, Morgan lui attrapa le poignet, fit plier son bras, l'amena jusqu'à sa pomme d'Adam et l'immobilisa lorsque la lame toucha la chair.

Amalie tressaillit.

— Non, Morgan, je t'en prie, ne le tue pas !

Il ne semblait pas l'entendre. Tomas essayait de bouger, de se libérer. Son visage était écarlate, les tendons de sa gorge bandés à craquer.

— Tu veux du sang ? gronda Morgan en abaissant la lame puis l'appuyant sur son bras, où elle laissa une traînée rouge. Eh bien, tu en as !

Sur ces mots, il le lâcha et le poussa violemment en avant. La lame était maculée de sang, mais il s'agissait de celui de Morgan. Il s'était blessé intentionnellement.

Tomas chancela. Son regard hébété allait du couteau ensanglanté à Amalie. Il savait que Morgan s'était joué de lui, et il avait honte. Un ennemi l'avait défait, puis avait épargné sa vie et lui avait donné le sang qu'il n'avait pas été capable de faire couler lui-même.

— Allez viens, petite, dit Morgan à Amalie en tournant le dos avec mépris à Tomas. Laissons-les soigner leur orgueil blessé.

Son avant-bras ruisselait. Amalie lui prit le poignet et regarda. L'entaille n'était pas profonde, constata-t-elle avec soulagement. Mais elle avait besoin d'être nettoyée.

— Il faut aller voir le Dr Lambert.

— Ce n'est qu'une égratignure. Pas la peine de…

Il se tut lorsque monta un piétinement. Des troupes venaient de se mettre en marche à proximité.

Le lieutenant Rillieux apparut au détour du mur, accompagné d'une douzaine de soldats armés.

Il n'accorda qu'un coup d'œil à Amalie, puis regarda Tomas, Morgan, son bras blessé, et enfin le couteau.

Il pointa l'index sur Morgan :

— Mettez-le aux fers !

Morgan s'appuya au mur en planches. Ses chevilles et ses poignets étaient enchaînés, et la plaie sur son bras saignait toujours. Si seulement la fichue lame avait calmé la colère du jeune Abénaqui... Ainsi, Amalie n'aurait plus eu à redouter que les foudres de ses cousins s'abattent de nouveau sur lui, ou qu'il massacre ces idiots.

Elle avait eu si peur qu'il ne tue Tomas. Hélas, il n'avait rien pu faire pour la rassurer, à part persuader cette tête brûlée de ne plus l'attaquer.

Quelle drôle de coïncidence que Rillieux ait surgi juste à ce moment-là, alors que l'algarade venait de s'achever. Bizarre aussi que, précisément, il ait été accompagné d'une douzaine de soldats.

Évidemment, ce n'était pas du tout une coïncidence. Rillieux avait dû tabler sur la haine que vouait le jeune Abénaqui au ranger et pousser celui-ci à l'agresser. Il avait sans doute escompté que Morgan se défendrait et, ainsi, se discréditerait aux yeux de Bourlamaque.

Savait-il que Morgan l'emporterait sans difficulté ? Si c'était le cas, alors il avait été prêt à sacrifier les deux guerriers indiens, bien que n'ignorant pas qu'ils étaient les cousins d'Amalie. À moins qu'il n'ait pronostiqué la défaite du ranger, espérant qu'il serait tué. Non. Dans ce cas, il ne se serait pas fait escorter par les soldats.

Et Amalie, la douce Amalie qui l'avait une fois de plus défendu...

— M. McKinnon n'a rien fait de mal ! avait-elle crié à Rillieux pendant que les soldats lui mettaient les fers. Tomas l'a attaqué. M. McKinnon aurait pu sans peine le blesser fatalement, mais il s'en est abstenu. Vous ne pouvez faire cela, lieutenant !

Bien entendu, Rillieux n'avait pas été ému par ce plaidoyer.

— Ne t'inquiète pas, petite, avait dit Morgan. Bourlamaque va régler cette affaire.

Les yeux agrandis par l'horreur, elle avait regardé les soldats l'emmener, l'incrédulité le disputant à la colère sur son ravissant visage.

Morgan ferma les yeux et inhala profondément. Il portait encore le parfum de la jeune fille sur lui. Mais qu'avait-elle donc de spécial pour le bouleverser à ce point ? Il avait toujours aimé les femmes et goûté les plaisirs que lui procurait leur compagnie. Mais jamais il n'avait perdu la tête de cette manière. Amalie le rendait fou de désir. Au point de mettre en péril sa sécurité, sa mission. Si ses cousins ou Rillieux les avaient découverts un peu plus tôt dans le jardin...

Quelle était donc sa mission ? se demanda-t-il amèrement. Courtiser et embrasser une jolie métisse ?

Hélas non. Sa mission consistait à s'évader, revenir à Fort Elizabeth avec les secrets dérobés à Bourlamaque, rejoindre ses frères. Survivre.

Il entendit la voix du chevalier. Il se leva, entraînant ses chaînes avec lui. Il avait fallu moins de dix minutes à Bourlamaque pour réagir, et violemment, s'il en croyait ses cris de rage.

— La prochaine fois, venez me trouver avant de lui mettre les fers ! Sauf si vous avez envie de vous retrouver à sa place !

Morgan apprécia.

La porte s'ouvrit à la volée, de la lumière jaillit sur les planches mal équarries, le sol jonché de paille, et Bourlamaque entra, suivi d'un Rillieux à l'air furieux.

— Détachez-le, tonna le chevalier.

Rillieux marqua une hésitation, soupira, puis se résigna à prendre la clé des bracelets d'acier posée sur une corniche du mur, dans le couloir.

— Et excusez-vous, ajouta Bourlamaque.

— Je regrette cette méprise, monsieur McKinnon.

— *Major* McKinnon, corrigea Bourlamaque.

Un muscle se mit à tressauter sur la mâchoire du lieutenant.

— Je regrette cette méprise, major McKinnon.

Rillieux ouvrit les serrures des bracelets.

— J'accepte vos excuses, dit Morgan. C'était moi qui tenais le couteau ensanglanté. Je comprends donc que vous m'ayez cru coupable.

Le regard que lui lança le lieutenant était sans ambiguïté : il voulait le voir mort.

Amalie était brûlante. Même après avoir repoussé les couvertures. Elle essaya une nouvelle fois de s'endormir, et échoua. Trop d'émotions agitaient son corps, et elle ne songeait qu'à Morgan. À chacun de ses mouvements, sa chemise de nuit glissait sur ses pointes de seins, et des frissons couraient dans son ventre, exactement comme lorsque Morgan lui avait caressé la poitrine du bout du pouce. Elle serrait les jambes, en proie à un tourment inconnu.

Était-ce donc contre cela que les sœurs l'avaient prévenue ? Sans doute. Mais ce qu'elles n'avaient pas dit, c'était que fondre pour un homme pouvait être délicieux. Plus elle pensait à Morgan, plus elle le désirait. Elle se repassait en esprit tous les moments partagés avec lui. Morgan la portant jusqu'au banc de bois. Morgan la mordillant. Morgan embrassant la naissance de ses seins. Morgan la serrant contre lui, son cœur qui battait follement au rythme du sien.

Et il y avait davantage. Morgan possédait des qualités qui l'émouvaient profondément. Son sens de l'honneur, la façon dont il avait essayé de s'éloigner d'elle pour l'épargner, sa volonté de la protéger, la manière dont il l'avait mise en sécurité derrière lui quand Tomas et Simon avaient surgi. Sa force physique : il avait neutralisé Tomas sans lui faire de mal, et offert son propre sang pour arrêter la rixe.

Jamais elle n'avait connu quelqu'un comme lui.

Elle sortit du lit et alla à la fenêtre, qu'elle ouvrit, dans l'espoir que l'air de la nuit apaiserait sa peau en feu. Les étoiles scintillaient dans le ciel, le clair de lune illuminait la forêt, les grenouilles et les criquets chantaient leurs berceuses. La brise nocturne charriait les parfums des bois, du fleuve, et des feux de camp des soldats. Dans le lointain, une chouette hululait.

Elle s'accouda à l'appui, inspira profondément.

— *Comment dis-tu « belle femme » en français ?*

Quel moment magique... Le regard intense de Morgan rivé sur elle, les arbres en fleurs... Pensait-il vraiment qu'elle était belle ?

— *Tu m'as amené ici parce que tu voulais que je t'embrasse de nouveau.*

C'était vrai, mais comment l'avait-il deviné ?

— *Dis-le, Amalie. Dis-le en français.*

— *Embrasse-moi, Morgan.*

Elle posa les doigts sur ses lèvres.

Un son monta jusqu'à elle. Un ronflement d'homme. La sentinelle, adossée au baraquement des officiers, dormait à son poste. Assigné à la surveillance de Morgan, le soldat avait de la chance que...

Amalie se figea.

Morgan était assis sur le rebord de sa fenêtre ouverte, juste en dessous d'elle, en caleçon, un coude posé sur son genou plié. Et il la fixait.

Il ne dit mot. Son torse nu se soulevait au rythme de sa respiration. Ses tatouages de guerrier et l'entaille sur son avant-bras étaient visibles dans le clair de lune, ainsi que le lien de cuir. Plusieurs mètres les séparaient, et pourtant elle sentait qu'il se consumait de désir pour elle. Sa virilité l'appelait.

Elle voulait aller le retrouver, l'embrasser. Hélas, c'était impossible. Le risque qu'ils soient découverts était trop grand. Si Bourlamaque les trouvait en pleine nuit, à moitié dévêtus, Morgan serait puni, peut-être fouetté. Mais elle avait tant besoin de le toucher...

Le souffle court, une idée germant dans son esprit, elle porta la main derrière sa tête et entreprit de dénouer le ruban de sa tresse. Puis, lentement, elle la défit. La lourde masse de ses cheveux se déroula jusqu'à sa taille. Elle se pencha et les laissa ruisseler par-dessus l'appui de la fenêtre.

Elle perçut comme un hoquet, vit les muscles du ventre nu de Morgan se contracter. Il se mit debout, tendit le bras, sans réussir à atteindre la cascade soyeuse. Un ultime effort demeurant sans succès, il se hissa d'un bond sur l'appui et, là, put saisir la chevelure à pleine main. Il la porta à son visage et la respira, les yeux clos.

Elle ne sut combien de temps ils restèrent ainsi. Seule certitude : ce moment magique ne dura pas assez longtemps à son goût.

— Va dormir, Amalie, chuchota Morgan en lâchant les cheveux de la jeune fille.

Et il disparut.

16

Morgan abattit la hache, la libéra du tronc, puis recommença. La violence de l'effort qu'il fournissait lui convenait à merveille. Elle chassait la frustration, la colère. Chaque impact sur le bois faisait naître une gerbe de copeaux. La sueur ruisselait sur son front, son dos, son torse nu. Le soleil d'été chauffait sa peau. L'atmosphère était lourde et poisseuse. Il entendit craquer le tronc, vit l'arbre commencer à s'incliner. Il recula vivement quand le conifère bascula.

— Il abat les arbres comme si c'étaient des ennemis, commenta un soldat.

— Peut-être qu'il n'aime pas les arbres, suggéra un autre en ricanant.

— Vous n'êtes que des idiots ! s'exclama un troisième. C'est ici que l'an dernier, ses hommes et lui ont combattu Montcalm. Les rangers nous ont tiré dessus de derrière ces arbres ! Mais ils ont été massacrés par notre canonnade. C'est peut-être à cause de ça qu'il a l'air furieux.

Morgan bouillait d'envie de faire taire ces trois crétins, mais il se força à les ignorer. Il essuya la transpiration qui lui coulait dans les yeux, abandonna la hache au profit d'une scie, et commença à tronçonner les grosses branches à grands coups profonds.

Il ne savait pas pourquoi il se sentait aussi agité, aussi irrité. Il avait l'impression que sa peau était tendue à craquer, qu'il suffoquait et que quelque chose en lui allait exploser. Était-ce cet endroit qui le mettait dans cet état ? Le souvenir du carnage hantait encore ces lieux, mais cela, il l'avait prévu. Il s'était porté volontaire pour s'intégrer à cette équipe de sapeurs, simplement pour prouver à Bourlamaque qu'il pouvait lui faire confiance lorsqu'il était à l'extérieur du fort. Ainsi, Bourlamaque abaisserait sa garde et il pourrait s'évader. Il fallait à tout prix qu'il s'en aille avant d'être trop attaché au commandant français, avant de révéler aux soldats une information qui coûterait la vie à des rangers.

Mais pas seulement.

Il avait les nerfs à fleur de peau depuis la veille, quand il avait entendu que Connor et ses hommes avaient attaqué et pillé un convoi d'approvisionnement près du fort Saint-Frédéric. Ils s'étaient emparés de tout ce qui avait de la valeur et avaient tué trente-deux soldats français et quatre charretiers civils, ne laissant en vie que deux prostituées et un gamin de seize ans. Ceux qui en avaient réchappé décrivaient une tuerie particulièrement brutale. Les blessés avaient été achevés à la baïonnette, les appels à la pitié restant sans effet, les charretiers criblés de balles, jetés au sol et achevés.

Cela ne correspondait pas aux rangers tels que les connaissait Morgan. Mais il n'y avait aucun doute, c'était l'œuvre des rangers. Les femmes avaient réagi avec effroi lorsque, au fort, elles avaient vu Morgan. Elles avaient éclaté en sanglots, et le gamin l'avait accusé d'être l'auteur de la tuerie. Le médecin avait passé de longues minutes à les calmer, expliquant que ce n'était pas Morgan qui les avait attaqués. Mais si sa ressemblance avec le chef des agresseurs n'avait pas suffi à signer la culpabilité des rangers, le message envoyé par Connor à Bourlamaque s'en serait chargé.

— Dis à Bourlamaque que Connor McKinnon veut sa vengeance! avait-il crié en pleine figure à l'adolescent.

En français. Ce qui était fort fâcheux.

Morgan avait été obligé de concocter un mensonge en hâte : Connor, enfant, avait souffert d'une mauvaise fièvre et un médecin français, ami de son grand-père, l'avait soigné, passant d'interminables heures à lui enseigner sa langue. Morgan supposait que Bourlamaque avait avalé cette fable.

Il avait passé une nuit blanche à songer à Connor et aux vies des Français supprimées sans nécessité. Son cœur se serra quand il imagina combien un jour son frère serait malheureux, ravagé de remords pour avoir tué aussi impitoyablement. Il avait dû être ivre de sang, de rage. Si seulement Connor ne l'avait pas cru mort… S'il avait pu s'évader, il aurait empêché cette tuerie.

Mais il vivait englué dans une toile d'araignée de mensonges, pendant que Connor et ses hommes affrontaient en permanence la mort et répandaient du sang français pour le venger.

Toutes ces pensées faisaient fuir le sommeil, mais l'honnêteté l'obligeait à reconnaître qu'il n'y avait pas que cela.

Amalie…

Il souffrait nuit après nuit, son corps moite de transpiration, à cause de la jeune fille. Depuis l'épisode de la chevelure déroulée qu'elle lui avait offerte dans le clair de lune, il était obsédé. Même s'il parvenait à s'enfuir, il n'oublierait jamais cette vision d'Amalie, si belle, ni le contact de ses cheveux dans ses mains, cascade de soie parfumée.

Elle lui avait donné quatre autres leçons de français. Qui se transformaient en leçons de baiser.

La petite nymphe apprenait vite. Il l'avait embrassée jusqu'à ce qu'elle fonde dans ses bras. Il avait fait courir ses lèvres sur son cou, sur la naissance de ses seins. À deux doigts de perdre son sang-froid.

Chaque fois, il s'était dit que cela ne se reproduirait pas.

Des promesses non tenues.

Mais c'était elle qui faisait de lui un menteur, avec ses grands yeux, son doux sourire, ses formes généreuses! Elle n'était que douceur moelleuse. Sa peau, ses lèvres, sa poitrine le rendaient fou. Face à Ève et à sa pomme, peut-être aurait-il résisté. Mais face à Amalie…

Comment une jeune fille aussi innocente pouvait-elle le tenter à ce point?

Il scia le dernier morceau de bois, coinça l'épaisse branche sous la pointe de sa botte et le fendit sur le côté. Les soldats français n'avaient même pas eu le temps de l'attacher avec une corde pour le tirer jusqu'à l'abattis, qu'il sciait déjà le tronc suivant.

Amalie était innocente, oui, mais derrière sa face d'ange, derrière ses corsets étroitement lacés, le rosaire de perles accroché à ses jupes, il y avait la femme la plus passionnée qui existât. Et elle ne s'en doutait certainement pas.

Seigneur! Son sang bouillait en lui, son désir pour elle tournait à la folie. À l'époque où sa faim d'Annie dévastait l'âme et le corps de Iain, que lui avait dit Morgan?

— Pour l'amour de Dieu, Iain! Si tu la veux si ardemment, mets-la dans ton lit ou épouse-la! Mais arrête de me parler constamment d'elle!

Morgan se rendait bien compte qu'Amalie était aussi perturbée que lui. Il le voyait dans ses yeux, le sentait à la façon dont elle bougeait contre lui quand il l'embrassait, l'entendait dans ses geignements suppliants. Son corps était vierge, mais un brasier de besoins féminins grondait à l'intérieur. Elle voulait davantage que des baisers, même si elle ignorait ce que cela signifiait. Que savait-elle de ce qui se passait entre un homme et une femme ?

Ce n'était pas à lui de le lui apprendre. Ce bonheur appartiendrait à son époux, il ne devait pas l'oublier.

S'il avait été comme la plupart des hommes, il l'aurait étendue dans l'herbe et abandonnée avec un gros ventre avant la fin de l'été. Mais il n'était pas comme la plupart des hommes. Oh, il aimait les femmes, et avait les besoins d'un mâle en pleine vigueur. Toutefois, jamais il n'avait été du genre à assouvir ses désirs sans songer aux conséquences. Parmi les Muhheconneoks, les femmes prenaient des amants à leur gré et portaient des enfants de père inconnu sans honte. Mais les choses ne se passaient pas ainsi chez les Anglais ou les Français, et pas davantage les Écossais. S'il couchait avec Amalie, elle subirait la honte d'avoir perdu son innocence avec un homme qui l'aurait trahie.

Il tenait trop à elle pour lui infliger ce déshonneur et ce chagrin. Elle méritait d'être sincèrement aimée et protégée par un gentil mari. À cause de la guerre, Morgan ne pouvait espérer prendre femme.

Plus vite Bourlamaque la renverrait à Trois-Rivières, mieux cela serait. Morgan savait que le chevalier avait écrit à la mère supérieure. Il savait aussi que l'attaque du convoi par Connor avait obligé Bourlamaque à retarder le retour de la jeune fille vers les murs protecteurs de l'abbaye.

— Peut-être, la prochaine fois, les scrupules de votre frère envers les femmes ne le retiendront-ils plus. Et de toute façon, même si la vie d'Amalie était épargnée, je ne voudrais pas qu'elle voie un tel carnage.

Donc, la jeune fille était toujours là.

Morgan entendit crier. Il regarda les soldats. Rillieux et Durand étaient parmi eux. Ils se lançaient ce qui semblait être une balle blanche les uns aux autres. Décidément, certains Français étaient moins disciplinés que les hommes de Wentworth.

Rillieux s'approcha de lui, l'étrange balle dans les mains. Durand lui avait emboîté le pas, l'air troublé.

— Ce doit être à vous, dit Rillieux en lui jetant la balle.

Morgan lâcha la scie, attrapa l'objet... et sentit son souffle se bloquer dans sa poitrine.

Ce n'était pas une balle, mais un crâne humain blanchi par le soleil, ses orbites vides ouvertes sur le néant. Il avait été dépouillé de toute chair et cheveux, à l'exception de deux mèches couleur carotte.

Des cheveux roux... Charlie Gordon !

La rage se diffusant en lui comme un acide, Morgan croisa le regard ironique de Rillieux. Et il sut alors ce qu'était *vouloir* tuer.

— Fils de pute !

Amalie plaça une rose dans un vase, puis l'en ressortit, insatisfaite : elle n'arrivait pas à composer le bouquet comme elle le souhaitait. L'ouverture du vase était trop large, les tiges des fleurs trop fines. Il fallait qu'elle les retaille si elle voulait agrémenter la table du dîner de ce vase. Elle y tenait, pas seulement pour la beauté des fleurs, mais pour rappeler à Morgan le moment passé dans le jardin.

— Aïe ! s'écria-t-elle.

Elle s'était piqué le doigt. Elle le porta à sa bouche et suça la goutte de sang qui perlait, soudain animée d'une absurde envie de pleurer.

Elle avait mal dormi, la nuit dernière. Et pas mieux les nuits précédentes. Elle songeait sans répit à Morgan. Elle désirait… Que désirait-elle ? Si seulement elle l'avait su… Jamais elle n'avait été aussi réceptive à un homme, au moindre de ses regards, ses paroles, ses gestes. Jamais elle n'avait imaginé qu'un simple effleurement de lèvres aurait pu la mettre dans un tel état.

Mais il y avait autre chose. Elle n'était pas seulement attirée physiquement par Morgan.

Elle éprouvait des sentiments.

Pour la première fois depuis la mort de son père, elle ne se sentait pas seule. Morgan lui donnait la sensation d'être appréciée, désirée. Auprès de lui, elle éprouvait un bien-être absolu. Il l'écoutait, riait avec elle, lui parlait comme si ce qu'elle pensait comptait vraiment pour lui. Il l'embrassait avec gravité, manifestement soucieux de son plaisir autant que du sien. Il se montrait protecteur, ne lui donnait pas d'ordres, à la différence du lieutenant Rillieux qui essayait de…

Des coups à la porte d'entrée retentirent, suivis de voix d'hommes en colère et de pas lourds. Elle courut jusqu'au vestibule. Rillieux et Durand le traversaient. Ils se dirigeaient vers le bureau de Bourlamaque. Rillieux pressait un mouchoir sur son nez qui saignait. Durand était pâle et mal à l'aise.

— Bourlamaque n'aura d'autre choix que d'agir ! vociféra Rillieux, sa figure meurtrie déformée par la rage. Il ne peut ignorer une agression contre l'un de ses officiers, un officier *français* !

Amalie comprit tout de suite : Morgan l'avait frappé.

L'estomac brusquement serré par l'angoisse, elle attendit que les deux hommes soient entrés dans le bureau de Bourlamaque, puis gagna la porte refermée à pas feutrés et plaqua son oreille contre le battant.

— Je lui ai montré le crâne, criait Rillieux, et il a perdu toute raison! Il m'a molesté! Vous devez au minimum le mettre aux arrêts, monsieur. Voire le faire fouetter et…

— Est-ce la vérité, monsieur? coupa Bourlamaque d'un ton menaçant.

Il y eut un silence, puis, après s'être éclairci la gorge, la voix de Durand:

— Pas entièrement, monsieur. Le lieutenant Rillieux et quelques hommes jouaient au ballon avec le crâne. Puis le lieutenant Rillieux l'a jeté au major McKinnon en disant « Ce doit être à vous ». Le major a regardé le crâne et a semblé savoir à qui il appartenait. Alors il a traité le lieutenant Rillieux de… de fils de pute… et il l'a frappé.

— Étiez-vous à l'extérieur du fort lorsque ceci est arrivé?

— Oui, monsieur.

— Et où est le major McKinnon, maintenant?

Ce fut Rillieux qui répondit:

— Il est parti en emportant le crâne avec…

— Où est-il? tonna Bourlamaque.

— Je pense qu'il est allé au cimetière, monsieur, dit Durand.

Sans plus attendre, Amalie retroussa ses jupes à deux mains et courut vers la porte d'entrée.

Elle trouva Morgan dans le cimetière, comme l'avait supposé Durand. Il ne portait que sa culotte et ses bottes. Agenouillé à même le sol, il creusait la terre avec la lame d'une hache. Même de loin, Amalie voyait la fureur sur ses traits.

Elle s'approcha de lui en silence, puis s'immobilisa et le regarda creuser une tombe de fortune, les mâchoires contractées, la sueur coulant sur son front. À côté de lui, par terre, il y avait quelque chose de blanc.

Le crâne.

Il manquait la mâchoire, les orbites vides semblaient fixer le ciel avec étonnement. Quelques mèches rousses étaient encore accrochées aux tempes.

Qui que fût le malheureux, il était mort le même jour que son père, songea-t-elle en frissonnant.

Une fois la sommaire tombe creusée, Morgan posa la hache et ramassa le crâne avec délicatesse. Il semblait hésiter à l'ensevelir. Amalie comprit sa répugnance. Elle retira son fichu de dentelle de ses épaules et le lui tendit. Il leva les yeux sur elle, des yeux tellement emplis de chagrin que cette vision amena des larmes aux siens. Il prit le fichu, en enveloppa avec précaution le crâne, puis le plaça dans la sépulture de fortune.

Un bruit de pas s'éleva, ainsi que des murmures. Amalie se retourna. Une douzaine de soldats venaient de se regrouper. Tous les visages affichaient des expressions solennelles. Puis le père François arriva, sa bible serrée dans les mains. Bourlamaque était avec lui.

Il s'arrêta à côté de Morgan, qui déclara d'une voix étouffée par l'émotion :

— Il s'appelait Charlie Gordon. Il n'est pas resté très longtemps avec nous, mais assez pour qu'on sache qu'il était un brave et honnête garçon. Il n'avait que dix-huit ans. Un boulet de canon lui a emporté la tête. Nous ne l'avions pas retrouvée.

Jusqu'à aujourd'hui.

Amalie se pencha et prit une poignée de terre, qu'elle jeta dans la tombe. Bourlamaque l'imita. Durand et le Dr Lambert firent de même. Enfin, ce fut Morgan qui jeta de la terre avant de se signer. Le père François prononça alors les mots sacrés.

Amalie observait Morgan. Il était resté agenouillé. Les yeux clos, il respirait par à-coups, comme s'il sanglotait. Elle déglutit avec peine, avant de se rapprocher de lui et de poser la main sur son épaule. Elle n'accorda aucune attention au lieutenant Rillieux qui, un œil au beurre noir, un mouchoir ensanglanté sous le nez, la fixait avec haine.

Assis sur l'appui de la fenêtre, Morgan regardait la lune qui brillait dans le ciel pur. La brise nocturne rafraîchissait sa peau. En dessous de lui, la sentinelle ronflotait. Un son qui se mêlait aux coassements et aux pépiements de la petite faune nocturne. Un étage plus haut, la fenêtre d'Amalie était ouverte, sa chambre silencieuse.

Il s'était comporté très imprudemment aujourd'hui mais, Dieu en avait été témoin, il n'avait pu se contrôler. Il avait tenu ce qui restait de ce pauvre Charlie entre ses mains, vu le sourire sarcastique de Rillieux, et quelque chose en lui avait craqué. Lorsque son poing s'était écrasé sur le nez du lieutenant, il avait éprouvé une immense satisfaction.

S'il s'était servi de son épée au lieu de son poing, le bâtard serait mort.

Bourlamaque déciderait de son sort demain. Mais il n'avait cure d'être mis aux fers ou fouetté, ou condamné à charrier des seaux d'eau du fleuve au fort à longueur de journées. Bourlamaque le punirait à contrecœur. Il avait déjà montré qu'il était un homme bon. Plutôt que de le faire enchaîner, il avait amené le prêtre au cimetière et attendu la fin des prières pour le consigner dans ses quartiers.

Morgan le trahirait bientôt. Et il détestait cette perspective.

Les soldats aussi s'étaient montrés respectueux. Ils avaient gardé le silence pendant que le prêtre donnait sa bénédiction. Le lieutenant Durand était même venu jeter de la terre dans la tombe. Quant à Amalie...

Le Seigneur bénisse la jeune fille! Tout à coup, il avait perçu sa présence auprès de lui. Elle lui avait donné son fichu de dentelle, comme si elle avait compris à quoi il pensait. Comme si elle était choquée par l'indignité de ce crâne abandonné sur le sol, sans linceul. Puis il avait senti sa main sur son épaule, sa petite et douce main. Un simple geste qui avait exigé d'elle beaucoup de courage : elle avait montré à tous les hommes du fort que le fait que les restes de cet inconnu ne soient pas ceux d'un Français lui était égal. Il en avait été très ému.

Un sentiment qu'il se refusait à nommer lui nouait la gorge. Non, il ne pouvait aimer Amalie. Car s'il l'aimait, il ne pourrait la quitter. Or il devait partir. Rester ferait de lui un traître, l'ennemi des siens, des hommes qu'il avait juré de commander, et de Joseph et ses guerriers de Stockbridge qui avaient combattu à ses côtés.

— Morgan ?

Il sursauta, regarda autour de lui. Dans l'embrasure de la porte ouverte, se tenait Amalie.

17

Il descendit de l'appui et ferma la fenêtre afin que nul ne voie ou n'entende la jeune fille.

— Pour l'amour de Dieu, petite, que fais-tu ici ?

Il fit un pas vers elle, prêt à lui dire de regagner sa chambre. Elle s'avança aussi et s'immobilisa dans un rayon de lune. Il déglutit avec peine : elle était en chemise de nuit, sa longue chevelure voilait ses reins, ses orteils dépassaient de l'ourlet de la chemise. L'étoffe fine ne dissimulait pas grand-chose de son corps. Elle révélait la pointe de ses seins, la courbe de ses hanches, le triangle sombre de son mont de Vénus.

Lentement, elle s'approcha de lui.

— Il fait chaud. Je… je ne peux pas dormir.

La partie de son esprit encore lucide enregistra le passage des émotions sur le visage d'Amalie. Indécision, embarras, espoir. Désir, aussi, après qu'elle eut laissé son regard errer sur son torse nu.

Ce désir, c'était lui qui l'avait fait naître avec ses baisers. Avant lui, elle en ignorait tout.

Elle se tenait devant lui. Son parfum sucré lui faisait tourner la tête.

— Je suis désolée pour ton ami, Morgan. Je prie pour que M. de Bourlamaque ne te punisse pas trop sévèrement.

L'absurdité de ces mots lui remit les idées en place. Elle s'était donc introduite dans sa chambre au milieu de la nuit pour lui dire qu'elle espérait qu'il ne serait pas trop sévèrement puni ?

— Si Bourlamaque te trouve ici, petite, il me coupera les burettes.

Elle resta un moment déconcertée, puis ses yeux s'élargirent et descendirent lentement vers son bas-ventre. Elle les détourna précipitamment.

— M. de Bourlamaque était très contrarié. Alors il a bu trop de cognac. Je l'ai entendu ronfler de l'autre côté du vestibule. Il ne se réveillera pas avant le matin.

Pour contenir l'envie de la toucher qui le tenaillait, Morgan croisa les bras sur sa poitrine.

— Tu n'as pas vraiment répondu à ma question, petite. Que fais-tu ici ?

De nouveau, elle détourna les yeux.

— Je... j'avais besoin de...

— De quoi ?

Il connaissait la réponse, mais voulait l'entendre de sa bouche.

— D'être... près de toi.

Quelle vulnérabilité, quelle innocence... Le désir grondait en elle et elle ne savait comment l'appréhender.

Morgan fut trahi par sa main, qui soudain alla saisir une longue mèche de cheveux pour la repousser derrière l'oreille de la jeune fille.

— Oh, Amalie, tu es si belle... Tu es la tentation incarnée. Aucun homme ne saurait résister. Tu ignores ce que tu veux, n'est-ce pas ?

Elle redressa la tête. Sur ses traits, l'embarras avait cédé la place à la méfiance. Il y eut un instant de flottement, puis elle fit quelque chose qui prit Morgan au dépourvu : elle plaqua les paumes sur sa poitrine, se haussa sur la pointe des pieds et l'embrassa.

À la fois éberlué et excité par tant de hardiesse, il s'obligea à demeurer impassible, la laissant conduire ce baiser à sa guise, lèvres brûlantes pressées contre les siennes, langue explorant sa bouche à petits coups… Il était au supplice. Il gardait une immobilité parfaite, mais son sexe semblait bouger dans sa culotte, déterminé à s'en échapper. Amalie était une excellente élève. Elle apprenait très vite.

In petto, il se traitait de fou : jamais il n'aurait dû la laisser faire ! Les mots pour la renvoyer se trouvaient sur le bout de sa langue… mais maintenant, sa langue avait une autre occupation. De toute façon, comment aurait-il pu la congédier alors qu'il la désirait ardemment ? Il avait envie d'elle, oui, mais ce n'était pas que cela. Au milieu des mensonges, des désillusions, des chagrins qui composaient désormais sa vie, Amalie était le seul élément qui lui semblât vrai et sincère.

Il ne devait à aucun prix céder à ses envies. Elle méritait mieux qu'un homme qui coucherait avec elle, lui ferait peut-être un enfant, puis l'abandonnerait. Mais elle était là, dans sa chambre, ange venu à lui au plus noir de la nuit, et elle l'embrassait avec fièvre.

N'existait-il pas de nombreux moyens de satisfaire une femme ? se demanda-t-il soudain. Si. Il pouvait lui faire l'amour avec les mains, la bouche, la langue. Apaiser le désir qui la consumait, lui faire découvrir la sublime exaltation des sens, sans attenter à sa virginité. Il pouvait être le premier homme à lui donner du plaisir.

Dans un élan passionné, il l'attira contre lui et prit le contrôle du baiser, répondant aux caresses de la langue d'Amalie par celles, ardentes, dévorantes, de la sienne. Non, cette femme ne serait pas à lui, mais cette nuit – seulement cette nuit – il pourrait être à elle.

Amalie perçut le changement qui venait de se produire en Morgan. Comme s'il avait lâché la bride de ses pulsions. Il la serrait étroitement contre sa poitrine, lui rendait son baiser avec une ferveur qui lui mettait les jambes en coton. Ce baiser n'était ni doux ni tendre. Il était très différent de celui qu'il lui avait donné dans le jardin. Il était audacieux, sauvage, presque violent. Elle en avait le cœur qui battait la chamade.

Venir retrouver Morgan était une erreur, elle en était consciente. Les femmes vertueuses ne se glissaient pas dans la chambre des messieurs au milieu de la nuit. Mais elle avait passé tant d'heures sans trouver le sommeil. Comme au cours des nuits précédentes, consumée par ses pensées, par la faim qui grondait en elle et qu'elle rêvait d'apaiser. Elle avait compris que seul Morgan saurait calmer cette faim dévastatrice. Alors elle était venue. Animée par la crainte d'être renvoyée, ou bien traitée de catin, accusée de commettre un acte honteux. Et effectivement, dans un premier temps, il avait paru en colère. Mais maintenant…

Ô mon Dieu ! Ce qui était en train de se passer était bien ce dont elle avait besoin.

— Amalie, *mo luaidh* !

Il avait murmuré ces mots inconnus d'une voix rauque.

Il la souleva dans ses bras et la porta jusqu'au lit. Il se laissa tomber auprès d'elle sur les draps froissés. Le matelas ploya sous son poids, le plaquant contre elle.

— Dis-moi, petite, qu'attends-tu de moi ?

Elle frissonna.

— Que tu m'embrasses ? osa-t-elle, incertaine.

Il s'exécuta. Il prit sa lèvre inférieure entre ses dents, la mordilla, puis la lécha longuement.

— Est-ce là tout ce que tu souhaitais, petite ? demanda-t-il ensuite. Ce n'était qu'un baiser qui t'intéressait, ou davantage ? Que sais-tu de ce que font les hommes aux femmes ? T'a-t-on enseigné cela, à l'abbaye ?

La question la mit fort mal à l'aise. Sans pour autant freiner son audace. Elle posa les mains sur les épaules de Morgan, les fit glisser sur l'arrondi à la dureté d'airain.

— Je... je sais qu'il est du devoir d'une femme de dormir auprès de son époux et de donner le jour à ses enfants dans la douleur.

— Devoir ? Douleur ? répéta Morgan en constellant sa bouche de petits baisers. Les religieuses ne t'ont-elles appris rien d'autre ? Ne t'ont-elles pas parlé du plaisir ?

Du plaisir ? Non. Aucune des sœurs ne l'avait jamais mentionné.

Tout à coup, elle se sentit dangereusement vulnérable, incapable de soutenir le regard de Morgan.

— Sœur Marie-Louise m'a dit que... les hommes...

Elle ne pouvait pas répéter les paroles de sœur Marie-Louise, voyons ! C'était un sujet trop personnel. Et Morgan était tellement impressionnant... Il l'emprisonnait dans sa chaleur, sa force, son odeur, et ses délicieux petits baisers l'empêchaient de réfléchir.

— Dis-moi, petite.

Elle ferma les yeux.

— ... Elle m'a dit que les hommes montaient leurs femmes comme un bélier monte une brebis et... et qu'ils trouvent cela très plaisant, et les femmes détestable.

— Elle t'a dit cela ?

Il avait abandonné sa bouche pour s'occuper d'une oreille dont il suçait le lobe. Elle sentit des frissons courir sur sa peau.

— Oui, Morgan.

Il suivit avec langueur du bout de la langue le contour de l'oreille, avant de continuer :

— Que penserais-tu si moi, je te disais que sœur Marie-Louise se trompait du tout au tout ? Si je t'affirmais qu'une femme peut éprouver autant de plaisir lors des jeux de l'amour qu'un homme ?

— Est-ce possible ?

Elle était stupéfaite.

— C'est la vérité, petite. N'as-tu pas aimé mes baisers ?

Sans lui laisser le temps de répondre, il reprit sa bouche dans un long baiser profond, qu'il n'interrompit que parce que tous deux étaient hors d'haleine. Elle ne put se retenir de s'arquer contre lui. Seule l'étoffe fine de la chemise et celle, épaisse, de la culotte, séparaient leurs corps.

Il riva ses yeux aux siens.

— Je sais pourquoi tu n'arrives pas à dormir, petite. Je sais ce que tu éprouves car je l'éprouve aussi. Si tu me laisses faire, je pourrai éteindre ce feu qui brûle en toi, te donner du plaisir, sans toucher à ta virginité.

Une vague de chaleur la submergea. Son ventre se mit à palpiter. Mille questions affluèrent à son esprit, qui se fondirent en une seule :

— Me feras-tu un enfant ?

Il secoua la tête, appuya ses hanches contre les siennes, et elle sentit son sexe dur sur son mont de Vénus.

— Pour te faire un enfant, il faudrait que nos corps s'unissent, Amalie, par le biais de cette partie de moi que tu sens. Que je libère ma semence en toi. Et cela n'arrivera pas, je te le jure.

Tout cela était si nouveau pour Amalie... Elle hésita, troublée par l'impression de se trouver au bord d'un précipice. Était-il possible que les choses soient telles que les avait décrites Morgan ? Elle aspirait à le découvrir, à lui permettre de l'amener là où il le voulait, mais jamais elle n'avait considéré son propre plaisir comme important. Au couvent, ou avec son père, elle avait mené une existence basée sur le devoir, celui d'une catholique, celui d'une fille et celui d'une Française.

Mais l'offre de Morgan la tentait. Il venait d'enfouir son nez dans ses cheveux et les respirait. Il exhalait son haleine chaude sur son oreille pendant que sa main rugueuse caressait son bras nu. Elle frémit.

— Permets-moi de te soulager, Amalie.

Il lui restait une dernière question à poser.

— Est-ce un... péché, Morgan ?

— Je suis sûr qu'un prêtre dirait que oui. Mais te serrer dans mes bras comme je le fais me semble tout le contraire d'un péché.

Amalie prit une profonde inspiration, puis se jeta dans le précipice.

— Oui, Morgan, montre-moi.

De nouveau, elle ferma les yeux. Qu'allait-il faire maintenant ? L'anxiété la faisait trembler. Mais il se contenta de caresser sa joue. Puis de l'embrasser. Sa bouche lui parut immense, sa langue exigeante, capable de lui extirper tous ses secrets. Elle oublia ses doutes et ses craintes.

Sans détacher sa bouche de la sienne, il fit lentement glisser sa main de la joue au cou, suivit l'arc du décolleté, puis s'aventura sur la naissance de ses seins. Sous l'audace de la caresse, elle se crispa.

— Doucement, Amalie, chuchota Morgan.

Son souffle avait frôlé ses lèvres. Sa fraîcheur en apaisa quelques instants la brûlure.

La main continua son manège. Elle frôla les seins, descendit vers le ventre et le caressa, sans hâte, légère et troublante. Elle semblait détenir le pouvoir d'induire des sensations voluptueuses que la présence du tissu de la chemise n'affectait pas.

Mais ce qui chavirait vraiment Amalie, c'étaient les baisers. Le long de son cou, sur ses épaules qu'il avait dénudées en détachant le lien qui maintenait fermée l'encolure de la chemise. Puis sur l'arrondi des seins.

Amalie respirait difficilement. Son cœur frappait comme un gong dans sa poitrine. Elle s'entendait geindre, des gémissements auxquels Morgan faisait écho, plusieurs octaves plus bas. Prenait-il donc autant de plaisir à la caresser qu'elle à recevoir ces caresses ?

Sans se presser, il acheva de dénouer le lien de la chemise et, adroitement, l'abaissa sur ses bras, qu'il fit sortir l'un après l'autre des manches. Le vêtement, privé de soutien, tomba sur la taille d'Amalie. Elle sursauta. Plus rien ne protégeait ses seins, ne les voilait. Ils étaient à la merci de Morgan. Et c'était exquis. Elle sentit les pointes durcir lorsqu'il s'écarta pour regarder ce qu'elle n'avait jamais montré à personne.

— Grand Dieu, Amalie, tu es encore plus belle que je ne l'avais imaginé.

Il prit un sein dans sa main en conque et, du pouce, forma des cercles autour de l'aréole, suscitant des frissons qui se diffusèrent jusque dans son ventre. Elle émit un petit cri et se rapprocha davantage de Morgan, accentuant de la sorte la pression de la main. Elle en voulait davantage. Elle avait besoin de davantage.

Il comprit. Il amplifia l'intensité des caresses, pétrissant lascivement les globes mordorés, penchant la tête pour les lécher, stimulant les pointes. La surprise fit sursauter Amalie. Le moindre mouvement de la langue ou des lèvres de Morgan était un délicieux tourment. Involontairement, elle écarta les cuisses : la partie la plus intime de son corps s'était enflammée. Elle avait mal et ne s'expliquait pas pourquoi...

Manifestement, Morgan connaissait le remède à cet inconfort car il amena sa main entre ses jambes, souleva la chemise de nuit et étendit les doigts sur la peau délicate. Il marqua une longue pause qui la mit au supplice, achevant de lui faire tourner la tête à force de baisers, puis la caressa. Mais Amalie, qui ne s'était pas attendue à ce qu'il ose la toucher en ces endroits secrets, serra les jambes.

— Non, *mo luaidh*, laisse-moi aller là où est le feu. Laisse-moi te soulager.

Elle ouvrit tout grands les yeux et le regarda, vit les siens tellement ardents qu'elle prit peur. Sans que cela calmât l'excitation qui l'habitait. Ses seins mouillés par les baisers étaient douloureux. Son bas-ventre l'élançait. Autant de sollicitations que son corps envoyait, pressant, à son esprit, et qui la conduisirent à écarter de nouveau les jambes.

Elle se rendit à la volonté de Morgan.

À celle de ses propres sens aussi, reconnut-elle honnêtement.

Les yeux toujours rivés à ceux de Morgan, elle haussa une jambe et la posa sur ses genoux, s'ouvrant à lui, résignée et impatiente. Il posa la main sur son sexe moite puis la fit bouger, au ralenti d'abord, puis accélérant les rotations.

Le souffle coupé, elle crut défaillir tant la vague de plaisir qui monta en elle fut puissante. Elle cria, la tête renversée en arrière, puis geignit doucement lors du reflux. Mais une autre vague survint, et une autre encore... Entre les vagues, elle se sentait incroyablement bien, soulagée comme l'avait annoncé Morgan, sereine. Quel étrange phénomène. Étourdie, elle s'accrocha à lui lorsqu'il lui accorda un répit. Elle reprit sa respiration, qui s'était muée en une sorte de hoquet sourd. Que lui faisait-il? Par quel prodige réussissait-il à... Mon Dieu, il recommençait! Elle allait mourir. Ce n'était pas possible qu'il en fût autrement. Son cœur n'y résisterait pas. Elle tremblait de tout son corps, la peau couverte de sueur, la bouche entrouverte sur des plaintes saccadées.

— Morgan… chuchota-t-elle, incapable d'arracher davantage qu'un souffle à sa gorge desséchée.

— Tu es si belle… répondit-il sur le même ton.

Sa bouche revint sur les seins gonflés. Sa langue se livra à une frénésie de caresses. Ses dents se mettaient parfois de la partie. Ses doigts entre ses cuisses ne cessaient de susciter des spasmes si ensorcelants qu'ils en devenaient presque douloureux…

Éperdue, Amalie essayait d'analyser ce qui lui arrivait. Il se passait quelque chose en elle. Elle avait l'impression qu'un grand vide aspirait à être comblé, un besoin avide d'être satisfait, plus exigeant à chacun de ses battements de cœur. Elle ferma les doigts sur les longs cheveux de Morgan, la respiration de plus en plus heurtée. Elle ne parvenait plus à se dominer.

— Amalie, mon ange, dit-il d'une voix rauque et sourde.

Si elle s'imaginait qu'il était à court de caresses, qu'il ne savait plus comment la guider sur les chemins de ces exquis tourments destinés à la soulager, elle se trompait : ses doigts s'insinuèrent dans son sexe, trouvèrent le minuscule bouton de chair niché entre les replis et le stimulèrent adroitement. Incrédule, Amalie se sentit emportée par une tornade de plaisir. La violence de cette réponse lui fit presque peur. Elle ne put se retenir de crier.

— Ô mon Dieu, Morgan! Il faut que tu arrêtes!

Il eut un petit rire et, la bouche pressée contre son cou, répliqua :

— Il n'y a rien à craindre, petite.

Amalie retint son souffle quand la montée au paradis s'accéléra. Elle se mordit la lèvre, traversée de la tête aux pieds par des fulgurances de plaisir. Elle essaya de résister, de conserver quelque maîtrise de soi, en pure perte. Elle ne s'appartenait plus, elle était tout entière soumise à cet ensorcellement que Morgan, magicien de l'amour, exerçait sur elle. L'incendie qui faisait rage en elle se diffusa dans l'intégralité de ses terminaisons nerveuses. L'extase était presque terrifiante, tant elle était intense. Elle lui vida l'esprit de toutes ses pensées cohérentes, les remplaça par des étoiles d'une brillance aveuglante, de comètes aux queues phosphorescentes, d'étincelles qui crépitaient comme lors de feux d'artifice. Elle s'entendait râler, crier, émettre des sons inarticulés. Morgan léchait la sueur sur ses seins et, de sa main libre, il lui caressait la tête, rassurant, tendre. Et lorsque lentement les étoiles, les comètes, les étincelles s'éteignirent une à une, ne resta qu'un ciel nocturne outremer d'une infinie beauté. Amalie cilla, et rouvrit les yeux. Son cœur battait encore la chamade quand elle revint sur terre. Médusée, tremblante, elle sortit de sa transe comme l'on sort d'un rêve et se vit pantelante dans les bras de Morgan.

La gorge nouée, Morgan regardait dormir Amalie. Elle était lovée contre lui tel un chaton, si douce, si délicieusement parfumée. Elle respirait calmement, le visage serein, ses longs cheveux entourant leurs deux corps. L'odeur musquée engendrée par la jouissance lui montait aux narines, mêlée aux senteurs nocturnes qui s'infiltraient dans la chambre par la fenêtre ouverte. Il savait qu'il aurait dû la réveiller, mais ne parvenait pas à s'y résoudre : tout en lui regimbait à l'idée qu'elle s'en aille. L'aube ne se lèverait que dans quelques heures.

Ce qui venait de se passer ne devait pas se reproduire. C'était trop risqué. Il ne fallait plus tenter le diable. Et puis, il ne survivrait probablement pas à une deuxième fois ! Jamais il n'avait soumis sa volonté à un exercice aussi difficile. Toucher Amalie, se délecter d'elle et ne pas la prendre était le prix à payer pour sa témérité. Un prix qu'il était heureux de payer, même si son sexe lui faisait un mal de chien.

Il avait eu l'impression d'assister à l'éclosion d'un bouton de rose, dont les délicats pétales se seraient lentement ouverts jusqu'à l'épanouissement total, avides de soleil. Amalie s'était montrée incroyablement réceptive. Plus excitée, et excitante, qu'il ne l'aurait imaginé dans ses rêves les plus fous. Lorsqu'elle avait atteint l'orgasme, il avait songé qu'il n'avait jamais été témoin de quelque chose d'aussi beau.

Le type qui la prendrait pour épouse pourrait se considérer comme béni des dieux : non seulement il aurait une femme intelligente, forte et généreuse, mais il aurait une partenaire passionnée.

Mais que se passerait-il si elle se mariait avec une brute qui utiliserait son corps pour son propre plaisir, sans se soucier un instant du sien ? Qu'il l'ait aidée à percer les mystères de la sensualité la desservirait-il, car elle saurait ce qu'elle perdait ?

Il écarta une mèche de sa joue. Mon Dieu, que n'eût-il donné pour garder cette femme ! S'il l'avait pu, il aurait demandé à Bourlamaque la permission de la courtiser. Ou alors il lui ferait l'amour, et le jour où son ventre commencerait à grossir, la conduirait à l'autel. Ensuite, il passerait le reste de sa vie à l'aimer et la chérir.

Mais son devoir était ailleurs. Avec ses frères et les hommes qui avaient juré de se battre et de mourir sous ses ordres. Peu importait ce qu'il éprouvait pour Amalie, et dont il se refusait à prononcer le nom : il était un ranger, et ce n'était pas à cette femme qu'il était lié mais à la guerre.

Et… et s'il existait un moyen de l'emmener avec lui, de rentrer à Fort Elizabeth avec la belle Amalie ?

Il n'était qu'un idiot pour oser envisager cela. Amalie méritait mieux que lui !

Ici, parmi les Français, il était un chef des Highlands. Mais parmi les Anglais, il était le petit-fils d'un renégat et un homme qui, avec ses frères, était toujours accusé de meurtre. Un homme qui devait faire la guerre jusqu'à ce qu'elle s'achève.

Ce qui induisait une question logique : pourquoi aspirait-il à revenir à Fort Elizabeth ?

Il eut l'impression d'avoir entendu la voix de Satan.

La tentation rampa hors des tréfonds de son esprit où elle attendait, tapie depuis longtemps, s'imposa, prit des proportions impressionnantes. L'existence qui était à portée de sa main lui apparut alors clairement. Il serait un officier respecté sous les ordres de Bourlamaque. Un mari pour la précieuse Amalie. Un père pour une bonne demi-douzaine de bambins aux cheveux noirs et aux prunelles d'ambre comme celles de leur mère.

Il ferma les yeux et regarda défiler les images dans son esprit. Le cœur serré, l'âme noyée de chagrin.

Non, il n'avait pas le droit de trahir les rangers.

Il rouvrit les yeux et les images se dissipèrent. Il se sentit vide.

Il se pencha, embrassa Amalie sur le dessus de la tête. Quelques minutes. Encore quelques petites minutes. Ensuite, il la réveillerait, s'assurerait qu'elle regagne sa chambre en toute sécurité, puis préparerait son plan d'évasion. Dans une semaine, il serait parti.

18

Il était tôt lorsque Bourlamaque convoqua Morgan à son bureau.

— Asseyez-vous, major, dit-il en montrant un imposant fauteuil.

Il semblait troublé.

Morgan s'assit et attendit en silence, l'esprit encore plein d'Amalie, le parfum de la jeune femme sur sa peau.

— Le premier sujet dont nous devons discuter, major, c'est votre conduite d'hier. Je ne puis tolérer de rixes entre mes officiers.

— Je comprends, monsieur. Et je vous suis très reconnaissant de m'avoir permis de faire au pauvre Charlie des funérailles selon le rite catholique. Je vous remercie aussi de vous être tenu auprès de moi. Vous êtes un homme infiniment meilleur et honorable que tous ceux que j'ai servis sous la contrainte. J'accepterai toute sanction disciplinaire dont vous me frapperez sans me plaindre.

La mine sombre de Bourlamaque s'éclaircit légèrement.

— Nous, les Français, ne fouettons pas nos officiers comme le font les Anglais, sauf crime gravissime. Ceux qui ont été témoins de l'incident entre Rillieux et vous disent que vous avez été provoqué. Mais je ne puis ignorer le fait que vous avez frappé le lieutenant qui, en dépit de ses manquements, est un excellent officier.

Morgan baissa les yeux.

— Oui, monsieur.

— J'ai donc décidé que vous passeriez la journée à creuser de nouvelles latrines pour les officiers au bord du fleuve.

De nouvelles latrines ? C'était donc cela sa punition ?

Morgan avait espéré une bonne séance de coups de fouet, qui lui aurait arraché Amalie de l'esprit et l'aurait allégé des remords qu'il éprouvait pour avoir déçu un homme aussi correct et respectable que Bourlamaque.

— Oui, monsieur.

Bourlamaque l'observait, attendant manifestement des protestations, ou au minimum une réaction.

— Si cela peut vous aider, major, sachez que présentement, le lieutenant Rillieux nettoie les écuries.

Morgan réprima un sourire en imaginant l'abruti à genoux dans le crottin de cheval.

— Je n'ai pas à discuter votre équité, monsieur.

— Très bien. Cela fait trois semaines que j'ai décidé d'épargner votre vie, major. En dépit des malheureux événements d'hier, je n'ai pas été déçu. Vos actes ont mis en exergue des qualités que j'aimerais trouver parmi mes hommes : talent, force, compassion, mesure.

Chaque mot amplifiait la culpabilité de Morgan.

— Vous êtes très bienveillant, monsieur.

— J'ai décidé qu'il était temps de vous accorder le rang qui vous revient dans mon armée. Et de vous restituer vos possessions. Hélas, je ne puis vous rendre votre grade de major car mes officiers se sentiraient insultés, d'autant que Montcalm l'a interdit.

Donc, Bourlamaque avait reçu un nouveau message de Montcalm. Il lui fallait absolument mettre la main dessus ce soir.

— À partir d'aujourd'hui, poursuivit le commandant, vous serez le capitaine McKinnon, mon conseiller en ce qui concerne Fort Elizabeth et les rangers. Vous instruirez mes soldats au tir et à la connaissance de la forêt.

Il se pencha, ramassa quelque chose de volumineux sur le plancher et le lança à Morgan.

— Vous devriez avoir l'usage de ceci.

Son paquetage... Morgan le fixa un moment, avant de se décider à l'ouvrir pour voir ce qu'il contenait encore.

— Je vous assure que tout y est, capitaine.

Et c'était exact, exception faite de son fusil et de son épée. Pistolet, corne à poudre, sac de balles, gobelet en métal, assiette, salière, casserole, cuillère et fourchette, maïs séché, deux vieux oignons, savon, porc, sel, flasques de rhum empoisonné et de rhum normal, graines de gingembre et sucre enveloppés dans un morceau de tissu... Aiguille et fil pour suturer les plaies, baume anti-infectieux, hache, outre à eau, bandages, couteau de chasse... Ses possessions étaient au complet.

Étrangement ému, il songea qu'il partirait pour Fort Elizabeth avec tout son équipement et non les mains vides, et que le voyage en serait facilité.

— Mon fusil et mon épée? s'enquit-il.

Bourlamaque pointa l'index sur un angle de la pièce. Son fusil et sa claymore étaient là, appuyés au mur.

— Vous les prendrez en sortant, capitaine. Maintenant, discutons d'un autre point.

Le cœur de Morgan battait follement. Il avait désormais tout ce qu'il lui fallait pour réussir son évasion.

Bourlamaque resta silencieux quelques instants, comme s'il pesait les mots qu'il s'apprêtait à prononcer. Lorsqu'il reprit la parole, son expression était redevenue troublée.

— Cela concerne Mlle Chauvenet.

Morgan s'était attendu à tout sauf à cela. Mais il n'y avait pas lieu de s'inquiéter. Si Bourlamaque avait su que sa pupille avait passé la nuit dans son lit, il lui aurait passé l'épée à travers le corps, au lieu de la lui rendre.

— Ma pupille m'a demandé hier soir de vous autoriser à lui faire votre cour. Cela va à l'encontre des conventions, je le sais, mais son père m'avait dit qu'il fallait la laisser libre de son choix en matière de prétendant, et de s'incliner dans la mesure où celui-ci serait un homme respectable capable de prendre soin d'elle. Elle éprouve, semble-t-il, quelque tendresse à votre endroit. Mais j'imagine que vous vous en êtes rendu compte.

— Je... je... eh bien, oui, monsieur, bredouilla Morgan.

Oh oui, il s'en était rendu compte. Par exemple à ce regard qu'elle avait posé sur lui quand il l'avait réveillée : ses yeux étaient habités d'émerveillement et d'amour.

Il aurait dû l'admonester, lui dire qu'elle ne devait pas tomber amoureuse de lui, qu'il n'était pas celui qu'elle croyait, l'avertir qu'en retour de sa confiance, sa compassion et sa tendresse, il ne lui offrirait que trahison. Mais elle avait souri et tout son courage s'était envolé. Il avait gardé le silence.

— Ces sentiments sont-ils réciproques, capitaine ?

Morgan voulut mentir, et s'en découvrit incapable.

— Oui, monsieur, ils le sont.

Bourlamaque prit le temps de réfléchir à cette réponse avant de continuer :

— Dans ce cas, je me dois de vous dire que j'entends la renvoyer à l'abbaye au plus tôt. Je crains que son affection pour vous n'indispose le lieutenant Rillieux. Je ne veux plus d'hostilités entre lui et vous. Les événements se précipitant, il serait plus sûr pour elle qu'elle entreprenne ce long voyage. Dans l'intervalle, je compte sur vous pour ne pas tirer avantage de son innocence. Elle est très jeune et inexpérimentée. Je vous autorise à la courtiser jusqu'à son départ, à condition que vous me donniez votre parole de ne pas la débaucher.

— Sur mon honneur, monsieur, je vous jure que je ne lui ferai aucun mal ni ne la déshonorerai.

Une promesse qu'il entendait bien tenir. La folie de la nuit dernière ne se reproduirait pas.

Bourlamaque avait parlé d'événements qui se précipitaient. Cette nouvelle lettre de Montcalm, il fallait absolument qu'il la lise !

— Vous êtes petit-fils de lord écossais, brave soldat, et homme d'honneur, capitaine. À la fin de la guerre, si vous avez prouvé votre loyauté à la France, je vous donnerai mon consentement pour épouser Amalie.

Sans le savoir, Bourlamaque venait par ces mots d'offrir à Morgan tout ce à quoi il aspirait : l'honneur du nom de son clan réhabilité, une chance de combattre en homme libre, et Amalie comme femme.

Il se posa de nouveau la question : pourquoi aspirait-il à revenir à Fort Elizabeth ?

Et cette fois, il ne trouva pas la réponse.

Amalie se réveilla, languide. Elle était navrée que Morgan ne soit plus auprès d'elle, mais demeuraient néanmoins son odeur de musc et de sel sur sa peau encore chaude d'avoir été tant caressée et embrassée, et ses mots qui résonnaient encore dans son esprit.

— *Tu n'as pas vraiment répondu à ma question, petite. Que fais-tu ici ?*

Elle sourit, s'étira, puis sortit du lit pour aller ouvrir en grand la fenêtre et laisser entrer l'air frais du matin. Puis elle fit sa toilette, démêla ses cheveux. Ensuite, au lieu de s'habiller immédiatement, elle contempla dans la psyché son corps nu.

Elle n'était pas différente de la veille. Mêmes yeux, même visage, même peau. Et pourtant, plus rien n'était pareil.

Elle posa les doigts sur ses lèvres qu'avaient enflammées les baisers, les fit courir sur sa gorge, là où la bouche de Morgan avait fait naître tant de frissons, sur sa poitrine, puis les arrêta à l'emplacement de son cœur, qui avait battu si fort.

— *Grand Dieu, Amalie, tu es encore plus belle que je ne l'avais imaginé.*

Il avait dit cela en fixant ses seins, les yeux brillants d'émotion. Étaient-ils beaux, ses seins ? Elle les prit dans ses paumes comme l'avait fait Morgan et regarda les pointes roses, avant de les frôler du bout de l'index. Elles étaient délicieusement sensibles.

La seule attention, jusque-là, qu'elle avait accordée à ses seins, c'était pour les dissimuler, d'abord pour éviter le regard désapprobateur des religieuses, ensuite celui, concupiscent, des hommes. Elle ne les croyait destinés qu'aux nourrissons. Jamais elle n'avait imaginé qu'ils puissent être source de plaisir.

Elle se rappelait son émotion lorsque Morgan avait posé ses lèvres dessus, lorsqu'elle avait senti sa langue les flatter. Un désir brûlant était alors monté en elle.

Lentement, elle fit glisser ses mains le long de son buste, sur son ventre, s'interrogeant sur la tension interne qu'elle ressentait. Puis elle laissa sa main aller plus bas, sur la toison du mont de Vénus. Elle la ferma sur son sexe, reproduisant le geste de Morgan.

— *Je sais pourquoi tu n'arrives pas à dormir, petite. Je sais ce que tu éprouves car je l'éprouve aussi. Si tu me laisses faire, je pourrai éteindre ce feu qui brûle en toi, te donner du plaisir, sans toucher à ta virginité.*

Mon Dieu, cet endroit était incroyablement sensible ! Jamais auparavant elle ne l'avait touché, excepté lors du bain ou quand elle avait son flux menstruel. Les sœurs avaient sévèrement puni des filles qui se touchaient à travers leurs jupes. Mais elle n'était plus à l'abbaye. Alors elle osa explorer cette partie d'elle que Morgan avait éveillée à la vie, puis ramena sa main sous son nez et huma son parfum musqué. Ses doigts étaient humides d'une étrange substance soyeuse, comme si son corps avait pleuré des larmes de désir pour Morgan.

Un grand mystère lui avait été révélé, un monde dont elle ignorait l'existence. Toutefois, une foule de questions demeuraient sans réponse. Par exemple, était-il normal que chez une femme le désir se manifeste de nouveau, presque immédiatement après le soulagement ? Serait-ce aussi exaltant si leurs corps s'unissaient, ou cela ferait-il mal ?

— *Pour te faire un enfant, il faudrait que nos corps s'unissent, Amalie, par le biais de cette partie de moi que tu sens. Que je libère ma semence en toi. Et cela n'arrivera pas, je te le jure.*

Cette partie de lui semblait vraiment énorme. Elle ne pouvait que faire mal. Ce qui n'empêchait pas qu'elle eût envie de s'unir à Morgan, une envie primitive. Il l'avait excitée en la touchant et elle n'avait cessé, même si elle avait connu l'extase, de regretter qu'il ne vienne pas en elle : son corps tout entier souffrait du manque de la plénitude que lui aurait procurée une vraie union. Est-ce que toutes les femmes éprouvaient cela ?

Elle le lui demanderait ce soir.

La perspective de le revoir l'embrasa. Elle noua les bras autour de son buste et éclata de rire.

Elle était en retard pour le petit déjeuner. Elle s'habilla en hâte, puis descendit au rez-de-chaussée.

— Bourlamaque l'a puni, lui apprit Durand. Il l'a condamné à creuser des lieux d'aisances.

Il sourit et continua :

— Rillieux, lui, est en train de nettoyer les écuries.

Amalie soupira de soulagement. Bourlamaque avait donc épargné Morgan. Il ne lui avait pas infligé une trop lourde sanction.

Elle traversa la journée comme en rêve. Elle s'occupa des rosiers, fit ses visites à l'hôpital, reprisa l'une des redingotes de Bourlamaque. Rien que de très habituel, en somme, à cette différence près qu'elle se sentait une femme nouvelle.

Le monde, son monde, avait changé.

Elle avait l'impression d'avoir le cœur doté de petites ailes, le corps léger. Tout autour d'elle lui semblait baigner dans une lumière dorée. Elle se sentait frivole. Le beau et précieux secret de sa métamorphose, elle le gardait jalousement en elle. Jamais elle n'avait éprouvé tant de bonheur.

Elle était amoureuse.

Elle aimait Morgan McKinnon.

Pas un instant elle ne cessa de penser à lui au cours de la journée. La façon dont il l'avait regardée, avec des yeux ardents et tendres. La façon dont il l'avait enveloppée de son corps, ses grandes mains rugueuses lui prodiguant un plaisir inconnu jusqu'alors.

Avant Morgan, elle était invisible. En dehors de son père, personne ne s'était intéressé à ses pensées, sauf pour lui intimer de n'en avoir pas de mauvaises. Mais Morgan, le très cher Morgan, l'écoutait, et voyait en elle des choses que nul autre n'avait remarquées.

Oui, elle l'aimait. Il était peut-être un ranger, peut-être celui dont la balle avait tué son père, mais elle l'aimait.

Cette révélation lui coupa le souffle, la laissa désorientée. Et inquiète : et si lui, il ne l'aimait pas ?

Elle ne le revit pas avant le dîner. Il arriva à la table en uniforme de capitaine français. Elle le trouva si beau qu'elle en resta bouche bée. Ses longs cheveux étaient encore humides du bain, ses tresses de guerrier écossais descendaient jusqu'à ses épaules, lesquelles étaient ornées d'épaulettes dorées. Le bleu foncé de sa redingote soulignait le bleu de ses yeux. Le blanc de son gilet contrastait merveilleusement avec la peau bronzée de son visage. Un plaid écossais à carreaux verts, rouges, bleus et blancs barrait sa poitrine.

— Mademoiselle Chauvenet, la salua-t-il en s'inclinant.

Il lui prit la main et en effleura le dos du bout des lèvres. Amalie frissonna.

— Comme vous êtes jolie, ce soir, ajouta-t-il.

Son regard ne trahissait aucun de ses sentiments. Plus d'ardeur ni de tendresse, mais une courtoisie distante, comme s'il venait juste de faire sa connaissance. Au cours du repas, elle tenta à plusieurs reprises d'engager la conversation avec lui, mais son attention et ses remarques pleines d'humour furent réservées à Bourlamaque et aux autres officiers.

— Au capitaine McKinnon, qui a toujours été l'allié des Français dans son cœur! lança Bourlamaque en levant son verre de bordeaux.

Même le lieutenant Rillieux fit chorus aux acclamations, apparemment de bon gré.

Ce moment aurait pour Amalie dû être très heureux. Et elle était effectivement heureuse, mais infiniment moins que ce matin quand il l'avait réveillée d'un baiser avant de la renvoyer dans sa chambre. Maintenant, ce qu'il y avait entre eux n'était plus de l'intimité, mais du vide.

Ce ne fut que lorsque les hommes se furent retirés dans le bureau de Bourlamaque pour prendre un cognac, qu'elle eut une chance de parler avec Morgan.

Elle le trouva, seul, dans le salon, debout devant une fenêtre. Même de loin, elle perçut sa tension. Elle le rejoignit et s'arrêta derrière lui.

— Morgan?

En entendant sa voix, il se raidit.

— Laisse-moi, petite.

Confuse, elle crut avoir mal compris. Elle réunit tout son courage.

— S'il te plaît, ne me repousse pas, Morgan. Si je te laisse indifférent, si j'ai fait quelque chose qui t'a déplu, dis-le-moi.

Il ne se retourna pas. Rigide, il finit par répondre d'une voix étrangement atone:

— Il y avait dans mon village de Skye une jeune fille qui s'était donnée à un soldat anglais. Elle le retrouvait en secret. Jusqu'à ce que son ventre grossisse. Après la naissance du bébé, son père l'a jetée à la rue. Les femmes l'ont attrapée et lui ont coupé les cheveux. Quand elle marchait dans la rue, tout le monde lui lançait des cailloux, l'agonisait d'injures. Ils ont fini par l'expulser du village. Je n'étais qu'un gamin à l'époque, mais je me souviens de l'horreur sur son visage juvénile. J'ignore si l'enfant et elle ont survécu, ou s'ils sont morts de faim et de froid. Personne n'a plus jamais parlé d'elle.

— Pourquoi me raconter ceci, Morgan ?

— Bourlamaque m'a accepté, mais ce n'est pas le cas de tous les hommes. Pour eux, je demeure un ennemi. Je ne voudrais pas que le sort de la jeune fille te frappe, petite.

— Mais comment une chose pareille pourrait-elle arriver ? Tu es des nôtres, Morgan. M. de Bourlamaque ne permettrait pas que…

— Nous sommes en pleine guerre, Amalie, coupa Morgan. Aucun de nous ne sait quand elle finira. Il se pourrait que le secret de notre histoire transpire et je…

Amalie l'interrompit.

— Personne ici n'osera me faire du mal. Pas avec toi et M. de Bourlamaque dans les parages. De plus, M. de Bourlamaque a donné sa bénédiction pour…

— Oui, te courtiser ! Et en retour, je lui ai donné ma parole de ne pas te déshonorer. Mais si tu persistes à venir me retrouver en pleine nuit, je ne sais pas si je pourrai la tenir.

Amalie remarqua qu'il serrait les poings. Elle voulait le rassurer, le convaincre qu'elle le savait homme d'honneur.

— Morgan, la nuit dernière, tu…

Il pivota vers elle, et sa détermination vacilla quand elle vit ses yeux tristes.

— La nuit dernière, j'ai tenu parole, Amalie. Mais je ne suis qu'un homme. Toute la journée, j'ai souffert comme un damné en songeant à ce que je désirais par-dessus tout et ne pouvais avoir. J'ai essayé de t'extirper de mon esprit, de mes sens, mais à la seconde où j'entends ta voix, je perds la tête. Je sais que tu ne comprends pas ce que je te dis, mais par pitié, petite, reste dans ton lit ! Toi et moi, cela ne peut être.

Sur ces mots, il tourna les talons et partit vers le bureau de Bourlamaque pour se joindre aux autres officiers, laissant Amalie seule et tremblante.

— Mon frère est mort ! Il est mort en sauvant la vie d'un autre homme ! Il n'est pas un traître !

La voix de Connor McKinnon tonnait dans le bureau de Wentworth. Le visage écarlate, les narines frémissantes, il se tenait à quelques centimètres de son commandant.

— C'est vous-même qui avez fourni les preuves, capitaine, riposta Wentworth en brandissant les dépêches qu'avec ses hommes, Connor avait dérobées lors du dernier raid.

L'expression de Connor passa de la fureur à l'incrédulité, puis au désarroi.

Wentworth avait eu la même réaction. Des témoins avaient vu Morgan McKinnon tomber pendant la bataille, les Français charrier son corps en poussant des cris de triomphe. La lettre signée de la main de Bourlamaque annonçait sa mort. Et voilà que les dépêches de Montcalm donnaient une tout autre version.

Wentworth en connaissait presque les termes par cœur. Il avait lu et relu ces dépêches, incapable d'y croire.

En ce qui concerne votre nouvel ami McKinnon, il semblerait que vous ayez été bien avisé de lui offrir un sanctuaire. Son obéissance est louable. J'aurais aimé le voir tirer. Je n'ai jamais vu un homme capable de tirer quatre fois en une minute et de toucher la cible à chaque coup, comme vous me l'avez décrit dans votre lettre. Qu'il entraîne nos soldats nous sera très utile. Néanmoins, mon cher ami, je ne saurais trop vous recommander de vous montrer prudent, de ne pas lui accorder aveuglément votre confiance : vous ne pouvez exclure qu'il ne nourrit pas un projet personnel.

Morgan McKinnon n'avait été commandant des rangers que quelques mois, mais il avait prouvé être aussi bon chef que son frère aîné Iain. Wentworth s'était fié à lui pour conduire ses hommes en gardant la tête froide. Il s'était fié à lui pour mener à bien ses missions sans faillir. Il s'était fié à lui pour faire passer les objectifs militaires avant les siens. Oui, il s'était fié à lui et n'avait jamais été déçu.

Jusqu'à maintenant.

Car apparemment, Morgan McKinnon avait trouvé refuge auprès de l'ennemi.

Déserteur. Traître. Renégat.

Des qualificatifs que Wentworth avait du mal à associer à Morgan McKinnon. La loyauté de l'homme envers ses frères était absolue, son sens du devoir envers ses rangers également. Il semblait impossible qu'il ait choisi de trahir les siens.

Mais, à mieux y réfléchir, pourquoi pas ? Morgan McKinnon ne serait pas le premier à avoir craqué sous la torture, ni à avoir livré des secrets à l'ennemi pour sauver sa vie. De plus, ses ancêtres étaient des catholiques jacobites alliés de longue date de la France.

Mais ses frères, ses rangers...

Wentworth ne parvenait pas à l'imaginer les trahissant. Le problème, c'étaient ces dépêches de Montcalm. Elles étaient sans ambiguïté.

Connor jeta les missives sur le bureau.

— Mensonges ! Ce ne sont que des mensonges !
— Vraiment ?

Wentworth marcha jusqu'à la fenêtre et laissa son regard errer sur le terrain de parade.

— Capitaine, au cours du mois dernier, combien de dépôts d'armes secrets avez-vous perdus ?

— Trois. Mais cela ne signifie pas que…

— Et au cours des trois dernières années ?

Il y eut un silence. Wentworth percevait la rage contenue de Connor.

— Un seul, lâcha finalement ce dernier entre ses dents.

— Combien de points de ralliement et de sites de campement l'ennemi vous a-t-il pris ?

— Quatre. Mais ils étaient anciens et rarement utilisés.

— Ne trouvez-vous pas que c'est une étrange coïncidence que les Français n'aient réussi leurs raids que lorsque votre frère s'est trouvé parmi eux ?

— Je refuse d'écouter pareilles calomnies ! Mon frère ne pourrait pas davantage trahir les rangers que me tuer de ses propres mains !

Wentworth se retourna.

— Alors comment expliquez-vous la lettre de Montcalm ?

— Je ne l'explique pas ! rugit Connor en attrapant les dépêches qu'il réduisit en boule avant de les rejeter sur le bureau. Je ne le croirai pas tant que je n'aurai pas vu mon frère de mes propres yeux !

C'était la réponse qu'attendait Wentworth.

— Dans ce cas, j'ai une mission pour vous, capitaine.

19

Morgan avançait en silence dans le vestibule sombre vers la porte du bureau de Bourlamaque. Seul son maudit sens du devoir le poussait à agir ainsi. Grands dieux, comme il détestait faire cela ! Les mensonges et leurs effroyables conséquences lui faisaient monter la bile à la bouche. Bourlamaque lui avait accordé sa confiance. Cet homme, il aurait été fier de le servir sur les champs de bataille. En cet instant il dormait, et lui, il se déplaçait dans sa maison tel un immonde rat dans le but de lui dérober des secrets qu'il donnerait à ce salopard de Wentworth.

Il avait attendu que la nuit fût avancée pour quitter sa chambre, craignant qu'Amalie, en dépit de son interdiction, ne vienne le rejoindre dans son lit. Il avait bien senti qu'elle était frustrée et blessée. Il avait cru qu'elle le mettrait au défi, oserait outrepasser ses ordres, mais non. Il était soulagé qu'elle ait obéi.

Toute la journée, il avait travaillé sous le soleil brûlant, essayant de se vider l'esprit. Il avait quasiment creusé jusqu'en enfer, jetant sans relâche des pelletées de sable et de terre par-dessus son épaule jusqu'à ce que son dos crie grâce. Et pour quel résultat ? Aucun : il pensait constamment à la jeune fille. Le souvenir des moments passés avec elle sur son lit, de ses seins magnifiques, de ses cuisses si douces ouvertes pour lui, de son corps qui vibrait d'un torride orgasme grâce à sa main, le hantait.

Puis les souvenirs s'étaient mués en fantasmes. Morgan ne se contentait plus de la soulager. Il lui faisait l'amour. Il lui embrassait le cou, la poitrine, le ventre avant d'enfouir la tête entre ses cuisses pour laper le nectar qui s'échappait de son sexe. C'était merveilleux mais insuffisant, avait-elle découvert. Alors elle l'avait supplié d'aller plus loin, de transgresser les interdits, de forcer les barrières qu'il avait érigées. Il avait cédé. Il lui avait largement écarté les jambes, s'était redressé avant d'enfoncer son sexe dans le sien, sans douceur. Elle en avait eu les larmes aux yeux. De bonheur. Mais aussi de douleur, une douleur qui s'était éteinte comme par enchantement en quelques instants. Elle avait alors appuyé à deux mains sur ses reins, lui faisant comprendre qu'il ne devait pas se modérer. Et il l'avait possédée frénétiquement, sauvagement. Ils avaient atteint ensemble l'orgasme et il avait libéré en elle sa semence dans un long râle.

Un rêve éveillé auquel, à peine dissipé, avait succédé un autre rêve. Il l'avait de nouveau prise, martelée de coups de boutoir, dans toutes les positions imaginables.

Un barbare. McKinnon, tu es un barbare.

Il dut faire appel à toute sa volonté pour détourner le cours de ses pensées, oublier Amalie ne fût-ce qu'un instant. Il saisit le bougeoir posé sur une console et l'apporta dans le bureau de Bourlamaque dont la porte était, comme d'habitude, ouverte. Il plaça le bougeoir sur l'écritoire et trouva rapidement le dernier paquet de dépêches émanant de Montcalm. Il commença à lire.

Dans la première lettre, Montcalm parlait tout d'abord de la famille et des amis. Puis il abordait la guerre.

Hélas, mon ami, nous avons appris que Wolfe entendait regrouper ses forces à Québec et faire le siège de la ville. Inutile que je vous précise le danger auquel nous allons devoir faire face. Ni les conséquences que ce siège implique pour la France. J'ai peur que, si nous perdons Québec, nous perdions aussi la Nouvelle-France. Donc, n'affrontez pas l'ennemi au fort Carillon mais conduisez vos hommes au fort Chambly et tenez votre position au nord du lac Champlain afin d'empêcher Amherst de rejoindre Montréal.

Lorsque Bourlamaque avait dit que le plus sûr serait de mettre Amalie à l'abri à l'abbaye, c'était à cela qu'il songeait : elle serait en sécurité pendant le voyage, car escortée par au moins cinq mille soldats français et Bourlamaque lui-même.

Morgan se sentit tout à coup soulagé. Amalie se trouverait bientôt loin de la frontière. Et de lui. Le temps qu'Amherst lance son armée contre Ticonderoga, le major McKinnon aurait depuis longtemps trouvé le moyen de rejoindre Fort Elizabeth. Ou de mourir lors de sa tentative d'évasion. Il n'irait pas vers le nord avec les Français.

La perspective de devoir un jour lancer ses rangers à l'attaque contre Bourlamaque et les autres occupants du fort le mettait à la torture. Tuer l'homme qui avait épargné sa vie...

Il y avait autre chose. Les Français étaient en train de perdre cette guerre, et Montcalm comme Bourlamaque le savaient. Le vent avait tourné et...

Un cri étouffé lui fit relever la tête.

Dans l'embrasure de la porte se tenait Amalie. En chemise de nuit, les pieds nus, les yeux écarquillés sous l'effet du choc.

— Que... que fais-tu, Morgan ?

Question superflue : Amalie voyait très bien ce qu'il faisait.

En culotte, torse nu, il était assis derrière l'écritoire de Bourlamaque et lisait sa correspondance privée à la lumière d'une chandelle. Mais comment était-ce possible ? Il ne comprenait pas le français ! À moins que…

— Non… souffla-t-elle.

Elle ne parvenait pas à y croire, ne voulait pas y croire. Hélas, la vérité lui sautait aux yeux.

L'homme qu'elle aimait était un traître.

Elle chancela. Elle avait l'impression que son cœur venait de se briser en mille morceaux. Le sang lui monta à la tête, l'étourdit. La peur déferlait en elle, la rendant muette.

— Va te recoucher, Amalie, lui lança-t-il d'un ton dur.

Il rangea prestement les lettres. Manifestement, il savait précisément comment Bourlamaque organisait ses papiers. Il était évident qu'il avait fait cela souvent.

Bougeoir à la main, il contourna la table et marcha droit sur Amalie, dardant sur elle un regard de fauve qui jaugerait sa proie.

Le cœur battant à tout rompre, elle recula dans le couloir. Un pas. Puis un autre, aux aguets comme si le diable la traquait. Morgan la suivit après avoir refermé sans bruit la porte du bureau. Il alla replacer le bougeoir sur la console. Son expression était indéchiffrable.

Amalie tourna les talons et partit en courant. Mais à peine avait-elle gravi une marche qu'il la ceinturait d'un bras autour de la poitrine et la plaquait contre lui. Il la bâillonna de la main pour bloquer le hurlement qu'elle s'apprêtait à pousser. Puis il la souleva. Ses pieds battirent frénétiquement l'air. Elle lui frappa les tibias. Il la porta jusqu'à sa chambre et ferma la porte derrière eux.

Mais il ne la lâcha pas. Au contraire, il resserra son emprise et lui chuchota à l'oreille d'une voix rageuse :

— Arrête de te débattre, sinon tu vas te faire mal.

Des mots qui attisèrent la colère d'Amalie. Elle rua de plus belle, le griffa, lui mordit la main. Dire que cet homme l'avait embrassée! Qu'elle l'avait laissé la toucher! Qu'elle avait pensé l'aimer!

— Nom d'un chien! rugit-il.

Elle sentait le goût du sang dans sa bouche. Il la jeta sur le lit, s'abattit sur elle et la maintint sur le dos, les bras bloqués en croix. Il l'empêchait de bouger de son seul poids.

Il était redevenu un étranger, un ennemi.

— Tu aurais dû rester dans ton lit, petite. Maintenant, qu'est-ce que je vais faire de toi?

Elle étouffait. Elle ne capta pas la menace que contenait l'intonation de Morgan.

— Bourlamaque t'a gracié et toi, tu l'as trahi! Tu m'as trahie!

— Oui, j'ai trahi Bourlamaque, et je le regretterai jusqu'à la fin de mes jours. Mais bien longtemps avant de lui jurer loyauté, j'ai fait un autre serment: être fidèle à mes frères et mes hommes! Aurais-tu préféré que je le rompe, que je trahisse les miens, que je tue ceux de mon sang? Tu as aimé ton père! Comme moi, je les aime!

Elle était consciente du conflit intérieur qui tourmentait Morgan, mais elle souffrait trop, était trop outragée pour s'en soucier. Des larmes brûlantes perlaient sous ses paupières.

— Tout n'était que mensonges, accusa-t-elle. Quand tu as prétendu avoir été forcé de servir les Anglais... quand tu as dit admirer M. de Bourlamaque...

— Non! Tout était vrai! Je préférerais servir Bourlamaque que ce bâtard de Wentworth, mais je ne puis mettre en péril mes rangers et mes frères. Je l'ai dit à Bourlamaque lorsque j'étais enchaîné dans la geôle. Mais il a choisi de ne pas entendre.

— Et tes sentiments pour moi, Morgan ? Ai-je, moi aussi, fait en sorte d'être trahie ?

À la façon dont les yeux de Morgan s'assombrirent, Amalie sut ce qu'il allait dire. Du moins le crut-elle car, au lieu de répondre, il la prit par surprise en l'embrassant.

Un baiser brutal. Sa langue força ses lèvres avec une virulence qui la fit trembler. Elle eut la sensation qu'il allait la dévorer. Elle aurait dû être folle de rage, révoltée, aurait dû détourner la tête et se défendre à coups de poing, de pied. Au lieu de cela, elle subit sans regimber l'assaut d'un désir fou et se découvrit totalement démunie.

Elle le haïssait, cet ignoble traître, et pourtant ses baisers la chaviraient. Quelle émotion dominait en elle ? Colère, appétit charnel, amour... Elle ne savait plus. Elles se bousculaient dans sa tête et son corps, l'une prenant le pas à la seconde où l'autre cédait. Arquée contre lui, elle lui rendit férocité pour férocité, mordant ses lèvres, sa langue, luttant pour prendre le contrôle de ce baiser. Il libéra ses poignets de son emprise. Elle aurait pu s'échapper, mais son corps se rendit. Les mains qui auraient dû gifler se plaquèrent sur la peau veloutée du dos, montèrent jusqu'à la chevelure soyeuse et l'agrippèrent à pleine poignée.

Amalie comprit alors qu'elle avait perdu la bataille.

Il lui aurait suffi de prononcer un mot pour qu'il soit remis aux Abénaquis, songea Morgan. Elle avait reçu un terrible choc. Elle avait quitté sa chambre pour venir le retrouver, et à quoi avait-elle eu droit ? Au spectacle de sa trahison. Mais apparemment, le démasquer en public ne la tentait pas. En revanche, faire l'amour, si. Eh bien, il allait lui donner ce qu'elle cherchait.

Il pressa les mains sur ses seins, sa bouche affamée sur les pointes, et les lécha jusqu'à déclencher des gémissements. Alors il abandonna les globes gonflés pour remonter la chemise, dénudant les hanches. Comme elle ne regimbait pas, il lui écarta les jambes et entreprit de caresser son sexe, le pouce sur le point magique, les autres doigts tournant autour. Son parfum de femme monta à ses narines. Les plis secrets s'épanouirent comme une fleur à l'aube. Il insinua le majeur et l'index dans son intimité, la découvrit lubrifiée, prête à l'accueillir. Elle était vierge, songea-t-il. Trop fugacement pour mettre un terme à ses caresses. Il avait atteint le point de non-retour. Il n'était plus maître de lui-même. Les petits cris que poussait Amalie achevaient de lui faire perdre la tête.

Jamais il n'avait contraint une femme. Mais le sang viking de sa mère brûlait dans ses veines, exigeait qu'il prît cette innocente sans plus de cérémonie, satisfasse ses besoins dévorants, encore et encore.

Un grondement monta de sa poitrine, plus animal qu'humain. Il embrassait alternativement les pointes de seins, pendant que ses doigts allaient et venaient dans le sexe, l'élargissant, le préparant pour sa venue, et Amalie tremblait, gémissait.

Il la fit taire en reprenant sa bouche, aspira l'air qu'elle exhalait, bougea la main de plus en plus vite, jusqu'à ce qu'elle jouisse. Son sexe se resserra, emprisonnant ses doigts. Il regretta que ce ne fût pas son pénis. Mais dans quelques instants…

Ce fut dans cette position que Bourlamaque les découvrit.

Morgan allongé sur Amalie, laquelle, les seins exposés, la peau luisant de transpiration, la tête renversée en arrière, râlait d'extase.

— Au nom du Ciel, que se passe-t-il ici ? tonna Bourlamaque.

Amalie cria d'effroi et se rajusta précipitamment. Morgan se plaça instinctivement devant elle pour protéger sa pudeur.

— Du calme, petite. Nous allons régler ça.

Rien n'aurait pu être plus faux. Mais il fallait tout de même tenter de réparer les dégâts. Car, en plus de devoir affronter la colère de Bourlamaque, Amalie connaissait dorénavant un terrible secret qui pouvait valoir la mort de son amant.

— Ne vous ai-je pas traitée avec autant de bonté que si vous aviez été ma propre fille ? Ne vous ai-je pas prodigué tout le réconfort possible ? Ne vous ai-je pas montré la plus grande considération ?

Conscient d'être toujours torse nu et en culotte, et de surcroît affligé d'une impressionnante érection, Morgan écoutait, les dents serrées, Bourlamaque faire la leçon à Amalie. Le commandant, en robe de chambre, s'exprimait en français. Amalie tremblait devant lui, mais ne perdait pas une once de sa fierté. Le menton bien haut, elle serrait étroitement autour d'elle la couverture avec laquelle Morgan lui avait enveloppé les épaules.

— Oui, monsieur, murmura-t-elle.

Elle n'avait, pour le moment, rien rapporté de ce qu'elle avait vu, mais Morgan se doutait que ce secret lui pesait. Il le voyait à la détresse sur ses traits, la raideur de son maintien, aux larmes qui brillaient dans ses yeux.

— Et vous ! continua Bourlamaque en s'adressant à Morgan, en anglais cette fois. Vous ! Ce matin même, ne m'avez-vous pas promis que vous ne la déshonoreriez pas ?

— Elle est toujours vierge.

Bourlamaque sursauta comme s'il venait de se faire insulter.

— Est-ce seulement cela que « déshonorer » signifie pour vous ? Prendre sa virginité ? Et la chasteté, capitaine, qu'en faites-vous ? La pureté ?

— Croyez-moi, monsieur, lorsque je vous affirme que je n'imaginais pas que ceci pourrait arriver ce soir. Je n'entendais pas salir…

— C'est moi qui suis allée à lui, monsieur ! coupa Amalie. Je lui ai fait des avances alors qu'il m'avait priée de m'en abstenir.

Interdit, Morgan la regarda. Elle lui rendit son regard, et il sut alors qu'elle ne révélerait pas sa trahison à son tuteur. Pourquoi, cela lui échappait. Il ressentit un infini soulagement : il n'allait pas finir sur un bûcher dressé par les Abénaquis. Mais aussi une immense tristesse : Amalie portait désormais le poids de son secret, et de ce fait celui de la culpabilité.

— Est-ce vrai, monsieur ? lui demanda Bourlamaque.

Morgan hésita. Il aurait voulu protéger Amalie de la honte. Mais il était impossible de revenir sur sa déclaration.

— Oui, monsieur.

Le regard de Bourlamaque passa de Morgan à Amalie. Il serrait les mâchoires et une étrange lueur brillait dans ses yeux.

— Amalie, vous avez enfin fait votre choix. Vous épouserez le capitaine McKinnon dès que les arrangements auront été faits. Comprenez-vous ? Tous les deux ?

Quelques instants durant, Morgan crut avoir mal compris. Amalie également, semblait-il, car elle bredouilla :

— Que je… l'épouse ? Mais je…

Elle s'interrompit, baissa la tête, et souffla :

— Oui, monsieur, j'ai compris.

Le mariage eut lieu trois jours plus tard, un délai dû au tailleur de Bourlamaque qui s'était plaint de n'avoir pas la compétence pour confectionner des toilettes de femme. Il avait donc pris son temps. Bourlamaque n'avait pas regardé à la dépense. Le fort tout entier avait travaillé à l'organisation. Les hommes avaient été ravis de se consacrer à autre chose qu'à des préparatifs de guerre.

Amalie aurait voulu être aussi heureuse qu'une mariée peut l'être, mais elle avait le cœur lourd : l'union qu'elle s'apprêtait à contracter était loin d'être basée sur l'amour que ses parents avaient connu. Son futur n'avait pas envie de la conduire à l'autel, et il était un espion anglais. Il n'avait pas encore communiqué de secrets français à son camp, simplement parce qu'il n'en avait pas eu la possibilité. Mais il comptait bien le faire un jour ou l'autre, ce qui impliquait qu'il s'évade.

Amalie craignait de ne profiter de son époux que très peu de temps.

Elle aurait pu le dénoncer à Bourlamaque, dire ce qu'elle avait vu, mais elle savait que si elle le faisait, Bourlamaque ordonnerait qu'il soit exécuté. Elle aimait trop le ranger pour le livrer à pareil sort. En dépit de l'ignominie qu'il avait commise, elle ne pouvait s'y résoudre.

Rongée par la culpabilité, sa loyauté mise à mal, elle avait versé un océan de larmes, regrettant de toute son âme de s'être levée cette nuit-là, d'avoir quitté sa chambre, d'être entrée dans le bureau.

Elle voulait parler avec Morgan, lui demander des explications. Mais Bourlamaque les gardait séparés : il obligeait Morgan à travailler dur toute la journée et à dormir dans sa chambre en laissant la porte ouverte.

Le jour venu, Amalie se retrouva donc au bras de son tuteur, vêtue d'une magnifique robe de soie ivoire, conduite dans une chapelle bondée d'officiers. Morgan l'attendait devant l'autel en uniforme de parade, et il était d'une beauté époustouflante. Il affichait la mine du promis ravi de devenir un mari.

Il prit à Bourlamaque la main d'Amalie, la rassura d'un sourire. Ses yeux bleus étaient pleins de tendresse, sa main ferme et chaude. Mais lorsqu'il jura, de sa voix profonde qui monta jusqu'à la voûte de la chapelle, de l'aimer, la respecter et la chérir, elle entendit d'autres mots.

— *Oui, j'ai trahi Bourlamaque, et je le regretterai jusqu'à la fin de mes jours. Mais bien longtemps avant de lui jurer loyauté, j'ai fait un autre serment : être fidèle à mes frères et mes hommes !*

Elle pria. Pour un miracle.

20

— Félicitations pour votre mariage et votre intégration à notre armée, capitaine McKinnon !

Le jeune adjudant, dont le nom échappait à Morgan, s'exprimait en anglais avec un accent très marqué.

Il leva son verre de cognac.

Morgan hocha la tête et leva son verre à son tour.

— Merci, monsieur.

Il en était allé ainsi toute la soirée. Une mer d'hommes en uniforme avait déferlé par vagues pour le féliciter de sa bonne fortune. Quelques-uns avec sincérité, d'autres nettement moins. Il avait entendu à plusieurs reprises :

— Pourquoi lui, un étranger, a-t-il épousé la fille du major Chauvenet alors que ce sont ses rangers qui l'ont tué ?

— Le lieutenant Rillieux avait demandé sa main, et il a été éconduit illico !

L'absence de Rillieux lors de la cérémonie et ensuite à la réception n'était pas passée inaperçue. Morgan ne s'en était pas étonné. Rillieux était un homme fier, pas du genre à accepter la défaite de bonne grâce. Il n'aurait pas supporté de voir celle qu'il convoitait épouser un homme qu'il haïssait. Morgan n'était pas dupe de ses sourires et de ses manières amicales. Rillieux n'oubliait ni ne pardonnait.

— Félicitations! lança un sergent au visage piqueté de taches de rousseur en souriant largement.

— Vous êtes un veinard, capitaine McKinnon, renchérit un jeune sous-lieutenant. Vous avez cueilli la plus belle des fleurs.

Un adjudant se rapprocha pour souffler, avec une mine de conspirateur:

— Ici, au fort Carillon, elle était la seule fleur qui n'ait pas été cueillie, n'est-ce pas?

Morgan rit de concert avec eux, alors qu'il n'avait qu'une envie: grincer des dents.

— Je suis effectivement un veinard, accorda-t-il.

Mon Dieu, qu'Amalie avait été une belle mariée! Lorsqu'il l'avait vue dans sa robe blanche, il en avait eu la respiration coupée. Elle était venue à lui tel un ange. Les officiers l'avaient regardée avec émerveillement et regret. Même les catins, qui se tenaient à distance pour observer avec envie ce qu'elles ne seraient jamais, à savoir des mariées vierges, avaient semblé sous l'enchantement.

Morgan avait lu l'anxiété sur le visage d'Amalie quand elle s'était approchée de lui. Il avait compris que sa peur n'était pas due à la perspective de la nuit de noces, mais qu'elle s'inquiétait à cause de ce qu'elle savait. Soucieux de ne pas lui faire honte devant les hommes, il s'était montré parfaitement courtois, un vrai gentilhomme. Tout en n'oubliant pas un instant qu'il allait bientôt la blesser irrémédiablement.

Elle s'était retirée dans sa chambre, *leur* chambre, une heure auparavant, avec la jeune aide de cuisine élevée au rang de camériste pour la soirée. Il avait eu pitié d'elle en notant son expression navrée, alors qu'elle aurait dû irradier de bonheur. Elle était une femme seule dans un univers d'hommes, sans bonne pour l'aider à se préparer pour la nuit, ainsi que toute jeune épousée se devait d'en avoir une. La fille de cuisine allait assumer ce rôle tant bien que mal.

Va la retrouver.

Un ordre qui avait jailli de son esprit, alors qu'il se trouvait au milieu des conversations d'hommes, de leurs rires parfois graveleux, de la musique des violons. Plus entêtant que les vapeurs de l'alcool, il retentit dans sa poitrine, son sexe, qu'il fit gonfler. Une promesse du plaisir qu'il retirerait des soupirs d'Amalie, de ses caresses, de son incomparable douceur féminine.

Va la retrouver.

Peu importait que le corps exquis d'Amalie soit désormais sien, il ne lui ferait pas l'amour. Il ne le pouvait pas. Il ne prendrait pas sa virginité, de peur de lui donner un enfant alors qu'il allait s'enfuir à l'aube. Mieux valait la laisser intacte. Ainsi, elle pourrait demander une annulation après son départ, être de la sorte libre de se marier à un homme qui la mériterait. C'était la seule chose honorable qu'il pût faire.

Le problème, c'est qu'il se défiait de lui-même. S'il l'approchait, après l'avoir désirée tant de jours durant, l'avoir passionnément embrassée, avoir été autant affamé d'elle, il craignait de succomber.

Il resta figé, le regard rivé sur le parquet du salon de Bourlamaque, au milieu des joyeux convives de la noce.

Va la retrouver.

— Voilà donc le marié qui boit du cognac longtemps après que sa femme est allée au lit !

Rillieux s'était frayé un chemin dans la foule jusqu'à Morgan. Impeccablement habillé, il le toisait d'un air narquois.

— Si elle était ma femme, poursuivit-il, il y a un sacré moment que je l'aurais rejointe !

Des cris d'approbation et des rires s'élevèrent.

— Aucun homme ne devrait bousculer une femme sous prétexte que la passion l'anime, répliqua Morgan en souriant.

— Il peut aussi avoir peur de n'être pas à la hauteur.

L'assemblée s'esclaffa, et l'ambiance générale tourna à la paillardise.

— Vous, les Français, combattez avec des sabres. Nous, les Highlanders d'Écosse, nous servons de claymores, clama Morgan. Et elles ne nous trahissent jamais !

L'hilarité s'amplifia, rompue par quelques cris de protestation.

Tout amusement disparut du visage de Rillieux. Ses yeux trahissaient la haine qu'il s'était jusque-là efforcé de dissimuler.

— Nous, les Français, avons la réputation d'être les meilleurs amants alors que vous, les Écossais, rétorqua-t-il en crachant le mot, êtes connus pour être des puritains coincés.

Il n'y eut pas de rires. Seulement un silence glacial.

— Vraiment, lieutenant Rillieux ? Dans ce cas, rappelez-vous ceci : dans un fort rempli de Français, la jeune fille a choisi l'unique Écossais.

Sur ces mots, Morgan tourna les talons et se dirigea vers sa chambre, vers sa femme qui l'attendait.

Quand viendrait-il la rejoindre ? se demandait Amalie, assise au bord du lit. Les rires des hommes, le son des violons traversaient les murs. Peut-être n'aurait-elle pas dû renvoyer Thérèse si rapidement. Il était si dur d'être seule en ces instants…

La petite servante lui avait préparé un bain, parfumant l'eau de pétales de roses et de brins de lavande. Elle lui avait brossé les cheveux jusqu'à ce qu'ils brillent. Puis elle l'avait aidée à enfiler sa chemise de nuit, un vêtement superbe de soie blanche d'une légèreté arachnéenne.

— Il ne pourra penser à autre chose qu'à vous, madame. Oh, comme je vous envie! Un homme aussi beau et viril que le capitaine McKinnon! Avez-vous remarqué qu'il n'a pas détourné les yeux de vous de toute la journée? Il vous aime, madame.

Amalie avait souri alors qu'elle n'avait qu'une envie: pleurer. C'était exact, Morgan s'était montré charmant, attentionné, galant. Un mari parfait. Mais elle savait qu'il ne l'avait épousée que parce que Bourlamaque l'y avait contraint. Oh, il l'appréciait beaucoup, la désirait. Elle s'en était bien rendu compte à la façon dont il lui parlait, la protégeait, l'embrassait et lui donnait du plaisir.

Mais il ne l'aimait pas.

Pire, il avait trahi le roi de France. Elle avait espéré que ce mariage le dissuaderait de concrétiser sa trahison, mais dans son cœur elle savait qu'à la première occasion, il la quitterait. Il risquerait sa vie pour rejoindre ses frères et les rangers. Ensuite, il prendrait les armes contre tous les hommes qui, en ce moment, buvaient à sa santé.

Comment parvenait-elle à l'aimer encore après tout ce qu'il avait fait? Il avait tiré avantage de la grâce accordée par Bourlamaque, grâce qu'elle lui avait obtenue, pour espionner l'homme qui s'était montré si magnanime. Il avait menti en prétendant ne pas parler français, la laissant jouer les institutrices.

Il était un ennemi.

Mais pas seulement.

Il était aussi un homme bon, à la droiture inébranlable, elle l'avait constaté à plusieurs reprises. Lorsqu'il l'avait protégée de Rillieux. Ou bien quand il s'était agenouillé pour prier, le jour où il avait enterré les restes de son ami. Son chagrin aurait été allégé si elle avait pu le haïr ou être en colère contre lui, mais comment lui en vouloir d'être loyal envers les siens ?

Elle marcha jusqu'à la fenêtre, l'ouvrit en grand et inspira l'air chaud de la nuit, essayant de calmer le tumulte qui l'agitait. Ce n'était pas seulement la trahison de Morgan ou le mariage qui lui avaient mis les émotions à fleur de peau. C'était aussi l'angoisse au sujet de ce qui allait se passer dans ce lit cette nuit.

Le cher M. de Bourlamaque l'avait prise à part et, rouge jusqu'à la frange de sa perruque poudrée, il lui avait assuré qu'elle n'avait rien à craindre de l'acte nuptial, car Morgan lui enseignerait tout ce qu'elle avait besoin de savoir.

— Ce qu'il semble avoir déjà commencé à faire, avait-il conclu, les sourcils froncés.

Là, c'était Amalie qui s'était empourprée.

Thérèse s'était montrée un peu plus utile, mais moins rassurante.

— Maman m'a dit que ça ne faisait mal que la première fois.

Les voix d'hommes montèrent brusquement en intensité, la chambre fut soudain illuminée, puis sombre de nouveau. La porte avait été ouverte et refermée.

Il était là.

Elle garda les yeux sur les étoiles, oppressée, respirant avec peine. Si elle se retournait, elle serait face à lui. Et face aux réponses à toutes ses questions informulées.

— Amalie ? Petite ?

Sa voix était aussi profonde que la nuit.

Amalie entendit le bruissement de doigts sur des boutons, puis un froissement de tissu. Il retirait sa redingote et son gilet. Ses bottes tombèrent par terre dans un bruit sourd. Puis il y eut le raclement d'une étoffe épaisse sur laquelle on tirait : sa culotte. Enfin, des pas sur le parquet.

Elle sentit la chaleur de son corps avant qu'il ne pose les mains sur ses épaules. Il les fit glisser le long de ses bras nus, pressa les lèvres sous son oreille. Elle ferma les yeux.

— Ton cœur bat comme un oiseau sauvage en cage, petite.

Il lui frôla le cou du bout des lèvres. Son haleine était parfumée au cognac.

— Qu'est-ce qui te fait peur ? demanda-t-il.

— Demain, souffla-t-elle.

— Ne t'inquiète pas à propos de demain. Nous devons d'abord affronter cette nuit.

— Es-tu en colère contre moi ?

— C'est toi qui devrais être en colère contre moi, non ? répliqua-t-il dans un français parfait, preuve finale de sa traîtrise.

— Oui, dit-elle en se retournant.

Elle constata que, contrairement à ce qu'elle avait cru, il portait encore sa culotte.

— Pourquoi, Morgan ? Pourquoi ? Je te croyais heureux ici ! Je pensais que tu étais fier de te battre au nom d'un souverain catholique !

— J'appartiens à mes frères, répondit-il, le regard triste et plein de regret. Mais toi, dis-moi : pourquoi n'as-tu rien révélé à Bourlamaque ?

— Je ne voulais pas te voir pendu, ni remis à mes cousins pour qu'ils te brûlent.

Pendant un moment, ils restèrent silencieux. Les bruits de la fête flottaient dans la brise nocturne.

— Ne pourrais-tu persuader tes frères de se rallier à nous, Morgan ?

Elle se sentait puérile, mais tant pis. Il fallait qu'elle pose toutes les questions qui la hantaient, qu'elle comprenne.

Morgan prit une profonde inspiration, lui caressa la joue du bout de l'index, puis expliqua :

— Iain, mon frère aîné, est marié à une aristocrate dont la famille est loyale au roi d'Angleterre depuis très longtemps. Il a un fils, Iain Cameron. Connor, mon cadet, n'a guère de souvenirs de l'Écosse. Pour lui, les Français sont d'impitoyables ennemis car il les a vus agir dans ce pays. Jamais il n'abandonnerait Iain ni les rangers. Quant à Joseph et ses Muhheconneoks, ils sont fidèles à l'Angleterre depuis le début, et donc les Français les exècrent. Ils ne se rallieront jamais à eux. Je ne puis changer de camp, Amalie. Il m'est impossible de combattre aux côtés de ceux qui font la guerre aux êtres que j'aime.

Et moi, m'aimes-tu ?

Une question qu'elle ne formula pas, suscitée par le désespoir.

— Il n'y a donc rien que je puisse faire pour te convaincre de rester, Morgan ?

Il l'embrassa sur le front, puis la serra plus étroitement dans ses bras.

— Non, petite. Cette guerre nous sépare. Nous ne l'avons pas commencée et, hélas, ne pouvons l'arrêter. Nous n'avons pas demandé qu'elle soit déclarée, mais ce n'est pas en souhaitant qu'il en soit autrement que nous changerons quoi que ce soit.

C'était si vrai qu'Amalie en eut les larmes aux yeux.

— Quand iras-tu les rejoindre, Morgan ?
— Bientôt.
— J'ai peur que tu te fasses prendre. Ou tirer dessus.
— Chuuut... Je n'arrive pas à te tenir dans mes bras et parler de guerre. Sais-tu ce que j'ai pensé en entrant dans la chapelle, ce matin ? J'ai prié. « Mon Dieu, aide-moi à parler quand sera venu le moment de prononcer les vœux sacrés du mariage. Tu m'as envoyé l'un de tes anges, et sa beauté me

rend muet car jamais il n'y a eu sur terre plus belle épouse qu'Amalie. »

Elle essaya de sourire.

— Toi, tu étais superbement viril et beau dans ton uniforme d'officier.

Il prit le visage d'Amalie entre ses mains et, profondément ému, plongea son regard dans le sien.

— Il faut me croire lorsque je te dis que je n'ai pas une seule seconde voulu te faire du mal. S'il existait un moyen de rester auprès de toi, je resterais. Tu es la femme dont rêvent tous les hommes. Permets-moi de te donner un peu de bonheur ce soir, et ne pense pas à demain.

Les larmes roulant sur ses joues, Amalie se dressa sur la pointe des pieds et posa les lèvres sur celles de Morgan.

Amalie s'endormit, nichée contre la poitrine de Morgan qui lui caressait les cheveux tout en humant le parfum qui s'en exhalait. Il s'était fait violence pour parvenir à lui dire tout ce qu'il estimait nécessaire : qu'il n'attendait pas d'elle qu'elle lui reste fidèle après son départ.

— Quand je ne serai plus là, demande à Bourlamaque d'engager une procédure d'annulation puisque le mariage n'aura pas été consommé. Ainsi, tu pourras te remarier sans problème.

Il ne s'était pas rendu compte que sa suggestion avait amené de nouvelles larmes aux yeux d'Amalie.

Longtemps, il la tint contre lui et la regarda dormir, savourant ce moment, mémorisant son parfum, le dessin de son corps voluptueux, les traits délicats de son visage. Après cette nuit, il ne la reverrait probablement jamais. Il allait retrouver les rangers et les dangers des batailles, elle, la tranquillité et la sécurité de l'abbaye, et chacun attendrait de son côté la fin de la guerre. Mais lorsque assez de sang aurait été versé, lorsque les Anglais auraient gagné – car il était certain qu'ils seraient vainqueurs –, que se passerait-il ?

La frontière connaîtrait la paix, il serait enfin libre de laisser les tueries derrière lui et de revenir à la ferme McKinnon pour y travailler la terre avec ses frères. Mais la victoire anglaise aurait de terribles conséquences pour les Français. Les Anglais entendaient s'approprier les terres au profit de leur roi allemand. Autoriseraient-ils les Français de Québec et Montréal à rester, ou les expulseraient-ils comme ils avaient expulsé les malheureux Acadiens ?

Une vision lui traversa l'esprit. Amalie seule au monde, loin de Bourlamaque, arrachée à la quiétude de l'abbaye par des soudards anglais haïssant les catholiques, qui trouveraient distrayant de violer une femme chaste.

Il fit un vœu.

S'il survivait, à la fin de la guerre, il serait là pour protéger Amalie.

Parce qu'il l'aimait.

Une pensée qui le frappa comme un coup de poing au plexus.

Cet amour n'était-il pas né alors qu'il était enchaîné et avait trouvé Amalie auprès de lui en reprenant conscience ? Quelle malice du sort... Lui qui avait fait l'amour à tant de femmes sans en aimer aucune, avait fondu pour une vierge française, fille de l'ennemi, une femme qu'il ne pouvait avoir ! Par Dieu, il l'aimait à la folie et la laisser derrière lui le mettait au supplice. Mais à quoi bon se désoler ? Il ne pouvait rester.

Une petite voix dans sa tête lui serinait : « Quel mal y aurait-il à attendre une nuit de plus ? une semaine ? une quinzaine de jours ? »

Non. S'il restait ce soir, et demain encore, il perdrait toute volonté. Il ne s'en irait plus.

Alors il sortit du lit, s'habilla, ferma son paquetage et s'obligea à ne songer qu'à son plan. Il s'esquiverait dans l'ombre jusqu'à la poterne, et franchirait la grille lorsque la sentinelle serait aux latrines. Deux soldats se relayaient au poste de garde. Il ferait en sorte de n'en tuer aucun. Puis il gagnerait la rive du fleuve, à l'endroit où il s'était fait tirer dessus. À partir de là, il serait libre, à condition que personne ne l'ait vu du haut des remparts et n'ait donné l'alarme. Dès qu'il aurait atteint la forêt, il serait sauvé : ils seraient incapables de suivre sa trace.

Il chargea son pistolet et son fusil, et glissa sa longue épée dans les sangles du harnais. Il était redevenu un ranger, l'uniforme français mis à part.

Il revint près du lit à pas de loup et contempla Amalie, le cœur gonflé de chagrin et de regrets.

Il avait donné à cette femme tout l'amour qui était en lui, sans prendre sa virginité. Il l'avait déshabillée, portée sur le lit, cajolée, embrassée, caressée jusqu'à ce qu'elle jouisse encore et encore. Puis il avait attendu qu'elle s'endorme entre ses bras, pantelante et comblée.

Tout mon amour est à toi, Amalie.

Il fit passer son rosaire aux perles et à la croix de bois par-dessus sa tête et le posa dans la paume de la jeune femme. Puis il plaça son écharpe de tartan aux couleurs du clan des McKinnon sur l'oreiller, à côté de sa joue. Il espérait qu'elle comprendrait ce que ce geste signifiait.

Il effleura son front d'un baiser et se résolut enfin à aller vers la fenêtre. La sentinelle était à son poste habituel, endormie. Le ciel était clair, la lune haute. Il posa le pied sur l'appui, se retourna pour regarder Amalie une dernière fois, la caresser du regard. Elle semblait si paisible, si sereine dans l'abandon bienfaisant du sommeil.

Le coup arriva par-derrière. Une douleur térébrante éclata dans son crâne, une lueur aveuglante effaça ses pensées.

Puis il sombra dans les ténèbres.

21

Amalie ouvrit les yeux, incapable de déterminer ce qui l'avait réveillée.

— Morgan?

Elle sentit quelque chose dans sa main. Le rosaire. Et, sur l'oreiller, l'écharpe de plaid.

Morgan était parti.

Elle serra les deux précieux objets sur sa poitrine et se mit à sangloter. Oh, elle savait qu'il s'en irait... mais pas si tôt!

Elle comprit alors qu'il lui avait dit adieu en lui faisant l'amour avec une passion confinant au désespoir. Il l'avait fait jouir jusqu'à ce qu'elle tombe d'épuisement. Mais il avait refusé d'enlever sa culotte, refusé qu'elle le touche, et refusé de venir en elle.

Mon Dieu, comme elle souffrait...

Recroquevillée sur elle-même, elle tentait de contenir cette douleur qui la dévastait, quand elle entendit un bruit étrange. Une sorte de grognement. Qui provenait de l'extérieur.

Le cœur battant, elle s'assit puis se figea: elle était nue. Elle mit le rosaire autour de son cou puis enfila précipitamment sa chemise, habitée par la désagréable impression d'être observée.

— M... Morgan?

Pas de réponse.

Elle se leva et marcha sur la pointe des pieds jusqu'à la fenêtre, l'écharpe de plaid à la main. Elle se pencha et regarda dehors. Son sang se glaça.

Dans l'ombre, Tomas et Simon charriaient un homme sans connaissance. Morgan ! La sentinelle gisait par terre, non pas endormie, mais morte : sa tête formait un angle trop anormal avec son cou pour qu'elle fût encore en vie.

Elle ouvrait la bouche pour hurler lorsqu'elle sentit quelque chose de froid contre sa gorge.

— Pas un bruit !

Rillieux ! Qui l'attrapa par la taille, la fit basculer brutalement par-dessus l'appui et plaqua la main sur sa bouche. Puis il la détailla de la tête aux pieds d'un œil luisant de haine et de concupiscence.

— Désolé d'interrompre votre nuit de noces, ma délicieuse petite putain, mais si je me fie à ce que j'ai entendu, vous avez eu votre content de plaisir conjugal. Toutefois, il semblerait que votre époux ait été pressé de quitter votre couche.

Il écoutait par la fenêtre ? Il regardait, aussi. Elle n'avait donc pas rêvé quand elle avait eu l'impression qu'on l'observait. Une vague de bile lui monta aux lèvres.

Rillieux lui arracha le plaid et en fit un bâillon qu'il noua derrière sa tête, la réduisant au silence. Ceci fait, il se tourna vers Simon et Tomas.

— Il faut que vous l'emmeniez avec vous vers le nord. Nous ne pouvons pas laisser de témoin.

L'emmener vers le nord ? À Oganak ? se demanda Amalie, éperdue.

Tomas et Simon se consultèrent du regard, puis firent un signe de tête à Rillieux. Non, mon Dieu, non ! Ils allaient conduire Morgan à Oganak où ils le tortureraient avant de le brûler vif ! Et ils allaient la contraindre à assister à cela !

Elle supplia Tomas du regard, mendiant son aide, mais il se détourna. Puis Rillieux lui agrippa le bras et le coinça violemment dans son dos avant de la forcer à marcher devant lui. Seigneur, que Morgan se réveille… Que Morgan se réveille…

Mais il était totalement inerte. Il lui suffit de poser les yeux sur le tomahawk accroché à la ceinture de Tomas pour comprendre pourquoi.

Il n'allait pas mourir, n'est-ce pas ? Mon Dieu, faites qu'il ne meure pas…

Ils atteignirent la grille de la poterne. Tomas et Simon les précédaient, l'un tenant les bras de Morgan, l'autre les jambes. Son paquetage était désormais sur le dos de Tomas. En dépit de la chaleur estivale, Amalie frissonna. Mi-portée, mi-traînée par Rillieux, le sol inégal meurtrissait ses pieds nus, ses foulées ne s'adaptaient pas à celles, longues et déterminées, du lieutenant. Elle priait pour que quelqu'un les voie et déclenche l'alarme. En vain.

Comment Rillieux envisageait-il de gérer cette situation ? Bourlamaque enverrait des troupes à leur recherche, Rillieux serait pendu pour enlèvement, ainsi que Tomas et Simon.

À condition que M. de Bourlamaque sache qu'elle avait été enlevée.

La tête lui tourna lorsqu'elle comprit : son tuteur ne le saurait pas ! La fenêtre ouverte, Morgan parti en emportant son paquetage, la sentinelle tuée… Bourlamaque penserait que le ranger s'était évadé en l'emmenant avec lui. S'il envoyait des troupes, ce serait vers le sud et non le nord, dans l'espoir de capturer le renégat en route pour Fort Elizabeth.

Rillieux s'arrêta brusquement, puis appela :
— Marquet ! Renaud !

Les deux hommes de garde à la poterne sortirent de l'ombre.

— Je constate que ça a marché, dit l'un.

Doux Jésus, ces soldats faisaient donc partie du complot ? se demanda Amalie. Sans doute. Morgan l'avait prévenue : même si Bourlamaque l'avait accepté, nombreux étaient ses hommes à le considérer toujours comme un ennemi.

— Vous n'aviez pas parlé d'elle ! remarqua l'une des sentinelles en découvrant Amalie. Êtes-vous fou ? Elle est la pupille de Bourlamaque ! Il vous tuera ! Reconduisez-la, lieutenant.

L'espoir fut de courte durée pour Amalie. Rillieux rétorqua immédiatement :

— Elle n'est plus la pupille de Bourlamaque, mais la catin de McKinnon ! Si je la laisse ici, elle racontera tout, et vous vous retrouverez en cellule avec moi. Alors laissez-nous passer avant que quelqu'un nous voie !

Amalie se débattit, mais Rillieux la maintenait solidement. Le bâillon muselait ses cris. Elle agitait les mains, cherchant à griffer, sans parvenir à atteindre son ravisseur.

La sentinelle ne bougea pas.

— Regardez-la ! Cette pauvre petite est terrifiée.

— Elle a peur pour le fils de pute qu'elle a épousé, pas pour elle-même. Ces deux hommes sont ses cousins, et je l'envoie dans le nord vivre avec eux. Elle y sera en sécurité. Maintenant, Renaud, ôtez-vous de mon chemin, c'est un ordre !

La sentinelle hésita, puis fit un pas de côté.

— Je n'aime pas ça.

Le groupe passa devant Renaud et, quelques instants plus tard, fut hors du fort et se hâta vers la rive du fleuve.

À peine s'étaient-ils engagés sous le couvert des arbres qu'Amalie entendit des voix. Une douzaine d'hommes sortirent de l'ombre, figures et poitrines couvertes de cendres noires.

Les Abénaquis. Le peuple de sa mère.

Le cœur au bord des lèvres, tremblante de terreur, elle les vit saluer Tomas et Simon, qui laissèrent tomber Morgan sur le sol puis le regardèrent comme s'il s'agissait de la dépouille d'un cerf abattu. Des sourires se dessinèrent sur leurs visages et ils se mirent à discuter de leur haut fait. Du moins était-ce l'impression qu'avait Amalie, sa possession de la langue abénaqui se réduisant à quelques mots.

— Venez, lui souffla Rillieux à l'oreille, j'aimerais vous parler avant que vous n'entrepreniez ce long voyage.

Il l'entraîna à l'écart, derrière un bosquet, hors de portée des oreilles des Indiens. Mais Amalie comprit très vite qu'il avait autre chose en tête que lui parler. Il l'attira brutalement contre lui, une main pressée sur un sein, l'autre fouillant sous sa chemise de nuit, entre ses cuisses.

— Ah... Toujours mouillée, hein? Putain! grogna Rillieux en la projetant par terre.

Elle tomba à quatre pattes, tenta de se relever, mais il se jeta sur elle et son poids l'obligea à s'allonger à plat ventre. Elle sentait son sexe dur plaqué sur sa hanche.

— Vous auriez dû me choisir, Amalie.

Son haleine était aigre, ses favoris lui meurtrissaient les joues.

— De toute façon, poursuivit-il, maintenant je vais prendre ce que je convoitais.

Il se redressa et Amalie comprit, en entendant un bruit d'étoffe, qu'il se défaisait de sa culotte. Épouvantée, elle roula sur le dos et rua frénétiquement à l'aveuglette, le frappant aux épaules, à la poitrine, à l'estomac. Il grognait de douleur et jurait. Elle ne se laisserait pas violer sans combattre!

Elle ôta son bâillon et hurla.

— Morgan!

— Petite pute ! éructa Rillieux en lui assenant un coup de poing en pleine face, puis un autre, et un autre encore.

La douleur la tétanisa. Elle se crut sur le point de s'évanouir. Elle n'eut pas la force de résister quand il lui écarta les jambes.

Quelque chose d'étrange survint alors.

Il lui sembla voir Morgan dans le buisson. Il fixait Rillieux, une haine létale dans les yeux. Son visage baigné de sueur était marqué de peintures guerrières. Entre ses dents, il serrait un long couteau.

— Morgan ?

Hélas, il ne s'agissait que d'une illusion. Rillieux émit un grognement, et soudain ce fut Simon qui se pencha sur elle.

— Viens, cousine.

Il lui prit la main, l'aida à se remettre debout. Il lui fit contourner Rillieux qui était étendu par terre. Le lieutenant, la culotte abaissée jusqu'aux genoux, geignait en se tenant la tête.

Chancelante, désorientée, elle laissa Simon la ramener dans la clairière auprès des autres hommes, lesquels formaient cercle en chuchotant autour de quelque chose. L'un d'eux s'écarta légèrement, et elle vit ce dont il s'agissait.

Toujours inconscient, Morgan était ligoté sur un travois. Mon Dieu. Si elle ne parvenait pas à le libérer rapidement et l'aider à s'échapper, il serait jeté sur un bûcher dans le village de sa grand-mère maternelle.

La première pensée de Morgan fut qu'il avait bu trop de rhum. Un gong frappait dans sa tête, sa gorge semblait pleine de sable. Lorsqu'il ouvrit les yeux, tout tourna autour de lui. Les frondaisons de la forêt oscillaient sur un ciel noir.

Puis il entendit des voix.

— On pourra s'arrêter après le prochain marécage et laisser la fille se reposer.

— Si elle doit vivre avec nous, ma cousine a besoin d'être vigoureuse.

Ils parlaient en abénaqui. Morgan ne reconnut pas la première voix mais la seconde, si: c'était celle de Tomas, le cousin d'Amalie.

— Si elle est ta parente, pourquoi la fais-tu marcher au bout d'une corde, comme une esclave?

— Elle est la fille de la sœur de ma mère, mais elle est *aussi* la femme de celui-là. Si je la lâche, elle va essayer de l'aider.

— Qu'elle essaye! lança un autre en riant. On est trente-deux et elle n'est qu'une toute petite femme.

Lentement, le sens de ces mots pénétra l'esprit de Morgan.

Amalie?

Il redressa la tête et découvrit qu'il était attaché sur un travois. Des sangles lui blessaient les poignets et les chevilles. Un chiffon malodorant le bâillonnait. Deux guerriers le traînaient et une vingtaine d'autres l'encadraient. Tomas et Simon se trouvaient parmi eux.

Et derrière Tomas, marchait Amalie.

Il la conduisait comme un chien en laisse, un lien de cuir noué autour de son cou. Elle ne portait que sa chemise de nuit. La soie blanche était maintenant souillée de terre et d'herbe, mais révélait toujours davantage qu'elle ne cachait. Il percevait sa peur et son désespoir. Il comprit à ses pas mal assurés qu'elle était épuisée.

La rage qui monta en lui chassa le brouillard qui embrumait sa tête, le réveillant totalement.

Soudain, Amalie vacilla puis tomba dans un cri. Tomas s'arrêta, se retourna et lui cria:

— Relève-toi!

Un grand guerrier aux longs cheveux remonta à sa hauteur, l'air furieux, mais au lieu de molester Amalie, il écarta brutalement Tomas et lui prit la corde des mains.

— Je t'avais dit qu'elle avait besoin de se reposer! Que dirait ta mère si elle savait que tu traites la fille de sa sœur de cette façon, hein?

Il sortit son coutelas et trancha la corde.

— Tanial! Apporte-moi cette paire de mocassins que tu as en réserve! En échange, je te donne ma part du butin pris sur McKinnon.

Cette part était la flasque de rhum empoisonné.

Morgan observait ce qui se passait en rongeant son frein. Être réduit à l'impuissance le rendait fou de colère. Le grand guerrier glissa les mocassins sur les pieds d'Amalie, puis lui donna de l'eau de son outre personnelle tout en lui murmurant des paroles rassurantes en français. Il la regardait avec affection. Morgan était partagé entre deux envies: assommer l'Indien, et le remercier.

S'il devait mourir, Amalie aurait besoin d'un homme solide pour veiller sur elle.

— Merci, monsieur, dit-elle d'une petite voix effrayée.

— Il est réveillé! cria soudain le guerrier qui se tenait derrière Morgan.

Tous s'agglutinèrent aussitôt autour de lui et le regardèrent avec curiosité.

Ils étaient persuadés de l'avoir vaincu... Ils avaient tort de vendre la peau de l'ours avant de l'avoir tué. La route était encore longue jusqu'à Oganak.

— Laisse-moi lui donner à manger et à boire!

Amalie luttait pied à pied avec Tomas, tremblante de colère, une outre qui venait d'être remplie d'eau du fleuve à la main.

Ne leur montre pas que tu as peur, Amalie, songea-t-elle. Rappelle-toi ce que t'a dit Atoan.

Atoan, le grand Abénaqui, semblait avoir pris la jeune femme sous son aile : il l'avait détachée, lui avait mis les mocassins, offert de l'eau et de la nourriture, avait obligé les autres à faire une pause pour qu'elle se repose. Il lui chuchotait des conseils lors des passages difficiles, allant même jusqu'à la porter sur son dos pour traverser le fleuve.

— Les femmes abénaquis sont fortes, petite. Comporte-toi comme si tu n'avais pas peur et tout sera plus facile, lui avait-il dit.

Et elle essayait de suivre cette recommandation.

— M. McKinnon t'a sauvé la vie, Tomas. Aurais-tu oublié qu'il t'a donné son sang alors qu'il aurait pu prendre le tien ?

Les yeux de Tomas s'étrécirent et il s'empourpra, humilié. Pendant quelques instants, Amalie crut qu'il allait la frapper.

— Que raconte-t-elle, Tomawka ? s'enquit Tanial. Explique-nous.

Amalie dégagea son bras de l'emprise de Tomas et passa devant lui en le bousculant. Qu'il réponde donc aux épineuses questions de ses compagnons ! Elle marcha jusqu'au travois et fut soulagée de constater que Morgan était éveillé et alerte. Ses yeux flamboyèrent de rage lorsqu'il vit les traces de coups sur son visage. Il avait été assommé mais n'en gardait manifestement aucune séquelle.

Elle détendit son bâillon, puis l'abaissa carrément.

— Bois, Morgan.

Il but de longues goulées sans cesser une seconde de la regarder.

— Je te libérerai, lui souffla-t-elle. Dès que l'occasion se présentera, je couperai tes liens.

— Non ! chuchota-t-il avec véhémence. Trop risqué ! Ils s'en prendraient à toi. Qui t'a frappée ?

— Mange.
Elle lui glissa de petits morceaux de pemmican entre les lèvres. Mais l'horreur du souvenir lui fit monter les larmes aux yeux.

— Ce matin... Rillieux a tenté de... de me violer. Simon l'a arrêté.

Un muscle se mit à tressauter sur la joue de Morgan.

— Est-il mort ?
— Je ne sais pas.
— Il le sera, énonça Morgan d'un ton à faire froid dans le dos. Écoute-moi, petite. La flasque en métal contient du rhum empoisonné. Celui qui en boira mourra. N'y touche pas et empêche Atoan d'en boire. Il s'inquiète pour toi. Si je suis tué, il te protégera et...

Elle pressa les doigts sur ses lèvres, humecta le bâillon et s'en servit pour lui laver le visage.

— Tais-toi, Morgan. Ne dis pas des choses comme cela.

— Amalie, écoute-moi ! Nous sommes suivis. Si...

— Qu'est-ce que tu fais ? lança une voix grondante de colère.

Tomas avait surgi derrière la jeune femme. Elle finit d'essuyer le front de Morgan, puis se pencha et l'embrassa sur les lèvres. Tomas l'éloigna de force.

Ils marchaient dans la forêt. L'atmosphère s'était muée en touffeur maintenant que midi approchait. Des moustiques avides de sang frais les assaillaient. Une odeur de terre mouillée et de pourriture planait dans l'air. Amalie guettait les signes éventuels de leurs poursuivants, en vain. Aucun mouvement dans l'ombre, pas le moindre craquement de branche.

Morgan prétendait qu'ils étaient suivis. Peut-être le coup à la tête avait-il laissé des traces, finalement. Il souffrait d'hallucinations. Comme elle lorsque Rillieux l'avait agressée et qu'elle avait cru voir Morgan.

Tout en observant la forêt environnante, elle écoutait Tomas, Tanial et Atoan. Ils se disputaient à voix basse en abénaqui. Simon lui jetait des regards coupables.

L'aiderait-il ?

Elle se rapprocha de lui.

— Je ne t'ai pas remercié pour ce que tu as fait ce matin. Tu m'as sauvée de...

Un cri terrible monta de la forêt. Un hurlement sauvage qu'elle n'avait entendu qu'une fois dans le passé, un son qui lui glaça le sang.

— Amalie, à terre! lui ordonna Morgan.

Elle se jeta sur le sol à la seconde où, tout autour d'elle, le monde explosait dans un tonnerre de coups de feu. En un éclair, deux hommes, l'un très grand aux cheveux sombres, l'autre petit et coiffé d'un bonnet, jaillirent des buissons pour se ruer sur elle. Elle cria, se mit à genoux, animée d'une unique pensée: aller vers Morgan. Mais les deux hommes la bloquèrent et la tractèrent jusque derrière un arbre, comme s'ils cherchaient à la mettre à l'abri des tirs.

Le visage barré de vilaines cicatrices du petit homme se plissa de mécontentement.

— Dougie, espèce de gros lourdaud, tu lui as fait peur!

Le grand sourit à Amalie.

— Il ne faut pas avoir peur, petite. Je suis Dougie et le moche, c'est Killy. Nous sommes des rangers de McKinnon. On est là pour te protéger.

Au milieu des détonations assourdissantes et de l'odeur âcre de la poudre, Amalie adressa une succession de remerciements à Dieu, la Vierge, Jésus et tous les saints possibles et imaginables. Des larmes de soulagement roulaient sur ses joues : Morgan était sauvé !

Le silence de plomb qui suit une bataille était tombé sur la clairière. Une douzaine d'Abénaquis gisaient par terre. Leur sang attirait déjà les mouches. Le seul regret de Morgan était que Tomas fût parmi les victimes. Il espérait qu'Amalie ne serait pas trop triste.

Les rescapés, dont faisaient partie Simon et Atoan, avaient été regroupés et entourés des guerriers muhheconneoks de Joseph. Amalie était sous la protection de Dougie et Killy.

Toujours ligoté au travois, Morgan vit Connor traverser la clairière, la figure couverte de peintures de guerre, fusil à la main. Son cœur se gonfla d'allégresse. Il retrouvait son frère !

— Enfin ! s'exclama-t-il. Je commençais à croire que vous alliez nous suivre jusqu'à Oganak en vous roulant les pouces !

— Tu avais l'air content, avec ta jolie petite qui te donnait à boire, à manger, qui t'essuyait le front ! répondit Connor en tranchant les liens de cuir.

Morgan tendit la main. Connor l'aida à se mettre debout. Les deux frères s'étreignirent, incapables de parler tant leur émotion était grande. Des acclamations fusèrent. Des voix se mirent à scander à l'unisson :

— McKinnon ! McKinnon ! McKinnon !

Après une dernière tape affectueuse dans le dos, Morgan et Connor s'écartèrent l'un de l'autre. Morgan découvrit alors les traits tendus de son frère. Connor semblait plus âgé, usé par les soucis, que dans ses souvenirs.

— Je pensais t'avoir perdu, dit Connor d'une voix tremblée.

— Je ne suis pas aussi mort que j'en ai l'air.

Amalie arriva, les joues marquées de traînées de larmes. Elle fixait Connor, effarée.

— C'était vous ! Je vous ai vu !

— Qu'entends-tu par « Je vous ai vu » ? s'étonna Morgan.

Connor prit la main d'Amalie et la porta à ses lèvres.

— Oui, petite, c'était moi. Je suis désolé pour ce que tu as enduré aujourd'hui. Mais si l'Abénaqui n'avait pas réglé son compte au foutu salaud, je m'en serais chargé. Il ne te serait rien arrivé.

— Merci, fit Amalie en souriant à travers ses larmes. Mais comment avez-vous su… ?

— … que tu étais sous la protection du clan McKinnon ?

Connor retourna la main d'Amalie, sortit ce qui semblait être un chiffon de dessous sa chemise et le mit dans la paume de la jeune femme.

L'écharpe de plaid, en piteux état, de Morgan.

— Tu n'es pas une étrangère pour les McKinnon, petite. Je n'aurais jamais laissé quiconque te faire du mal.

Il se tourna vers son frère.

— C'est réglé, en ce qui concerne l'autre fumier. Je lui ai tranché la gorge pour en être sûr.

22

— Ainsi, Wentworth me considère comme un traître et un déserteur ? Je n'arrive pas à y croire ! s'exclama Morgan que l'ironie de la situation faisait rire.

— Et Amherst pense la même chose. Alors Wentworth nous a envoyés ici pour qu'on vérifie, répondit Connor avant de prendre une bouchée de lapin rôti. Mais s'imaginait-il que si tu étais un traître et un déserteur, j'allais le lui dire ? Je t'aurais simplement tué de mes propres mains.

Tous étaient réunis autour d'un petit feu et achevaient leur dîner de lapin et de pain de maïs cuit dans des feuilles de chou.

Sainte Vierge, comme ils lui avaient manqué ! songea Morgan.

Connor se rembrunit soudain.

— Si j'avais su ce qu'il y avait dans ces lettres de Montcalm, je les aurais brûlées au lieu de les remettre à Wentworth.

— Oublie ça. Tu n'avais aucune possibilité d'imaginer leur contenu.

— Je te croyais mort. Mon Dieu, que de sinistres journées !

Tous les hommes présents hochèrent la tête. Morgan comprit qu'ils se remémoraient le raid qu'ils avaient lancé pour venger sa mort. Ne sachant que dire, il garda le silence. Puis Connor leva l'index.

— Ne nous fais surtout pas l'insulte de nous demander si nous avons cru Wentworth ! Aucun de nous n'a jamais douté de toi.

Des exclamations d'approbation jaillirent.

— On est avec toi, Morgan !

— Wentworth ne reconnaîtrait pas la vérité même si elle lui mordait le cul !

— Tu as risqué ta vie pour sauver la mienne, Morgan, dit Dougie. Sans toi, je serais au cimetière ou en train de pourrir dans une prison. Oui, je te dois la vie et je ne l'oublierai jamais. Quand j'ai entendu dire que tu étais peut-être vivant…

Morgan sentit son cœur se serrer.

— Je suis content de te voir sur deux jambes bien solides, Dougie.

— Chante-la-lui, Dougie ! s'écrièrent les hommes en chœur.

— Ouais, chante-la !

— Chante-lui *La Ballade de Morgan McKinnon* !

— Quoi ? bredouilla Morgan, incrédule. Tu as composé une chanson sur moi ?

— Oui, avoua Dougie, confus.

— Une chouette ballade, confirma Connor. Il l'a chantée en s'accompagnant au violon à ta veillée.

Et Dougie commença à chanter. Les paroles racontaient comment Morgan avait bravé les nuées de balles pour ramener en le portant son ami blessé vers la sécurité.

La voix brisée par l'émotion, Dougie s'éclaircit la gorge.

— C'est plus joli avec mon violon.

— Je suis honoré à un point que je ne puis exprimer, dit Morgan. Merci, Dougie. Mais dans ma mémoire, les choses se sont passées un peu différemment. Je t'ai dit que ça sentait mauvais, tu m'as répondu d'aller me faire voir et accusé de prendre mes jambes à mon cou comme une fillette.

Tous éclatèrent de rire, et Dougie s'empourpra.

Morgan regarda les visages autour de lui. Radieux. À la fois vieux et jeunes, brûlés par le soleil et marqués par les batailles. Certains de ces hommes étaient avec lui depuis le début. Quatre ans de guerre. D'autres avaient remplacé les disparus tombés au combat. Comme Charlie Gordon, Lachlan Fraser, Johnny Harden, Robert Wallace et le cher Cam. Tous, les morts comme les vivants, étaient sa famille. Son clan.

S'il le leur avait demandé, ces hommes l'auraient suivi jusqu'au bout du monde.

Aujourd'hui, ils avaient parcouru un très long chemin, afin de mettre le plus de distance possible entre eux et le lieu de l'affrontement avec les Abénaquis. Morgan avait laissé les Indiens s'occuper de leurs morts, n'emmenant que Simon et Atoan. Il les traitait davantage en compagnons qu'en prisonniers. Tous deux étaient maintenant assis avec les hommes de Joseph. Ils mangeaient de la viande séchée en racontant des histoires du temps passé. L'hostilité était mise de côté.

Les événements de la journée avaient durement affecté Amalie, il le savait. L'horreur de ce qu'elle avait vécu marquait son visage. Mais elle avait fait montre d'un grand courage. Elle l'avait protégé pendant qu'il était ligoté au travois et les rangers l'avaient vu. Ils lui vouaient désormais un profond respect.

Un respect qui s'était encore accru lorsque, en dépit de sa faiblesse, elle avait fait son possible pour tenir le rythme de leur périlleuse avancée vers le sud. Morgan avait fini par la porter sur son dos. Une fois le camp établi, elle s'était endormie sans dîner, épuisée, sur le matelas d'aiguilles de pin qu'il lui avait confectionné. Et elle dormait toujours à présent, sous une fine couverture de laine, à l'abri d'un auvent de fortune.

Alors qu'une nouvelle fois il était allé la regarder, il entendit rire ses hommes. Il se retourna et constata qu'ils l'observaient, des sourires finauds sur la figure.

— C'est plus fort que moi, dit-il en haussant les épaules.

— On s'en est rendu compte, remarqua Joseph.

Sa peinture de guerre vermillon avait séché et commençait à se décoller. L'amusement faisait scintiller ses yeux.

— Si tu pouvais rester un peu loin d'elle, Morgan, continua-t-il, j'aimerais entendre ton histoire. Comment tu as survécu, comment tu en es arrivé à porter un uniforme français, et comment tu as fini prisonnier, avec une délicate fleur de France pour veiller sur toi.

Les autres approuvèrent.

Donc, Morgan reprit tout depuis le début, à partir de la nuit où il s'était fait tirer dessus.

— Mais la vérité, dit-il à la fin du récit, c'est que j'en suis venu à admirer Bourlamaque et à me haïr. Bourlamaque m'a traité avec honneur, il a préservé ma dignité, alors que je n'ai cessé de le tromper. Il est tout ce que Wentworth ne sera jamais : un homme digne de respect, plein de compassion, et un bon catholique.

Il parla aussi du crâne du pauvre Charlie Gordon.

— Je me dois d'être honnête : j'ai fini par regretter de ne pas servir Bourlamaque, tellement il est bon. Mais aucun homme n'est meilleur que n'importe lequel d'entre vous. Ma place est auprès de vous.

Certains levèrent leur flasque en s'exclamant :

— Ça, c'est sûr !

— Indéniablement !

Puis un confortable silence s'installa. On n'entendait que les craquements du feu dont la clarté dorée chassait les ténèbres.

Ce fut Connor qui rompit ce silence.

— Et Amalie ? Si je ne me trompe pas, un autre McKinnon va prendre femme.

— Amalie *est* ma femme, corrigea Morgan.

Dans un premier temps, ce fut la surprise générale. Puis de grands sourires apparurent sur les visages, des mains claquèrent sur le dos de Morgan, des bénédictions furent lancées.

— Merci, amis, mais ce n'est pas exactement ce que vous imaginez, dit Morgan, la gorge serrée. Amalie est la pupille de Bourlamaque. Il nous a obligés à aller devant l'autel, espérant ainsi renforcer ma loyauté, et donner à Amalie un mari qui prendrait soin d'elle.

— La pupille de Bourlamaque ? s'écria Connor, effaré.

Morgan raconta alors la suite de l'histoire. En omettant néanmoins la partie concernant ses relations étroites avec Amalie. Il aurait préféré être damné que la déshonorer.

— Je n'ai pas consommé le mariage parce que je voulais qu'elle soit libre de le faire annuler. Je la quittais quand Rillieux m'a pris au piège. Bourlamaque va penser que j'ai emmené Amalie lors de mon évasion pour rejoindre Fort Elizabeth. Il se peut qu'il envoie des troupes pour la retrouver, et cherche à nous ramener tous les deux. J'ai peur pour elle. Je ne veux pas qu'elle soit blâmée par les siens à cause de ma félonie.

Pendant un long moment, les rangers ne firent aucun commentaire. Puis Joseph commença à rire. Morgan le regarda, perplexe.

— Qu'est-ce qui est si drôle ?

Les dents de l'Indien luisaient dans la nuit.

— Dire que j'ai cru que Iain s'était fichu dans un sacré pétrin lorsqu'il est tombé amoureux...

Et ce fut l'hilarité générale.

Amalie dormait profondément d'un sommeil sans rêves. Elle n'entendit pas Morgan et ses hommes discuter du dangereux voyage qui les attendait le lendemain. Elle ne se rendit pas compte que les rangers veillaient sur elle, nourrissant le feu pour qu'elle n'ait pas froid.

Elle ne bougea que lorsque Morgan s'allongea à côté d'elle, pour se blottir contre sa poitrine, cherchant instinctivement son odeur familière, les battements de son cœur, la sécurité de son étreinte.

— Dors, mon ange... souffla-t-il.

Plus tard, les lèvres de Morgan sur sa joue la réveillèrent. Elle ouvrit les yeux et découvrit qu'il faisait encore nuit. Morgan était assis et lui caressait les cheveux. Les hommes allaient et venaient autour du feu en silence. Tout le bivouac débordait d'activité.

— Désolé de t'arracher à tes songes, petite, mais nous devons lever le camp avant l'aube.

Elle s'assit avec peine : tous ses muscles étaient douloureux. La voyant faire la grimace, Morgan demanda :

— Où as-tu mal ?
— Partout.

Dans les membres, le dos, le dessous des pieds et la joue, là où Rillieux l'avait frappée. Morgan alla chercher un petit seau d'eau et le posa près d'elle.

— Ce n'est pas grand-chose, mais ça devrait t'aider à te sentir mieux. Je vais aussi te préparer une infusion d'écorce de saule.

Il se releva et s'en alla.

Amalie regarda dans le seau et vit un linge propre qui flottait sur l'eau claire et chaude. Elle le prit, l'essora et entreprit de se laver du mieux qu'elle le pouvait, consciente d'être la seule femme dans un camp d'hommes. Elle s'enveloppa dans la couverture pour se cacher et procéder dans une relative intimité à sa toilette.

Non que les hommes l'eussent épiée. Ils semblaient ignorer sa présence, vaquant à leurs tâches sans jeter de coups d'œil dans sa direction. La plupart étaient comme Morgan, grands, larges d'épaules. Certains avaient les cheveux gris, d'autres étaient roux. Ils portaient des culottes ou des leggings indiens. Tous étaient chaussés de mocassins et avaient des armes accrochées à la ceinture.

Morgan se déplaçait parmi eux. Il les encourageait. Il exsudait de sa personne toute l'autorité d'un officier, d'un meneur d'hommes. Ils le suivaient du regard, exactement comme elle le faisait. Elle se rendit compte qu'eux aussi l'aimaient et s'étaient fait beaucoup de souci pour lui.

Maintenant, c'était à elle de se désoler. Aujourd'hui, il la renverrait au fort Carillon, puis il disparaîtrait dans la forêt et entreprendrait son long voyage jusqu'à Fort Elizabeth avec ses rangers. Elle ne le reverrait jamais. Sauf si…

Plutôt que de demander l'annulation du mariage, ne pourrait-elle pas attendre la fin de la guerre ? Une fois la paix rétablie, il pourrait alors revenir la chercher. Ils bâtiraient une maison dans une ville frontalière en plein développement, où personne ne relèverait le fait qu'elle soit à moitié abénaqui ni que Morgan ait été autrefois un redoutable ranger.

Mais… s'il ne voulait pas rester marié ? Si cette annulation, c'était lui qui l'exigeait ?

La crainte chassa la tristesse quand elle se demanda s'il sortirait vivant de la guerre. Tant de soldats perdaient la vie chaque jour dans ce conflit. Morgan allait de nouveau se trouver au cœur des combats. Dieu ne pouvait tout de même pas être cruel. Il ne le lui prendrait pas comme il lui avait pris son père. Non, Morgan ne mourrait pas. Il ne *devait* pas mourir.

Ses ablutions terminées, elle remit le linge dans le seau puis essaya de démêler ses cheveux avec les doigts. Le petit ranger qui l'avait protégée pendant la bataille surgit.

— Pardonnez-moi, mademoiselle. Je m'appelle Killy. Morgan m'a dit que vous apprécieriez un peu d'infusion d'écorce de saule pour soulager vos douleurs.

— Je me souviens de vous, Killy. Merci, dit Amalie en prenant la timbale.

— Bien sûr que vous vous souvenez de moi ! C'est à cause de mon irrésistible charme irlandais. Et parce que je suis le seul homme ici aux manières élégantes ! Alors permettez-moi, au nom de toute la compagnie, de vous souhaiter la bienvenue et de vous remercier d'avoir sauvé Morgan. Si vous avez besoin de quoi que ce soit, demandez Killy !

La visite de Killy dut être considérée comme un signal par ses compagnons, car un autre soldat arriva pour souhaiter la bienvenue à Amalie. Puis d'autres encore, les mains chargées de menus présents.

Un dénommé McHugh apporta un bol fumant de porridge avec des morceaux de porc séché.

— Merci pour tout ce que vous avez fait pour Morgan. Dieu soit avec vous.

Dougie offrit des mûres qu'il avait cueillies.

— Morgan s'est fait tirer dessus en me sauvant la vie, et vous avez sauvé la sienne. S'il y a quoi que ce soit que je puisse faire, demandez, et c'est fait !

Brandon lui donna un canif.

— Bonjour, mademoiselle. Et toute ma gratitude.

— Moi, je suis Forbes, mademoiselle. Prenez ce baume. Il est bon pour soulager les blessures musculaires. Bonne journée!

— Moi, c'est Robert Burns, mademoiselle.

Une pause, puis, rouge jusqu'à la racine des cheveux, Robert ajouta:

— Ils avaient dit que vous étiez jolie, et vous l'êtes! Tenez, un peu de sucre pour votre infusion.

Amalie mangea son porridge et ses mûres pendant que le défilé continuait. Racine de gingembre, ruban orné de perles pour ses cheveux, une pomme, du pemmican, un petit sac de cuir plein de maïs sec...

Ces hommes-là étaient donc les féroces rangers de McKinnon?

Elle les avait longtemps craints et haïs, à l'instar de tous les Français du Canada. Maintenant qu'elle les avait devant elle, leurs humbles présents, leurs mots simples la touchaient jusqu'au fond de l'âme.

Enfin, la file s'amenuisa et s'acheva sur Connor, qui ressemblait à Morgan au point de les confondre, et sur un grand Indien aux longs cheveux noirs dans lesquels était attachée une unique plume d'aigle. Ils s'agenouillèrent près d'elle.

— Je constate que les hommes sont venus te présenter leurs respects, petite, dit Connor en souriant à la vue de la pile de cadeaux. Ainsi qu'ils le devaient. Merci d'avoir sauvé mon frère, de lui avoir offert ta compassion. Si un jour tu as besoin de ma vie et de mon épée, sache qu'elles sont à toi.

— *Kwai, nichemis*, salut, petite sœur, dit l'Indien. Je suis Joseph Aupauteunk, chef de guerre du peuple des Mohicans de Stockbridge et frère de sang des McKinnon.

Les Mohicans étaient les ennemis du peuple de sa grand-mère, et pourtant il y avait tant de chaleur dans les yeux bruns de Joseph qu'Amalie n'éprouva aucune crainte. Torse nu, la peau teintée de vermillon, il souriait en lui tendant un peigne d'andouiller poli.

— J'ai pensé que tu aurais besoin de ça.

Amalie l'aurait embrassé pour cette attention.

— Oh, merci ! Merci !

— Il n'y a qu'un Mohican pour emporter un peigne à la guerre, commenta Connor en roulant des yeux, avant de se pencher vers elle comme pour lui révéler un secret. Ils s'en servent pour garder leurs plumes pimpantes.

Pour la première fois depuis ce qui lui semblait une éternité, Amalie rit aux éclats.

La voix de Morgan s'éleva à quelque distance :

— Patrouille de reconnaissance, rompez les rangs !

Elle prit le peigne et commença à le passer dans ses cheveux.

— Combien de temps avant de rejoindre le fort Carillon ? demanda-t-elle.

Connor et Joseph échangèrent un regard. Puis Connor répondit :

— Il vaut mieux que tu poses la question à Morgan.

23

— Fort Elizabeth ? s'exclama Amalie en regardant Morgan comme s'il l'avait frappée.

Elle paraissait frêle, vulnérable, avec sa couverture blanche sur les épaules, sa joue portant toujours la marque de la cruauté de Rillieux.

— Non, petite, pas au fort, assura Morgan qui la voulait loin de Wentworth. Je t'emmène à la ferme des McKinnon. Ma maison.

Autour d'eux, les rangers se préparaient à marcher vers le sud, derrière les éclaireurs, les guerriers de Joseph déployés sur leurs flancs. À l'est, l'aube se levait. Il était temps de se mettre en route.

— Mais comment reviendrai-je au fort Carillon, Morgan ? Comment Bourlamaque saura-t-il ce qu'il est advenu de moi ? Il doit être dans tous ses états ! Il faut que je l'informe de ce qui est arrivé !

Le cœur de Morgan se serra : elle ne voulait pas rester avec lui. Une prise de conscience qui le bouleversait.

— Simon et Atoan lui communiqueront tout message que tu souhaiteras lui faire parvenir.

Les deux Abénaquis se tenaient à quelque distance, attendant le signal du départ. Ils avaient accepté de mettre Bourlamaque au courant de la situation. En ce qui les concernait, ils espéraient son pardon et rentrer dans ses bonnes grâces. Ils lui donneraient une lettre de Morgan dans laquelle celui-ci confessait sa trahison.

— Amalie, je ne fais qu'essayer de te garder en sécurité. Je ne voudrais à aucun prix que tu payes pour mes péchés.

Ce qu'avait fait Rillieux, à savoir comploter avec des soldats l'enlèvement d'Amalie, prouvait amplement que même Bourlamaque ne serait pas en mesure de protéger la jeune femme si les hommes du fort Carillon se retournaient contre elle. Mais surtout, Morgan désirait la garder auprès de lui. Peut-être qu'avec le temps…

Mmm. Croyait-il vraiment qu'un beau matin, elle se réveillerait et déciderait qu'être l'épouse d'un homme qui se battait pour les Anglais, un homme qui avait trahi sa confiance, était merveilleux ? Quand les poules auraient des dents.

Amalie dirigea sur Simon et Atoan un regard empli de larmes.

— Ne puis-je révéler où je vais ?

Morgan se raidit.

— C'est mon droit de prendre de telles décisions, Amalie ! Tu es ma femme !

— Ta femme ? N'as-tu pas, le soir de notre nuit de noces, refusé d'être mien afin que je puisse demander une annulation ?

Elle essuya rageusement ses larmes, se leva et s'éloigna. Morgan la vit s'approcher de son cousin. Il se demanda s'il avait eu des paroles malheureuses, ou au minimum maladroites.

Killy passa à côté de lui, secouant la tête, son paquetage sur le dos.

— Tu n'as pas le moindre tact, McKinnon, marmonna-t-il.

Amalie avançait lentement à côté de Morgan, faisant de son mieux pour n'être pas un fardeau.

Elle transpirait et se sentait au bord des larmes. La couverture en laine la grattait. Les muscles endoloris de ses jambes, peu habitués à fournir un tel effort, l'élançaient. Mais c'était dans son cœur qu'elle avait le plus mal.

— *C'est mon droit de prendre de telles décisions, Amalie ! Tu es ma femme !*

Comment osait-il la traiter de cette façon ? D'accord, c'était effectivement le droit d'un mari de décider de ce genre de choses, mais quand elle avait fait vœu de l'aimer, le chérir et lui obéir, elle avait pensé qu'ils vivraient au fort Carillon. Jamais elle n'avait imaginé qu'il la conduirait sur la frontière française sans lui demander son avis.

Toutefois, elle n'argumenterait pas, ni ne regimberait. Son père lui avait expliqué qu'un chef doit avoir le respect de ses troupes. Elle ne critiquerait pas Morgan, ne l'humilierait pas devant ses hommes en se comportant comme une mégère. Ils se trouvaient en pleine nature. Beaucoup de vies dépendaient de Morgan, y compris la sienne. De plus, elle le savait persuadé d'agir au mieux pour la protéger. Et sans doute avait-il raison : pour ce qu'elle en savait, le danger était bel et bien réel.

Pas une seule seconde elle n'aurait imaginé que des soldats sous les ordres de M. de Bourlamaque, ses compatriotes, pourraient l'enlever simplement parce qu'ils haïssaient Morgan McKinnon. Ils l'avaient pourtant fait et, pire encore, avec le concours de ses cousins.

Que serait-il arrivé si Morgan l'avait ramenée au fort Carillon ? Bourlamaque l'aurait accueillie avec toute son affection paternelle, aurait fait mettre aux fers les sentinelles qui avaient aidé Rillieux. Mais elle aurait dû lui avouer qu'elle savait que Morgan était un espion. Bourlamaque aurait été furieux et extrêmement triste d'apprendre qu'elle aussi l'avait trahi. Il l'aurait renvoyée sans tarder à l'abbaye, et jamais elle n'aurait revu Morgan.

Elle ne voulait rien de tout cela, mais aurait tout de même aimé remercier Bourlamaque et lui dire au revoir.

La gorge serrée, elle subit un nouvel assaut de larmes. Elle les écrasa sous ses paupières. Hors de question que quelqu'un la voie pleurer.

Où Morgan la conduisait-il ? Il avait dit « la ferme des McKinnon », une note d'orgueil dans la voix. « Ma maison. » Avait-elle jamais eu une maison ? Non, pas depuis la mort de sa mère. La famille de Morgan l'accueillerait-elle à bras ouverts, elle, une Française à moitié indienne ? Ou bien serait-elle l'étrangère ?

Amalie ne savait pas combien de temps ils avaient marché ni quelle distance ils avaient parcourue. La forêt semblait immuable. Ils auraient tout aussi bien pu dessiner des cercles à l'intérieur au lieu d'avancer, tellement un endroit ressemblait à l'autre. Elle comprenait maintenant pourquoi des éclaireurs s'égaraient à seulement quelques centaines de mètres du fort. Pourquoi, même, certains d'entre eux ne revenaient jamais. Comment Morgan et ses rangers se débrouillaient pour ne pas se perdre, elle l'ignorait.

Ils progressaient en file indienne, chaque homme à plusieurs pas derrière le précédent. Ils se déplaçaient furtivement, en silence, prêts à tirer. Chaque fois qu'ils faisaient une halte, ils échangeaient des informations par signes ou regards. Morgan lui avait dit que Joseph et ses guerriers les protégeaient sur leur flanc droit, en hauteur, mais pas une seule fois elle n'avait entrevu l'un des Mohicans.

Devant eux, la pente raidissait. Des arbres tombés obscurcissaient le sommet de la colline. Un vent violent paraissait les avoir abattus. Certains étaient couverts de mousse et de hautes herbes, ce qui rendait la marche encore plus difficile : ils ne les voyaient que lorsqu'ils trébuchaient dessus.

Elle saisit la main de Morgan pour conserver son équilibre alors qu'ils escaladaient un gros tronc. Mais il se dégagea, la prit par la taille, la souleva et la posa de l'autre côté. Elle se rendait bien compte qu'en dépit de ses efforts, elle ralentissait le groupe. À quelques mètres devant elle, Forbes s'arrêta et la colonne tout entière l'imita, de façon à lui laisser le temps de les rattraper.

Haletante, les jambes en feu, elle lança un regard d'excuse à Morgan, sûre qu'il devait avoir honte d'elle. Il lui sourit. Rassurée, elle se remit à marcher.

Ils venaient d'atteindre le sommet de la colline quand un oiseau lança un long cri. Morgan la ceintura, la plaqua contre lui avant de l'obliger à s'allonger par terre, et la bâillonna d'une main sur la bouche. Le cœur palpitant, elle se pétrifia.

— Du calme, petite, lui souffla-t-il à l'oreille.

Ils restèrent immobiles pendant de longues minutes. Puis elle entendit des voix. Des hommes parlaient en français. Elle sentit Morgan bouger. Il avait fait un geste mais elle n'avait pu voir lequel, tant il la clouait fermement au sol. Les rangers allaient-ils attaquer ? Mon Dieu, non...

Elle agita la tête aussi vivement que le lui permettait l'emprise de Morgan, la seule manière qu'elle eût trouvée de le supplier sans l'aide des mots : qu'il ne prenne pas ses compatriotes en embuscade. Qu'il ne les tue pas.

Il lui effleura la joue du bout des lèvres pour l'apaiser. Elle comprit qu'il lui faisait comprendre que ses hommes n'attaqueraient pas. Pas cette fois, tout au moins.

Le soulagement lui ôta ses quelques forces, mais elle réussit à se redresser un peu. Une compagnie d'environ quarante soldats français était là. Ils ignoraient être cernés par la mort. Elle en reconnut un pour l'avoir soigné, à l'hôpital du fort Carillon, après la bataille qui avait coûté la vie à son père. Il lui avait dit qu'elle était ravissante.

Il discutait avec ses compagnons, plaisantant sur les catins anglaises qu'il trouvait laides.

Mais ces soldats n'étaient pas seuls. Un groupe de Hurons aux figures peintes les accompagnait. Ils scrutaient la forêt d'un regard aigu, rivé exactement sur l'endroit où se dissimulaient les rangers.

Le cœur d'Amalie manqua plusieurs battements. Avaient-ils distingué quelque chose ?

L'un d'eux s'adressa à voix basse à un officier, puis pointa l'index vers où se trouvait Forbes. L'officier et ses hommes se turent, puis armèrent leurs fusils, fouillant la futaie des yeux.

Le souffle suspendu, Amalie fixait les soldats français et les Hurons qui bougeaient avec une lenteur éprouvante. Ils avancèrent vers le sommet de la colline, le franchirent, puis disparurent sur l'autre versant. Les rangers ne bougèrent pas. Les secondes s'écoulaient au ralenti. Puis, à la suite d'un signal qu'Amalie ne distingua pas, ils se relevèrent. Morgan lui offrit sa main et la serra, avant de l'entraîner derrière lui. Elle regarda par-dessus son épaule en direction de la crête derrière laquelle les Français avaient disparu. Jamais ils ne sauraient à quel point ils étaient passés près de la mort.

— Pourquoi ne les avez-vous pas attaqués ? demanda Amalie un peu plus tard.

— Je ne voulais pas te mettre en danger, répliqua Morgan. Et puis, tu as vu assez de gens mourir, n'est-ce pas ?

Elle acquiesça d'un hochement de tête.

— Mais je n'ai pas besoin de me reposer ! Je ne veux pas être considérée comme un fardeau, ni que tes hommes pensent que je suis faible ou paresseuse !

Morgan scruta le visage écarlate d'Amalie et comprit qu'elle était plus mal en point qu'elle ne le prétendait. La rencontre avec les soldats français l'avait terrifiée. Depuis ce moment, elle avait fourni de terribles efforts, manifestement désireuse de mettre le plus de distance possible entre les rangers et ses compatriotes. Il admirait sa vaillance, mais ne tolérerait pas qu'elle exige trop d'elle-même alors que tant de lieues les séparaient encore de leur destination.

— Aucun de nous n'attend de toi que tu rivalises avec des hommes entraînés, rangers de surcroît, Amalie. Même si tu as un immense courage, tu n'as ni l'habitude de la guerre ni celle des grands espaces sauvages.

Obstinée, elle continua à avancer.

— Je ne vous ai déjà que trop ralentis.

Morgan se tourna vers Dougie qui les suivait.

— Dougie, tu me parais fatigué. Tu as besoin qu'on s'arrête un peu pour te reposer, non ?

Dougie le regarda comme s'il avait subitement perdu la tête.

— Que je me *repose* ?

Morgan lui montra discrètement Amalie d'un mouvement du menton.

— Oh... oui. Je... je suis fatigué, c'est vrai.

L'information remonta la colonne en un éclair : Amalie était épuisée mais trop entêtée pour l'admettre. En quelques instants, Morgan fut accablé de plaintes murmurées : on en a assez, on n'en peut plus, on veut faire une halte, on a mal à la tête, au dos, aux pieds...

Puis Connor surgit à sa hauteur, l'air contrarié.

— Que diable arrive-t-il aux hommes ? Ils se plaignent comme de vieilles femmes et…

Il jeta un coup d'œil à Amalie, et son expression s'éclaira.

— Je crois que les hommes ont besoin de repos.

Le temps qu'ils atteignent l'endroit sûr choisi par Joseph et ses guerriers, Amalie était exténuée. Morgan étendit pour elle une couverture sur une plate-forme abritée par un rocher. Il lui donna de l'eau et du maïs séché. À peine eut-il tourné les talons qu'elle s'endormait. Manifestement, la matinée l'avait vidée de toutes ses forces. Morgan dit alors à son frère :

— Va chercher Joseph, je crois qu'il faut qu'on change de stratégie.

— Morgan ?

Amalie se sentait perdue dans un océan de verdure, et Morgan n'était nulle part en vue. Où était-il ? Pourquoi l'avait-il laissée là ? Il fallait qu'elle le trouve, sinon elle serait vraiment égarée. Elle le chercha derrière des troncs, des éboulis, en vain.

— Morgan ? Morgan !

La peur lui nouait l'estomac lorsque le phénomène commença.

Des murmures s'élevèrent de derrière les arbres, comme si des hommes étaient tapis à leur pied et l'observaient. Ils enflèrent, mais elle ne parvint pas à comprendre les mots. Elle tourna sur elle-même, les yeux écarquillés, mais tout ce qu'elle distingua, ce furent des ombres mouvantes.

— Morgan !

L'une des ombres prit tout à coup la forme d'un homme, qui se mit à avancer lentement vers elle.

Ce n'était pas Morgan.

Elle hurla…

— Amalie ! Réveille-toi ! Réveille-toi, petite !

Elle croisa les bras devant sa tête pour se protéger et cria :
— Rillieux !
Elle se redressa d'une pièce. L'homme l'attrapa. Morgan. Pas Rillieux. Il l'attira contre lui, la serra fort.
— Là, là, ça va... calme-toi, *mo luaidh*. Ce n'était qu'un mauvais rêve. C'est fini, maintenant.
Tremblante, elle s'accrocha à ses épaules. Le goût amer de l'horreur dans la bouche, elle s'efforça de se ressaisir, mais le rêve avait été si réaliste...
Morgan lui embrassait le dessus de la tête, lui caressait les cheveux, murmurant sans relâche :
— Tu es en sécurité, avec moi. Tu es en sécurité.
Elle resta longtemps dans ses bras, et les sinistres lambeaux du cauchemar finirent par se dissiper.
Morgan sentit les tremblements de la jeune femme s'apaiser, mais elle gardait les doigts accrochés à sa chemise, la figure nichée contre sa poitrine. Elle s'était réveillée en criant le nom de ce bâtard, ce qui signifiait que son rêve le concernait.
— Veux-tu m'en parler, Amalie ?
Il savait ce qu'avait vu Connor. Les mains de Rillieux pétrissant rudement les seins d'Amalie, ses doigts se frayant un passage entre ses cuisses... Une description qui l'avait plongé dans une rage mêlée de désespoir.
— J'étais perdue dans la forêt, dit Amalie en frissonnant, je te cherchais. Partout. Et tu n'étais nulle part. J'étais sûre que sans toi, je ne serais jamais capable de retrouver mon chemin. Les arbres... tous ces arbres... ils semblaient murmurer. Puis il y a eu ces ombres qui bougeaient. On m'observait. Alors il est sorti de derrière un tronc, il a marché vers moi. Ô mon Dieu !

— Il est mort, Amalie. Connor l'a tué. Il ne te fera jamais plus de mal.

Amalie leva vers lui des yeux noyés de larmes.

— Au fort Carillon, il nous espionnait, Morgan. Il écoutait par la fenêtre pendant notre nuit de noces. Il m'a... entendue. Et il m'a traitée de putain.

— Il était jaloux, Amalie. Il voulait que tu souffres, que tu ne ressentes plus de plaisir et ne voies l'amour que comme quelque chose de ténébreux, de laid et honteux. Mais les ténèbres, la laideur et la honte étaient en lui, pas en toi.

— J'avais si peur ! Pas seulement pour moi. Je savais ce qu'ils te feraient si je ne trouvais pas le moyen de te libérer.

Il l'étreignit étroitement. Que n'aurait-il donné pour effacer ces souvenirs de la mémoire d'Amalie...

— C'est fini, maintenant, petite. Et Dieu en soit remercié, nous sommes tous les deux vivants.

Morgan songea que l'après-midi avançait.

— Il faut partir, Amalie. Il y a un bon endroit pour bivouaquer à peu de distance d'ici. Si nous voulons y arriver avant la nuit, nous devons nous en aller.

— Je suis prête, acquiesça Amalie après avoir exhalé un long soupir.

Puis elle regarda autour d'eux. La clairière était vide.

— Où sont tes hommes ? s'étonna-t-elle.

— Connor avait besoin de mener sa mission à terme. Il ne pouvait pas se retarder davantage. Les rangers et lui regagnent Fort Elizabeth sans nous.

— C'est moi qui les ai obligés à traîner en route.

Il lui prit le menton entre deux doigts et la regarda droit dans les yeux.

— Je ne veux pas que tu te fasses des reproches. Ce voyage est dur pour des hommes forts, alors pour une femme dont les seuls exercices physiques se sont toujours limités au jardinage et à s'agenouiller pour prier, c'est une vraie gageure. Il m'a donc semblé préférable que nous le fassions plus lentement.

Ce n'était pas l'unique raison, mais il ne le précisa pas. Connor et les rangers espéraient rencontrer les troupes françaises envoyées pour retrouver Amalie. Ils comptaient les obliger à les prendre en chasse. Ainsi, leur attention serait détournée de Morgan et de la jeune femme. Et elle n'assisterait pas à une autre tuerie.

— Alors nous sommes seuls… murmura Amalie en regardant les arbres avec anxiété.

— Mais non, ma douce. Joseph et ses guerriers veillent sur nous. Une centaine de solides Mohicans. Simplement, ils restent à couvert.

Morgan avait eu le temps de réfléchir pendant qu'Amalie dormait. Et il avait pris une décision : il était demeuré suffisamment longtemps loin d'elle. Ils s'étaient mariés à l'église, et ce que Dieu avait fait, nul ne saurait le défaire. Il ne renverrait pas la jeune femme à Bourlamaque.

L'heure était venue de revendiquer ses droits d'époux.

24

Quand ils atteignirent le lieu du bivouac, le crépuscule tombait. Amalie avait faim et se sentait sale comme jamais de sa vie.

Joseph les attendait, accroupi devant un petit feu. Il cuisait quelque chose dans les flammes. L'odeur de viande rôtie fit saliver Amalie. Sans se retourner, l'Indien s'adressa à Morgan dans une langue qu'elle ne comprenait pas. Morgan lui répondit dans le même idiome.

La journée avait été longue et pénible. La présence des rangers manquait à Amalie. Elle s'était mise à vraiment les apprécier. Néanmoins, elle était soulagée d'avoir ralenti la cadence. Morgan l'avait aidée, lui donnant la main lorsque le sol était trop accidenté ou caillouteux, la portant lors de la traversée de marécages. Elle avait constaté qu'il cherchait les passages les plus faciles pour elle, sans cesser d'être sur le qui-vive. Mais il était à l'aise dans la forêt. Pour la première fois, elle le voyait tel qu'il était. Fini, le gentilhomme et le soldat du fort Carillon. Il était Morgan McKinnon, le ranger légendaire.

Elle balaya les alentours du regard. Une petite clairière proche d'un ruisseau aux berges couvertes d'herbe grasse et de myosotis en fleur. Le ruisseau dévalait le flanc rocheux de la colline en trois chutes d'eau successives, avant de s'épanouir à travers la futaie. Tout autour s'étendait la forêt, séculaire et ténébreuse. Son cauchemar encore à l'esprit, elle frissonna.

Morgan, qui plaisantait en riant avec Joseph, lui sourit et passa le bras autour de sa taille. Sa barbe de deux jours lui donnait un air de débauché.

— Joseph a été très occupé, dit-il.

Effectivement. À peu de distance du feu, il avait installé un appentis plus élaboré que celui sous lequel elle avait dormi la nuit précédente, mais cette fois, une épaisse peau d'ours était étendue sur les aiguilles de pin. La fourrure noire luisait. Au centre étaient posés des effets féminins : une robe bleu nuit, des jupons crème et une camisole blanche.

— Ô Seigneur ! s'exclama Amalie en regardant Joseph, qui lui sourit. Merci, monsieur ! Où avez-vous trouvé cela ?

— Morgan va se séparer d'un beau couteau de chasse. Il l'échange contre ces fanfreluches, qu'un de mes hommes avait réunies pour faire une surprise à sa femme avant notre départ de Fort Elizabeth.

Morgan posa son paquetage près de l'appentis, l'ouvrit et en sortit un coutelas rangé dans son étui de cuir. Il le tendit à Joseph.

— Dis à Daniel que je lui souhaite bonne chance, tant à la chasse que lors des batailles. Et merci aussi à toi, Joseph.

— Bah ! Mon frère mort est de retour. Je ferais n'importe quoi pour lui et pour sa femme.

Sa femme...

Amalie sentit un délicieux émoi se manifester dans son ventre. Sa femme... Si seulement cela pouvait être vrai ! Mais Morgan avait été contraint à ce mariage, qui n'avait toujours pas été consommé. Il tenait à elle et la désirait, c'était patent, mais voulait-il vraiment d'elle comme épouse ?

— *S'il existait un moyen de rester auprès de toi, je resterais. Tu es la femme dont rêvent tous les hommes.*

Elle se rappelait les mots de Morgan. Et se reprit à espérer.

Joseph se pencha et lui donna un baiser sonore sur la joue. Puis il salua Morgan d'un signe de tête et s'en fut dans la forêt.

— Il ne reste donc pas avec nous? s'étonna Amalie.

— Il faut qu'il aille voir ses hommes. Assieds-toi, petite, Joseph nous a préparé un festin.

Il s'installa en tailleur devant le feu.

Comparé au maïs séché, seule nourriture depuis le matin, le repas était effectivement un festin: dinde rôtie, légumes sauvages, framboises. Mais il n'y avait ni assiettes, ni couverts, ni serviettes. Comment faire pour...

— Comme ceci, expliqua Morgan en coupant directement sur la volaille à l'aide d'un canif un long lambeau de viande, qu'il porta à la bouche de la jeune femme avec les doigts.

Elle mâcha, déglutit, et faillit laisser échapper un gémissement de plaisir.

— Et maintenant, tu me nourris, remarqua-t-elle.

Elle se mit à genoux, prit le couteau que lui avait offert Brandon et répéta les gestes de Morgan. Il lui saisit la main et lécha ses doigts mouillés de jus de viande, le regard rivé au sien.

Des souvenirs de cette langue hardie léchant d'autres parties de son corps nettement moins anodines affluèrent à son esprit. Elle se sentit rougir, une soudaine chaleur monta dans son ventre. Deux nuits auparavant, il l'avait goûtée comme il goûtait maintenant ses doigts, jusqu'à ce qu'elle en défaille presque de plaisir. Se le rappelait-il?

Morgan vit les yeux d'Amalie se voiler. Il sut alors qu'elle ressentait encore du désir pour lui. En dépit de la cruauté de Rillieux, elle ne craignait pas qu'il la touche, alors que d'autres femmes en auraient conçu une répulsion définitive. Mais il n'allait pas la presser. Lorsqu'il lui ferait enfin l'amour, elle en aurait autant envie que lui.

Il coupa un autre morceau de dinde.

— Pour toi.

Festoyer avec les doigts, se nourrir réciproquement de viande savoureuse puis de légumes et de baies, était ensorcelant. Morgan ponctuait chaque bouchée d'un baiser et Amalie finit par se sentir rassasiée. Mais une autre faim la tenaillait désormais.

Morgan le perçut, et refréna son impulsion d'aller plus loin. D'abord, il devait la courtiser et ainsi faire céder toute timidité, et éventuellement toute crainte.

— Viens, petite.

Il s'était levé. Il prit la main d'Amalie, hissa la jeune femme sur ses pieds et attrapa son paquetage de l'autre main.

— C'est l'heure de ton bain.

Elle regarda en direction du ruisseau.

— Mon bain ?

— Oui, ton bain.

Il l'entraîna vers le bas de la colline, l'aida à franchir les amas de rochers jusqu'à la chute intermédiaire. Ses hommes et lui en avaient découvert le secret deux étés auparavant, en rentrant d'une mission de pistage. Un secret qu'ils avaient jalousement gardé.

— Attention où tu mets les pieds : les pierres mouillées sont glissantes.

Il la fit passer derrière la chute d'eau, le long d'une corniche sculptée par des siècles de ruissellement, puis s'arrêta au bord d'une série de piscines naturelles creusées dans le roc, remplies d'une eau limpide dans laquelle se réfractaient les derniers rayons du soleil qui passaient à travers la cascade, la parant de reflets iridescents. Des baignoires de rêve pour les rangers qui faisaient halte ici et pouvaient décontracter leurs muscles endoloris.

Aujourd'hui, ce seraient les douleurs d'Amalie que soulagerait cette eau pure. Elle laverait la saleté accumulée dans la journée et les miasmes du souvenir de Rillieux.

Il posa son paquetage dans une anfractuosité.

— Alors, petite, qu'en penses-tu ?
— C'est… c'est un enchantement !

Ses yeux allaient de la cascade aux bassins. Elle souriait, un sourire de pur bonheur. Puis elle tendit la main, la passa à travers le rideau liquide argenté, et éclata de rire, un rire aussi musical que le pétillement de l'eau.

— C'est exactement ce que je me suis dit la première fois que j'ai vu ça. Un endroit magique. L'eau dans les bassins est tiède. Touche-la.

Elle s'agenouilla et plongea la main sous la surface.

— Par exemple ! Comment est-ce possible ?
— Pendant la journée, le soleil chauffe la roche, et la roche chauffe l'eau.
— C'est merveilleux !

Morgan s'accroupit à côté d'elle, puis chercha dans son sac du savon et un peigne. Il les posa au ras de la piscine la plus profonde.

— Chaque fois que nous passons par ici, je récompense les plus braves de mes hommes en leur donnant la possibilité de se débarrasser des scories du combat. Mais ce soir, nous serons seuls à en profiter. En paix.

Elle se releva, le visage soudain sérieux, et regarda la forêt. Il savait ce qui la hantait. Il se leva à son tour, attrapa les pans de la couverture qu'elle portait sur les épaules, et l'attira à lui pour l'embrasser sur le front.

— Tu es en sécurité, Amalie. Personne ne nous épie ni ne te fera de mal.

Dans la profondeur de ses yeux d'ambre, n'importe quel homme se serait noyé avec allégresse. Elle évoquait une nymphe sylvestre qui eût été maltraitée, avec sa joue tuméfiée.

— Mais… et toi, Morgan ?

— Je ne serai pas loin.

Il s'obligea à reculer. Au fond de lui, une petite voix protestait avec véhémence : il allait donc la laisser seule alors qu'il aurait pu se joindre à elle ? Le sang viking de sa mère bouillait dans ses veines, exigeant qu'il réclame son dû.

In petto, il se traita de bête sauvage. La petite avait vécu l'enfer !

— Appelle, si tu as besoin de moi, Amalie.

Il pivota sur ses talons, se fit violence pour s'éloigner, lui offrir un moment d'intimité.

À peine avait-il fait quelques pas qu'il entendit le murmure de la soie quand elle se déshabilla, puis le clapotement de l'eau tandis qu'elle se glissait dedans. Ensuite, il y eut un long soupir de profond plaisir, et il subit l'assaut du désir en songeant au corps nu que caressait l'eau tiède.

Amalie le suivait des yeux, déçue à en pleurer. Elle avait cru qu'il allait se baigner avec elle. L'idée ne l'avait pas effrayée, bien au contraire : elle avait accéléré ses battements de cœur et déclenché d'exquis frissons. Ne savait-il donc pas combien elle avait envie de lui ? À quel point elle brûlait de découvrir les secrets de son corps d'homme de la même façon qu'il connaissait les siens ? Ne comprenait-il pas qu'elle n'aspirait qu'à être à lui ?

— Morgan ?

Le son de sa propre voix la fit sursauter. Il s'immobilisa, dos tourné, comme incapable de lui faire face.

— Oui ?
— Dois-tu vraiment... partir ?

Sidérée par sa propre audace, elle resta quelques instants muette, puis reprit :

— N'est-ce pas l'usage pour une épouse de se baigner avec son mari ?

Il y eut un grand soupir. Elle le vit serrer les poings, puis pivoter lentement vers elle. Elle eut peur de s'être montrée trop hardie, qu'il la juge effrontée. Mais lorsqu'il riva ses yeux aux siens, elle n'y lut que du désir.

— Essaies-tu de me dire que tu souhaites partager ton bain, Amalie ?

Les yeux couleur ciel d'été s'étaient braqués sur ses seins nus. Elle déglutit avec peine, réprimant l'envie de croiser les bras.

— Ou... oui.

Il avança. Aussi lentement qu'il s'était éloigné. Elle comprit qu'il lui donnait une chance de se raviser, d'autant qu'il demanda :

— En es-tu sûre ? Je te désire. Tu sais désormais ce que cela signifie, n'est-ce pas ?

— Oui.

Jamais elle n'avait voulu quelque chose aussi ardemment !

— Très bien.

Le regard toujours fixé sur elle, il s'approcha en faisant passer sa chemise par-dessus sa tête. Il la jeta à côté de son paquetage et Amalie sentit sa bouche s'assécher au spectacle de ce somptueux torse nu, cet estomac concave, ces pectoraux gonflés. Il s'arrêta au ras du bassin pour se défaire de ses armes, un couteau de chasse et un pistolet.

Il commença à déboutonner la culotte.

D'instinct, Amalie faillit détourner la tête. Mais elle s'en empêcha. Elle riva donc les yeux sur ses doigts qui s'activaient et attendit, le cœur battant.

Sans hâte, il fit glisser la culotte le long de ses hanches, de ses cuisses puissantes, de ses mollets. Il se déchaussa sans même se baisser. La culotte tomba sur les chevilles. Il s'en débarrassa en deux petites ruades.

Voilà. Il était dressé devant elle, ne portant plus que sa manchette de cuir, s'offrant à son regard curieux.

Elle perçut des crispations dans son ventre lorsqu'elle osa regarder ce qu'elle n'avait jamais vu.

Dieu du ciel, c'était... énorme ! Et semblait continuer à grandir et enfler sous ses yeux ! Jusqu'à se dresser contre la toison, quasiment jusqu'au nombril !

Elle le détailla avidement, subjuguée par sa mâle beauté. Il y avait quelque chose en lui d'animal, de redoutable. Elle songea que l'homme originel devait être ainsi. Très grand, tout en muscles. La puissance incarnée.

Il se glissa avec souplesse dans le bassin, disparut sous la surface puis remonta d'un seul coup devant elle, tel un dieu païen sortant de l'onde. De ses cheveux coulèrent des myriades de gouttelettes qui roulèrent sur sa poitrine bronzée, marquée de cicatrices et de symboles indiens tatoués. Il était impressionnant, image vivante de la force pure, et à côté de lui Amalie se sentait toute petite. Elle était assise et l'eau lui arrivait aux seins, alors qu'elle s'arrêtait à hauteur des hanches de Morgan.

Et *cette* partie de lui crevait la surface ! Dardée, elle paraissait exigeante, mais aussi tentatrice.

Amalie se découvrit privée de souffle. Une nervosité qu'elle ne parvenait pas à maîtriser s'était emparée d'elle. Elle tremblait. Sans même s'en rendre compte, elle recula, tentant de se placer hors de portée de cette... de cet appendice affolant.

— Non, *a leannan*, pas question que tu battes en retraite. Il est trop tard.

Il tendit le bras, le ferma autour des épaules d'Amalie et attira la jeune femme contre lui. Puis il baissa la tête et scella sa bouche à la sienne. Il lui donna un long, profond baiser qui lui fit voir des étoiles.

Tout à coup, elle sentit qu'il faisait courir quelque chose sur son décolleté. Du coin de l'œil, elle regarda ce dont il s'agissait. Du savon.

Il le lui plaqua dans la paume et s'adossa à la paroi rocheuse, bras écartés posés sur le bord du bassin.

— Fais de moi ce que tu voudras, petite.

Ses yeux bleus avaient pris une teinte outremer.

Il entendit le petit son qu'émit Amalie, assista au ballet des émotions qui défilaient sur son ravissant visage. Étonnement, hésitation, désir. Il s'embrasa, et constata, éberlué, que son sexe prenait des proportions effarantes, alors qu'il s'était cru déjà au paroxysme de l'excitation. Il dévorait la jeune femme du regard, transporté par le spectacle de ses épaules délicates, de ses seins ronds aux pointes arrogantes, tellement roses qu'il mourait d'envie de les sucer comme un bonbon, et qui semblaient le défier.

Il repoussa les cheveux incroyablement longs d'Amalie, qui flottaient autour d'elle tels des voiles. Mon Dieu, elle était parfaite ! Les gouttes d'eau scintillaient sur sa carnation délicatement cuivrée. Cette fois, il n'y avait plus de couverture, de vêtements, plus d'obligation de discrétion. Personne ne risquait de surgir. Il pouvait enfin se gorger de la beauté de cette femme, de *sa* femme.

Mais il ne dérogerait pas à sa décision. Quelque effort que cela lui coûtât, il allait laisser Amalie le découvrir. Qu'elle fasse de lui ce que bon lui chanterait. Il serait certainement très vite à bout de patience, mais tant pis.

Elle fit mousser le savon entre ses paumes, puis le posa sur le bord du bassin. Ceci fait, elle étira sa lèvre inférieure en une mimique qui trahissait l'incertitude : par où commençait-on pour laver un mari ?

Amusé, il lui dit :

— Ne sois pas timide, petite. Il n'y a pas de honte entre époux. Tu as le droit de tout connaître de mon corps.

Elle appuya ses mains enduites de savon sur son ventre puis les fit glisser langoureusement, formant de grands cercles, déclenchant des contractions dans son abdomen. Elle les déplaça vers ses pectoraux et joua avec sa toison qui, très vite, ne fut plus que mousse blanche. Du bout des pouces, elle tourna autour de ses mamelons qui réagirent aussitôt en se durcissant. Elle parut étonnée.

— Eh oui, cela marche sur moi aussi, murmura-t-il.

La bouche arrondie sur une exclamation de surprise muette, elle battit des cils puis fit descendre ses mains vers ses hanches, dont elle suivit sous l'eau le contour. Une manœuvre, comprit-il, pour les rapprocher insidieusement de son sexe tendu. Le souffle court, il attendit et... oui, elle jouait d'audace ! Ses doigts venaient de se fermer autour de son membre, et il se crut propulsé au paradis.

Amalie sentit Morgan sursauter. Avait-elle fait un geste déplacé ? Quelque chose de douloureux ? Inquiète, elle le regarda. Il avait les mâchoires serrées et les yeux clos. Elle retira vivement sa main.

— Je t'ai fait mal !

Un sourire coquin sur les lèvres, il souleva légèrement les paupières.

— Non, *a leannan*, au contraire.

Rassurée, Amalie reprit son exploration de cette partie du corps cachée sous l'eau, un écran dont elle appréciait la présence. Elle toucha, soupesa, s'émerveilla du poids et de la dureté des attributs masculins, ces deux poches rondes sous le pénis, puis revint à celui-ci et l'entoura de ses doigts malhabiles.

— Tu es si dur et si doux en même temps... Dedans, y a-t-il ce qui doit aller en moi ?

— Oui, lâcha-t-il dans un souffle rauque. Oooh...

Elle avait fait coulisser la peau fine tendue sur le sexe. Entendre le râle de plaisir de Morgan exacerba son excitation. De petits spasmes se manifestaient dans son bas-ventre. Savoir que Morgan appréciait ce qu'elle faisait l'exaltait. Entre ses mains, cet homme si fort faiblissait. Détenir tant de pouvoir la grisait. À volonté, elle pouvait l'amener à gémir, la tête renversée en arrière. Elle se livra à un manège de plus en plus torride, faisant aller et venir sa main, jusqu'à ce qu'en un éclair il se penche et la prenne dans ses bras pour l'embrasser avec une fièvre qui la chavira. Sa bouche, sa langue ravissaient son souffle. Ses dents heurtaient les siennes. Sa poitrine glissante de savon se frottait contre ses seins, suscitant des réactions enflammées dans ses pointes durcies.

Il la lâcha aussi soudainement qu'il l'avait enlacée, la fit basculer sur le côté et attrapa le savon.

— Maintenant, femme, je vais te laver.

Il commença par sa tête, veillant à ne pas mettre de mousse dans ses yeux. Il lui massa longuement les tempes, et elle éprouva un bien-être bienvenu après la tension des instants précédents.

— Est-ce que c'est bon, femme ?

— Oh, oui...

La chair de poule instillait des picotements sur ses bras et son buste. Lorsque Morgan se consacra à sa nuque, elle exhala un long soupir de conten-

tement. Comment des massages sur la tête pouvaient-ils se révéler aussi sensuels ?
— Plonge.
Amalie prit une profonde inspiration et passa sous l'eau pour rincer ses cheveux. Lorsqu'elle remonta, les mains pleines de savon de Morgan l'attendaient. Immédiatement, il s'occupa de ses épaules, descendant le long des bras avant de dévier vers son ventre et sa cage thoracique. Le tout avec une lenteur infinie. Sur des charbons ardents, elle attendait qu'il arrive à ses seins.

Elle n'eut pas à attendre longtemps. Il les prit dans ses paumes, et elle songea qu'ils étaient exactement de la taille qui convenait. À croire que le Ciel avait songé à Morgan quand il lui avait donné ce corps...

Ses pouces suivaient l'arrondi des aréoles, les abandonnaient pour stimuler les pointes, revenaient aux aréoles. Elle crut défaillir de plaisir. Elle se laissa aller contre la poitrine de Morgan et geignit. Il baissa alors la tête et ce fut avec sa langue qu'il continua ses caresses. Il s'était placé de façon que son sexe soit calé contre ses reins. Le membre était dur comme du marbre. Dans peu de temps, il serait en elle. Une pensée qui lui arracha un frisson d'anticipation. Bien qu'immergé, son corps lui semblait brûlant. Le cœur de l'incendie se situait entre ses cuisses. Elle aurait aimé que Morgan la fasse jouir avec la main, la soulage, ainsi qu'il le disait. Mais elle se doutait que ce soir le soulagement viendrait de son sexe, et que ce serait mille fois plus fort.

Comprit-il ce qu'elle éprouvait ? Sans doute, puisqu'il amena sa main là où elle en avait le plus besoin. Doucement, il écarta les plis de son sexe et le caressa, sans hâte mais avec précision, et le supplice d'Amalie ne tarda pas à se muer en extase.

Mais, découvrit-elle dès son retour sur terre après cet ensorcelant voyage, son corps était toujours en demande.

— Morgan, je t'en prie... aide-moi !
— De quoi as-tu besoin, petite ?
— De toi... en moi.

Jamais Morgan n'avait été aussi près de perdre sa maîtrise de soi. La sensualité innocente d'Amalie le bouleversait, abattait ses défenses une à une avec la force d'un ouragan. Il appuya le menton sur le dessus de sa tête et insinua deux doigts dans le sexe si étroit qu'il songea que jamais il ne réussirait à se glisser à l'intérieur. Mais il savait que ce serait possible, que la nature était ainsi faite.

Il retira ses doigts, plaça Amalie face à lui et l'embrassa. L'intense fusion de leurs langues symbolisait l'acte à venir. Il s'assit au bord du bassin, puis souleva Amalie et l'installa à cheval sur ses genoux, cuisses largement ouvertes. Il s'était juré d'aller lentement la première fois, mais le désir l'emportait. Il se découvrait incapable de faire durer ces préliminaires. Il détacha sa bouche de la sienne, lui fit reculer la tête et la regarda droit dans les yeux.

— Amalie, il est désormais impossible de revenir en arrière, déclara-t-il solennellement. Si le fort Carillon te manque, il va falloir que tu luttes pour m'échapper et qu'ensuite tu coures. Car après ce qui va arriver, je ne te laisserai plus partir. Tu seras mienne, et je serai tien, jusqu'à ce que la mort nous sépare.

Du fond de l'âme, Amalie aspirait à la concrétisation de ce mariage. Partir ? Non, elle ne partirait pas. Ni maintenant, ni jamais. Elle posa la main sur sa joue rugueuse de barbe.

— Oui, Morgan, je veux être tienne.

Il garda le silence, ne bougea pas. Il la fixait avec une intensité qui la fit frémir. Pendant quelques instants, le temps sembla suspendu. Puis elle sentit l'extrémité de son sexe toucher le sien. Doucement, il se glissa dans son intimité, marqua une pause avant de pénétrer plus loin, vers ce barrage qu'était sa virginité. Elle se crispa, dans l'attente de la douleur. Morgan se figea, les yeux rivés aux siens, comme s'il lisait dans les tréfonds de son esprit, puis donna un coup de reins.

Un seul. Qui suffit à rompre le barrage.

Tendue, les yeux clos, Amalie avait attendu la douleur qui s'était révélée brève mais intense. Ainsi, son mariage était consommé, elle était une femme à part entière, songea-t-elle en un éclair. Et un sentiment de plénitude et de triomphe confondus s'empara d'elle. Elle rouvrit les yeux, sourit à Morgan, puis fit osciller ses hanches. Elle le sentait en elle, une sensation merveilleuse.

— Doucement, *mo leannan*. Tu n'auras pas mal longtemps, je te le promets.

— Ce n'est pas si... Oh!

Il avait bougé et de nouveau, un élancement lui avait traversé le ventre. Mais dans la seconde qui suivit, une bouffée d'extase se diffusa dans tout son être.

Morgan esquissa un va-et-vient. Puis la regarda, interrogateur. Elle hocha la tête, sourit encore. Il recommença. Cette fois plus énergiquement. Elle lui fit comprendre d'une pression des mains sur les épaules qu'elle allait bien. Ô mon Dieu, oui, elle allait bien! Une allégresse la portait sur ses ailes. Elle osa bouger à son tour, enfonçant le sexe de Morgan plus profondément. Elle le voulait tout entier en elle.

— Seigneur... souffla-t-il.

Elle répondait à ses coups de reins qui s'amplifiaient. Elle avait déplacé les mains de ses épaules à son dos, appuyant pour qu'il se plaque contre sa poitrine.

Elle était si étroite, songea-t-il, éperdu. Elle se donnait sans restriction, mais son corps regimbait. Son sexe le serrait comme un poing de soie. Jamais il n'avait ressenti pareille émotion. Parce que c'était la première fois, qu'il était le premier homme ? Ou peut-être parce qu'il l'aimait comme jamais il n'avait aimé. Oui, il l'aimait tant qu'il avait l'impression que son cœur allait exploser de bonheur.

Il observa les effets de son amour sur elle. La jeune fille qui aurait pu devenir servante de Dieu avait disparu. C'était son épouse qu'il tenait dans ses bras, une femme passionnée, aux seins arrogants, aux lèvres entrouvertes sur des gémissements dans lesquels il entendait son prénom.

— Amalie, mon ange...

Un bras autour de sa taille, l'autre arrondi autour de son dos, il la rapprocha de lui, l'incita à s'arquer, faisant sortir ses seins de l'eau, et l'embrassa avec une passion confinant à la frénésie. Elle enfonçait les ongles dans ses épaules, et il trouvait cela délicieux. Il accéléra le rythme, sans cesser de l'embrasser afin d'être en elle de toutes les façons possibles. Sa langue, son sexe... Une possession totale, mais réciproque : il ne s'appartenait plus. Il était à elle.

Pour la première fois de sa vie, Amalie vivait une expérience inouïe. Ils n'étaient plus qu'un, emportés par les vertiges de l'amour.

Morgan sentait croître en lui les prémices de l'orgasme. Cela faisait si longtemps qu'il n'avait eu de femme. Trop longtemps. Mais il devait se contenir. Il ne fallait pas qu'il jouisse tout de suite. Amalie. Penser à Amalie, se dit-il en serrant les dents.

— Viens, *mo luaidh*, viens...

— Je ne... Mon Dieu !

Elle avait crié. Agrippée à ses épaules, les jambes lui ceinturant la taille, elle se mit à haleter.

Que lui arrivait-il ? se demanda-t-elle dans un bref accès de lucidité. Elle s'entendait crier, se rendait compte qu'elle tremblait. Elle bougeait en parfait accord avec Morgan, les hanches imbriquées dans les siennes. Elle l'embrassait avec ferveur comme si sa vie en dépendait. De ses reins avait surgi un geyser de jouissance qui montait, noyait tout son être. Elle tressautait sous l'assaut des spasmes de délice qui faisaient vibrer son ventre, elle avait les larmes aux yeux.

Et soudain, ce plaisir déferla, partit de son sexe et se répandit dans son corps, brûlant et bienfaisant à la fois. Elle était la proie d'une folie des sens. Son cerveau lui sembla se fragmenter en une myriade d'éclairs lumineux. Elle émit un long râle, tête renversée en arrière, à peine consciente que Morgan lui dévorait la gorge de baisers en répétant son nom.

L'orgasme l'emporta et prit son temps avant de la ramener sur terre.

25

Morgan peignait la chevelure mouillée d'Amalie. Elle avait les yeux fermés, la tête inclinée sur le côté. Le feu parait sa peau d'une teinte dorée. Toujours nue, elle avait coincé la couverture sous ses aisselles avant de l'enrouler autour d'elle dans un accès de pudeur bien féminine qu'il avait trouvé attendrissant.

Amalie. Douce Amalie. Sa femme.

Lui faire l'amour avait été une expérience incroyable. Dans le passé, il avait culbuté bien des dames et des demoiselles, pris tout le plaisir qu'elles pouvaient lui offrir et s'était montré généreux en retour. Mais avec Amalie, il avait fait l'amour, ce qui était totalement autre chose. L'extase qu'il venait de vivre l'avait secoué jusqu'au fond de l'âme. Cela avait été tellement intense qu'il avait cru mourir.

Jamais il ne s'était senti aussi étroitement lié à une autre personne. Ce n'étaient pas les vœux du mariage qui l'avaient attaché, ni le fait qu'il eût pris la virginité de la jeune femme. Pas davantage la possibilité que désormais elle portât son enfant.

C'était l'amour.

Qu'Amalie fût heureuse comptait pour lui autant que son propre bonheur. Qu'elle fût en sécurité avait plus d'importance que sa propre vie. Il croyait tout savoir de l'acte d'amour, mais il s'était trompé. Il en ignorait le principal, à savoir que son but était d'unir les corps jusqu'à ce qu'ils ne forment plus qu'un seul être. D'une certaine manière, il était aussi vierge qu'Amalie. Une pensée troublante.

Il se pencha et l'embrassa au creux de l'épaule.

— As-tu froid, *mo luaidh* ?

— Non. La nuit est chaude.

Le soleil était couché depuis longtemps, le ciel constellé d'étoiles. Dans la forêt, les créatures diurnes dormaient et la faune nocturne s'était éveillée.

— Veux-tu que je tresse tes cheveux ? demanda Morgan en peignant les longues mèches encore une fois.

— Tu sais donc faire cela ?

— Et les miennes ? riposta-t-il en montrant celles qui pendaient à ses tempes, symboles de son identité de guerrier. Qui, à ton avis, les a faites ? Connor ? Killy ?

Amalie éclata de rire. Il entreprit donc de faire les tresses tout en lui parlant de la maison qui l'attendait, de ses murs épais et solides qui la protégeraient, du verger qui serait lourd de fruits à l'heure de la récolte, de la terre grasse, des champs féconds.

— Tu n'auras ni froid ni faim, je te le promets. Toutefois, au début, je ne pourrai pas rester auprès de toi : Wentworth va me rappeler. Mais Iain s'occupera de toi comme si tu étais sa sœur.

— Es-tu sûr que je serai la bienvenue ?

— Pourquoi ne le serais-tu pas ?

— La femme de ton frère est fidèle à l'Angleterre, et protestante, n'est-ce pas ?

— Oui, mais Annie n'est pas du genre à juger quelqu'un en fonction de ses origines ou de sa foi. Si elle l'était, elle haïrait son mari.

Amalie ne paraissait pas convaincue. Une expression d'inquiétude marquait ses traits.

— Les Anglais n'apprécient guère les sang-mêlé. Ma peau est sombre et…

— Ta peau est plus claire que la mienne, petite. Du lait à peine teinté d'une goutte de café. De plus, Iain, comme moi, est frère de sang des Mohicans. Annie et lui n'ont aucune réticence vis-à-vis des Indiens et ne toléreraient pas que quelqu'un en ait. Ils sont désormais ta famille et ils vont t'aimer. Mes hommes ne t'ont-ils pas ouvert leur cœur ?

— C'est vrai, ils ont été adorables.

Morgan eut un petit rire. Ils aimeraient voir la tête que feraient ses rangers en s'entendant qualifier d'« adorables ». Ils rougiraient jusqu'aux oreilles.

— Ils ne te déplaisent donc pas ? s'enquit-il en embrassant Amalie sur le bout du nez.

— Non, bien sûr que non !

Un loup hurla dans le lointain. Morgan sentit Amalie se crisper. Elle dirigea son regard vers la forêt ténébreuse. Il songea tout à coup que bien qu'ayant du sang abénaqui, elle n'avait jamais vécu avec les Indiens. Élevée au couvent, elle ignorait tout de la forêt et des animaux qui y habitaient.

Désireux de la rassurer, il l'attira contre lui et posa un baiser sur sa joue.

— Il n'y a rien à craindre. Ce n'est qu'un tout petit loup.

Qui hurla de nouveau, et cette fois ses semblables lui répondirent. L'un d'eux se trouvait manifestement très près. Morgan se rendit compte qu'Amalie faisait en sorte de ne pas trahir sa peur, mais elle ne respirait plus que par à-coups.

Elle ne voulait pas passer pour une couarde ou une sotte, mais la forêt semblait les cerner de toutes parts, menacer de se fermer sur eux comme un étau.

— Tu n'as donc pas du tout peur, Morgan ?
— Non. Les hommes de Joseph nous entourent et montent la garde. Si le moindre danger menaçait, ils nous préviendraient. Je n'ai pas non plus peur des bêtes de la forêt. Dans ces bois, la mort avance sur deux pattes, pas sur quatre.
— Mais le loup...

L'animal hurla une nouvelle fois, un son plaintif qui donna la chair de poule à Amalie. L'autre lui fit écho.

— Ce loup ne cherche qu'à retrouver le chemin de sa tanière, expliqua Morgan tout en caressant Amalie derrière l'oreille, là où la peau était si sensible. Sa femelle entend son appel et lui répond pour le guider.

Les caresses de Morgan chaviraient Amalie. Elle avait du mal à coordonner ses idées.

— Pourquoi le... loup est-il perdu ?

Il écarta les pans de la couverture dans laquelle elle s'était enveloppée, dénudant ses seins. La chaleur dans son ventre, qu'elle avait crue éteinte, se ranima aussitôt.

— Il était parti à la chasse, espérant rapporter un lapin bien gras pour nourrir sa femelle qui va bientôt donner le jour à ses louveteaux, et a donc besoin de viande. Mais il est allé trop loin dans l'obscurité et s'est égaré.

Amalie fit glisser ses mains sur la poitrine de Morgan et savoura la douceur de sa peau, la dureté de ses muscles sous ses paumes. Que cet homme soit à elle la grisait mieux que le meilleur des vins.

— Et en a-t-il trouvé un ? Un lapin gras ?

Morgan lui pinça les pointes des seins, déclenchant une petite douleur qui se mua en ondes de plaisir.

— Oui, parce qu'il est un excellent chasseur, fort et rapide.

Hors d'haleine, Amalie fit descendre ses mains le long du buste de Morgan, jusqu'à cette partie de son corps si ensorcelante, récemment découverte. Elle ferma les doigts autour du sexe déjà dressé, et Morgan accueillit ce geste avec un grognement de bonheur.

— Que va-t-il faire... quand il la retrouvera ? demanda Amalie dans un souffle.

— Il va faire... ceci.

Il s'agenouilla, la prit dans ses bras et l'embrassa avec fièvre. Puis il fit une chose que jamais elle n'aurait imaginée.

Il lui arracha la couverture, passa derrière elle et la poussa doucement en avant. Elle tomba à quatre pattes. Il prit alors les globes de ses fesses à deux mains, se pencha sur elle et entreprit de lui mordiller le lobe de l'oreille.

— Morgan, qu'est-ce que... Oh...

Maintenant, il pesait sur son dos. D'une main, il lui caressait le sexe, de l'autre les seins.

— Tu es à moi, Amalie. Tu es ma femme, ma compagne.

Cette manifestation de propriété la fit frémir de plaisir. Il y avait tant de chaleur dans la voix de Morgan que ses battements de cœur s'emballèrent. Dans le lointain, le loup hurla.

— Amalie, tu me mets en feu !

Lui, en feu ? Et elle, alors ? Son corps se muait en brasier dès qu'il la touchait. Elle se rendit compte qu'elle faisait osciller ses hanches contre lui, comme pour l'attirer. Elle était prête à le recevoir.

— Morgan, je t'en prie...

La femelle du loup répondit.

Morgan écarta les jambes d'Amalie, se cala derrière elle comme... comme, grands dieux ! comme un bélier derrière une brebis ! Il... il allait la posséder ainsi !

Il glissa sans peine son sexe en elle, sans cesser de lui mordiller l'oreille. Dès qu'il fut bien en place, il se mit à donner des coups de boutoir. Elle dut tendre les bras pour se retenir à un rocher. Elle l'entendait ahaner. Le loup hurlait. L'homme... la bête... Mais seul l'humain pouvait ressentir un tel plaisir. C'était l'apanage de son espèce.

Il allait et venait en elle, distillant des sensations qui lui faisaient tourner la tête. Il l'enveloppait de tout son corps, ses lèvres brûlantes couraient sur sa nuque. Cette position, découvrit-elle, permettait à son sexe d'entrer tout entier, de toucher l'extrémité du sien. Chaque contact était tellement exquis qu'elle avait peur de défaillir. Il accéléra la cadence et elle cria, un cri qui à ses oreilles ressemblait étrangement à celui de la louve.

— Tu es si bonne, *a leannan*, si mouillée, si étroite...

Les deux loups continuaient leur échange mais elle les entendait à peine, assourdie par le sang qui battait sourdement dans ses tympans, sa respiration saccadée. Elle approchait de la jouissance. Des étincelles crépitaient sous ses paupières closes, des fulgurances de jouissance traversaient son corps en rafales. Son ventre, là où naissait cet inconcevable plaisir, se contractait au rythme des va-et-vient de Morgan, se relâchait, et des sensations ensorcelantes irradiaient dans tout son être.

Les grondements sourds de Morgan se mêlaient à ses cris. L'orgasme les posséda au même instant, monta crescendo jusqu'au sommet puis se dissipa lentement, par paliers, les laissant épuisés et repus de bonheur.

À son réveil, Amalie découvrit que le soleil se levait et qu'un bouquet de fleurs sauvages était posé sur la peau d'ours à côté d'elle. Elle s'étira langoureusement et sourit. Morgan n'était pas là. Sans doute était-il allé faire le point avec Joseph. Il n'allait pas tarder à revenir, affamé, pour le petit déjeuner.

Elle s'assit, prit le bouquet et le porta à ses narines. La délicate senteur du muguet et des églantines la grisa. Les tiges avaient été attachées avec de longs brins d'herbe. Hier matin, elle avait eu droit à des mûres. L'avant-veille, à du miel encore dans son rayon. Les marques de piqûres sur les bras de Morgan avaient montré qu'il s'était donné beaucoup de mal pour lui faire ce cadeau.

Les moments magiques passés dans les bassins derrière la cascade dataient maintenant de six jours. Six jours radieux qui lui donnaient l'impression qu'auparavant sa vie n'avait été que brume grisâtre. M. de Bourlamaque et le père François lui manquaient, comme ses livres et ses autres possessions, mais les avoir perdus n'entamait pas la joie qu'elle éprouvait à vivre auprès de Morgan, à être sa femme. Jamais elle ne s'était sentie autant en sécurité, heureuse, sereine.

Chaque jour, Morgan l'avait guidée d'un pas sûr dans la forêt. Ses talents de pisteur l'émerveillaient et suscitaient son respect. Chaque jour, il lui en avait appris davantage sur l'amour entre un homme et une femme, lui révélant les mystères de leurs corps, faisant de la forêt ténébreuse un éden pour leur lune de miel. Chaque nuit il l'avait serrée contre lui, et elle s'était endormie en écoutant les douces berceuses que lui chantait la forêt.

Elle posa les fleurs sur la fourrure, s'habilla et noua prudemment sa tresse sur sa nuque avant de se pencher sur le feu pour préparer le petit déjeuner. Elle achevait de ranimer les braises quand Morgan revint, ceinture de la culotte bas sur les hanches, chemise largement ouverte sur la poitrine, visage mangé de barbe sombre.

— Bonjour à toi, époux.

Morgan s'assit et sourit. Il voulait protéger sa femme, ne pas l'inquiéter, mais il fallait l'emmener loin d'ici sans tarder.

— Bonjour à toi, épouse.

— Merci pour ton gentil présent, dit Amalie en prenant le bouquet pour en humer de nouveau le parfum. Mmm... Elles sentent si bon...

— Pas autant que la jolie dame qui les tient, répliqua-t-il en l'embrassant sur la joue. As-tu bien dormi ?

Le nez toujours enfoui dans le bouquet, Amalie le regarda, les yeux brillants de sensualité.

— Dormir à côté de toi est toujours un plaisir.

Morgan sentit ses instincts sauvages se manifester. Il brûlait de la renverser sur le dos, trousser ses jupes et la prendre sans plus de cérémonie, mais son cerveau lui intima de se maîtriser. À cause des Indiens wyandots auxquels Joseph et ses hommes s'étaient heurtés peu avant le lever du soleil.

Morgan avait été réveillé aux petites heures de l'aube par des coups de feu dans le lointain. Il avait aussitôt compris que les Mohicans avaient des problèmes. Prenant garde à ne pas réveiller Amalie, il s'était habillé en un tournemain, avait préparé ses armes, mais le silence était retombé sur la forêt. Il s'était demandé avec angoisse qui était sorti victorieux de l'affrontement.

Puis l'un des plus jeunes guerriers de Joseph, Isaiah, était venu lui apporter les informations.

— Les sentinelles ont vu une escouade de vingt Wyandots. Ils campaient près de William Henry. Ils avaient des prisonniers. Deux femmes et un adolescent. Joseph a envoyé la moitié d'entre nous les attaquer. On les a tués et les prisonniers sont sains et saufs.

Pas de pertes non plus parmi les guerriers de Joseph, ni de blessés graves. Une douzaine de Mohicans avaient été chargés d'escorter les captifs terrifiés jusqu'à leur ferme et de les aider à enterrer leurs morts.

La bataille était terminée, l'ennemi abattu, mais les ennuis n'étaient cependant pas derrière eux. Si Morgan avait entendu les coups de feu, les autres Wyandots les avaient entendus aussi. À partir d'ici, près des ruines gorgées de sang de Fort William Henry, toutes les pistes convergeaient. Français en quête de rangers ou d'Anglais à prendre en embuscade, Indiens en quête de fermes à mettre à sac, Anglais traquant des Français, Indiens ennemis, déserteurs... ce n'était vraiment pas un endroit pour une femme.

— Je suis heureux que partager mon lit te plaise, petite.

Il lui caressa la joue, mal à l'aise car ce qu'il s'apprêtait à lui dire allait l'effrayer.

— Nous n'avons pas le temps de prendre le petit déjeuner, ce matin, poursuivit-il. Il y a eu une bataille juste avant l'aube. Les coups de feu ont été certainement entendus. Les renforts de l'ennemi vont arriver. Il nous faut partir tout de suite.

Elle cilla, puis redressa fièrement le menton.

— Dis-moi ce que je dois faire.

Plus vite qu'il ne l'aurait cru, les paquetages furent prêts. Joseph vint aider Morgan à effacer les traces de leur présence.

— Amalie, cette journée va être la plus difficile de notre voyage. Il va falloir se déplacer en silence et furtivement. Avec un peu de chance, nous atteindrons la ferme après-demain.

Elle posa sur lui des yeux empreints de gravité.

— Je ferai de mon mieux pour n'être pas une charge.

— Douce Amalie, dit-il en lui prenant le menton entre deux doigts, tu n'es jamais une charge.

Ils progressaient sans bruit, ne s'arrêtant que très brièvement pour boire, manger une poignée de maïs séché ou remplir leurs outres. Amalie craignait que des Hurons ou des Abénaquis ne leur tombent dessus d'un instant à l'autre, mais elle savait Morgan en alerte et la confiance qu'elle lui vouait lui permettait de maîtriser sa peur. Il semblait lire la forêt aussi bien qu'elle un livre. Et puis Joseph et ses hommes étaient là, ombres vigilantes.

Suivre la cadence du groupe lui était relativement facile, maintenant que son corps s'était habitué aux efforts de la marche. Elle éprouvait une certaine fierté à l'idée d'être allée si loin à pied en pleine nature. Qu'aurait pensé la mère supérieure si elle l'avait vue ?

À deux reprises, ils trouvèrent des traces de l'ennemi. Une autre fois, ils s'immobilisèrent pour intimer avec force gestes à une ourse de s'éloigner. Trois oursons la suivaient. Ils cherchaient des baies.

— Mon Dieu qu'elle est grande, souffla Amalie en regardant, émerveillée, la bête qui s'enfonçait sous le couvert des arbres, ses bébés trottinant derrière elle.

Ce ne fut qu'en fin d'après-midi qu'ils rencontrèrent des soldats.

Morgan fit passer Amalie derrière lui, et indiqua d'un doigt en travers des lèvres qu'elle devait garder le silence. Les soldats n'étaient pas des Français, mais des Anglais. Pourquoi Morgan se cachait-il d'eux ? Elle l'interrogea du regard et il secoua la tête, lui signifiant que l'instant n'était pas propice aux questions.

Lentement, la colonne de soldats passa devant eux sans les voir. Ils se dirigeaient vers l'ouest. Leurs uniformes rouges se détachaient violemment sur le vert de la forêt. Leurs visages étaient marqués par la tension nerveuse.

— Ils ont reçu ordre d'Amherst, lui expliqua plus tard Morgan, de tirer à vue sur tous les déserteurs. Je n'avais pas envie de mettre leur obéissance à l'épreuve.

— On ne voudrait pas que tu sois exécuté avant ton procès, pas vrai ? lança Joseph, hilare.

Déserteur ? Procès ? Exécuter ?

Amalie comprit alors que les actes de Morgan au fort Carillon avaient fait de lui un traître à la cause anglaise.

26

— Je sais bien que tu vas mourir de chaleur, Amalie, mais n'enlève pas ta robe. Cette nuit, nous dormons tout habillés.

Amalie hocha la tête. Ils se trouvaient sur le flanc sud de William Henry, mais étaient encore trop près de l'ancien fort pour abaisser leur garde. Aujourd'hui, ils avaient trouvé les traces d'une demi-douzaine d'échauffourées, beaucoup trop pour qu'ils s'imaginent seuls dans le secteur. Il fallait qu'ils soient prêts à lever le camp à la moindre alerte, ce qui impliquait qu'ils ne se déshabillent pas. Ni ne fassent du feu, et donc prennent un repas chaud.

— Viens manger, petite.

Morgan s'assit sur la peau d'ours et sortit de son paquetage du pemmican donné par Joseph et un rayon de miel enveloppé dans du papier.

— Cela t'aidera à régénérer tes forces.

Sans mot dire, Amalie s'installa à côté de lui et avala chaque morceau de pemmican qu'il lui tendit. Puis elle suça le miel directement sur le rayon, après quoi elle se lécha les doigts. Comme les autres, elle n'avait eu que du maïs séché depuis le matin. Agrémenté de myrtilles cueillies pour elle par Joseph.

Morgan était fier d'elle. Il l'avait contrainte à marcher bien plus vite que les sept jours précédents, et elle s'était exécutée sans se plaindre. Elle avait scrupuleusement gardé le silence. Elle était peut-être une petite femme, mais elle était forte.

Cette dernière journée n'avait pas été facile pour elle. Elle portait la fatigue sur son visage. Ses yeux étaient cernés de noir. Les grands espaces sauvages étaient cruels pour les femmes. Ils ne laissaient aucune place à l'innocence ou à la douceur.

— Tu t'en es bien sortie, aujourd'hui, dit-il, désireux de la rassurer.

— J'espère ne pas vous avoir retardés, répliqua-t-elle d'une voix étrangement atone.

Elle s'allongea sur la peau d'ours comme pour dormir, dos tourné à Morgan. S'il n'avait perçu sa tension, il l'aurait crue épuisée. Il l'observa quelques instants, et comprit à sa respiration hachée qu'elle pleurait.

Il lui caressa les cheveux, puis immobilisa la main sur sa hanche.

— Amalie ? Qu'est-ce que tu as ?

Elle mit longtemps à répondre.

— Depuis quand sais-tu que Wentworth te considère comme un traître ?

Voilà qui expliquait la détresse qu'il avait lue dans ses yeux.

— Connor me l'a appris la nuit où nous avons campé avec lui et les rangers. Tu étais endormie. Je n'ai pas jugé utile de te réveiller pour cela.

— Mais je suis ta femme, pas une enfant ! Si tu savais le risque que tu encourais en regagnant Fort Elizabeth, pourquoi avoir voulu entreprendre ce voyage ? Nous aurions pu rentrer au fort Carillon et…

— Je ne peux pas retourner au fort Carillon, petite, tu le sais bien.

— Bourlamaque aurait compris que Rillieux nous avait enlevés par la force ! Il n'aurait rien su de tes activités d'espionnage si tu ne le lui avais pas dit! Il nous aurait suffi de rentrer ensemble et...

— L'important, ce n'est pas que Bourlamaque ait su ou non la vérité, Amalie. Il m'était impossible de rallier une armée qui tue mes frères ou mes hommes! Crois-tu que toi ou moi aurions été les bienvenus, une fois que les soldats auraient appris que Connor avait tué Rillieux? Non, petite. De plus, je ne pouvais pas vivre dans le mensonge. Ni accepter l'hospitalité de Bourlamaque sans lui confesser ce que j'avais fait. Et cela m'aurait valu d'être envoyé à Oganak.

Amalie roula sur elle-même pour lui faire face. Elle le regarda comme s'il était fou.

— Bourlamaque ne t'aurait jamais condamné à être brûlé vif! Il serait incapable de faire une chose pareille!

— Amalie, il m'a dit que si je le trahissais, il allumerait le feu lui-même.

— Mon Dieu... Il... il a dit cela?

— Oui, il l'a dit. Avec Montcalm, dans les lettres qu'ils ont échangées, ils parlaient de m'exécuter, même après que j'ai été accueilli au fort Carillon. Cet endroit n'est plus sûr pour nous, Amalie. Et dans la mesure où tu es concernée, je ne prendrai pas de risque. Je préfère être bien droit dans mes bottes et défendre mon honneur. Dès que j'aurai tout expliqué à Wentworth, il comprendra. En attendant, tu seras en sécurité avec Iain et Annie.

Amalie ne parut pas convaincue. Il pensa savoir pourquoi.

— Aujourd'hui, cela a été difficile pour toi, petite. Tu es fatiguée, et sur le point d'entrer dans un nouveau monde: nouvelle maison, nouvelle famille, nouvelle vie. Je t'ai arrachée à tout ce que tu connais. Mais je te promets que tu ne seras pas sans foyer. Demain, tu auras un bain et un repas chaud. Tu dormiras dans un vrai lit avec un vrai toit au-dessus de la tête.

— C'est pour *toi* que j'ai peur, Morgan ! J'ai peur de ce que les Anglais vont te faire ! Je ne veux pas te voir à nouveau enchaîné ou fouetté, ou… pire. Tu as fait tout ce qui était en ton pouvoir pour rester loyal à Wentworth, et pourtant il doute de toi. Il ne mérite pas ta loyauté !

— Non, c'est vrai.

Il lui caressait les lèvres du bout du doigt. Au voile sombre qui était tombé sur ses yeux, elle devina qu'il avait envie de l'embrasser.

— Wentworth n'a pas confiance en moi, continua-t-il. Mais je lui suis plus précieux vivant que mort. Une fois qu'il aura entendu la vérité, les choses redeviendront comme avant. Ensuite, lorsque je serai sûr qu'il n'y a plus de danger, je viendrai te chercher pour que tu vives avec moi sur l'île des rangers.

Sa force de persuasion avait fonctionné : Amalie se sentait mieux.

— Tu es vraiment certain qu'il te croira ? demanda-t-elle néanmoins.

— Pourquoi ne serait-ce pas le cas ? Ne t'en fais donc pas, *a leannan*. Je me charge de te changer les idées.

Il remonta la jupe d'Amalie jusqu'à la taille et posa ses mains brûlantes sur sa peau nue. Elle sentit son cœur manquer un battement.

— Ici ? Maintenant ? Avec Joseph et ses hommes si près ?

Il se cala entre ses cuisses.

— Oui. Ici, et maintenant.

— Parle-moi de Iain.

Main dans la main, ils marchaient d'un pas tranquille. L'après-midi était merveilleusement frais, grâce au ciel chargé de nuages de pluie. Joseph et ses guerriers leur avaient dit au revoir une heure plus tôt, les laissant au nord du domaine des McKinnon, sur un chemin défoncé qui les amènerait à la ferme. Très bientôt, Morgan serait chez lui.

Il avait l'impression de déjà sentir les odeurs familières. Cela faisait une éternité, avait-il l'impression, qu'il était parti d'ici.

— Iain est un chef né, un bon combattant, un bon mari et un bon père.

La gorge nouée par l'émotion, Morgan se demandait quelle serait la réaction de son aîné quand il découvrirait qu'il était vivant.

— Il est plus grand que moi, il a un an de plus, mais nous nous ressemblons beaucoup.

— A-t-il vraiment choisi de recevoir cent coups de fouet pour protéger Annie?

— Oui, et elle a assisté au supplice. Mais je pense qu'elle se serait effondrée si je ne l'avais pas soutenue. Ce n'était pas facile pour elle.

— Je l'imagine aisément.

Craignant qu'elle ne se désole de nouveau, Morgan s'empressa de la distraire.

— N'y avait-il pas au couvent des filles avec lesquelles tu étais amie?

— Non. La mère supérieure me trouvait fière. Les sœurs aussi. Les filles critiquaient sans cesse mes cheveux et ma peau foncés, mais papa prétendait que c'était par jalousie.

— J'en suis sûr aussi.

Morgan était ému. La petite fille orpheline de mère avait grandi avec des femmes qui avaient été incapables de l'aimer.

— Tu n'as certainement pas dû considérer l'abbaye comme ta maison, dans une ambiance aussi dépourvue de gentillesse.

— Il n'y a jamais eu aucun endroit que j'aie pu appeler «ma maison».

Elle avait énoncé un fait, sans apitoiement sur elle-même. Le cœur serré, Morgan songea qu'Amalie n'avait eu autour d'elle que de hauts murs hostiles : ceux de l'abbaye et ceux du fort Carillon.

Il s'arrêta et lui releva le menton du bout de l'index.

— Je te promets que tu ne seras plus jamais seule. Ma maison est désormais la tienne, ma famille, ta famille.

Les yeux brillants de larmes, elle sourit.

Amalie écoutait les histoires que lui racontait Morgan sur son enfance, mais elle se sentait mal à l'aise, angoissée. Ils approchaient de la ferme, elle le comprenait à cause des foulées de Morgan qui s'étaient allongées, comme si sa maison l'appelait, l'attirait irrésistiblement. Elle comprenait sa fébrilité. Après tout, il avait cru ne jamais revoir son foyer.

— ... Iain et Joseph sont revenus à l'aube, vivants mais en piètre état, et tout le village les a accueillis dans la liesse. J'étais à la fois très fier qu'ils aient gagné le droit de porter les peintures guerrières, et dévoré de jalousie parce que, à leurs yeux, je n'étais qu'un gamin. Alors je suis tombé à bras raccourcis sur Iain.

— Tu n'as pas fait cela !

— Oh si, je l'ai fait. Il a eu un bel œil au beurre noir.

— Et lui, qu'a-t-il fait ?

— Il a pris le coup de poing, répondit Morgan en souriant, puis m'a toisé et a dit qu'il ne riposterait pas, car il était désormais un guerrier et que les guerriers ne frappaient pas les enfants. Des mots qui m'ont fait plus de mal qu'un horion. Nous y voilà !

Il pointait le doigt sur une grande ferme en bois flanquée de deux vastes granges. Des champs dont la récolte s'annonçait belle, s'étendaient devant les bâtiments. Il y avait aussi un verger, des chevaux dans un enclos, des vaches en pâture, des poules qui picoraient la terre.

— C'est ravissant! s'exclama Amalie.

La ferme idéale, telle qu'elle l'avait toujours imaginée.

La *maison*. Le mot s'insinua dans son esprit.

Morgan lui prit la main, posa un petit baiser sur le bout de son nez, puis l'entraîna.

— Viens, petite.

Ils couraient presque lorsqu'il cria:

— Hé, ho, la maison! Bonjour!

Un homme sortit sur le perron, fusil à la main. Il regarda Morgan et se figea. Sa ressemblance avec Morgan et Connor était frappante. Il semblait en état de choc. Il lâcha le fusil qui tomba par terre, se signa, fit un pas en avant, puis un autre, sans quitter Morgan des yeux.

— Vierge Marie, Mère de Dieu! C'est toi! Toi! Mais comment…

Les deux frères s'étreignirent. Des larmes roulèrent sur les joues d'Amalie. Son cœur était gonflé de joie pour Morgan qui avait pensé ne jamais revoir son foyer, pour son frère qui l'avait cru mort.

Iain recula et détailla le visage de Morgan.

— Bienvenue à la maison, frère! Bon sang, tu vas avoir bien des choses à expliquer.

— Sûr. Mais d'abord, je voudrais te présenter ma femme, Amalie Chauvenet McKinnon, dit Morgan en prenant Amalie par la taille. C'est grâce à sa bonté et sa compassion que je suis en vie.

Iain regarda Amalie avec émerveillement, prit ses mains entre les siennes et les serra avec chaleur, puis l'embrassa sur la joue.

— Bienvenue à la maison, sœur. Si je peux faire quoi que ce soit pour toi, il te suffira de demander. Il faut que j'entende toute l'histoire et...

Il fut interrompu par le claquement de la porte ouverte à la volée. La plus jolie femme qu'Amalie eût jamais vue sortit de la maison, un bébé aux cheveux sombres dans les bras. Ses longues tresses couleur de soleil brillaient dans la lumière. Elle poussa un cri, chancela et tomba à genoux dans un friselis de jupons, sans lâcher le bébé.

— Tu devrais t'occuper d'Annie, frère, fit Morgan, radieux. Elle me semble un peu secouée !

Riant aux éclats, il pivota vers Amalie, la souleva dans ses bras et, sous le regard effaré d'Annie, lui fit franchir le seuil de sa maison.

Amalie était assise à la longue table de bois et mangeait le délicieux ragoût de lapin cuisiné par Annie, pendant que Morgan narrait à Iain ses péripéties. Le bébé au sein, Annie fut au bord des larmes à plusieurs reprises au cours du récit. Manifestement, le retour de Morgan la bouleversait.

Lorsqu'il eut fini son histoire, il y eut un moment de silence.

Puis Iain pressa la main d'Amalie et, d'une voix vibrant d'émotion, déclara :

— Les mots me manquent pour te remercier, petite. Tu as sauvé la vie de mon frère, et pas qu'une fois. Je suis heureux qu'il t'ait épousée et que tu fasses désormais partie de notre famille. Peut-être ainsi me sera-t-il offert une chance de payer la dette que j'ai auprès de toi. Ce qui est à nous est à toi, Amalie.

— Merci, souffla la jeune femme, profondément émue.

Ils passèrent la majeure partie de l'après-midi à répondre aux questions de Iain et d'Annie. Morgan montra ses cicatrices, échangea des taquineries avec son frère, leurs éclats de rire virils mirent le bébé en joie, et ainsi tous purent admirer ses quatre minuscules dents toutes neuves. Lorsque l'ombre commença à s'étirer sur la ferme, Annie quitta la table pour aller préparer le dîner. Morgan et Iain se rendirent dans la grange pour s'occuper des réserves de nourriture, laissant Amalie seule avec sa nouvelle belle-sœur.

À son grand soulagement, elle se sentait parfaitement à l'aise avec Annie. Peu importait que la jeune femme fût protestante, anglaise et de noble extraction. Elle montra à Amalie la chambre qui serait la sienne et celle de Morgan. Elle était vaste, avec une belle cheminée, deux grandes fenêtres, un lit, une table et une psyché. Le bébé passa de l'une à l'autre pendant qu'elles faisaient le lit, plaçaient des chandelles neuves dans les bougeoirs sur la table de chevet. Elles échangèrent des anecdotes sur leurs époux respectifs et les circonstances peu classiques dans lesquelles elles les avaient rencontrés.

Annie laissa un moment Amalie avec le petit Iain, puis revint avec une brassée de vêtements féminins qu'elle posa sur le lit : jolies robes de coton ou de lin, jupons brodés, camisoles, chemise de nuit ornée de dentelle, culottes de coton.

— Ils devraient t'aller, Amalie. Il suffira de remonter les ourlets.

Elle reprit le bébé qui commençait à geindre et le mit au sein.

— Sers-toi de tout ceci, et ce pendant aussi longtemps que tu en auras besoin.

— Merci. Tu es très généreuse.

Annie eut un sourire un peu triste.

— Aussi longtemps que je vivrai, je n'oublierai jamais ce funeste matin où on nous a annoncé la mort de Morgan, que son corps avait été remis aux

Abénaquis. Iain pouvait à peine parler. Connor et lui, malades de chagrin, se reprochaient ce qui était arrivé. Je voulais les réconforter, mais j'étais aussi malheureuse qu'eux. Sais-tu que c'est Morgan qui m'a soutenue quand Iain a été fouetté ? C'est aussi lui qui s'est procuré ma robe de mariée, lui qui m'a protégée lorsque Iain a affronté en duel mon maudit oncle. Mon Dieu, je n'arrivais pas à croire qu'il était parti à jamais...

Ses yeux verts noyés de larmes se posèrent sur Amalie.

— J'ai vu mon mari revenir du combat, le regard hanté par le souvenir des hommes qu'il avait perdus. Mais jamais je ne l'ai vu aussi bouleversé quand il a cru Morgan mort et son corps profané. Et Connor... Dieu du ciel ! Je pensais qu'il serait tué avant la fin de l'été, tellement il était dévasté par le chagrin. Mais tu lui as sauvé la vie et nous l'as ramené, en prenant de terribles risques. Alors de nous deux, celle qui est généreuse, c'est toi, Amalie chérie.

— Cela ne te... gêne pas que je sois...

— Mi-française, mi-abénaqui ? Pas le moins du monde. Bon, si mon petit bout d'homme a l'estomac bien rempli, allons servir le dîner.

La tension qui tenaillait encore Amalie s'évanouit définitivement.

— Je n'aime pas ça, Morgan. S'il n'y avait que Wentworth, tout se réglerait sans dommage. Mais Amherst est dur et arrogant. S'il décide que tu es un traître, il n'acceptera pas de passer l'éponge. Il faut que tu sois prudent.

— Je le serai.

Les deux frères étaient assis sur le perron. Ils partageaient une flasque de rhum. Le dîner était terminé depuis longtemps et il faisait nuit noire.

— Je partirai demain matin, ajouta Morgan.
— Amalie sait-elle que tu vas t'en aller si vite ?
— Nous n'en avons pas encore parlé. Elle sait que je ne l'emmènerai pas avec moi. Je ne veux pas que Wentworth l'approche.
— Sage décision. Elle est adorable, Morgan. Belle et pure. Wentworth en ferait sa proie.
— Je sais. Comme il l'a fait avec Annie. Je compte sur toi pour donner un peu de chaleur à Amalie. Elle a passé quasiment toute sa vie avec des étrangers : au couvent, au fort. Peu importe ce qui m'arrivera : protège-la.
— Inutile de me le préciser. Je veillerai sur elle comme sur la prunelle de mes yeux. Maintenant, va la retrouver.

Morgan se mit debout et donna une tape sur l'épaule de son frère.
— Dors bien, frère.
— Toi aussi. Et, Morgan, bienvenue à la maison.

Amalie venait juste de finir de se sécher après son bain quand elle entendit la porte de la chambre s'ouvrir et se refermer. Morgan était là.
— Non, dit-il lorsqu'elle attrapa sa chemise de nuit. Reste comme tu es.

Son regard passait sur son corps nu avec la douceur d'une caresse. Il lui fit signe d'aller s'allonger sur le lit.

Lentement, il déboutonna sa chemise, puis la laissa tomber par terre. Ensuite, il se débarrassa de ses armes, toujours sans hâte, s'assurant qu'Amalie l'observait. La clarté des bougies accentuait le dessin de ses muscles et le velours de sa peau. Il détacha sa culotte, la fit glisser le long de ses cuisses et son sexe déjà tendu jaillit, libre de toute entrave, arrogant, puissant. Il se retourna et acheva d'ôter sa culotte en se penchant, offrant ainsi à Amalie le spectacle de ses fesses de dieu grec.

Il enjamba le bord du tub et se coula dans l'eau, sans retirer ses manchettes de guerrier, ses longs cheveux en liberté sur ses épaules.

— N'est-ce pas la coutume qu'une épouse lave son époux ? lança-t-il d'une voix profonde.

Amalie sentit quelque chose dans son ventre se crisper délicieusement. Délibérément, il employait les mots qu'elle avait prononcés lors de ce soir magique près des cascades.

— Si, souffla-t-elle.

— Alors viens, femme, et occupe-toi de moi.

Le cœur battant à tout rompre, Amalie s'agenouilla sur le lit et se pencha au-dessus du tub. Elle commença par raser son visage mangé de barbe sombre, puis lui lava le corps, usant de toute la science des jeux de l'amour qu'il lui avait enseignée pour le combler de bonheur. Quand elle ferma les doigts autour de son membre, il lui prit les seins à deux mains. Il les pétrissait langoureusement lorsqu'il se figea.

Il regardait quelque chose dans un coin de la chambre. Un sourire égrillard se dessina sur ses lèvres.

Il sortit du tub et marcha jusqu'à la psyché, qu'il souleva, porta au ras du lit, puis la fit pivoter de façon qu'Amalie se reflète entièrement dans le miroir. Elle se vit nue, les seins gonflés, les lèvres rougies par les baisers, les cheveux étalés autour d'elle comme un voile et les cuisses écartées, révélant cette partie d'elle que jamais, au grand jamais, elle n'avait regardée.

— Vois-tu comme tu es belle, petite ? demanda Morgan en glissant la main entre ses jambes pour les ouvrir davantage. Maintenant, regarde comment je vais te donner du plaisir.

27

Amalie pensait que Morgan allait s'étendre sur elle, mais au lieu de cela, il lui attrapa les chevilles et la tira vers lui. Puis il plaça ses jambes en V, sans cesser de fixer ce point précis de son anatomie, ce qui lui fit monter le rouge aux joues. Après quoi, il fit une chose que jamais elle n'aurait imaginée possible : il l'embrassa *là*.

Elle ne put retenir un cri, qui se mua en geignement extasié alors qu'il entreprenait de la lécher comme il léchait ses seins ou le lobe de ses oreilles. Ce qu'elle ressentait dépassait l'entendement. Elle croyait avoir expérimenté tous les actes susceptibles de procurer du plaisir, et découvrait que ce n'était pas le cas. Sans en être vraiment consciente, elle saisit les cheveux de Morgan à pleine poignée et haussa les hanches afin de s'ouvrir à lui plus largement.

— Regarde, *a leannan* !

Elle regarda. Et crut défaillir.

Dans le miroir, elle vit une femme perdue dans la luxure, le corps tordu de plaisir, les seins gonflés, les cuisses béantes, la tête de son amant nichée entre elles. C'était le spectacle le plus choquant auquel il lui eût été donné d'assister, excitant à en perdre la tête parce que cette femme lubrique, c'était elle.

Lorsque Morgan glissa deux doigts dans son sexe, son plaisir prit des proportions hallucinantes et elle songea que son cœur n'y résisterait pas, qu'elle allait mourir, tuée par la luxure !

Morgan l'entendait crier, sentait ses muscles se contracter autour de ses doigts, humait le parfum qui émanait de son sexe brûlant, en savourait le nectar. Il faisait aller et venir son index et son majeur au même rythme que son sexe quand il était en elle. Il lui embrassait le cou, le visage, délaissant volontairement sa bouche pour que rien ne retînt ses vagissements. Puis, après avoir fait naître une succession de spasmes de plus en plus violents qui lui arrachèrent des râles profonds, il décida qu'il était temps de la laisser reprendre son souffle.

— Oh, Morgan, je ne savais pas que...

Elle en savait si peu, songea-t-il, ému.

— Je vais te montrer autre chose, ma douce.

— Que... Quoi ?

— Toi.

Elle sursauta, les yeux écarquillés.

— Mais, Morgan...

Il refusa de se laisser dissuader par sa pudeur. Il s'assit face à la psyché, prit Amalie sur ses genoux, lui écarta de nouveau les jambes et révéla ses beautés secrètes.

— Je veux que tu découvres à quel point tu es belle.

Doucement, du bout du doigt, il repoussa les plis de son sexe comme les pétales d'une fleur. Amalie vit alors l'essence de son être, mouillée par les baisers et ses propres sucs, d'un rose aux reflets nacrés.

— Une fleur au pistil magique, commenta tendrement Morgan. Je vais la cueillir.

Et il renouvela l'ensorcelant manège avec ses doigts. Amalie voulut protester, mais ne réussit qu'à émettre des sons inarticulés évoquant des roucoulements de colombe. C'était trop. Elle n'en pouvait plus. Et le pire, c'était qu'elle n'avait même pas honte ! Dans l'acte d'amour, découvrait-elle, tout était beau.

Morgan la souleva par la taille, puis la rassit sur ses genoux... mais après l'avoir empalée sur son membre gorgé de désir. Ainsi, il était enfoncé au plus profond d'elle, il la possédait totalement, mais elle le possédait aussi, le maintenait captif.

— Morgan... Morgan... Morgan ! C'est... Je ne...

Il la hissait et l'abaissait, les mains sous ses fesses rondes et fermes, et sentait monter en lui la jouissance : il regardait Amalie, il se regardait, et jamais aucune vision ne lui avait paru plus érotique.

— Ô mon Dieu, Amalie !

Sa poitrine qui se soulevait à un rythme effréné, ses yeux rivés sur le miroir, ses cheveux qui tombaient tout autour d'elle comme un rideau de soie... C'était tellement beau qu'il en aurait pleuré d'émotion.

Mais l'excitation prit le pas sur l'émotion. Il n'y tenait plus. Continuer à se maîtriser était au-delà de ses forces.

Il ferma les yeux et laissa jaillir sa semence dans un grand cri.

— Iain et Annie t'adorent déjà, dit Morgan un peu plus tard en caressant la tête d'Amalie, posée sur sa poitrine.

Il était si bien ainsi, la jeune femme lovée dans ses bras. Il aurait pu rester là l'éternité durant.

— Moi aussi, je les aime.
— Amalie, je partirai pour Fort Elizabeth à l'aube.
— Je sais.

Morgan regarda passer le cantinier qui conduisait son chariot à Albany pour y acheter des fournitures, escorté d'une vingtaine de soldats. Il appréciait cet homme, mais n'était pas certain de la réaction des soldats s'il se montrait. Mieux valait qu'il se fasse discret jusqu'à ce qu'il soit dans les murs du fort. Il resta donc caché sous le couvert des arbres.

Il avait quitté la ferme deux jours plus tôt, après le petit déjeuner. Dire au revoir à Amalie s'était révélé encore plus difficile que prévu.

— Je reviendrai aussi vite que possible, petite, mais je ne sais pas quand.

Iain et Annie se tenaient sur le seuil, derrière Amalie. Ils prodigueraient à la jeune femme tout le réconfort dont elle aurait besoin après son départ.

— Co... comment saurai-je si tu vas bien ?
— Si cela tourne mal, Connor fera passer un message, avait-il dit en embrassant ses joues mouillées de larmes. Tu t'inquiètes trop, petite. Tout se passera bien.

Elle avait hoché la tête sans conviction.

— Tu me manques déjà.
— Tu me manques aussi, *a leannan*.

Il l'avait serrée contre lui, lui avait donné un long baiser. Puis, après une dernière étreinte, il s'en était allé, le cœur affreusement lourd. Il n'avait fait que quelques pas lorsque Amalie l'avait rappelé.

— Morgan, attends !

Il s'était retourné. Elle courait vers lui, jupes soulevées à deux mains, cheveux volant derrière elle comme une queue de comète.

— Amalie, que se passe-t-il ?

Elle s'était jetée dans ses bras pour l'embrasser avec une passion qui l'avait chaviré. Puis elle s'était écartée et l'avait regardé droit dans les yeux.

— Je t'aime, Morgan McKinnon.

Il l'avait ramenée contre lui et étreinte fébrilement, ravagé de chagrin.

— Je t'aime aussi, petite.

Des mots que depuis ce moment il se répétait, conscient que peut-être il ne la reverrait pas avant longtemps.

Leur séparation ne datait que de deux jours, mais il lui semblait avoir quitté Amalie une éternité auparavant. Voyageant seul, il n'avait pas perdu de temps en route. Fort Elizabeth n'était plus très loin.

Le chariot du cantinier passa lentement sur la route, puis disparut dans le lointain. Le staccato des sabots des chevaux, le grincement des roues métalliques s'éteignirent.

Fusil à la main, il reprit sa marche à travers la forêt, attentif aux sentinelles du fort. Soudain, la forêt disparut. L'Hudson était devant lui. Au milieu du fleuve, se dressait une île assez vaste pour accueillir une bonne centaine de rangers et autant de Mohicans, ainsi que leurs grands potagers et des terrains de parade. Au cours des quatre dernières années, cet endroit avait été sa maison.

Sur la rive est, qu'un pont de bateaux reliait à l'île, se dressait Fort Elizabeth, avec ses remparts gardés par des soldats et le drapeau de l'Union Jack qui flottait dans la brise.

Jamais il n'avait imaginé se réjouir de revoir cet endroit.

Il se tapit dans des buissons et siffla pour appeler ses hommes, un sifflement que seul un ranger reconnaissait. Puis il s'installa pour attendre.

— Les redoutes et les petits retranchements seront placés ici, ici et ici, avec suffisamment d'hommes pour éventuellement repousser une attaque par l'arrière. Mille hommes devraient suffire. Si les fournitures nous parviennent en temps et heure, nous partirons pour Fort George dans une semaine.

Wentworth écoutait Amherst, qui était arrivé avec ses troupes huit jours plus tôt et expliquait son plan concernant Fort William Henry. Bien décidé à ne pas renouveler les erreurs de Munro, qui s'était stupidement fait encercler, et de cet idiot d'Abercrombie qui avait perdu un combat pourtant gagné d'avance, Amherst ne laissait rien au hasard. En sus d'être un excellent stratège, il était dévoré d'ambition, qualités que Wentworth comprenait et admirait.

Mais même s'il l'admirait, Wentworth se méfiait de lui. Il craignait que son ambition ne l'amène à faire fi de toute humanité.

— Oui, monsieur, mille hommes devraient suffire, accorda-t-il.

— Il nous faut également trouver le moyen de stopper ces désertions. Ce mois-ci, nous avons perdu quarante-trois provinciaux et...

Un brouhaha de voix s'éleva de l'autre côté de la porte fermée. Puis le battant s'ouvrit et le lieutenant Cooke déboula dans le bureau, l'air hébété. Le motif de son effarement se tenait derrière lui.

Le major McKinnon.

Paquetage arrimé sur le dos, suivi d'une escorte armée.

— Eh bien, lieutenant, on dirait que vous avez vu un fantôme ! lança Wentworth.

La réapparition du major ne l'étonnait pas. Depuis que le capitaine Connor McKinnon lui avait appris avoir arraché son frère à une bande d'Abénaquis, Wentworth attendait son retour. Interrogé, Connor avait expliqué que Morgan ne pouvait rentrer tout de suite car il devait se remettre de ses blessures, mais qu'il reviendrait dès que possible, accompagné de Joseph et ses guerriers. Wentworth espérait que Morgan donnerait de bonnes raisons quant à sa survie, et à la maudite lettre de Montcalm. Et puis, deux jours plus tôt, il avait reçu une missive de Bourlamaque et avait compris qu'il y avait bien davantage à apprendre que ce qu'il subodorait déjà.

— Rompez, lieutenant, intima-t-il. Veuillez ramener le capitaine McKinnon et les autres rangers sur l'île et leur ordonner de n'en pas bouger.

Il attendit que la porte se soit refermée pour poursuivre :

— Major, je vous trouve particulièrement en forme, pour un homme mort.

— Est-ce là votre traître ? s'enquit Amherst en s'avançant. Votre major McKinnon ?

Wentworth prit le temps d'étirer la dentelle de ses manchettes avant de répondre :

— Oui, c'est le major McKinnon. Qu'il soit un traître reste à prouver.

Le major s'avança. Une légère boiterie marquait sa démarche. Compte tenu de la gravité de la situation, il paraissait étonnamment calme.

— Espérer être accueilli en héros serait peut-être trop demander, dit-il, mais je ne tolérerai pas d'être appelé déserteur ou traître par qui que ce soit. Major McKinnon au rapport, monsieur ! J'apporte les plans secrets de Montcalm pour Ticonderoga.

— Vous avez enseigné le tir aux soldats français ? répéta Amherst, cette fois du ton employé d'ordinaire avec les enfants.

Grand, la mâchoire forte, le nez proéminent, il était certainement l'homme que Morgan détestait le plus après Wentworth. Cinq longues heures durant, Amherst l'avait interrogé après avoir exigé qu'il fût délesté de son paquetage et de ses armes, et que des hommes montent la garde dans le couloir. Manifestement, il avait jugé le major coupable avant même que celui-ci ait ouvert la bouche.

Morgan dut se faire violence pour ne pas laisser éclater sa colère.

— Oui, monsieur.

Wentworth était assis et muet depuis le début de l'interrogatoire. Il écoutait, tout en fixant son échiquier.

— Vous avez fait l'instruction de soldats français au tir, tout en sachant que ces soldats prendraient les soldats anglais ou vos hommes pour cibles?

— Oui, monsieur, mais je ne me suis pas montré un instructeur très efficace. Ils ont appris de moi bien peu de choses, précisément parce que je ne voulais pas que mon enseignement coûte une seule vie anglaise.

— Et les renseignements que vous avez fournis à l'ennemi? Les sites des caches, des bivouacs, des points de ralliement, les pistes en forêt... Ne vous est-il pas venu à l'esprit que vos hommes, qui vous sont loyaux, risquaient de mourir à cause de votre langue trop bien pendue? À moins que vous n'ayez cherché à échanger votre vie contre les leurs?

Les poings serrés, Morgan rétorqua:

— Leurs vies ont pour moi plus de valeur que la mienne, monsieur! Je n'ai donné à Bourlamaque que des renseignements qui ne lui seront d'aucune utilité. Je connais mes hommes, monsieur. D'une part, il s'agissait de sites abandonnés depuis belle lurette, et d'autre part, aucun ranger n'est assez fou pour aller sur un bivouac ou une cache sans avoir vérifié au préalable que l'endroit est toujours sûr.

Une moue de dégoût se forma sur les lèvres d'Amherst.

— Vous ne pouvez être certain de cela, major.
— Oh si, je le peux ! Nous, les rangers, avons...

Il s'interrompit, cherchant un autre mot que « règles », puis acheva :

— ... nos propres tactiques de combat et de déplacement en forêt. C'est grâce à elles que nous restons en vie et que nous gagnons !

Amherst parut surpris.

— Vraiment ?

— Les « règles du ranger », monsieur, intervint Wentworth.

Morgan émit un grognement. Il aurait aimé faire ravaler ses mots à Wentworth.

— Les « règles du ranger » ? répéta Amherst. Pourquoi moi, général de Sa Majesté, n'ai-je pas le droit de les connaître ?

— Parce qu'elles sont secrètes. Nul, à part les rangers, n'a le droit de les connaître.

— Pas même moi, petit-fils de Sa Majesté, commenta Wentworth. Les rangers sont prêts à défendre leur secret de leur vie. Major, je suppose que M. de Bourlamaque les ignore ?

— Il les ignore.

— Mmm. Vous auriez donc prétendu accepter la protection de Bourlamaque ? Votre idée était de vous évader à la première occasion, en emportant des informations de haute importance pour Sa Majesté ?

— Oui, monsieur, répondit Morgan, persuadé que Wentworth le croyait. Et, Dieu en soit remercié, je me suis effectivement évadé, mais pas exactement dans les circonstances que j'avais prévues.

— Expliquez-nous encore une fois pourquoi vous n'avez pas accompagné le capitaine McKinnon et ses hommes quand ils sont rentrés à Fort Elizabeth. Ils sont arrivés six jours avant vous.

— Je vous répète que j'ai été frappé à la tête et que ma jambe n'est plus aussi robuste qu'auparavant. Je ne voulais pas retarder mon frère et les hommes, alors j'ai fait le voyage avec Joseph et ses guerriers. En route, je me suis arrêté à la ferme de mon frère Iain afin de lui apprendre que j'étais en vie. Puis je suis reparti et me voilà.

— Est-ce là que vous l'avez laissée?

La question de Wentworth prit Morgan au dépourvu. Il s'efforça de garder une mine impassible, s'adossa avec décontraction à son siège, feignant une aisance qu'il était à mille lieues d'éprouver.

— Je ne comprends pas votre question, monsieur.

Wentworth se leva et marcha jusqu'à la fenêtre. Le dos tourné à Morgan, il enchaîna :

— Est-ce là-bas que vous avez laissé Amalie Chauvenet? La pupille du chevalier de Bourlamaque? La jeune femme que vous avez ramenée avec vous de Ticonderoga?

Comment diable Wentworth savait-il tout cela?

Bourlamaque. C'était lui qui avait parlé.

Amherst épargna une réponse à Morgan. Il traversa la pièce et s'arrêta devant le bureau de Wentworth, prit un feuillet posé dessus et commença à lire à haute voix :

— « Mon cher lord William Wentworth... je vous écris pour m'enquérir de la santé de ma pupille Amalie Chauvenet, fille de feu le major Antoine Chauvenet. Elle a été emmenée de force du fort Carillon il y a quelques jours. Elle se trouve avec le major Morgan McKinnon, qui a finalement guéri de ses blessures. J'aimerais que tout le respect qui lui est dû lui soit accordé. J'offre une récompense à qui me la rendra saine et sauve. »

Derrière chaque mot, Morgan avait perçu la colère de Bourlamaque, sa fureur d'avoir été joué et frappé dans son orgueil. Pour faire payer ses insultes à Morgan, il exposait Amalie à la haine des hommes plutôt que de lui permettre de la protéger et de la garder comme femme. Et il agitait sous le nez de Wentworth et Amherst l'appât idéal : un échange de prisonniers.

Amherst leva les yeux du feuillet. Il toisa Morgan.

— Que dites-vous de cela, major ?

Estimant inutile de mentir, Morgan se mit debout et répondit :

— Amalie Chauvenet est ma femme. Sa main m'a été donnée par Bourlamaque lui-même. Son prêtre nous a mariés dans la chapelle du fort Carillon, sur son ordre. Il veut la reprendre pour se venger de ma trahison, mais elle n'est plus sous sa protection. Je ne la laisserai pas partir ni ne la confierai à personne.

— Les unions catholiques ne sont pas reconnues par la Couronne, vous ne l'ignorez pas, major, dit Wentworth. Si le fait de rendre cette jeune femme aux Français permet de faire libérer des prisonniers anglais, il est de votre devoir de patriote de coopérer.

Morgan serra encore plus fort les poings.

— Il faudra que vous me passiez sur le corps.

— Oui, c'est probablement ce qui arrivera, fit Amherst dans un sourire mauvais.

— Il sera jugé et pendu avant mon départ pour Fort George, déclara Amherst en buvant une gorgée de cognac.

— Nous le jugerons, oui, dit Wentworth en remplissant son verre avant de mettre la bouteille à l'écart, las de la compagnie d'Amherst. Mais qu'il soit pendu dépend du verdict, ne croyez-vous pas ? Il fournit de fort plausibles explications à sa conduite.

En fait, les explications de Morgan avaient convaincu Wentworth : pour lui, le major était innocent. Les renseignements qu'il avait volés dans la correspondance de Bourlamaque, pourraient se révéler décisifs pour la victoire de l'Angleterre. À vrai dire, Wentworth se sentait même fier que l'un de ses hommes ait joué avec succès un aussi dangereux double jeu. Hélas, Amherst détestait les catholiques.

— Si nous choisissons bien les officiers qui siégeront dans le jury, nous devrions être assurés de l'issue du procès, insista Amherst. Que McKinnon danse au bout d'une corde calmerait les velléités de désertion des autres.

Wentworth but lentement son cognac, de façon à se donner le temps de réfléchir aux mots qu'il allait prononcer. Il était de noble naissance et petit-fils du roi, mais Amherst était le favori de William Pitt, secrétaire d'État et commandant en chef de l'effort de guerre aux colonies. Il ne fallait donc pas le heurter de front.

— Je croyais que la justice anglaise avait à cœur d'éviter la pendaison à des innocents, remarqua-t-il enfin.

Amherst balaya l'objection d'un revers de main.

— Nous devons faire un exemple. Je préfère le gibet au peloton d'exécution, car la pendaison cause davantage de souffrances dont le spectacle répand la terreur parmi ceux qui regardent.

— Très bien, faites un exemple, mais avec un coupable.

Des paroles qui semblèrent tomber dans l'oreille d'un sourd.

— Évidemment, poursuivit imperturbablement Amherst, nous devrons découvrir où il cache Mlle Chauvenet avant le châtiment. Interrogeons-le de nouveau, et s'il refuse toujours de parler, j'ordonnerai qu'il soit fouetté.

— Je doute que le fouet soit nécessaire : je pense savoir où elle se trouve.

— Alors envoyez immédiatement une brigade.

— Avec tout le respect qui vous est dû, monsieur, j'aimerais y aller moi-même.

Le meilleur prétexte qu'eût jamais trouvé Wentworth pour revoir lady Anne.

Morgan était assis, adossé au fond de sa cage, chevilles et poignets enchaînés, assommé par la chaleur. La sueur coulait à grosses gouttes sur sa poitrine. La colère le rongeait. Dormir lui était impossible. Pas une seconde il n'avait imaginé que les choses iraient aussi loin. Il avait cru devoir répondre aux questions de Wentworth et que, ceci fait, le sujet serait clos. Il ne s'était pas attendu à ce qu'Amherst s'acharne à vouloir le faire pendre. Ni à ce que Bourlamaque envoie une lettre.

Après son interrogatoire, il avait été enchaîné, conduit ici et abandonné sans même du pain sec, ni de couverture ou de paille fraîche. Puis Wentworth était arrivé accompagné du Dr Blake. Il avait ordonné aux gardes de détacher Morgan et l'avait fait mettre nu de façon que le médecin puisse l'examiner.

— Il a vraiment été grièvement blessé, monsieur, avait dit Blake après avoir examiné de près les cicatrices de Morgan. N'importe laquelle de ces blessures aurait pu le tuer. Si elles s'étaient infectées, comme cela a été le cas pour celle de la cuisse, il aurait été aux portes de la mort. Et ces marques sur les chevilles et les poignets prouvent qu'il est resté longtemps aux fers.

— Alors, Wentworth, avait demandé Morgan avec mépris, êtes-vous satisfait ?

Wentworth lui avait jeté une pomme, puis avait tourné le dos et raccompagné le médecin hors de la prison.

Ce n'était pourtant pas l'indignité d'être traité comme un animal qui gardait Morgan éveillé, ni même la perspective d'être pendu. C'était le plan d'Amherst et Wentworth concernant Amalie. Ils entendaient bien la trouver et ensuite la questionner, l'emprisonner et la renvoyer sous escorte au fort Carillon, faisant fi des liens du mariage. Si seulement il avait pu prévenir Iain…

28

Désappointée, Amalie regarda le pain de maïs qu'elle essayait de retourner s'effriter dans la poêle. Elle lâcha un soupir d'exaspération et recommença. Elle ferait mieux avec le prochain. Croyait-elle. Car le résultat fut le même. Si elle avait été au couvent, on l'aurait réprimandée. Inconsciemment, elle s'était tendue, attendant les reproches. Mais Annie se borna à jeter un coup d'œil à la poêle et à sourire.

— Ne te décourage pas, Amalie. C'était pareil pour moi au début, quand j'apprenais à cuisiner. Je n'avais jamais préparé le moindre repas, ni trait une vache ou plumé un poulet. Dans un an, tu auras l'impression d'avoir fait des pains de maïs toute ta vie.

Était-ce cela, vivre en famille? se demanda Amalie. Ce pardon facile, cette indulgence, cette gentille et chaleureuse amitié librement donnée et qui ne réclamait rien en échange?

Sa tension se dissipa, et elle s'autorisa à rire.

— Je l'espère!

Elle faisait de son mieux pour se rendre utile dans son nouveau foyer, et découvrait que le couvent ne l'avait pas préparée au dur labeur d'une vie sur la frontière. Elle ne rechignait pas aux tâches et était heureuse d'aider la famille de Morgan, *sa* famille. Mais parfois elle se demandait si elle n'était pas davantage un fardeau qu'une aide. Annie et Iain déployaient des trésors de patience, l'encourageant, la soutenant, faisant en sorte qu'elle se sente vraiment chez elle.

Elle achevait de préparer le petit déjeuner avec Annie, œufs, porc salé et ce maudit pain de maïs avec beurre et mélasse, tout en bavardant avec une légèreté inconnue jusqu'alors avec une autre femme.

Mais elle ne parvenait pas à se défaire de ses craintes. Morgan avait peut-être été attaqué sur la route du fort... Son commandant, cet affreux Wentworth, ne l'avait peut-être pas cru... Il l'avait peut-être fait fouetter comme il avait fait fouetter Iain...

— ... est-il prêt ?

Amalie se rendit compte qu'elle était perdue dans ses pensées et qu'Annie venait de lui dire quelque chose.

— Je... je suis désolée, Annie. Je songeais à Morgan et...

Annie sourit.

— Il te manque, n'est-ce pas ?

— Oui. Et j'ai peur pour lui. C'est si difficile d'attendre...

Annie fit passer le bébé sur son autre hanche.

— Oui, c'est difficile. Chaque fois que Iain était envoyé en mission, je comptais les heures, je priais pour qu'il ne lui arrive rien, qu'il rentre vite. Ce n'est pas facile d'être femme de soldat.

Amalie prit conscience qu'Annie avait vécu cette terrible attente bien plus de fois qu'elle. Elle lui saisit la main et la pressa.

— Tu dois être tellement heureuse que Wentworth lui ait rendu sa liberté...

— Oui. Et étonnée. Je continue à vivre avec la hantise qu'il l'oblige à reprendre du service.

Une pause, puis :

— Mais écoute-moi donc me plaindre ! Alors que Morgan, et Connor aussi, risquent toujours leur vie au combat ! Tu dois penser que je suis égoïste.

— Oh, non ! Morgan est soulagé que Iain ait été démobilisé et vive à la ferme avec toi. Il me l'a dit. Il me parlait souvent de ses frères, et je sais que...

La porte s'ouvrit sur Iain, fusil à la main et une expression sur les traits qui serra instantanément l'estomac d'Amalie.

— Il y a une colonne de fumée au nord, pas loin de chez Murphy. Ce n'est peut-être qu'un feu de broussailles, mais je veux m'assurer qu'il ne s'étendra pas. Vous restez dans la maison jusqu'à mon retour, d'accord ?

Il embrassa Annie, adressa un clin d'œil à Amalie et s'en alla.

Wentworth se cachait avec ses hommes sous les arbres en contrebas du chemin qui conduisait chez les McKinnon. Il surveillait de loin si l'ancien major partait bien inspecter le feu qu'ils avaient allumé. Wentworth adorait les affrontements intellectuels avec Iain McKinnon, mais la confrontation d'aujourd'hui ne se ferait pas en douceur, sauf si elle était menée avec prudence. McKinnon protégerait la femme de son frère aussi férocement que s'il s'agissait de la sienne, avec son fusil si nécessaire. Wentworth trouvait séduisante l'idée de faire de lady Anne une veuve, mais il ne pouvait nier, et ce à contrecœur, éprouver du respect envers Iain McKinnon.

Le grand Écossais disparut derrière les arbres et Wentworth sut que le moment était arrivé. Il se tourna vers ses hommes, un groupe de gradés zélés, chacun d'eux choisi pour son indéfectible loyauté et ses excellentes compétences.

— Fouillez la maison, les granges, les champs et la forêt environnante. Mais ne faites aucun mal à lady Anne ou à son enfant. Dès que vous aurez trouvé Mlle Chauvenet, amenez-la-moi intacte. Nous n'avons guère de temps, alors faites vite.

Wentworth chevauchait en tête de la file, désagréablement impressionné par la ferme devant lui. Il s'était attendu à voir une masure entourée d'un petit jardin plein de chiendent, pas ces vastes bâtiments et ces champs bien entretenus. Il sautait aux yeux que le domaine était déjà d'un bon rapport.

Il avait quitté Fort Elizabeth le plus tôt possible de façon à s'assurer l'élément de surprise. Amherst ayant consigné les rangers sur leur île, il y avait peu de chances qu'ils aient eu vent de ce qu'il tramait. Mais ils se débrouilleraient certainement pour envoyer un émissaire à Iain McKinnon afin de l'informer de l'emprisonnement de son frère. Il fallait donc qu'il soit sur ses gardes.

Ils approchaient de la ferme lorsqu'il entendit une porte s'ouvrir et se fermer immédiatement.

Lady Anne les avait vus.

— Mon Dieu, Amalie, c'est lord Wentworth! Vite, cache-toi!

Le cœur d'Amalie se mit aussitôt à battre à tout rompre. Annie bloqua la porte avec la barre.

— Où... où dois-je aller, Annie?
— Par ici!

Une expression farouche sur le visage, Annie la conduisit dans sa chambre, coucha le bébé dans son berceau, puis essaya de déplacer le lourd lit conjugal.

— Aide-moi à le bouger, Amalie! Il y a une pièce secrète sous le plancher. Tu t'y cacheras jusqu'au retour de Iain.

Elles poussèrent de toutes leurs forces, et une trappe apparut. Annie s'agenouilla et la souleva, révélant un trou noir. Une forte odeur de terre mouillée monta dans la pièce.

— Vite! Il y a une échelle sur le côté.

Le petit Iain commença à pleurer. Amalie posa le pied sur le premier barreau, puis s'immobilisa.

— Mais, et le bébé et toi, Annie? Wentworth est peut-être venu pour vous!

— Non. Il ne me touchera pas. Il est possible qu'il soit venu pour Iain, mais s'il te voit...

— Que... que fera-t-il?

— Dieu seul le sait.

On entendait les sabots des chevaux, des voix d'hommes et le cliquètement de métal des épées dans leurs fourreaux.

— Mon Dieu... répéta Annie. Reste cachée, et ne t'inquiète pas pour moi. Iain ne va pas tarder à revenir.

Amalie descendit l'échelle. Annie rabattit la trappe, et elle fut engloutie dans les ténèbres. Au-dessus d'elle, du bois raclait sur du bois: Annie remettait seule, avec peine, le lit en place.

Le souffle court, Amalie songea qu'il ne lui restait plus qu'à attendre.

Wentworth entendit pleurer le bébé, puis un choc sourd derrière la porte: on soulevait la barre de blocage. Le battant s'ouvrit lentement et lady Anne apparut, une expression étonnée sur le visage. Elle simulait, constata Wentworth. Jamais elle n'avait été douée pour le mensonge.

— Lady Anne, fit-il en s'inclinant, incapable de réprimer l'excitation qui s'était emparée de lui en la revoyant.

— Lord Wentworth!

Elle regarda la trentaine d'hommes qu'il avait amenés avec lui. L'effort avait rougi ses joues. Un ruban rose retenait ses cheveux dorés sur sa nuque.

— Quelque chose ne va pas, monsieur ? Est-ce que Morgan ou Connor...

— Le capitaine McKinnon va bien. Mais le major McKinnon est en prison pour trahison. Je suis ici dans le but de le sauver. Il faut que je ramène Mlle Chauvenet à Fort Elizabeth. Elle est la seule personne à même de prouver l'innocence du major et de lui épargner le gibet.

C'était la vérité, mais pas entièrement : il comptait bien se servir de Mlle Chauvenet comme monnaie d'échange pour obtenir la libération de deux importants officiers.

Les yeux de lady Anne s'élargirent. Elle semblait hésitante.

— Mlle Chauvenet est avec Iain, dit-elle enfin.

— N'y voyez pas d'offense, madame, mais je ne vous crois pas.

Il se tourna vers ses hommes.

— Faites vite. Et ne négligez aucun endroit.

Il avait gravi les marches du perron. Annie lui barra le passage.

— Iain n'est pas loin. Vous devez attendre et...

— J'ai bien peur de n'en avoir pas le temps.

Sur ces mots, Wentworth la repoussa. La serrer dans ses bras ne fût-ce que quelques instants l'enchanta. Mais le beau visage de la jeune femme trahissait sa colère. Manifestement, elle ne supportait pas qu'il la touche.

— Oseriez-vous priver mon fils de sa mère ?

Le bébé pleurait toujours.

— Bien sûr que non, madame.

Les soldats s'étaient égaillés dans la maison. On entendait des bruits de meubles déplacés, des pas sourds. Wentworth examina la pièce dans laquelle il s'était introduit. La cuisine. Un fauteuil à bascule dans un coin, des chaises de bois sculpté, une table au centre sur laquelle refroidissait un petit déjeuner. Sur le plateau, trois assiettes, trois couverts et trois tasses.

Mlle Chauvenet était bien ici.

Le lieutenant Cooke réapparut.

— On a fouillé toute la maison, monsieur. On a trouvé des vêtements de femme et un deuxième lit au premier. Et aussi une cave sous l'étable, mais elle est vide. Si Mlle Chauvenet est là, elle est très bien dissimulée.

Wentworth se demanda si la demoiselle n'était pas partie par-derrière pour courir vers Iain McKinnon.

— Recommencez, dit-il, et placez des gardes dans la forêt. Ils nous alerteront si McKinnon revient plus tôt que prévu.

— Oui, monsieur.

Cooke alla transmettre les ordres. Wentworth gagna l'arrière de la maison, où il entendait lady Anne chanter une berceuse en gaélique à son fils. Il la trouva assise sur un grand lit, le bébé au sein, ses petits poings pressés contre la poitrine d'un blanc d'albâtre. Ce lit était celui qu'elle partageait avec McKinnon. Une déplaisante réalité. Il détourna le regard.

Des soldats pénétrèrent dans la pièce et entreprirent d'inspecter la garde-robe, les coffres d'Annie, le dessous du lit.

Lady Anne semblait fort mal à l'aise. Sans doute à cause de sa robe ouverte, de sa poitrine offerte à tous les yeux.

— Ne pourrais-je être laissée tranquille, monsieur ?

— J'ai peur de devoir vous prier d'amener votre enfant dans une autre pièce, madame.

Il venait de remarquer des éraflures fraîches sur le parquet. Ce lit avait été bougé et mal remis en place.

Il comprit.

— Sous ce lit, lança-t-il à ses hommes, vous trouverez l'accès à une cave, comme dans la grange. Je ne crois pas me tromper en disant que nous y découvrirons Mlle Chauvenet.

— Non, monsieur, je vous en prie ! cria Annie. Ne faites pas cela !

Deux soldats avancèrent vers le lit.

— S'il vous plaît, madame.

Annie retira le petit Iain de son sein, se rajusta puis se leva.

— Iain ne vous permettra jamais de faire cela. À son retour, il...

— À son retour, madame, nous serons partis depuis longtemps, coupa Wentworth.

Annie se planta devant lui et riva aux siens des yeux étincelants de rage :

— Vous ! *Vous !* C'est vous qui avez allumé ce feu !

— Il m'a paru sage d'emmener Mlle Chauvenet en l'absence du major McKinnon. Ainsi, nous éviterons un échange de tirs qui aurait peut-être tué quelques-uns de mes hommes, et à coup sûr votre mari, madame.

Les soldats écartèrent le lit, révélant la trappe. Annie alla immédiatement se placer dessus et plongea la main dans sa poche, d'où elle sortit un canif.

— Vous ne la prendrez pas ! s'exclama-t-elle, image vivante du défi, son bébé serré contre elle, le canif brandi. Elle est la femme de Morgan ! C'est sa maison, ici !

L'un des hommes de Wentworth éclata de rire, mais les autres semblèrent décontenancés. Aucun ne bougea. La situation les dépassait manifestement.

Mais Wentworth, lui, s'avança, attrapa Annie par le poignet et l'obligea sans douceur à se déplacer.

— Ne soyez pas inconséquente, madame. Vous ne pouvez nous combattre. Réfléchissez : une femme contre trente soldats ! Voulez-vous voir le major McKinnon danser au bout d'une corde ? Non, n'est-ce pas ? Alors lâchez ce couteau.

Elle résista pendant quelques instants, puis capitula, les yeux pleins de larmes. Le canif tomba sur le parquet.

Wentworth la poussa sur le côté. Ses soldats soulevèrent la trappe puis se penchèrent dans l'ouverture. Tous sourirent de concert : leur proie était prise au piège. Ils s'allongèrent sur le ventre, puis tendirent la main.

— N'ayez pas peur, mademoiselle. Nous allons vous aider.

— Donnez-nous la main, nous ne vous ferons pas de mal.

Une traction collective, et Amalie fut là.

Ce que Wentworth remarqua en premier, ce furent ses yeux. Immenses, ombrés de longs cils noirs, ils étaient d'une couleur qu'il n'avait jamais vue auparavant. Mi-verts, mi-dorés. Ses traits étaient d'une finesse rare, ses pommettes hautes, ses lèvres bien pleines et brillantes. Sa chevelure sombre descendait jusqu'à ses hanches. Son teint mat révélait des origines métissées.

Elle était effrayée mais ne tremblait pas. Elle quêta d'un coup d'œil le soutien d'Annie, puis ramena sur lui un regard de biche traquée.

Pendant un moment, à son grand étonnement, Wentworth se découvrit à court de mots. Ses pensées avaient pris un tour anormal : il songeait au sexe. Il comprenait maintenant pourquoi le major McKinnon avait voulu lui cacher sa jeune épouse.

— Mademoiselle Chauvenet, je suis le colonel William Wentworth de…

La gifle le prit par surprise. La main d'Amalie lui retourna quasiment la tête. Par souci de dignité, il s'empêcha de toucher sa joue, mais les élancements étaient affreux et il n'entendait plus d'une oreille.

— Cela, c'est pour la peine que vous avez infligée à mon mari et à sa famille ! lui jeta Amalie, les yeux étincelants de fureur.

Elle n'avait plus rien d'une biche traquée, et tout d'un fauve.

— Oh, je constate que les présentations sont superflues. Mais ce que vous ignorez sans doute, mademoiselle, c'est que le major McKinnon est actuellement enchaîné, dans l'attente de son passage en cour martiale pour désertion et trahison. J'espère que vous aurez quelque témoignage de son innocence à produire, susceptible de lui sauver la vie. Alors partons, un long voyage nous attend.

Ils arrivèrent au fort en fin d'après-midi. Après tant d'heures passées en selle, Amalie était courbaturée.

Fort Elizabeth était bien plus grand que le fort Carillon. Il se dressait sur la rive d'un puissant fleuve, encerclé de doubles remparts. Le seul réconfort auquel eut droit Amalie alors qu'ils franchissaient la grille fut de voir Connor, Dougie et Killy, qui la regardaient depuis leur île et agitaient la main pour la saluer. Leurs visages étaient graves. Elle leur rendit leur salut.

Wentworth avait mené la colonne à un train d'enfer. Il n'avait pas voulu qu'Amalie chevauche seule. Il l'avait fait monter en selle avec lui.

— Votre sécurité est de haute importance pour moi, avait-il expliqué. Je ne veux à aucun prix que vous tombiez de cheval ou que vous soyez séparée de nous lors d'une attaque.

Elle s'était efforcée de ne jamais s'appuyer contre lui. Elle était folle de rage. Il s'était joué de

Iain, avait effrayé Annie. À aucun prix elle ne voulait toucher cet homme plus que nécessaire. Mais elle s'était endormie à plusieurs reprises et, à son réveil, s'était découverte la tête contre la poitrine de Wentworth.

Elle l'avait interrogé sur Morgan, cherchant désespérément à savoir s'il n'était pas blessé. Wentworth lui avait répondu du bout des lèvres, se bornant à répéter ce qu'il avait déjà dit.

— Bienvenue, monsieur, lança le jeune soldat qui vint s'occuper du cheval devant un bâtiment qui ressemblait aux quartiers de Bourlamaque au fort Carillon.

— Merci, sergent, répliqua Wentworth en mettant pied à terre.

Pas un seul cheveu de sa perruque n'était dérangé, son uniforme était impeccable en dépit du long voyage. Il pivota vers Amalie pour l'aider. Dédaignant sa main tendue, elle agrippa le pommeau et se laissa glisser jusqu'au sol. Lorsque ses jambes durent supporter son poids, elle gémit.

— Inutile de vous précipiter, mademoiselle. Cela ne servirait à rien que vous tombiez ou vous blessiez la cheville.

Sans même lever les yeux sur lui, elle lissa ses jupes.

— Quand pourrai-je voir mon mari ?

— Qui donc ? Le major McKinnon ? Oh, pas avant un moment. Il ne serait pas judicieux que vous affaiblissiez la valeur de votre témoignage en parlant avec lui avant de faire votre déclaration devant la cour martiale, ne croyez-vous pas ?

Amalie n'avait pas pensé à cela. Elle suivit Wentworth à l'intérieur de sa résidence personnelle, dont la décoration était aussi recherchée que celle de Bourlamaque. Il la conduisit dans une petite chambre à l'étage. Dès qu'elle avisa le lit, elle se rendit compte à quel point elle était épuisée.

— Je vais vous faire apporter un bain et quelques rafraîchissements, dit Wentworth. Ensuite, quelqu'un viendra d'ici une heure. Ainsi, nous pourrons commencer.

— Commencer quoi ?

— Eh bien, votre interrogatoire, naturellement. Le major général Amherst a hâte de parler avec vous.

Wentworth sortit et Amalie, en entendant tourner la clé dans la serrure, comprit qu'elle était sa prisonnière.

29

— Je parie que vous pensiez que je vous apportais un joli morceau de gibier bien juteux ou une bouteille de rhum, lança le soldat en ricanant.

Il tendait à Morgan à travers les barreaux une poignée de biscuits rassis et de l'eau. Morgan ne releva pas le sarcasme. Il prit les biscuits, en mâcha aussitôt un car son estomac criait famine, puis se rassit dans la paille. Depuis quatre jours, il n'avait quasiment rien eu à manger, à part des biscuits. Mais avoir faim et soif n'était pas ce qui le tourmentait le plus. C'était l'isolement, et l'ignorance des événements dans laquelle on le maintenait.

Chaque matin, il avait demandé à parler avec Wentworth, et chaque matin on lui avait répondu que le commandant refusait de le voir. Et lorsqu'il avait réclamé Connor, on lui avait dit qu'interdiction avait été faite tant aux rangers qu'aux Mohicans de pénétrer dans le fort, de peur qu'ils n'essaient de l'aider à s'évader.

Si au moins il avait su comment allait Amalie...

Par Satan, ce qu'il pouvait détester se sentir impuissant ! Amalie était en danger et il ne pouvait rien faire. Wentworth avait été clair : il entendait bien trouver la jeune femme et la rendre aux Français en échange de prisonniers anglais. Enchaîné comme un animal en cage, Morgan était dans l'incapacité totale d'arrêter ce salaud.

Dans sa bouche, le biscuit avait pris une consistance boueuse. Il l'avala sous le regard du soldat qui l'observait, un sourire mauvais sur les lèvres.

— Tu as quelque chose à me dire, mon gars? lui lança Morgan sans aménité.

— Je l'ai vue. Ta petite Française.

Morgan tressaillit, les poumons soudain vides d'air. Il se remit lentement debout et, traînant ses chaînes, s'approcha de la grille.

— Qu'est-ce que tu racontes? Et surveille tes paroles: elle est ma *femme*!

Le soldat ricana.

— Mon cousin faisait partie de l'escouade qui est allée la chercher. Ils ont joué un sacré mauvais tour à ton frangin. Ils ont mis le feu à une meule de paille et en voyant la fumée, il est parti de chez lui. Alors ils ont pu prendre la femme. Une jolie petite chose. Elle doit être bonne au lit, non?

Morgan se jeta contre la grille, poings serrés autour des barreaux.

— Contrôle ta langue, mon bonhomme, sinon elle ne restera pas longtemps dans ta bouche! Et parle: quand est-ce arrivé exactement?

Les yeux écarquillés, le garde recula. Son sourire s'effaça.

— Ils sont revenus au fort hier.

Hier? Ô Seigneur...

— Va dire à Wentworth que s'il touche à un seul cheveu de sa tête, il en répondra devant le clan McKinnon et la tribu des Mohicans de Stockbridge! Elle est sous notre protection!

— Et qu'est-ce que tu pourrais faire au commandant? Tu es enchaîné et derrière des barreaux!

Le garde sourit de nouveau, puis tourna les talons.

— Wentworth, fils de pute ! hurla Morgan, les doigts tellement noués aux barreaux que l'acier lui mordait les chairs.

Mais la porte était déjà refermée, et personne ne la rouvrit.

— Je vous salue Marie pleine de grâce... Je... je vous salue Marie pleine de grâce...

Amalie ignorait la faim, la soif, les douleurs dans les genoux et le dos. Elle dévidait le rosaire de Morgan, cherchant les mots de sa prière en dépit du vacarme qui grondait de l'autre côté de la porte.

— Mademoiselle Chauvenet ! Soyez raisonnable ! Vous n'aiderez pas le major McKinnon en refusant de vous alimenter ! clamait le lieutenant Cooke.

Non, elle ne serait pas raisonnable. Elle ne s'assiérait pas à table avec les hommes qui l'avaient arrachée à son nouveau foyer, ces hommes qui gardaient son mari enchaîné, projetaient de la renvoyer à son tuteur contre son gré en la troquant comme une marchandise, brisant les liens sacrés de son mariage.

Hier, ils l'avaient interrogée pendant des heures, lui posant les mêmes questions sans relâche jusqu'à ce qu'elle n'arrive plus à garder les yeux ouverts. Mais par ailleurs, ils l'avaient traitée en invitée, s'inquiétant de son confort, lui offrant nourriture et vin. Elle n'avait pas été dupe de leur apparente gentillesse. Ils ne cherchaient qu'à gagner sa confiance.

Elle avait néanmoins voulu croire que si elle collaborait, ils libéreraient Morgan. Alors elle leur avait répondu encore et encore, expliquant avoir pris Morgan sur le fait dans le bureau de M. de Bourlamaque, occupé à lire sa correspondance privée pour communiquer les informations aux Anglais.

Oui, elle avait dit tout cela. Ce qui n'avait rien changé: Amherst avait refusé de relâcher Morgan, insisté pour qu'il passe en cour martiale. Pas un seul de ses mots n'avait changé quoi que ce soit. Et sa peur avait grandi.

Au cours du dîner, elle avait de nouveau demandé à le voir. Ils avaient refusé, comme ils avaient refusé d'envoyer à Morgan son repas, qu'elle n'avait pas voulu prendre.

— Nous sommes convenus avec votre tuteur que nous ne vous autoriserons pas à revoir le major McKinnon, lui avait dit Amherst. M. de Bourlamaque attend votre retour avec impatience.

Dieu du ciel!

— M. de Bourlamaque? Mais il n'est plus mon tuteur! C'est lui qui m'a donnée en mariage au major McKinnon! Il ne peut exiger que...

— Les lois anglaises ne reconnaissent pas les unions catholiques, mademoiselle. Si le chevalier désire que vous reveniez auprès de lui, nous le satisferons. En échange de prisonniers anglais, bien sûr.

— Vous êtes méprisables! avait crié Amalie.

Incapable de supporter davantage leur compagnie, elle s'était levée de table, avait jeté sa serviette par terre et couru vers la porte.

— Nous ne vous avons pas donné l'autorisation de prendre congé! s'était exclamé Amherst.

— Je n'ai aucune autorisation à vous demander, avait rétorqué Amalie avant de regagner sa chambre.

Depuis, elle refusait obstinément de la quitter, de manger, de parler avec quiconque. Elle avait bloqué la porte avec une chaise. Ils ne pouvaient donc l'ouvrir. Ensuite, elle avait fait la seule chose qui lui soit encore possible: prier.

Ils recommencèrent à frapper.

— Mademoiselle Chauvenet, vous ne pouvez espérer vous barricader éternellement ici ! Si vous n'ouvrez pas, nous forcerons cette porte.

Non, elle n'envisageait pas de rester cloîtrée indéfiniment dans cette pièce, car demain Morgan serait face à la cour martiale et elle serait appelée à témoigner. Elle n'ouvrirait qu'à ce moment-là.

Le lieutenant Cooke reprit la parole, mais pas à l'intention d'Amalie.

— Je crains de n'avoir pas l'autorisation de laisser...

— Je sais fort bien que vous ne faites qu'exécuter des ordres, lieutenant Cooke, rétorqua une voix féminine. Mais je vous en prie, soyez généreux : laissez-moi parler à Mme McKinnon.

Annie !

Amalie se releva, se rua vers le battant, mais ne retira pas la chaise.

— Annie ?

— Je suis là, Amalie. Vas-tu bien ? A-t-on osé porter la main sur toi, te maltraiter ?

La voix était claire et forte. Et réconfortante.

— Non, Annie, je vais bien, mais j'ai peur pour Morgan.

— Nous avons tous peur, mais ne désespère pas : nous ne t'avons pas oubliée. Ils interdisent à Iain d'entrer dans le fort, ainsi qu'à Connor ou à n'importe quel autre ranger. En signe de protestation, Joseph est parti avec ses hommes à Stockbridge. Mais nous, nous sommes ici.

— Ils vont me renvoyer au fort Carillon, Annie !

Elle entendit des pas lourds, puis des voix d'hommes, et comprit alors qu'Annie avait déjoué la surveillance des gardes, ainsi que celle de Wentworth et d'Amherst. Les soldats arrivaient.

— Je dois m'en aller, Amalie. De quoi as-tu besoin ?

— Que tu dises à Morgan que je l'aime !

— Si je le peux, je le ferai.

Un instant plus tard, Annie était partie, laissant Amalie à ses larmes et ses prières. Mais maintenant, elle voyait briller un petit espoir : la famille de Morgan ne l'avait pas abandonnée.

Wentworth sortit et passa devant les deux sentinelles étonnées. Il s'enfonça dans l'ombre. Il était plus de minuit. Il savait que son homme l'attendait. Depuis des années qu'il l'employait, cet homme n'avait jamais failli.

La soirée avait été consacrée aux préparatifs de la marche de l'armée vers Ticonderoga. Wentworth avait ensuite attendu qu'Amherst se soit installé pour prendre son cognac vespéral. Il avait alors abordé le sujet « major McKinnon ». Il avait averti Amherst des conséquences qu'entraînerait la pendaison injustifiée du soi-disant renégat : les alliés mohicans leur fausseraient compagnie, parmi les rangers monterait une insurrection, tous les colons établis le long de la frontière seraient au bord de la révolte, car les frères McKinnon y étaient vénérés comme des héros.

Mais Amherst était resté sourd à ces arguments.

Wentworth s'était alors rendu compte qu'il n'avait pas pris la mesure de la situation. La détermination d'Amherst à voir Morgan McKinnon au bout d'une corde n'avait rien à voir avec l'innocence ou la culpabilité du ranger, mais tout à voir avec lui-même. En tant que petit-fils de Sa Majesté, Wentworth représentait l'adversaire du puissant supérieur d'Amherst, William Pitt. Cela suffisait pour qu'Amherst voie en lui un rival et fasse tout ce qui était en son pouvoir pour limiter son influence. Amherst était d'humble extraction et son orgueil démesuré l'amenait à haïr les aristocrates, du moins ceux de sang royal.

S'il réussissait à obtenir un verdict de culpabilité contre Morgan McKinnon, l'un des meilleurs hommes de Wentworth, cela ternirait la réputation de ce dernier à Londres et le priverait peut-être d'une promotion qui aurait fait de lui l'égal, voire le supérieur d'Amherst.

Wentworth ne tolérerait pas que sa réputation soit entachée par des manœuvres politiciennes, ni que la loyauté du major McKinnon soit récompensée par une mort ignominieuse. Mais n'avait-il pas autrefois menacé les frères McKinnon de la pendaison, les manipulant pour servir ses propres manœuvres politiques ?

Jamais il ne s'était targué de n'être pas hypocrite. Il s'estimait simplement fin stratège.

En ce qui concernait Mlle Chauvenet, il ne pouvait négliger l'intérêt de faire libérer deux officiers anglais de valeur. L'ennui, c'était que la perspective du départ de la petite Française le contrarierait au plus haut point. Peut-être était-ce sa pureté qui l'exaltait. Ou bien son infinie dévotion envers le major McKinnon. À moins que ce ne fût tout simplement sa beauté.

Si lady Anne était le soleil, Mlle Chauvenet était le crépuscule : exotique, sensuelle, séduisante. Il s'était laissé aller à s'imaginer faire l'amour avec elle. Son jeune corps sous le sien, ses longs cheveux étalés sur le lit. Elle était dotée d'un esprit qui ne la rendait que plus désirable.

Mais hélas, elle était la pupille de Bourlamaque, et l'épouse du major McKinnon. D'un côté ou de l'autre, tenter de la séduire reviendrait à prendre de très gros risques.

Il se dirigea vers les latrines. Une silhouette se détacha de l'ombre et le précéda dans le bâtiment. Rencontrer l'indicateur de cette façon était peu plaisant, mais avec Amherst toujours collé à ses basques, Wentworth n'avait pas le choix.

— Qu'avez-vous appris ? souffla-t-il.

— Ce que vous soupçonniez est confirmé, monsieur. Tous les officiers qui vont siéger dans le jury sont des hommes loyaux à Amherst. Je n'ai pas trouvé grand-chose susceptible de vous aider à les circonvenir. L'un a des dettes, mais peu importantes. Trois ont des maîtresses. Un autre, une fille qui cache sa grossesse dans une ferme non loin de Boston. Et l'un a un grand-père jacobite.

— Mmm. La fleur de la vertu anglaise, en somme.

Ce n'était pas cela qu'avait espéré entendre Wentworth. Des hommes sans secrets scandaleux étaient difficiles à manipuler. Des dettes, des maîtresses, une fille grosse, un ancêtre indigne... Les menacer de révéler cela les embarrasserait certainement, mais ne les mettrait pas à genoux et ne les pousserait pas à changer leur verdict.

— On le dirait bien, monsieur.

Wentworth vérifia qu'ils étaient toujours seuls avant de poursuivre :

— J'ai une lettre à remettre en mains propres au gouverneur DeLancey. Partez tout de suite à Albany. Si vous ne le trouvez pas chez lui, cherchez-le. Ne vous accordez aucun répit tant qu'il n'aura pas eu cette missive, et rapportez-moi immédiatement la réponse.

— Bien monsieur.

L'indicateur prit la lettre et la bourse pleine que lui glissa Wentworth, puis disparut.

— Vous reconnaissez donc avoir entraîné l'ennemi au tir, lui avoir donné les localisations des caches, des bivouacs, indiqué les pistes et révélé les plans du général Amherst pour sa campagne de Ticonderoga ?

Morgan luttait contre la colère qui grondait en lui. Il était furieux que ses actes soient décrits avec tant de fausseté. Depuis une heure, toutes ses réponses avaient été systématiquement tournées de manière qu'il apparaisse sous le jour d'un traître. Ainsi que les déclarations de Connor.

La mine sombre de Iain et celle, consternée, d'Annie, le confortèrent dans sa certitude : ces gens voulaient le voir pendu.

Bon sang, que n'était-il resté avec Bourlamaque ! Mais il aurait été incapable de trahir ses frères et ses hommes.

— Oui, monsieur, mais ce n'est pas ainsi que cela s'est...

— Est-ce exact que vous vous êtes conformé aux rites catholiques lorsque vous étiez à Ticonderoga, et que vous avez reçu la communion des mains d'un prêtre français ? interrogea l'officier, un colonel à la vilaine perruque répondant au nom de Hamilton.

— Oui, monsieur. Je suis catholique. Ce n'est pas un secret.

— Est-ce aussi exact que le chevalier de Bourlamaque a organisé votre mariage catholique avec sa pupille, Amalie Chauvenet, alors que vous étiez son prisonnier ?

— Oui, monsieur.

— Donc, Bourlamaque a donné sa chère pupille à vous, un ennemi juré. Pour qu'elle devienne votre femme. Pourriez-vous expliquer à la cour pourquoi un homme donnerait celle qu'il protège à un ennemi ? Bourlamaque détestait-il sa pupille au point de souhaiter se débarrasser d'elle ?

Les membres du jury rirent sous cape.

— J'ai abusé la confiance de M. de Bourlamaque, lequel était lié par la promesse faite au père de Mlle Chauvenet de la laisser épouser l'homme de son choix. C'est moi qu'elle a choisi.

— M. de Bourlamaque semble s'être aveuglément fié à vous.

— Je suis certain qu'il avait des doutes, mais il espérait que ce mariage m'amènerait à me montrer indéfectiblement loyal envers lui, car il savait que je tenais beaucoup à sa pupille.

— Et vous avez pris cette jeune femme pour épouse selon le rite catholique, même en sachant que vous alliez l'abandonner ?

Morgan voyait où le colonel voulait en venir. Sa perte était scellée.

— Oui, monsieur. Et c'est pour cette raison que je n'ai pas consommé le...

— La vérité, major McKinnon, c'est que vous n'avez pas eu une seconde l'intention de vous évader ! Vous projetiez de continuer votre vie parmi les Français, et vous n'êtes revenu à Fort Elizabeth que parce que vous étiez en mauvaise posture après avoir été enlevé par les Abénaquis et ensuite sauvé par vos hommes !

— Mensonges !

— Merci, monsieur, ce sera tout.

Les gardes ramenèrent Morgan à son siège.

— Faites entrer le témoin suivant ! clama Hamilton.

Traînant ses chaînes, Morgan se rassit, puis se releva d'une pièce quand il vit Amalie. Vêtue d'une robe verte qu'il reconnut comme appartenant à Annie, elle venait d'entrer dans la pièce, le cherchant fébrilement du regard. Ses traits tirés, ses yeux cernés lui apprirent qu'elle avait passé des jours difficiles.

Elle lui sourit, puis sourit à Iain et Annie qui étaient assis derrière lui, un pauvre sourire qui ne masquait pas sa peur. Elle se posa sur un siège, serra les mains sur son giron, son chapelet visible entre ses doigts.

Mon Dieu, que n'eût-il donné pour lui épargner cette épreuve ! Hamilton était impitoyable. Son but était d'offrir à Amherst le verdict demandé. Il n'allait pas hésiter à se gausser d'Amalie ou à la duper avec des raisonnements spécieux.

— Veuillez dire votre nom à la cour.

Elle fixa Morgan et déclara :

— Amalie Chauvenet McKinnon.

— Mademoiselle Chauvenet, reprit Hamilton, ignorant à dessein le patronyme d'épouse, racontez-nous comment vous avez connu le major McKinnon, et comment vous l'avez suivi si loin de Ticonderoga, que vous appelez fort Carillon.

Elle se racla la gorge, redressa fièrement la tête, et narra toute l'histoire de sa voix douce.

— Pourquoi avez-vous cherché à faire gracier le major McKinnon ? questionna Hamilton ensuite.

Morgan se rendit compte qu'il n'existait pas de bonne façon d'expliquer cela. Pas lorsque des officiers formaient un jury prêt à ratifier un verdict de culpabilité, quels que fussent les arguments employés par la défense.

— Les Écossais sont depuis longtemps les alliés de la France, car ce sont des catholiques, répondit Amalie, inconsciente de sauter dans des sables mouvants.

— En fait, le grand-père du major McKinnon s'est fait une réputation de traître pour avoir aidé Charles Stuart à s'échapper vers la France, n'est-ce pas ?

— Eh bien... M. de Bourlamaque m'a dit que... c'était ainsi, oui.

— Vous avez vu le major McKinnon charger son fusil et faire une démonstration de tir devant les soldats français ?

— Aucun homme ne peut apprendre à tirer à la cible simplement en regardant un autre le faire ! cria Iain, rompant la règle du silence dans l'assistance. Avez-vous appris à monter à cheval en regardant monter votre papa ?

— Silence ! Une autre interruption et je vous fais évacuer ! tonna Amherst.

— Répondez à la question, mademoiselle Chauvenet, insista Hamilton.
— Oui, monsieur, je l'ai vu tirer à la cible.
— Le major McKinnon a-t-il porté l'uniforme français ?
— Pas au début. M. de Bourlamaque craignait que cela n'indispose ses soldats.
— Mais ensuite, il lui en a donné un, n'est-ce pas ?
— Oui, monsieur, concéda Amalie en suppliant Morgan du regard de lui pardonner.

Il lui sourit et lut aussitôt le soulagement sur ses traits.

— Continuez, je vous prie, mademoiselle Chauvenet.

Amalie puisa de l'énergie dans les yeux de Morgan, dans la présence de Iain et Annie, et répliqua :

— Je... j'ai commencé à éprouver de l'affection pour le major. Il m'a dit que nous ne pourrions être ensemble tant que la guerre durerait. J'ignore à quel moment il a décidé de s'évader.

Elle raconta alors s'être rendue dans la chambre de Morgan une nuit et l'avoir découverte vide, puis avoir remarqué de la lumière sous la porte du bureau de M. de Bourlamaque.

— Je l'ai trouvé là, assis derrière l'écritoire de M. de Bourlamaque. Il lisait sa correspondance privée. Pendant un moment, je n'ai pas compris comment il pouvait lire ces lettres, dans la mesure où il ne parlait pas français. Puis j'ai compris. Il nous avait trompés. C'était un espion.

Elle se rappelait le choc, la souffrance, l'incrédulité et la colère ressentis. Elle regarda Morgan une nouvelle fois et sut qu'elle ne lui reprochait plus rien depuis longtemps.

— D'où vous vient la certitude que le major McKinnon espionnait ? demanda Hamilton en singeant sa voix et son accent.

Piquée au vif, Amalie rétorqua :
— Qu'aurait-il pu faire d'autre, monsieur ?
— Avez-vous rapporté à votre tuteur ce que vous aviez vu ?
— Non. J'ai tourné les talons pour partir en hâte voir M. de Bourlamaque, mais M. McKinnon m'a retenue. Il a plaqué sa main sur ma bouche et m'a contrainte à gagner sa chambre, où nous nous sommes querellés. Sans doute avons-nous réveillé mon tuteur car il est arrivé, nous surprenant ensemble. Il a demandé à M. McKinnon de m'épouser.
— Aidez-moi à comprendre, mademoiselle Chauvenet. Votre tuteur vous surprend en pleine dispute avec le major McKinnon et vous oblige à l'épouser ? Comme cela ?

Il fit claquer ses doigts, et le jury éclata de rire.

Amalie sentit ses joues s'empourprer. Elle savait ce que les gens présents dans la salle voyaient au-delà de ses mots. Mais elle disait pourtant la vérité !
— Pendant que nous nous disputions, M. McKinnon m'a... embrassée.
— Là, je comprends mieux. Donc, Bourlamaque vous a trouvée dans les bras du major. Mais vous n'avez pas dit à votre tuteur ce que vous aviez appris. Au lieu de cela, vous avez accepté d'épouser un homme qui vous avait trahis, vous, votre tuteur, et votre roi !
— Oui, admit Amalie, les yeux baissés sur ses mains.
— Veuillez avoir l'obligeance d'expliquer à la cour comment cela a pu se produire.

Elle leva les yeux et répondit d'une voix forte, car elle voulait que Morgan l'entende clairement :
— Je l'aime. Je ne pouvais supporter l'idée qu'il souffre.
— Vous avez menti à votre tuteur pour protéger votre amant.

Amalie essaya d'objecter, mais Hamilton lui coupa la parole.

— C'est *vous*, mademoiselle Chauvenet, qui la première avez suggéré au major de commettre une trahison en se ralliant aux Français! Vous qui l'avez débauché! Dans un moment de faiblesse, il s'est laissé séduire! Et maintenant, alors qu'il fait face aux conséquences de sa décision, vous mentez pour le protéger!

— Non! cria Amalie en se mettant brusquement debout.

La tête lui tournait, la pièce semblait dériver autour d'elle, le sol se soulever et onduler.

— Cela suffit, Hamilton!

Morgan. Qui se précipita sur elle et la prit dans ses bras.

— Je suis là, *a leannan*, entendit Amalie.

Puis ce fut le trou noir.

Morgan était assis dans la chaleur écrasante d'une petite pièce. Les dents serrées, bouillant de rage, il attendait le verdict. Amalie s'était évanouie par la faute de Hamilton. Le fils de pute l'avait accusée d'avoir passé le nœud coulant autour de son cou. Il l'avait vue pâlir, ses yeux s'étaient arrondis sous l'effet de la peur. S'il était condamné à la pendaison, elle en porterait toute sa vie la responsabilité.

Amherst avait ordonné qu'on l'emmène hors de la salle.

— Levez-vous encore une fois, major, et je vous fais fouetter! avait-il grondé.

Grâce soit rendue à la Vierge Marie et à tous les saints que Iain et Annie aient été là pour s'occuper d'Amalie. C'était Iain qui s'était chargé de porter la jeune femme. Il était sorti avec sa douce charge, lançant au passage à Morgan en gaélique:

— Nous allons la faire examiner par le Dr Blake. Je suis consterné de n'avoir pas prévu ce sale tour que lui a joué Hamilton. J'ai mal veillé sur elle, mais je ne leur permettrai pas de l'atteindre de nouveau, je te le promets.

Morgan avait alors compris que peut-être il ne reverrait jamais Amalie. Précipitamment, il avait dit à Iain :

— Explique-lui qu'elle n'y est pour rien ! Que je l'aime et que les plus beaux jours de ma vie, c'est avec elle que je les ai passés ! Que je ne regrette aucun d'entre eux !

À peine Iain avait-il franchi le seuil que Hamilton rappelait la cour à l'ordre et annonçait que le procès était terminé. Les officiers composant le jury s'étaient retirés pour délibérer.

L'attente ne dura pas longtemps.

— Major McKinnon, la cour vous a jugé coupable des crimes de désertion et trahison. Demain à l'aube, vous serez conduit du cachot au terrain de parade, où vous serez pendu par le cou jusqu'à ce que mort s'ensuive. Dieu ait pitié de votre âme !

30

Amalie se réveilla, confuse. Elle cilla et demanda, en voyant Iain et Annie penchés sur elle :
— Où suis-je ? Que s'est-il passé ?
— Tu es à l'hôpital. Tu t'es évanouie.
Elle regarda autour d'elle. Oui, une salle d'hôpital, similaire à celle du fort Carillon. Annie lui pressait un linge humide sur le front. Sa voix était apaisante.
— Lord Wentworth nous a dit que tu n'avais ni mangé ni dormi depuis deux jours. Le Dr Blake pense que tu es épuisée et qu'il faut que tu te reposes.
La mémoire revint soudain à Amalie. Elle s'assit, le cœur battant à grands coups dans la poitrine.
— Morgan ! Le procès ! Est-ce…
— Oui, c'est fini.
Annie trempa le linge dans une cuvette, l'essora. Son expression trahissait une profonde souffrance.
— Ils l'ont déclaré coupable.
— Non ! Oh, non ! Il est innocent !
— Je sais, mais cela leur est égal, petite, dit Iain d'une voix vibrant de fureur. Il sera pendu à l'aube.
Amalie vacilla sur son séant. Annie la retint d'une main ferme.
— C'est ma faute, Iain ! J'ai essayé de lui sauver la vie et au lieu de cela, j'ai…

Iain plaça l'index en travers de ses lèvres, puis balaya la pièce du regard, comme pour s'assurer que personne n'écoutait.

— Je te donne ma parole, petite, que Connor et moi vivants, nous ne les laisserons pas tuer Morgan, ni ne permettrons à ces salopards de t'emmener de force. Mais il faut que tu sois prête pour ce qui va arriver, d'accord ?

Amalie hocha la tête, luttant contre les larmes. Elle était sûre de pouvoir tout supporter, du moment que Morgan ne marcherait pas vers la potence.

— Je l'aime.

— Je sais, fit Iain en lui pressant la main. Et il t'aime. Il m'a confié ce message pour toi, en gaélique.

Et il répéta les paroles de Morgan alors qu'il portait Amalie évanouie hors de la salle. Cette fois, elle ne put retenir ses larmes.

— Si seulement je pouvais lui parler ! Si seulement je pouvais le voir, gémit-elle entre deux sanglots.

— Hélas, Wentworth a été très clair : seuls lui, Amherst et le chapelain ont le droit de l'approcher.

— Wentworth ne t'autorisera donc pas à lui dire adieu, Iain ?

L'imaginer seul dans sa cellule pour affronter la mort la rendait malade.

— Quelle cruauté ! ajouta-t-elle. Cet homme n'a pas de cœur !

Annie paraissait troublée.

— Je m'attendais à autre chose venant de lui.

Amalie se mit à trembler en prenant conscience d'une réalité : voler au secours de Morgan mettrait la vie de Iain en danger. Au lever du soleil, Annie et elle seraient peut-être veuves. Mon Dieu, elle ne devait pas flancher...

— Je ferai tout ce que tu me demanderas, Iain.

— Voilà bien notre Amalie, approuva-t-il en souriant.

Annie posa une corbeille chargée de fruits, pain et fromage sur les genoux d'Amalie.

— D'abord, mange.

— Les Indiens de Stockbridge sont partis il y a deux jours et les rangers, démobilisés mais qui étaient néanmoins restés, partent aussi. Ce qui diminue nos forces d'environ cent cinquante hommes. Les rangers ne sont désormais que quatre-vingts.

Wentworth avait annoncé la nouvelle en buvant son cognac d'un ton qui trahissait sa satisfaction.

De l'île des rangers montaient les geignements des cornemuses qui jouaient des airs interdits. L'au revoir de ses hommes au major McKinnon et un avertissement à Amherst et, supposait Wentworth, à lui-même. Si Morgan McKinnon mourait au gibet, ils allaient avoir une révolte sur les bras.

Amherst détourna le regard de ses cartes et le porta vers la fenêtre sombre. Sur son visage se lisaient le dégoût et la colère.

— Comment osent-ils s'en aller la veille de notre campagne? N'accordent-ils leur loyauté qu'aux frères McKinnon, et non à l'Angleterre?

Wentworth fit tourner le liquide ambré dans son verre, le huma, puis répondit tranquillement:

— Je vous avais prévenu. Nombreux sont ceux qui pensent le procès de McKinnon truqué dès le début. Pour eux, sa pendaison équivaudra à un meurtre.

Amherst le regarda, choqué par cette vérité.

— Faites tirer quelques boulets de canon sur leurs têtes. Cela les calmera.

— Ou les incitera à se rebeller ouvertement.

Wentworth jeta un coup d'œil à la pendule. Plus que dix minutes avant la relève des gardes.

Amherst se redressa et pointa sur Wentworth un index accusateur, ce qui amusa ce dernier.

— C'est votre faute ! Vous avez attaché à votre service une compagnie de jacobites !

— Jusqu'à ce que Morgan McKinnon soit condamné à mort, nos relations avec les rangers étaient tout ce qu'il y a de cordial.

Il exagérait, bien sûr. Les frères McKinnon le mettaient en permanence sur le gril. Mais ils s'étaient battus comme des lions pour lui.

— Sous mon commandement, ils ont bien servi Sa Majesté, et même permis que la guerre prenne une tournure favorable à l'Angleterre, ce qui à mon sens excuse quelque peu leur insubordination. Je mesure la loyauté sur le champ de bataille, non à partir d'un comportement obséquieux.

— Alors puisque vous vous entendez si bien avec eux, allez donc les faire se tenir tranquilles ! Qu'au moins, ils cessent de souffler dans ces abominables cornemuses ! Une longue marche m'attend demain. Il faut que je dorme.

— Si tel est votre souhait...

C'était exactement ce que Wentworth avait espéré entendre. Il ne doutait pas que le gouverneur DeLancey lui répondrait, mais peut-être pas dans les temps pour sauver McKinnon. Si DeLancey était en déplacement ou indisposé, son courrier n'arriverait pas avant des semaines.

Il fallait donc prendre d'urgence d'autres mesures.

Il posa son verre sur une tablette, puis sortit du bureau et appela le lieutenant Cooke.

— Apportez-moi les effets du major McKinnon. Je me rends sur l'île des rangers. Je vais les leur remettre en gage de bonne volonté de Sa Majesté.

Cooke eut l'air fort surpris mais obéit, et revint quelques instants plus tard avec le paquetage et la claymore de Morgan.

— Dois-je vous accompagner, ou vous faire escorter par des hommes armés, monsieur ?

— Cela ne sera pas nécessaire, lieutenant.

Wentworth prit le paquetage et l'épée, et s'en fut sous le regard perplexe de son lieutenant. Le pouls anormalement rapide, il traversa le terrain de parade, franchit les grilles et continua à marcher accompagné par le son discordant des cornemuses dont l'écho se répercutait dans tout le fort. Au-delà des grilles se dressaient des milliers de toiles de tente, en longs alignements. Environ onze mille soldats campaient là, prêts pour le départ à l'aube en direction du nord du lac George. Wentworth aurait parié qu'aucun d'eux ne dormait à cause du vacarme.

Il emprunta le pont de bateaux qui reliait le fort à l'île des rangers. Deux d'entre eux montaient la garde à l'extrémité du pont. Le voir leur déplaisait souverainement, cela se lisait sur leurs figures. Ils échangèrent quelques mots en gaélique lorsqu'ils reconnurent la claymore du major. Le son des cornemuses baissa un bref instant, puis reprit de plus belle.

Le plus grand des deux gardes, que Wentworth identifia comme étant un dénommé Dougie, auquel Morgan McKinnon avait sauvé la vie, fit un pas en avant.

— Tu vois ça, Brandon ? Le chouchou de ce propre-à-rien de Teuton qui vient se réjouir à la barbe de Mack et de Connor ? On le laisse entrer, ou on le flanque dans le fleuve ?

Wentworth regarda Dougie bien en face. Cet homme brûlait d'envie de le tuer, mais il savait qu'il n'en ferait rien.

— Si la vie du major McKinnon a de l'importance pour vous, vous allez me conduire immédiatement auprès de ses frères.

Tout en marmonnant un chapelet d'injures en gaélique, Dougie escorta Wentworth à travers le camp. Tous les rangers se taisaient à son approche, l'observaient d'un œil noir. Puis d'étranges chants d'oiseaux s'élevèrent. Des signaux qu'échangeaient les hommes qui se groupaient autour de Wentworth, l'encerclant telle une meute de loups.

Wentworth arriva enfin devant la cabane du major, où l'attendaient les frères McKinnon. Lady Anne se tenait sur le seuil, son bébé dans les bras.

Iain McKinnon s'avança, arracha des mains de Wentworth le paquetage et l'épée de Morgan, et les tendit à Connor.

— Vous êtes plus couillu que je ne le pensais, pour être venu seul ici de nuit, remarqua-t-il.

— Ou peut-être n'êtes-vous qu'un foutu idiot, dit Connor en plantant la pointe de la claymore dans le sol.

Wentworth soutint le regard luisant de rage de Iain. Les tambours annonçant la relève de la garde résonnaient dans le lointain. Avec un peu de chance, les gardes maintenant affectés à la grille ne sauraient pas qu'il était sorti du fort sans escorte.

— J'ai pris un risque en venant ici, et…

— Comme celui qu'a pris Morgan en sauvant la vie de Dougie? coupa Connor.

Manifestement, pour lui, Wentworth n'avait pas pris l'ombre d'un risque.

— Nous ne disposons que de très peu de temps, alors dispensez-moi de vos sarcasmes.

Connor s'apprêtait à répliquer, mais Iain le fit taire d'un geste de la main.

— Entrez.

— Lady Anne, fit Wentworth en s'inclinant cérémonieusement devant la jeune femme.

La clarté des chandelles était chiche, et pourtant il voyait qu'elle avait pleuré. La peine qui habitait ses yeux éveilla en lui une sensation de culpabilité qui l'étonna et lui déplut à la fois.

La porte se referma derrière lui. Il se retourna vers Iain McKinnon, bras croisés sur la poitrine.

— Par Dieu, que faites-vous ici ?

— Je suis venu vous empêcher de réaliser le funeste plan que vous avez dû concocter pour libérer votre frère. Non, non, inutile de nier, je vous connais. Tenez, voilà les effets du major, ainsi que deux uniformes anglais. Je vous suggère de les endosser.

— Quoi ? s'écria Iain pendant que Connor ouvrait le paquet et regardait, incrédule, les deux uniformes.

— Vous êtes fou ! Jamais nous ne porterons ça ! clama-t-il.

— Oh que si, capitaine, je crois bien que vous le ferez.

Appuyé au mur de sa cellule, Morgan fixait le ciel à travers les barreaux de la lucarne. La lune presque pleine projetait un rayon argenté sur ses pieds entravés. S'il avait été un *chi bai*, un fantôme, il aurait escaladé le rayon vers la liberté, puis amené Amalie jusqu'au ciel et volé vers quelque endroit où la guerre était bannie.

Il n'avait pas peur de mourir, mais ne voulait pas abandonner la jeune femme. Ses frères veilleraient sur elle et sur leur enfant si elle était enceinte, mais aucun homme ne pourrait l'aimer comme il l'aimait.

Elle avait déjà tellement souffert. Et voilà que maintenant, elle allait perdre son mari.

Et si Wentworth et Amherst exigeaient qu'elle assiste à son exécution ?

Cette idée lui donna la nausée.

Si seulement il avait pu lui parler une dernière fois. Mais ce salaud de Wentworth ne l'avait pas autorisé. Il n'avait pas non plus eu le courage de venir l'affronter. Il avait envoyé le chapelain, un petit homme maigre et froid qui lui avait dit, les yeux dans les yeux, qu'il irait tout droit en enfer. Morgan l'avait chassé, non sans lui avoir auparavant arraché des renseignements concernant Amalie. Elle allait mieux, et Annie était allée la voir.

— On m'a dit que cette sotte s'était évanouie parce qu'elle refusait de s'alimenter tant que vous ne seriez pas libéré, avait rapporté le chapelain.

La loyauté d'Amalie avait profondément touché Morgan, mais le désolait : elle ne l'aiderait pas en se faisant du mal.

Sois forte, mon amour...

Le silence régnait maintenant. Le dernier refrain joué par la cornemuse de McHugh s'était éteint juste avant la relève des gardes. Amherst ou Wentworth étaient-ils venus sur l'île des rangers pour leur intimer de cesser de jouer sous peine de lourdes punitions ? À moins que les hommes ne soient trop ivres pour continuer à souffler dans leurs instruments. Ou alors que Dougie n'ait préféré chanter un nouveau couplet de *La Ballade de Morgan McKinnon,* dans lequel il mourait non d'une main française mais au bout d'une corde.

S'il regardait sur sa gauche, il apercevait le gibet, silhouette sinistre qui se découpait en ombre chinoise dans le clair de lune. Pas d'échafaud, pas de trappe : une simple barrique. La mort ne venait pas d'une brutale rupture des vertèbres cervicales, mais d'un lent étouffement après que d'un coup de pied on eut fait rouler la barrique. Le condamné se balançait longtemps, subissait une interminable agonie. Un spectacle terrifiant pour n'importe quel soldat qui aurait songé à déserter à la veille d'une bataille.

Mais danser dans le vent était préférable à être brûlé vif...

Il faudrait qu'il se le rappelle demain, lorsque sa vie s'échapperait lentement de son corps.

Non qu'il se soit résigné à passer de vie à trépas. Il savait que Iain, Connor et les rangers feraient tout ce qui était en leur pouvoir pour le libérer. Il devait donc être prêt à tout. Mais deux cents hommes face à onze mille soldats ne feraient pas le poids. Il ne pouvait qu'espérer qu'ils resteraient prudents. Personne ne devait mourir pour lui.

Il entendit des voix. Les gardes, qui discutaient entre eux. Puis un coup violent contre la porte. Il se retourna. Deux soldats anglais entraient dans la prison en traînant deux autres soldats, inconscients.

Il se précipita contre les barreaux : qui, parmi les soldats anglais, essayait de voler à son secours ?

Il le sut dès que l'un des deux hommes parla.

— Cette foutue culotte me scie les parties !

— Pour l'amour du Ciel, Connor, cesse de couiner comme un chien battu ! J'ai déjà vu tes parties, elles ne sont pas si grosses que ça !

Incrédule, Morgan fixait ses frères, en uniforme anglais. Ils déposèrent les soldats sans connaissance sur le sol devant la cellule et entreprirent de leur fouiller les poches, à la recherche des clés.

Un coup frappé à la porte réveilla Amalie.

— Mademoiselle Chauvenet ?

Elle se rendit compte qu'elle était tout habillée, agenouillée contre le lit, la tête appuyée au matelas, le rosaire de Morgan dans les mains. Égarée, elle regarda autour d'elle pendant que son rêve, dans lequel son mari la serrait dans ses bras, se dissipait.

— Mademoiselle Chauvenet ! Êtes-vous vêtue ?

La voix du lieutenant Cooke. Il venait la chercher pour qu'elle assiste à l'exécution de Morgan! Ô mon Dieu…

Lentement, elle se releva, le corps endolori.

— Ou… oui, monsieur.

La clé tourna dans la serrure, puis la porte s'ouvrit.

Le lieutenant Cooke apparut, dans une tenue fort négligée. Pas de perruque, ni de gilet sur sa chemise, pas davantage de redingote ni de lavallière. Son visage affichait une étrange expression.

— Pardonnez-moi, mademoiselle, mais le colonel Wentworth a souhaité que je vous informe du désir du général Amherst de vous voir. Il veut vous interroger.

Des voix fortes montaient du rez-de-chaussée.

— Oui, mais… pourquoi? Qu'ai-je…

Un petit sourire se dessina sur les lèvres de Cooke.

— Le major McKinnon s'est évadé! Lors de la relève de ce matin, on a trouvé les deux sentinelles de garde enchaînées dans sa cellule. Le major s'était envolé. Quatre autres sentinelles ont été découvertes assommées à la grille du fort. L'île des rangers et le fort lui-même ont été fouillés, en vain.

Amalie n'écoutait plus le lieutenant. Ses prières avaient été exaucées. Le poids de l'horrible tourment de ces derniers jours s'allégeait.

Morgan s'était évadé!

Elle porta la croix de bois du chapelet à ses lèvres et l'embrassa.

Elle entendait Amherst vociférer, mais ne ressentait aucune peur. Morgan vivant et libre, Wentworth et Amherst perdraient tout moyen de pression contre elle.

31

Appuyée au bastingage du bateau qui tanguait, Amalie luttait contre la nausée. Le soleil couchant dans le ciel pur d'été était brûlant mais la brise, bien qu'irrégulière, atténuait un peu sa morsure. À quelque distance, d'autres bateaux accostaient déjà. La tête de la flotte d'une centaine de bâtiments qui naviguaient vers le fort Carillon, exactement comme l'avaient déjà fait les Anglais un an plus tôt.

Elle ne voyait pas encore le fort, mais savait que M. de Bourlamaque avait été prévenu de l'arrivée de l'armée anglaise, de la même manière que Montcalm l'année précédente. Bientôt, la forêt résonnerait des roulements de tambours, du piétinement de bottes, du cliquetis des épées lorsque les Anglais procéderaient à l'encerclement du fort.

Elle avait la sensation d'avoir fait un voyage en arrière dans le temps. De revivre cet abominable jour où elle avait perdu son père.

Elle ferma les yeux, s'interdisant de pleurer. Elle avait du mal à cerner ce qu'elle ressentait. Tant de choses avaient changé en un an. Elle-même avait tant changé. La terre pour la défense de laquelle son père avait donné sa vie et où il était enterré, allait tomber entre les mains des Anglais. Il s'était sacrifié pour rien, elle avait souffert pour rien. Mais cette fois, le sang ne serait pas répandu, lui avait juré Morgan. En effet, M. de Bourlamaque avait reçu l'ordre d'évacuer le fort et de marcher vers le nord.

Elle rouvrit les yeux et regarda le rivage et la forêt sombre. Quelque part dans ces collines boisées, elle avait vécu les jours les plus heureux de son existence. Aujourd'hui, cette forêt protégeait Morgan, il était caché sous son couvert. Les soldats ne pourraient ni lui tirer dessus ni le pendre à une haute branche.

Peut-être ne s'agissait-il que d'un effet de son imagination, mais à partir du moment où l'armée anglaise avait quitté Fort Elizabeth, elle avait perçu la présence de Morgan à proximité. La nuit où ils avaient bivouaqué près des ruines de Fort William Henry, alors que les soldats d'Amherst érigeaient des remparts sommaires, elle avait entendu les sifflements très particuliers des rangers. Ensuite, lors de la traversée du lac du Saint-Sacrement, que les Anglais appelaient lac George, elle avait senti son regard posé sur elle.

Il était dans les parages, elle le savait.

Mais Wentworth et Amherst également. Ils la faisaient surveiller, en toute discrétion. Morgan ne pourrait distinguer ses gardes de soldats ordinaires vaquant à leurs tâches. Wentworth et Amherst se servaient d'elle comme appât.

Le matin de l'évasion de Morgan, Amherst avait laissé éclater sa rage. Avoir été joué avait mis à mal son orgueil. Elle avait été consignée dans le bureau de Wentworth pendant qu'Amherst y interrogeait Iain et Connor, lesquels s'étaient gaussés de lui : comment auraient-ils pu déjouer la surveillance de onze mille soldats, plus celle des sentinelles à la grille ?

— Quoi qu'en disent les Abénaquis, monsieur, nous ne pouvons pas voler ! avait remarqué Iain ironiquement.

Amherst n'avait pas du tout été amusé.

— Vos hommes se sont déshonorés, capitaine McKinnon !

Les yeux de Connor s'étaient étrécis.

— Vous ne diriez pas cela si vous étiez en pleine forêt pendant une attaque, monsieur. Vous diriez au contraire qu'ils sont les plus dignes d'honneur que vous ayez jamais vus !

Amherst avait balayé la repartie.

— Les sentinelles assurent avoir été agressées par *deux* hommes. Elles n'ont pas vu leur visage, mais je trouve curieux que, précisément, le major McKinnon ait *deux* frères dans le fort, frères qui sont des rangers et connus pour leur ruse.

— Ils ont également raconté que leurs agresseurs portaient des uniformes anglais. Je crois que ce sont *vos* hommes que vous devriez interroger.

Amherst s'était si brusquement tourné vers Amalie qu'elle avait sursauté.

— Que savez-vous de cette affaire, mademoiselle Chauvenet ?

Pas une seconde elle n'avait douté que Iain et Connor aient fait évader Morgan, mais elle était demeurée impassible. Elle avait fait un pas vers Amherst, relevé le menton et rivé son regard à celui, accusateur, du général.

— Tout ce que je sais, c'est que j'ai prié pour qu'un tel miracle survienne et que mes prières ont été exaucées.

La fierté qui avait alors brillé dans les yeux de Connor et Iain lui avait réchauffé le cœur.

L'armée anglaise avait quitté Fort Elizabeth après le petit déjeuner. Amherst avait interdit à Amalie de dire au revoir à Iain et Annie, et relégué Connor et les rangers le plus loin possible d'elle, en queue de colonne. Mais cela ne changeait rien, songeait-elle, folle d'inquiétude : Morgan viendrait la chercher et serait soit capturé soit tué.

Rames remontées sur les dames de nage, le petit bateau approchait de la rive. Le lieutenant Cooke s'avança dans l'eau pour offrir sa main à Amalie, amical et souriant.

— Permettez-moi de vous aider, mademoiselle Chauvenet.

— Merci, monsieur. Vous êtes fort aimable.

Il la prit dans ses bras et la porta jusqu'à la berge sablonneuse, puis la posa par terre et la conduisit, louvoyant au milieu des soldats affairés, jusqu'à sa tente, déjà dressée à l'extrémité de la partie est du campement. Amherst et Wentworth l'y attendaient. Leurs têtes se touchant presque, ils discutaient à voix basse.

— S'il doit venir la chercher, ce sera ce soir. Nous devons redoubler de vigilance, déclara Wentworth.

— J'ai donné ordre à mes tireurs d'élite de faire feu à la seconde où il apparaîtra.

Amalie sentit son estomac se nouer. Elle se prit soudain à espérer que Morgan ne bouge pas. Mais s'il ne venait pas, elle serait remise à M. de Bourlamaque et ne le reverrait probablement jamais.

Elle se tourna vers la forêt et lança un appel muet à son aimé. Qu'il soit prudent, qu'il se méfie…

Le visage et le buste couverts de peintures noires et blanches pour se confondre avec la nuit, Morgan était allongé à plat ventre et observait Amalie dans sa lorgnette. Elle subissait de nouveau l'épreuve d'un dîner avec Wentworth et ce fumier d'Amherst. Ses longs cheveux coulant sur son dos, son visage rosi par le soleil, elle pignochait dans son assiette, et regardait sans cesse furtivement en direction de l'ouest. Elle le cherchait, comprit-il.

Je suis là, *mo leannan*. Je ne t'ai pas abandonnée.

Trois longs jours durant, il avait filé l'armée, surveillant Amalie au bout de sa longue-vue. Il brûlait de mettre un terme à cette éprouvante attente. Mais il ne voulait pas prendre de vies anglaises, ni risquer celles de la jeune femme ou de ses hommes en un combat inutile.

De la patience. Il devait jouer de patience.

Joseph, à côté de lui, lui souffla :

— Connor dit qu'ils ne le laissent pas l'approcher, que Cooke ne la quitte pas des yeux.

— Cooke est un brave type. Quant à Wentworth, ça me fait drôle de le dire, mais il semblerait que, finalement, il ait du cœur.

Qu'il soit là grâce à Wentworth lui paraissait inouï. Il aurait juré que ce *neach diolain* voulait le voir pendu. Mais non. Il avait fourni les uniformes anglais à Iain et Connor. C'était vraiment incroyable.

Joseph sourit largement et ses dents blanches brillèrent, contrastant avec le noir de sa figure.

— Quelque part dans le corps de Wentworth, il y a un humain qui essaie de sortir.

Killy et Forbes arrivèrent, le souffle court d'avoir gravi la colline, suivis d'une quarantaine de rangers qui avaient quitté l'armée anglaise pour rallier les guerriers de Joseph, en signe de protestation après la condamnation de Morgan. Ils avaient attendu dans la forêt autour de Fort Elizabeth pour aider les frères McKinnon. Iain avait voulu se joindre à eux, mais Connor et Morgan l'en avaient dissuadé. Iain, Annie et le bébé étaient donc rentrés à la ferme. Ils ne pouvaient rien faire de plus que ce qu'ils avaient déjà fait.

— Ça se passe comme tu l'as dit, Morgan, chuchota Killy. Les Français s'en vont vers le nord.

— Et Bourlamaque ?
— Il est toujours là, répondit Forbes. On l'a vu sur les remparts. Dès qu'il montrera le bout du nez à la grille, on lui tombera dessus.
— Impeccable. Avez-vous tous pris vos positions ?
— Oui. Joseph et ses guerriers aussi.

Morgan ramena le regard sur le campement en contrebas, cherchant Amalie.
— Il ne nous reste donc plus qu'à attendre.

Amalie trempa le linge dans l'eau froide, l'essora, puis souleva ses cheveux et le pressa sur sa nuque. Ce n'était pas le genre de toilette à laquelle elle était habituée mais, après trois jours dans la canicule sans pouvoir se laver, la fraîcheur de ce linge lui semblait le paradis. Elle baigna son visage, ce qui apaisa momentanément ses coups de soleil. Elle aurait donné n'importe quoi pour un vrai bain, mais il n'était pas question qu'elle enlève sa robe. Non seulement elle était la seule femme dans un camp d'hommes, mais elle devait se tenir, comme le lui avait intimé Iain, prête à toute éventualité.

Elle souffla la bougie et s'allongea sur sa couverture. Si Morgan arrivait cette nuit, oui, elle serait prête.

Les ténèbres l'avaient engloutie. Un silence pesant régnait sur le camp. Les soldats dormaient dans l'angoisse. Ils se rappelaient le carnage de l'été précédent et se demandaient si la mort les attendait devant les abattis du fort Carillon. Ce qu'ils ignoraient, et que savait Amalie, c'était qu'aucun d'entre eux ne mourrait demain, car il n'y aurait pas de bataille.

La voix du lieutenant Cooke la réveilla.

— Le général Amherst et le colonel Wentworth vous attendent pour le petit déjeuner, mademoiselle. Ils m'ont envoyé pour que je vous escorte.

Elle s'assit, un peu hagarde, et constata qu'il faisait grand jour. Morgan ne s'était pas manifesté.

— Merci, lieutenant, je serai prête d'ici quelques instants.

Elle remit de l'ordre dans sa tresse, soulagée que rien de grave ne se soit passé cette nuit, puis son humeur se modifia lorsqu'elle commença à appréhender que Morgan ne réussisse pas à venir la chercher à temps. Qu'adviendrait-il d'elle alors? Elle ne parvenait pas à imaginer une vie sans lui.

Les larmes lui picotaient les yeux. Elle les écrasa sous ses paupières, puis sortit de la tente devant laquelle Cooke l'attendait.

Le petit déjeuner se limita à une tasse de thé et quelques biscuits rassis, mais Amalie s'en moquait : elle n'avait pas d'appétit. La dernière bouchée avalée, Amherst consulta sa montre de gousset.

— Partons.

Ils allaient la conduire à M. de Bourlamaque. Le cœur battant la chamade, elle prit la main tendue de Wentworth et se leva.

— Je vous en supplie, monsieur, permettez-moi de dire adieu au capitaine McKinnon, le frère de mon mari. Tout ce que je vous demande, ce sont quelques minutes. S'il vous plaît.

Si elle parvenait à s'éloigner de ses gardes, à trouver Connor et ses rangers, alors peut-être...

— J'ai bien peur de ne pouvoir vous accorder cette permission, mademoiselle, répliqua Wentworth froidement.

Cette fois, elle ne réussit pas à refouler ses larmes quand Wentworth l'amena à la prairie où les chevaux des officiers avaient été mis à la pâture pour la nuit. Amherst et plusieurs soldats les accompagnaient. Wentworth la fit monter sur une bête harnachée, puis sauta en selle derrière elle.

— Ne soyez pas aussi maussade, mademoiselle Chauvenet, lui souffla-t-il d'une voix enjôleuse à l'oreille, après lui avoir passé le bras autour de la taille. Vous allez retrouver votre tuteur. Vous devriez en être heureuse.

Elle serait tout sauf heureuse, car M. de Bourlamaque allait l'exiler en un territoire français reculé, ce qui mettrait Morgan dans l'impossibilité de jamais la retrouver. De surcroît, une fois qu'elle lui aurait avoué avoir su que Morgan était un espion, Bourlamaque la mépriserait.

Elle ne dit rien de ses craintes à Wentworth.

— Effectivement, je devrais être heureuse puisque je ne vous verrai plus.

Wentworth eut un petit sourire contraint.

Ils chevauchèrent le long du rivage puis empruntèrent une piste à travers la forêt. Le soleil jouait à travers le feuillage. Soudain, Amalie nota des mouvements furtifs au milieu des arbres. Son pouls s'accéléra. Hélas, il ne s'agissait que d'une biche effrayée par les chevaux. Wentworth avait manifestement remarqué son subit intérêt, car il se pencha en avant. Ses lèvres effleurèrent sa tempe lorsqu'il déclara:

— Le croyez-vous assez fou pour tenter de vous enlever ici? Nos hommes surveillent cette piste depuis hier après-midi.

Peu après, une rivière apparut. Elle scindait la colline en deux. Et sur le versant opposé, se tenaient des militaires en uniforme à fleur de lis, ainsi que les lieutenants Durand et Fouchet.

Et M. de Bourlamaque.

Une surprenante bouffée de joie envahit Amalie en découvrant le visage familier de son tuteur. Mais si lui était content, il n'en montra rien. Il était raide, solennel. Wentworth obligea Amalie à embarquer sur une barque qui, suivie de l'escouade anglaise, traversa la rivière.

— Il semblerait que votre *mari* ait mis moins d'entrain à vous récupérer que vous ne le pensiez, remarqua Amherst d'un ton moqueur. Il s'est sauvé et vous a oubliée.

— Dans ce cas, il nous aura échappé à tous les deux, rétorqua Amalie, que le rouge de la colère qui monta aux joues d'Amherst ravit.

Puis elle s'admonesta *in petto* : Amherst disait d'affreuses choses pour la blesser. Elle ne devait pas douter de Morgan.

Elle scruta la forêt une nouvelle fois. Mais elle avait le cœur serré.

32

Morgan observait les Anglais qui traversaient la rivière dans des canots. L'un d'eux transportait Amalie, assise entre Wentworth et Amherst. Des tireurs étaient postés sur les hauteurs.

Wentworth aida la jeune femme à mettre pied à terre en la prenant par la taille, qu'il ceignit trop longtemps au goût de Morgan. C'était sa femme, *mac diolain*!

Les Anglais se placèrent en ligne puis, laissant Amalie sous bonne garde au bord de l'eau, au son des tambours, allèrent rendre leurs hommages à Bourlamaque et ses hommes. L'aide de camp d'Amherst fut le premier à s'avancer, tricorne bas. Il s'inclina respectueusement. Le lieutenant Durand lui rendit son salut avec la même solennité.

Bon sang, se croyaient-ils à la cour?

Amherst et Bourlamaque commencèrent à discuter. Morgan n'entendait pas ce qu'ils disaient, et de toute façon s'en fichait comme d'une guigne. Il était prêt pour l'action, pistolet à la main. Mais les secondes s'écoulèrent, devinrent des minutes, jusqu'à ce que, enfin, les deux commandants en aient apparemment terminé.

Bourlamaque pivota vers ses hommes et fit un geste. Deux officiers anglais apparurent, hâves, de la joie sur le visage, mais aussi de l'incrédulité : ils doutaient manifestement de leur bonne fortune. Amherst les salua, puis les conduisit à un canot. Ceci fait, il se tourna vers Amalie : la seconde partie de l'échange allait être conclue.

La jeune femme souleva ses jupes à deux mains et s'élança en courant vers Bourlamaque, qui lui ouvrit les bras et l'embrassa comme un père aimant embrasse sa fille, une expression d'intense soulagement sur les traits.

L'estomac de Morgan se serra. Elle était *sa* femme, songea-t-il de nouveau. C'était à lui qu'elle appartenait !

Mais auprès de lui, elle allait tant perdre...

Il chassa cette pensée désagréable et reprit sa surveillance. Les Anglais firent demi-tour, traversèrent la rivière en sens inverse puis s'enfoncèrent dans la forêt.

Silencieuse, Amalie se tenait à côté de M. de Bourlamaque. Elle suivait des yeux les Anglais qui disparaissaient peu à peu dans la forêt, et avec eux ses espoirs. Les larmes qu'elle avait réussi à contenir jusqu'à présent roulaient sur ses joues.

Morgan...

Bourlamaque s'éclaircit la gorge, puis lui prit le menton entre deux doigts et fit pivoter sa tête vers lui.

— Remerciez Dieu d'être en vie et intacte, mon enfant. Lorsque j'ai appris ce qu'avait fait cet immonde individu, j'ai craint le pire. Vous a-t-il nui ?

— Le lieutenant Rillieux m'a...

— Pas Rillieux ! Ce bâtard de McKinnon ! Vous a-t-il fait du mal ? déshonorée ?

Éberluée, Amalie ne répondit pas tout de suite.

— Non, monsieur, dit-elle enfin. Pourquoi Morgan m'aurait-il fait du mal ? Il est mon mari.

L'expression de Bourlamaque se durcit.

— Il m'a trahi, Amalie. Et il vous a dupée ! Il s'est confessé dans une lettre, écrite en français ! Si j'avais su alors ce que je sais maintenant, jamais je ne vous aurais conduite à l'autel !

— Il... il ne m'a pas dupée, monsieur. Je... je savais. Avant de l'épouser, je savais qu'il avait volé vos secrets. Je l'ai surpris une nuit en train d'espionner et...

La main de Bourlamaque sur son bras se fit de fer.

— Grand Dieu, Amalie... je ne puis le croire ! Vous saviez et ne m'avez rien dit ?

— Cela m'était impossible, monsieur ! Pardonnez-moi, mais j'étais incapable de le dénoncer, car cela lui aurait valu une condamnation à mort. Or je... je l'aime !

Le regard de Bourlamaque devint de glace. Il tourna les talons et se dirigea vers le chariot qui attendait.

— Absurdité infantile, gronda-t-il. Je vais vous renvoyer à Trois-Rivières où vous serez consignée jusqu'à la fin de la guerre. L'annulation sera prononcée d'ici là. Il ne me reste plus qu'à prier que vous ne portiez pas un enfant.

Le désespoir d'Amalie vira instantanément à la fureur.

— Et moi, je prie pour le contraire ! J'aurais été folle de bonheur de passer ma vie avec lui, mais cette guerre ne le permettra pas : vous m'arrachez à lui, et les Anglais veulent le pendre !

Bourlamaque s'arrêta net et se retourna.

— Quoi ?

Amalie lui raconta alors les accusations de trahison, l'inique procès, la volonté d'Amherst de le voir mort.

— Vous n'étiez donc pas au courant, monsieur ?

Bourlamaque prit une profonde inspiration. Toute colère avait déserté son expression.

— Non, je ne l'étais pas, dit-il à voix basse. Amalie, ne parlez à personne de votre rôle dans cette affaire, sauf à vouloir pâtir des mêmes embarras que le major. Je vais faire en sorte de vous trouver un mari acceptable et…

— La petite a *déjà* un mari ! lança une voix de stentor qu'Amalie aurait reconnue entre mille.

— Morgan ! cria-t-elle.

Mais où était-il ? Elle ne le voyait pas… Soudain, une forme se détacha de la forêt, et ce qui avait semblé être une ombre indistincte se mua en silhouette humaine, qui s'avança dans le soleil.

Morgan portait une culotte de cuir noir. Son torse nu, son visage, ses bras étaient peints en noir. Le contraste avec le bleu de ses yeux était saisissant. Ses cheveux couleur de jais tombaient librement sur ses épaules, ses tresses de guerrier de ses tempes à ses maxillaires. Sa poitrine se soulevait lentement, à un rythme régulier. Il n'avait pas d'arme.

Les lieutenants Durand et Fouchet levèrent leur pistolet.

— Non ! hurla Amalie en se précipitant devant Morgan.

M. de Bourlamaque lui attrapa le bras au passage et la ramena près de lui. Morgan lut la joie dans les yeux d'Amalie, et les doutes qui l'avaient tenaillé ces jours derniers s'effacèrent. Qu'importait qu'il fût un condamné, elle l'aimait toujours. Bourlamaque, lui, le détestait, c'était évident.

— Lâchez-la, tonna-t-il, et ordonnez à vos hommes de baisser leurs armes !

— Nous n'avons pas à t'écouter, traître ! riposta Durand en crachant aux pieds de Morgan.

Bourlamaque émit un rire amer.

— J'ignore comment vous nous avez trouvés, ranger, mais mes hommes vous encerclent et ils vont...

— Ceux-là ?

Morgan fit un signe de la main et, de tout côté, apparurent des rangers et des Mohicans par groupes de deux ou trois, chacun tenant en joue de son fusil soit un Abénaqui soit un soldat français. La surprise première de Bourlamaque se mua en dégoût manifeste. Lentement, il se tourna vers Morgan.

— Essayez de vous emparer d'elle, et vous serez tué net.

Morgan riva ses yeux à ceux de l'homme qu'il avait fini par admirer, et sentit regret et tristesse monter en lui.

— Je ne souhaite pas que le sang soit versé, monsieur, mais tuez-moi et dans la seconde suivante, vous serez troué de balles.

— Arrêtez, je vous en supplie, gémit Amalie, je ne pourrais supporter qu'il arrive malheur à l'un de vous !

Un long silence s'ensuivit, que Bourlamaque rompit.

— J'ai épargné votre vie, je vous ai traité avec honneur, je vous ai fait confiance et vous, vous m'avez trahi !

— Je n'avais pas le choix. Il m'était impossible de rallier une armée qui aurait tué mes hommes, mes frères.

— Vous avez manqué à votre parole, l'accusa Bourlamaque d'un ton vibrant de reproche.

— Oui, concéda Morgan. Mais ma parole, monsieur, je l'avais donnée à d'autres, bien longtemps avant de vous connaître. Et je l'ai respectée.

Un argument qui amplifia la colère de Bourlamaque.

— Donnez-moi une bonne raison de ne pas ordonner à mes hommes de vous tirer dessus dans l'instant.

Morgan s'approcha lentement de Bourlamaque, sans se préoccuper de Fouchet et Durand.

— Vous voulez la réponse ? La voilà : parce que vous n'avez pas vraiment envie de me voir mort. Parce que seule cette maudite guerre nous sépare. Parce que vous ne voulez pas qu'Amalie vous voie abattre l'homme qu'elle aime.

Il lisait dans les yeux de Bourlamaque la bataille qui faisait rage en lui. La fureur du vieux militaire enfla, prit des proportions alarmantes, puis céda soudain.

Bourlamaque parut tout à coup très las. Il abandonnait le combat. Il intima à ses lieutenants d'abaisser leur pistolet.

— Je vous aurais traité dignement, dit-il d'une voix morne. Vous auriez été mon bras droit.

Une nouvelle vague de regret submergea Morgan.

— J'aurais été fier de vous servir, monsieur, si j'avais été libre de faire un tel choix.

Pendant un moment, aucun des deux hommes ne parla. Ils se fixaient, et se comprenaient. Après ce qui parut à Amalie durer une éternité, Bourlamaque se tourna vers elle.

— Vous, vous pouvez choisir, mon petit. Mais sachez qu'une fois votre décision prise, il vous sera impossible de revenir en arrière. Venez avec moi maintenant, et je ferai tout ce qui est en mon pouvoir pour vous dégager de ce mariage. Je vous trouverai un homme qui veillera sur vous et vous rendra heureuse, peut-être en France… Ou bien suivez McKinnon et préparez-vous à vivre la vie qu'il vous offrira, quelle qu'elle soit. Il est un hors-la-loi, Amalie, condamné à la fois par la France et par l'Angleterre. Peu importe qui gagnera cette guerre, sa tête restera mise à prix. Auprès de lui, vous ne connaîtrez jamais la paix, et lorsque viendront des enfants, ils souffriront autant que vous souffrirez.

— Je protège ce qui m'appartient, rétorqua Morgan.

Mais dans la seconde, il prit conscience de la réalité : Bourlamaque disait vrai, il n'était qu'un sale égoïste. Il voulait arracher la femme qu'il aimait à une existence tranquille dans la sécurité, pour la jeter dans une vie de périls qui ne cesseraient jamais. Et s'ils avaient des enfants...

Elle était sa femme, bon sang! Elle devait rester auprès de lui!

Oui, mais qu'avait-il à lui offrir? S'il l'aimait vraiment, il fallait qu'il la laisse partir.

Il eut l'impression que des mâchoires d'acier venaient de se fermer sur son cœur. Il dut faire appel à toute sa force de caractère pour prononcer les mots qui sonneraient le glas de son bonheur.

— M. de Bourlamaque a raison, Amalie. Je suis un condamné. Je serai toujours traqué, il n'y aura jamais de havre de paix pour moi, jamais de vrai foyer. Tu es ma femme, *a leannan*, et je donnerais n'importe quoi pour te garder, mais je ne supporterais pas que tu souffres par amour pour moi.

Le chagrin qui embuait les yeux de Morgan apprit à Amalie que cette déclaration le mettait au supplice, lui, le fier Écossais, le guerrier.

Elle dévisagea Bourlamaque.

— Vous avez tant fait pour moi, monsieur. Vous m'avez protégée, vous vous êtes occupé de moi. Je vous en serai éternellement reconnaissante.

Bourlamaque lui posa la main sur la joue et sourit. Il y avait tant de tendresse dans son expression qu'elle en eut le cœur brisé.

— Venez avec moi, mon petit. Je vous donnerai la vie que vous méritez, loin de la frontière et...

Amalie secoua lentement la tête.

— Vous êtes l'homme le plus généreux qui soit, monsieur, mais ma place est auprès de Morgan. Il est mon mari. Je le suivrai où qu'il aille.

Bourlamaque opina, sans cacher son affliction. Puis son sourire revint.

— Votre père s'était marié par amour et a chéri votre mère jusqu'à sa mort. Vous êtes sa digne fille.

Spontanément, Amalie jeta les bras autour du cou de son tuteur. Des sanglots lui brisèrent la voix lorsqu'elle lui souffla, la tête appuyée contre sa poitrine :

— Merci beaucoup, monsieur. Je ne vous oublierai jamais.

Bourlamaque la serra très fort, puis la repoussa doucement.

— Allez, Amalie.

Elle se haussa sur la pointe des pieds, l'embrassa sur la joue, puis se tourna vers Morgan. Il se tenait à quelques pas. Ses yeux bleus reflétaient toutes les émotions qui l'agitaient. Elle releva ses jupes à deux mains et se mit à courir. Il lui ouvrit tout grand les bras puis les referma autour d'elle.

— Oh, Amalie…

Elle entendait battre son cœur au même rythme effréné que le sien.

— J'ai eu si peur, Morgan ! Je pensais ne pas te revoir…

Dans la sécurité de l'étreinte de l'homme qu'elle aimait, elle laissa libre cours à ses larmes. L'horreur des derniers jours s'effaça. Ne resta que le miracle de ces retrouvailles.

— Je suis là, mon amour, je suis là, petite. Et je serai toujours là.

Il l'embrassa et dans ce baiser fit passer la saveur de la victoire sur le mauvais sort, sur la mort, celle de la vie retrouvée.

Une quinte de toux rompit la magie du moment.

M. de Bourlamaque.

Amalie avait sursauté. Elle avait oublié qu'il existait un monde et d'autres êtres autour d'eux. Elle aurait pu embrasser Morgan jusqu'à en défaillir, mais pas ici, voyons ! Pas pris en étau entre deux armées ennemies prêtes à engager la bataille !

Morgan dut avoir la même pensée, car il l'écarta de lui et essuya ses joues mouillées en riant.

— On dirait que tu pleures de l'encre, petite : tes larmes lavent ma peinture de camouflage.

Elle regarda la tache blanche sur le torse de Morgan, comprit que la peinture noire maculait désormais sa joue et rit à son tour. Un rire qui résonna pour Morgan comme la plus belle musique.

— Il se fait tard, intervint alors Joseph. Il est temps que nous partions.

— Tu as raison, convint Morgan. Monsieur de Bourlamaque, je vais parler au nom des rangers et des Mohicans : aucun de nous ne fera jamais feu sur vous... ni ne volera votre vin. Nous sommes désormais vos débiteurs à vie. Qu'enfin s'instaure la paix entre nous, voilà mon vœu.

Il tendit la main au militaire, qui eut un instant d'hésitation, puis la prit et la serra chaleureusement.

— Je m'engage à ce que mes soldats ne vous prennent pas en chasse.

Simon s'approcha, Atoan sur ses talons.

— Morgan McKinnon, tu es le mari de ma cousine, et elle t'aime. Tu as épargné ma vie à deux reprises. Plus jamais je ne me battrai contre toi ni contre tes frères.

— Moi non plus, assura Atoan en tendant à Morgan sa hachette, côté manche en signe de paix. Trop de sang a été versé entre nos peuples et je ne voudrais pas que ta femme soit dans la peine. Cessons de nous combattre.

Morgan accepta la hachette et offrit en retour son couteau de chasse.

— Soyons amis, conclut-il.

Bourlamaque prit alors la parole, après s'être brièvement concerté avec Durand et Fouchet.

— Les affaires d'Amalie sont dans le coffre, à l'arrière du chariot. Qu'elle récupère son bien. Les éclaireurs ont fait savoir que les Anglais vous cherchaient dans les collines, au sud d'ici. Hâtez-vous, et que Dieu vous accompagne, major McKinnon. Prenez bien soin de ma pupille.

— Je le ferai. Le Seigneur soit avec vous, monsieur.

— Adieu, Amalie. Je doute que nous nous revoyions, du moins en ce monde. Que Dieu et tous les saints veillent sur vous et votre ranger. Je penserai à vous dans mes prières.

Amalie embrassa une dernière fois son tuteur.

— Adieu, monsieur, murmura-t-elle d'une voix tremblée.

Durand et Fouchet saluèrent Morgan d'un signe de tête, puis les Français s'enfoncèrent dans la forêt avec leurs alliés abénaquis.

Les affaires d'Amalie avaient été rapidement retirées du coffre et, à l'exception de son rosaire, réparties entre les hommes qui les rangèrent dans leur paquetage.

Ils remontèrent la rivière jusqu'à l'endroit où des canoës les attendaient. Ils embarquèrent et traversèrent la rivière une nouvelle fois en direction du sud, les guerriers de Joseph ouvrant la voie. Morgan serrait Amalie contre lui, incapable de la lâcher.

— Je ne supporte pas l'idée que tu sois hors de ma vue, *a leannan*.

— Moi aussi, j'ai besoin de te voir constamment. Je n'arrive pas à croire que tu sois là. J'ai eu si peur qu'ils te pendent ! Comment as-tu réussi à t'évader ?

— J'ai attrapé un rayon de lune, je l'ai chevauché et la brise m'a porté jusqu'ici.

— Tss, tss... Je sais fort bien que tu es un vrai homme, Morgan McKinnon, pas un *chi bai*.

Il savourait le bonheur de tenir sa petite main dans la sienne.

— Oui, je suis un vrai homme, et j'en remercie le Ciel chaque fois que je pose les yeux sur toi.

— Morgan, ne change pas de sujet. Comment t'es-tu évadé ?

Il raconta alors comment Wentworth l'avait aidé, et ce qu'il avait fait après son départ de Fort Elizabeth. Amalie était éberluée : Wentworth n'avait donc jamais cru en sa culpabilité ! Il avait fait semblant d'être d'accord avec Amherst pour mieux se jouer de lui !

— Et donc, tu n'as pas cessé un seul instant de me surveiller ?

— Oui, petite. Chaque minute de chaque jour.

Peu après, ils gravissaient les pentes de la Rattlesnake Mountain. Le sol était très accidenté, des cailloux roulaient sous leurs pieds, mais Amalie était bien plus solide que lors de leur précédent passage ici. Toutefois, cette montée n'avait rien de facile. Ils progressaient lentement, Joseph et ses hommes en éclaireurs devant eux. Ils approchaient de la crête lorsque des coups de canon retentirent dans le lointain.

— Oh, non ! s'écria Amalie. Je croyais qu'il n'y aurait pas de bataille, que Bourlamaque allait évacuer le fort !

— C'étaient effectivement ses ordres, confirma Morgan en accélérant le pas. Allons voir.

Sur le sommet rocheux, il se coucha à plat ventre et ordonna à Amalie de l'imiter. La vallée s'étendait en dessous d'eux, la surface du lac George scintillait sous le soleil et, plus loin, celle du lac Champlain. Là, sur une petite presqu'île se dressait le fort Carillon. Tache rouge mouvante, l'armée anglaise avançait par le sud.

D'autres coups de canon éclatèrent et de la fumée monta des remparts du fort Carillon.

— Mon Dieu, Morgan, le fort semble si petit... Pourquoi ne s'en vont-ils pas ?

— Les foutus Anglais, gronda Morgan. Regarde ! Les Français partent ! Comme prévu.

— Mais alors, pourquoi ces coups de canon ?

— On dirait bien que Bourlamaque a laissé une arrière-garde. Il sait que j'ai dit à Amherst que le fort serait abandonné, mais Amherst ne m'a manifestement pas cru. Il pense les Français toujours à l'intérieur, alors il fait donner l'artillerie. Mais pendant qu'il organise l'affrontement, l'armée de Bourlamaque est en train de réussir sa retraite. Le temps qu'Amherst ait tout mis au point, le fort sera vide.

Un plan brillant. Mais Amalie n'en était pas égayée pour autant. Elle regardait les derniers soldats français sauter en selle et partir au galop.

— Adieu, papa... murmura-t-elle.

Morgan se reprocha aussitôt son manque de délicatesse. Il aurait dû se douter que l'abandon du fort Carillon signifierait beaucoup pour elle.

— Je suis désolé, *a leannan*. Mais les Anglais honoreront les morts. Connor veillera à ce que la tombe de ton père soit respectée.

Elle hocha la tête, puisant quelque réconfort dans ces paroles.

La conscience de Morgan continuait pourtant à le harceler.

— Bourlamaque a raison, petite. Je suis un hors-la-loi, je ne serai le bienvenu ni chez les Français ni chez les Anglais. Je t'ai promis un foyer mais dans l'immédiat, je ne suis même pas en mesure de t'offrir un toit.

Amalie se tourna vers lui.

— Ce n'est pas ta faute, Morgan. Je ne te reproche rien, alors ne te blâme pas.

Elle se rendit compte que ses mots ne le soulageaient pas. Alors elle s'assit, suivit du bout du doigt le contour de sa mâchoire et déclara :

— Pendant la nuit précédant ta… pendaison… j'ai prié Dieu d'accorder un miracle, de te libérer. J'aurais fait n'importe quoi pour que tu échappes à la mort. Mes prières ont été entendues, alors pourquoi me lamenterais-je pour quelque chose d'aussi négligeable qu'un toit ?

Il lui prit la main et l'embrassa.

— Ce toit, tu l'auras, petite. Tu as tant donné et tant perdu…

— Peu importe où je poserai ma tête la nuit, Morgan McKinnon. Mon foyer, mon univers, c'est toi.

Il la fixa un long moment et peu à peu, sur ses traits, l'émerveillement chassa partiellement la tristesse et le regret.

— La vie auprès de moi ne sera pas facile, mais nous pouvons nous réfugier quelque temps chez les Mohicans. Tu n'auras jamais faim ni froid, et ne manqueras pas de protection.

— Alors je ne désire rien d'autre, assura Amalie en souriant.

Joseph sortit de la forêt, suivi de ses hommes. Il dit quelques mots à Morgan dans sa langue en montrant la vallée. Morgan parut surpris, prit Amalie par la main et l'aida à se relever.

Là-bas, au pied de la montagne, se tenaient Connor et les rangers. Ils étaient aisément reconnaissables, car les rangers étaient la seule compagnie anglaise à ne pas porter d'uniforme rouge. Dès qu'ils aperçurent Morgan, ils brandirent leurs fusils au-dessus de leur tête et poussèrent un long cri féroce. Le cri de guerre des Mohicans.

Amalie comprit alors : les rangers disaient adieu au major Morgan McKinnon.

Des larmes de joie amère roulèrent sur ses joues pendant qu'elle regardait Morgan recevoir l'hommage de ses hommes. Son émotion était palpable. À son tour, il leva son fusil et lança le cri. Joseph et ses guerriers lui firent écho, jusqu'à ce que la forêt tout entière résonne de ce son terrible et magnifique.

Puis le silence tomba.

Les rangers se mirent en marche. Le devoir les appelait.

— Adieu, Connor, adieu, les gars, murmura-t-il, le bras autour de la taille d'Amalie.

— Les reverrons-nous, Morgan ?

— Que Dieu le veuille, petite, que Dieu le veuille...

Il essuya ses larmes, puis déclara :

— Une longue route nous attend. Il va falloir marcher le plus loin possible avant la nuit. Penses-tu pouvoir le faire, *a leannan* ?

— Oui, répondit Amalie en souriant. Tant que tu seras avec moi, Morgan, je pourrai tout faire.

Épilogue

Six mois plus tard

Morgan posa le lourd couvercle sur la marmite calée dans le feu, recula, puis adressa un sourire complice à Joseph.
— Et maintenant, on attend.
Il regarda Amalie qui surveillait la marmite avec impatience et excitation. Dès qu'il avait su qu'elle n'avait jamais goûté de maïs éclaté – ce que plus tard on appellerait «pop-corn» –, il s'était promis de demander à Joseph d'apporter du maïs lors de sa prochaine visite. Son frère mohican ne l'avait pas déçu: non seulement il avait apporté du maïs, mais du cidre, des courges, des pommes de terre, des pruneaux, des pommes, du beurre et du fromage de la ferme des McKinnon. Morgan se chargeant de chasser une dinde dodue, le repas de Noël serait un vrai festin. Amalie méritait un beau et joyeux Noël.

Elle était la meilleure épouse dont pût rêver un homme. Elle avait supporté ces mois d'exil sans une plainte, un indéfectible sourire sur les lèvres, toujours tendre et aimante. Comme elle avait supporté l'interminable voyage dans la forêt jusqu'à Stockbridge, le camp de la famille de Joseph. Avec une identique constance, elle avait affronté l'arrivée imminente des éclaireurs d'Amherst, menace qui les avait contraints à fuir à travers bois en pleine nuit. Elle n'avait pas non plus faibli quand, enceinte, elle avait dû se contenter d'un lit de branches de pin sous un appentis, le temps que Morgan ait fini de bâtir la cabane dans laquelle ils vivaient maintenant.

Ils s'y étaient installés quatre mois auparavant, à l'abri d'épais murs de rondins. Des mois de bonheur. Pas de champs à cultiver, pas de provisions à engranger. Leurs jours et leurs nuits s'écoulaient selon le rythme simple de la vie. Se procurer de la nourriture et du bois pour le feu, se baigner au printemps, faire l'amour quand et où ils en avaient envie, comme s'ils étaient les seuls êtres sur cette terre.

Lorsqu'il l'avait enlevée à Bourlamaque, Morgan n'aurait jamais cru possible d'aimer cette femme chaque jour davantage, ni d'éprouver un bonheur toujours grandissant, et pourtant c'était le cas. Mais parmi cette félicité, des ombres planaient tout de même. Amalie faisait encore des cauchemars, dans lesquels Rillieux l'agressait. Bien qu'il lui eût appris à tirer, elle détestait rester seule dans la cabane quand il partait chasser. Mais par-dessus tout, elle appréhendait le moment où elle donnerait naissance à leur enfant. Morgan voyait bien la crainte qui voilait ses yeux lorsqu'elle passait la main sur son ventre rebondi.

Il était naturel qu'elle eût peur. Accoucher était un combat aussi dur pour une femme que se battre pour un homme. Du moins était-ce le raisonnement que se tenait Morgan. Bien des femmes souffraient le martyre avant que ne vienne enfin le bébé, et souvent celui-ci était mort-né. Ou bien la mère mourait en couches. La mère d'Amalie était morte ainsi.

Il aurait tant aimé conduire sa femme à la maison. Il savait qu'Annie lui manquait beaucoup, et qu'Amalie avait besoin d'une compagnie féminine. Annie avait déjà eu un enfant et était enceinte du second. Elle aurait su rassurer Amalie avant et pendant l'accouchement. Elle aurait également rassuré Morgan. Cela le mettait au supplice que sa femme dût souffrir à cause de lui. Et elle pouvait perdre la vie en la donnant...

Mais non, elle ne périrait pas! Le bébé non plus! Il l'aimait de toute son âme. Il ne permettrait pas qu'il lui arrivât malheur.

Pop.

Le premier grain de maïs avait éclaté. Un deuxième suivit, puis ce fut une salve et une délicieuse odeur s'éleva. Amalie éclata de rire, et Morgan oublia momentanément ses inquiétudes. Il retira la marmite du feu. Amalie écarquilla les yeux en découvrant les grains transformés en fleurettes dorées.

— Hé, ho, de la maison! lança soudain une voix familière.

Connor!

Joseph ouvrit la porte, jura entre ses dents et se figea. Dans la neige se tenait Connor, et derrière lui une vingtaine de soldats anglais à cheval. À leur tête, Wentworth.

Morgan passa devant Joseph, fusil à la main, essayant de donner un sens à ce qu'il voyait. Connor leur avait amené des soldats, ainsi que Wentworth et le lieutenant Cooke. Mais Connor ne l'aurait jamais trahi. Quant à Wentworth, ne l'avait-il pas aidé à s'évader?

Tous mirent pied à terre. Emmitouflé dans une peau d'ours, Connor s'avança vers son frère, un grand sourire sur sa figure mangée de barbe.

— Étonnés de me voir, les frangins?

Il donna une bourrade affectueuse sur l'épaule de Joseph puis une énergique accolade à Morgan, tout en lui murmurant :

— Tu sais que je ne les aurais jamais conduits ici s'ils avaient eu dans l'idée de te faire du mal.

Ces paroles prononcées, il alla saluer Amalie.

Wentworth fixait Morgan et tapait du pied par terre pour faire tomber la neige de ses bottes.

— Major McKinnon, si vous autorisez mes hommes et moi-même à nous réchauffer devant votre feu, je vous donnerai des nouvelles en provenance d'Albany.

L'estomac noué par la peur, Amalie remplit une tasse de café pour le lieutenant Cooke, puis regarda Morgan qui lisait une lettre que lui avait tendue Wentworth. Il fronçait les sourcils. Une mimique qui s'effaça, remplacée par une expression de profonde incrédulité lorsqu'il releva les yeux.

— Excusez-moi, mais je... je ne comprends pas. Pardonné? Mais comment...

Le pouls d'Amalie s'accéléra.

— Ayant entendu parler de vos exploits militaires, commença Wentworth, le gouverneur DeLancey s'est personnellement penché sur votre condamnation et votre évasion subséquente. Il a mené sa propre enquête et conclu que le jury avait été extrêmement partial. Il a donc invalidé le verdict et déclaré votre pardon. Évidemment, sa décision a été largement influencée par les lettres que nous avons trouvées au fort Carillon dans le bureau de M. de Bourlamaque, des lettres du marquis de Montcalm dans lesquelles il réprimandait M. de Bourlamaque pour s'être laissé abuser et avoir permis votre évasion. Étrange que M. de Bourlamaque les ait abandonnées derrière lui, ne trouvez-vous pas, major?

Verdict invalidé? Pardon accordé? N'était-il donc plus un fugitif? se demandait Morgan.

Tout à coup, la lumière se fit dans son esprit.

— C'est vous qui êtes à l'origine de tout cela, n'est-ce pas, Wentworth ?

— Moi ? Si tel était le cas, le général Amherst en serait fort affligé.

Les deux hommes échangèrent un regard entendu.

— Qu'a dit Amherst quand il a été mis au courant ?

— Il s'est fichu dans une colère noire, et t'a flanqué hors de l'armée ! s'exclama Connor en riant. Tu es libre, frangin !

— Quoi ?

Morgan, renvoyé de l'armée ? Amalie ne parvenait pas à y croire.

— Le capitaine McKinnon dit vrai, major, acquiesça Wentworth. Le général Amherst était furieux. Et il a pensé que, dans la mesure où votre loyauté était malgré tout sujette à caution, il ne serait pas prudent de vous garder dans nos rangs. Vous êtes donc démobilisé.

Le ton de Wentworth, son regard dur apprirent à Amalie que cet épilogue n'était pas celui qu'il avait visé. Un peu étourdie, elle se tourna vers Morgan. Il lui fallait une confirmation.

— Qu'est-ce que cela signifie ? Que veut dire exactement lord Wentworth ?

Morgan traversa la pièce bondée pour la soulever dans ses bras. Il plaqua un baiser sur ses lèvres.

— Cela signifie, *a leannan,* que nous allons rentrer à la maison.

Trois mois plus tard

Le cri aigu se mua en sanglot, puis se réduisit à une petite plainte, et enfin s'éteignit.

Morgan retenait son souffle. Jamais il ne s'était senti aussi inutile, ni aussi inquiet. Il relâcha sa respiration, regarda Iain, et refusa le rhum : il avait la gorge trop serrée pour boire.

— Combien de temps encore va-t-il falloir endurer ça ?

Vingt longues heures déjà... et le bébé n'était toujours pas là.

— Le premier est toujours le plus difficile à mettre au monde, expliqua Iain d'un ton apaisant. Annie a été en travail pratiquement toute une journée avant que Iain arrive, mais cela a été bien plus rapide pour Mara.

— D'accord.

Morgan regarda le berceau installé devant la cheminée où dormait la fille de son frère, âgée de six semaines. Lors de l'accouchement, Amalie avait tenu la main d'Annie et la force de caractère de sa belle-sœur l'avait impressionnée.

— Les femmes sont fortes, mais d'une autre façon que les hommes, lui avait dit Amalie la nuit dernière, alors qu'il la tenait contre lui, une main posée sur son ventre pour sentir bouger le bébé.

Oui, les femmes étaient fortes, car si donner naissance à des enfants avait été l'apanage des hommes, plus aucun bébé n'aurait vu le jour dans le monde !

S'il se fiait aux sons qu'il entendait, accoucher était pire qu'être fouetté.

Il implora la Vierge Marie de l'aider et de laisser vivre l'enfant.

Des pas lourds résonnèrent soudain dans l'escalier.

La sœur de Joseph, Rebecca, apparut au pied des marches, ses cheveux noirs rassemblés sur le sommet du crâne, le visage marqué par la désolation.

— Morgan, Amalie s'est dilatée mais l'enfant ne veut pas sortir. J'ai peur qu'il ne soit trop gros.

— Que... que... veux-tu dire ? Qu'il va... *mourir* ?

Il sentit la main de Iain sur son épaule.

— C'est trop tôt pour le dire, reprit Rebecca, mais tu es un grand gabarit et Amalie est si menue... Si l'enfant ne vient pas, alors ils mourront tous les deux. Venez m'aider. Tous les deux. Iain, il faut que tu maintiennes Amalie sur le tabouret d'accouchement. Toi, Morgan, lors de la prochaine contraction, je veux que tu appuies sur son ventre pour essayer de faire descendre le petit. Je te montrerai comment faire.

Morgan suivit Rebecca à l'étage, plus effrayé qu'il ne l'avait jamais été au cours d'une bataille, dévidant une prière muette.

Marie, Sainte Mère de Dieu, épargne mon Amalie ! Épargne-les tous les deux !

La main serrée autour de celle d'Annie, Amalie poussait de toutes ses forces pendant que Morgan pesait sur son ventre. La douleur était atroce. Les dents serrées, elle regarda son mari et la volonté, la force qu'elle lut dans ses yeux furent soudain siennes. Elle ne mourrait pas. Elle ne laisserait pas leur bébé mourir.

— Un peu plus longtemps... C'est ça... dit Rebecca. Il est là. Il a les cheveux bien noirs et il en a beaucoup.

La douleur se dissipa et Amalie se laissa aller en arrière, contre la poitrine de Iain. Elle se sentait au bord de l'évanouissement. L'épuisement, la souffrance menaçaient de la faire sombrer.

Morgan lui baignait le front d'un linge mouillé et lui murmurait des paroles rassurantes.

— Il n'y en a plus pour très longtemps, *a leannan*.

Elle hocha la tête, puis tomba dans un demi-sommeil. Dont elle sortit à intervalles réguliers, électrisée par la douleur. Chaque fois, elle regarda

Morgan et puisa de nouvelles forces dans l'amour qui habitait ses yeux.

— La tête est presque là, petite, dit-il en appuyant de nouveau sur son ventre.

Elle poussa un long hurlement et tout à coup, la douleur perdit de son intensité. Elle se redressa et, miracle, vit le visage de son bébé, ses yeux grands ouverts, ses petites lèvres serrées sur une moue de mécontentement.

— Ô mon Dieu! souffla-t-elle.

Elle se pencha davantage en avant et toucha la petite tête ronde pendant que Rebecca la nettoyait. Une ultime contraction lui donna l'impression d'être coupée en deux et... et le bébé fut là. Il glissa dans ses mains en criant.

— C'est un garçon! s'exclama Rebecca en le posant sur le sein d'Amalie.

Elle s'allongea, l'enfant pressé sur son cœur. Elle ferma les yeux et écouta pleurer la minuscule créature. Le plus beau son qu'il lui eût été donné d'entendre. Elle reprit sa respiration, puis rouvrit les yeux et regarda son fils. Elle souleva l'une de ses menottes et embrassa les doigts un à un.

— Oh, Amalie... Oh, ma chérie... Il est tellement... tellement petit! s'écria Morgan.

Rebecca éclata de rire en appuyant derechef sur le ventre pour expulser le placenta.

— Mais non, il n'est pas petit. C'est un sacré gaillard et... Oh, non! Il a un frère... ou une sœur!

Une nouvelle contraction se déclencha, prenant Amalie par surprise.

Des jumeaux? Dieu du ciel!

Le second bébé arriva plus vite que le premier et, sitôt entré en ce monde, lança des hurlements d'indignation à écorcher les oreilles.

Rebecca le souleva et le brandit pour que tous le voient.

— Un autre garçon !

Un instant plus tard, toute la pièce résonnait de rires.

Amalie se réveilla. Morgan était auprès d'elle. Il berçait les bébés nichés dans le berceau qu'il avait fabriqué pour un seul, une expression extasiée sur ses beaux traits.

— Je pense que tu vas devoir en confectionner un autre, remarqua Amalie.

— Oh... tu es réveillée, *a leannan* ? Je pensais que tu allais dormir toute la journée. Dieu sait que tu as besoin de repos.

Elle essaya de s'asseoir, fit la grimace, et posa les yeux sur ses bébés.

— Les distingues-tu l'un de l'autre, Morgan ?

— Bien sûr. Celui qui est dans la couverture bleue, c'est Lachlan Anthony.

Le nom qu'ils avaient choisi pour un garçon, en hommage à leurs pères respectifs, Lachlan McKinnon et Antoine Chauvenet.

— Comment allons-nous appeler le second ?

— J'y ai bien réfléchi et me suis demandé ce que tu penserais de Connor Joseph.

Il s'interrompit, le temps de saisir la main d'Amalie. Lorsqu'il reprit, sa mine était triste.

— Iain et moi en avons fini avec la guerre, désormais, mais Connor et Joseph se battent toujours. J'ai imaginé que si nous prénommions notre fils en leur honneur, ils iraient au combat en songeant que quoi qu'il advienne, leurs noms perdureraient.

C'était une belle idée, qui émut profondément Amalie. Elle aussi souffrait que les deux hommes soient encore sous les drapeaux.

— Connor Joseph McKinnon, oui. C'est un superbe nom. Ton frère et Joseph seront contents.

— Ils seront insupportables, oui !

Ils éclatèrent de rire de concert, sachant qu'effectivement, les deux parrains le seraient.

Ensuite, ils restèrent un long moment silencieux, à contempler leurs enfants endormis. Ce fut Morgan qui rompit ce doux silence.

— Je ne sais trouver les mots pour te dire combien je me sens redevable envers toi, murmura-t-il en lui embrassant la main. Tu m'as tant donné. Si j'avais pu arracher ta souffrance et la subir à ta place, je l'aurais fait. J'ai eu si peur de te perdre. Une peur qui me dévastait, me brisait plus sûrement qu'une épée enfoncée dans le cœur. Jamais je n'en avais connu de telle. Pas même dans les plus terribles batailles. Je suis incapable de concevoir la vie sans toi, petite.

Il marqua une pause, inspira profondément, puis ajouta, les traits soudain durs :

— Je ne me laisserai plus jamais aller en toi.

Amalie vit sa sincérité, sa résolution farouche, et comprit qu'il énonçait pareille absurdité par amour. Elle caressa sa joue piquante de barbe.

— Serais-je satisfaite de vivre auprès de toi comme ta sœur ? Non, Morgan. Aucun de nous deux ne sait de quoi demain sera fait. Je mourrai peut-être en couches, Connor et Joseph seront peut-être tués sur le champ de bataille... Il nous faut prendre la vie comme elle vient.

Il posa le bout du pouce sur ses lèvres et en suivit lentement le contour.

— Ma courageuse, ma belle petite. Comment une femme si frêle peut-elle être aussi brave ?

Il la contempla, interrogateur, puis exhala un long soupir.

— Tu as raison, prenons chaque jour comme il vient, et remercions le Ciel de nous l'accorder.

Étroitement enlacés, ils baissèrent les yeux sur le berceau et comptèrent. Par deux.

Remerciements

Je remercie en particulier Mary Mac Kirnan qui m'a prêté une fois encore sa connaissance de la langue gaélique pour que je l'applique à mes rangers, et à Stéphanie Desprez qui a corrigé mon épouvantable français. *Tapadh leibh !* Merci beaucoup !

Toute ma gratitude à Natasha Kern pour ses constants encouragements et à Alicia Condon qui me permet de coucher sur le papier les histoires que je porte dans mon cœur.

Mon affection et mes remerciements à ma sœur Michelle, qui est toujours là pour moi, même si elle vit à l'autre bout du monde. À ma mère aussi, qui s'est tant évertuée sa vie durant à soutenir les rêves de ses enfants. À mon frère David, pour l'infaillible justesse de son jugement.

Sans oublier: Bonnie Vanak, Norah Wilson, Libby Murphy, Kristi Ross, Sue Zimmerman, Jennifer Johnson, Joanie Scott, Ronlyn Howe, Suzanne Warren, Aimée Culbertson et Dédé Laugesen pour leur soutien et leur amitié.

Découvrez les prochaines nouveautés
de nos différentes collections J'ai lu pour elle

AVENTURES
& PASSIONS

Le 6 octobre :
La famille Huxtable — 2. Le temps de la séduction
ॐ Mary Balogh

INÉDIT

Il y a trois ans, Jasper Finley a accepté un pari audacieux : séduire la très vertueuse Katherine Huxtable en moins de deux semaines. Cela semblait presque trop facile pour ce séducteur aguerri… et pourtant ce fut un échec humiliant.
Lorsqu'il revoit Katherine, le pari renaît de ses cendres… mais il n'y a bientôt plus de place pour la frivolité : un scandale retentissant menace de ruiner leurs vies à tous les deux…

L'amour fou ॐ Anna Campbell

INÉDIT

Une situation désespérée a conduit Verity Ashton à changer de nom et à fuir sa famille. Elle est maintenant Soraya, la courtisane la plus désirée de Londres. Le duc de Kylemore semble être le seul à pouvoir l'apprivoiser : faisant fi de la société, il décide d'en faire sa femme. Lorsqu'elle disparaît, en quête d'une vie respectable, il la retrouve et l'enlève, bien décidé à la posséder.
Malgré son désir d'indépendance, Verity aura bien du mal à résister à cet homme qui lui donne quelque chose qu'elle n'a jamais connu : la tendresse…

Qui es-tu, belle captive ? ॐ Kathleen E. Woodiwiss

Le marquis Maxim Seymour a beau être séduisant et valeureux, pense Élise, il n'en est pas moins un assassin. Quelle chance que sa cousine Arabella épouse son rival à sa place !
Hélas, Maxim en décide autrement et fait enlever son ancienne fiancée. Mais lorsqu'il tend les bras vers sa douce Arabella, c'est une furie qu'il découvre : Élise ! Et avec l'hiver qui approche, les deux jeunes gens se retrouvent condamnés au huis clos…

Le 20 octobre :
La chronique des Bridgerton — 7. Hyacinthe ॐ
Julia Quinn

INÉDIT

Tout Londres s'accorde à le reconnaître : personne ne ressemble à Hyacinthe Bridgerton. Elle est brillante et diaboliquement franche, et pour Gareth St. Clair, un peu agaçante ! Le jeune homme va cependant se trouver souvent en sa compagnie : elle lui a proposé de l'aider à traduire le journal de sa grand-mère italienne. De fil en aiguille, il s'aperçoit qu'il y a en elle quelque chose de charmant et d'intrigant qui l'attire…

Les MacLeods —2. Le secret du Highlander ॐ
Monica McCarty

INÉDIT

Meg McKinnon doit épouser un homme loyal et sûr, afin qu'il aide son frère à la tête du clan. Elle l'a promis à son père et se rend à la cour pour commencer ses recherches. Le sombre et mystérieux hors-la-loi qui lui sauve la vie en chemin ne remplit certes pas ses critères… mais éveille en elle une passion qu'elle ne peut ignorer. Alex MacLeod dit être un mercenaire, mais la jeune femme a des doutes. Elle devra alors apprendre à suivre son instinct, ou bien risquer de perdre définitivement l'homme qu'elle aime…

La maîtresse audacieuse ❧ **Jill Marie Landis**

Pour les habitants de Last Chance, Rachel est une institutrice frigide : pas étonnant, alors, que son mari soit mort dans les bras d'une prostituée.
Rachel, frigide ? Cette accusation fait sourire Lane Cassidy. Il l'a sentie frémir dans ses bras... Rachel ne restera pas longtemps veuve, il se l'est promis !
Le plus difficile, cependant, sera de la convaincre. Lane a été son élève autrefois et Rachel garde de lui l'image d'un adolescent rebelle et turbulent...

**2 rendez-vous mensuels
aux alentours du 1ᵉʳ et du 15 de chaque mois.**

Passion intense

Quand l'amour vous plonge dans un monde de sensualité

Le 20 octobre :

Une lady nommée Patience ❧ **Lisa Valdez**

INÉDIT

Célèbre pour son exceptionnelle beauté, Patience Dare a toujours été entourée d'admirateurs. Mais aucun n'a su lui inspirer de l'amour – ni même du désir. Elle vient donc de décider de ne pas se marier, lorsqu'un baiser passionné de son énigmatique beau-frère vient réveiller en elle de violents désirs. Comment concilier son désir d'indépendance avec cette part cachée d'elle-même qu'il lui fait découvrir ?

Liaisons sulfureuses — 1. Souvenirs ❧ **Lisa Marie Rice**

INÉDIT

Viktor « Drake » Drakovich est une légende, une énigme que personne ne comprend mais que tout le monde craint. C'est un homme qui n'a pas de faiblesse... jusqu'à ce qu'il rencontre Grace Larsen. La jeune artiste devient vite son obsession. Mais entrer dans le monde de Drake, c'est aussi devenir une cible, et de nombreux ennemis ont attendu qu'il expose enfin son point faible...

**2 romans tous les 2 mois
aux alentours du 15 de chaque mois.**

Et toujours la reine du roman sentimental :

Barbara Cartland

Le 20 octobre :

Effrayée...
Le roi solitaire
La vengeance du comte

Une toute nouvelle collection,
cocktail de suspense et de passion

FRISSONS

Le 6 octobre :
Course poursuite fatale ∽ Linda Howard

Belle comme un ange mais capable de donner la mort de sang-froid, fragile en apparence mais plus coriace que bien des brutes… Voici l'agent Lily Mansfield de la CIA. Sa spécialité : l'élimination d'éléments perturbateurs. Lorsqu'une tragédie personnelle la pousse à quitter le rang pour s'investir dans une vendetta contre un clan mafieux, c'est elle qui devient perturbatrice…

Les enquêtes de Mallory Russo — 3. Acts of mercy ∽ Mariah Stewart

INÉDIT

Sam Delvecchio, ancien agent du FBI, et Mallory Russo, sont aux prises avec un nouveau tueur en série qui semble les mettre au défi. Les cadavres sont retrouvés au milieu d'une macabre mise en scène rappelant les sept « œuvres de miséricorde corporelle » de la Bible.

> *Nouveau ! 2 romans tous les 2 mois*
> *aux alentours du 1ᵉʳ de chaque mois.*

Sous le charme
d'un amour envoûtant

CRÉPUSCULE

Le 6 octobre :
Le royaume des Carpates — 2. Sombres désirs ∽ Christine Feehan

INÉDIT

L'étranger l'a appelée au-delà des continents, par-delà les mers. Il a murmuré son tourment éternel et ses dangereux désirs. Et Shea O'Halloran, chirurgienne américaine, a ressenti sa peine et a désiré le guérir. Attirée dans les Carpates, elle y trouve un être ravagé, qui fait pourtant déjà partie d'elle. Mais sera-t-elle sa compagne… ou sa proie ?

9305

Composition Chesteroc
Achevé d'imprimer en France (Malesherbes)
par MAURY IMPRIMEUR
le 15 aout 2010.

Dépôt légal aout 2010.
EAN 9782290020845

ÉDITIONS J'AI LU
87, quai Panhard-et-Levassor, 75013 Paris

Diffusion France et étranger : Flammarion